Knaur.

Im Knaur Taschenbuch Verlag ist bereits folgendes Buch der Autorin erschienen:
Geliebter Freibeuter

Über die Autorin:
Rebecca Michéle ist seit ihrer Jugend von Großbritannien und britischer Geschichte fasziniert, und bei regelmäßigen Reisen recherchiert sie die Hintergründe und Schauplätze ihrer historischen Liebesromane. Sie hat bereits zahlreiche Bücher veröffentlicht, die ihre stetig wachsende Fangemeinde begeistern.
Mehr Informationen über Rebecca Michéle und ihre Bücher finden sich auf ihrer Website: www.rebecca-michele.de

Rebecca Michéle

Geliebter Normanne

Roman

Knaur Taschenbuch Verlag

Originalausgabe August 2010

Ein Unternehmen der Droemerschen Verlagsanstalt
Th. Knaur Nachf. GmbH & Co. KG, München

Redaktion: Ilse Wagner
Umschlaggestaltung: ZERO Werbeagentur, München
Umschlagabbildung: Pino Daeni via Agentur Schlück GmbH / FinePic®, München
Satz: Daniela Schulz, Stockdorf
Druck und Bindung: CPI – Clausen & Bosse, Leck
Printed in Germany
ISBN 978-3-426-50570-0

2 4 5 3 1

Prolog

Im Südosten Englands, 14. Oktober 1066

Heftiger Wind zerrte an den geschlossenen hölzernen Fensterläden. Der Luftzug, der durch die mit Lappen nur notdürftig verstopften Ritzen drang, ließ die Flammen der Talglichter unruhig flackern. Trotz der offenen Feuerstelle war es in der Kammer eisig kalt. Hayla zog fröstelnd ihren wollenen, bestickten Umhang enger um die Schultern. Sie fror erbärmlich, und die Zehen in ihren ledernen Schuhen fühlten sich wie Eiszapfen an. Die Kälte kroch aber nicht nur aus der dunklen Nacht, die sich bedrohlich über das Land gelegt hatte, sondern auch aus ihrem Inneren. Seit dem vergangenen Tag saßen Hayla und die adligen Bewohner von Fendenwic Castle in Lady Elfgivas Kammer beisammen und dachten an nichts anderes als an das Grauenvolle, was nur wenige Meilen westlich von ihnen geschah. Lady Elfgiva hatte nach dem Tod ihres Mannes vor drei Jahren die Burg geerbt, und all die Getreuen, die nicht zusammen mit König Harold den Feinden entgegenziehen konnten, hatten sich hier versammelt. Fendenwic Castle war zwar ein Festungsbau, der gut zu verteidigen war, aber es fehlte an den dafür nötigen Männern und an Waffen. Im Morgengrauen hatte Hayla das letzte Mal etwas gegessen, und obwohl ihr Magen immer wieder knurrte, verspürte sie keinen Hunger. Allein bei dem Gedanken an Essen wurde ihr übel. Lediglich an dem warmen, mit Wasser verdünnten Bier nippte sie hin und wieder, doch das Getränk hinterließ einen bitteren Geschmack auf ihrer Zunge. Als auf der Treppe hastige Schritte zu hören waren und kurz darauf die Tür aufgerissen wurde, zuckte Hayla angstvoll zusammen. Alle starrten wie gebannt auf den Ankömmling und hofften, endlich eine Nachricht vom Schlachtfeld zu erhalten – aber es war nur eine Magd, die einen Krug frisches Bier brachte.

»Diese Warterei ist unerträglich!« Lady Elfgiva, eine ältere, großgewachsene und schlanke Dame, die in ihrer Jugend sehr schön gewesen sein musste, trommelte mit den Fingern nervös auf die Lehne des hölzernen Stuhls. »Wenn wir doch nur wüssten, was dort draußen vor sich geht …«

»Wir müssen auf König Harold vertrauen.« Scharf wie ein Schwert schnitt die Stimme eines alten, graubärtigen Mannes Elfgivas Worte ab. »Hinter dem König steht ein großes Heer, und jeder aufrichtige Angelsachse wird nicht zulassen, dass dieser … dieser … normannische Bastard auch nur einen Fuß auf unser Land setzt.«

»Bei allem Respekt, Sir Alfred, aber der Bastard ist bereits mit Tausenden bis an die Zähne bewaffneten Männern an unserer Küste gelandet.« Ein zweiter, älterer Mann, dem der rechte Arm fehlte und der deswegen nicht in den Kampf hatte ziehen können, stand schwerfällig auf. »Des Königs Heer ist wegen der vorangegangenen Schlachten gegen die Norweger im Norden des Landes stark dezimiert und geschwächt, während die Normannen ausgeruht und frisch sind.«

Sir Alfred erhob sich ebenfalls und starrte sein Gegenüber finster an.

»Auf welcher Seite steht Ihr eigentlich, Sir Leofric? So wie Ihr sprecht, könnte man glauben, Ihr wünscht dem König eine Niederlage. Wer weiß, vielleicht steht Ihr sogar heimlich mit dem normannischen Hurensohn in Kontakt und unterstützt ihn?«

Mit einer für sein Alter ungewöhnlich raschen Bewegung zog Leofric mit der linken Hand ein Messer aus seinem Gürtel, trat vor Sir Alfred und hielt ihm die Klinge an die Kehle.

»Für diese Bemerkung sollte ich Euch auf der Stelle töten!«

»Hört auf damit!« Lady Elfgiva klatschte laut in die Hände. »Da draußen stehen Tausende von tapferen und aufrechten Angelsachsen in einem Kampf auf Leben und Tod einander gegenüber, und ihr beide habt nichts Besseres zu tun, als euch zu streiten.«

Betroffen blickten die beiden Männer zu Elfgiva, und Leofric steckte seufzend das Messer zurück in die lederne Scheide.

»Ihr habt recht, Mylady, aber ich verlange eine Entschuldigung.« Auffordernd sah er Alfred an, der daraufhin lapidar mit den Schultern zuckte und undeutlich murmelte: »Ich wollte Euch keinen Verrat gegen den eigenen Vetter unterstellen, Sir Leofric. Wenn Ihr diesen Eindruck gewonnen habt, so tut es mir leid.«

Hayla hatte den Disput stumm verfolgt. Auch für sie war die Behauptung, ihr Onkel Leofric könnte sich gegen den König, seinen Vetter zweiten Grades, stellen, absurd. Sir Alfreds Unterstellung entsprang sicherlich der Anspannung, unter der sie litten, seit vor einigen Tagen alle kampffähigen Männer die Burg verlassen hatten, um sich der riesigen

Streitmacht der Normannen entgegenzustellen. William, Herzog der Normandie – so lautete der Name des Anführers der Feinde. Aufgrund einer eher zweifelhaften Abstammung beanspruchte dieser die Krone Englands. Sein eigenes Herzogtum jenseits des Kanals genügte ihm offenbar nicht mehr. Hayla waren Gerüchte zu Ohren gekommen, dass der frühere angelsächsische König Edward, der Bekenner, seinem normannischen Verwandten einst versprochen hatte, ihn zu seinem Nachfolger zu bestimmen. Ein Versprechen, von dem der jetzt auf dem Thron sitzende König Harold II. natürlich nichts mehr wissen wollte. Selbstverständlich glaubte und vertraute Hayla dem König, nicht nur, weil er ihr Vormund und sie sein Mündel war, sondern weil sie den König als ehrlichen und tapferen Mann kennengelernt hatte, der sich um seine Untertanen sorgte. Ihre Mutter war kurz nach ihrer Geburt gestorben, und sie war erst sechs Jahre alt gewesen, als ihr Vater in einem Kampf tödlich verwundet wurde. Da ihre Familie schon lange Harolds Familie in Freundschaft verbunden war, erklärte sich Harold – damals noch Herzog von Wessex und Kent – sofort bereit, sich um das Kind zu kümmern und es in seine Obhut zu nehmen.

Die letzten elf Jahre war Hayla sorglos und unbeschwert im Kreise gebildeter und vornehmer Menschen aufgewachsen. Die meiste Zeit lebte sie in Fendenwic in der Grafschaft Kent und hatte bisher weder Kummer oder gar Angst gekannt. Zwar hatte es, solange Hayla denken konnte, immer wieder kriegerische Angriffe vonseiten der Dänen gegeben, aber die Kämpfe waren weit entfernt gewesen, und der König hatte immer die Oberhand behalten. Zudem verfügte die Burg über einen steinernen, massiven Fried, in dem sich mehrere Wohnräume befanden, und war von einer hohen hölzernen Palisade umgeben. Harold hatte dafür gesorgt, dass Hayla von Gelehrten gut unterrichtet wurde. So konnte sie nicht nur Englisch lesen und schreiben, sondern war auch der französischen Sprache mächtig, und ein junger Mönch hatte sie sogar in die Grundkenntnisse des Lateinischen eingeführt. Hayla wusste, dass von ihr erwartet wurde, eine standesgemäße Ehe einzugehen. Vor allem jetzt, da ihr Vormund König von England war. Vor drei Wochen war Hayla siebzehn Jahre alt geworden, und wären nicht die immer wiederkehrenden Angriffe der Norweger auf den Norden Englands gewesen, wäre sie heute bereits verheiratet. Sie war Mandric, dem Mann, den der König für sie ausgewählt hatte, erst drei- oder viermal begegnet. Er war noch jung, nur wenige Jahre älter als Hayla, und mit seinen dunklen Haaren und Augen sah er recht gut aus. Vor allem aber stammte Mandric aus einer alten und tadellosen englischen Familie, so dass Hayla über die vom König bestimmte Verbindung angetan war. Über so was wie Liebe oder Leidenschaft machte sie sich keine Gedanken – das waren Gefühle, mit denen sich die Bauernmädchen und Mägde beschäftigten. Folglich galt ihre Sorge nicht nur ihrem Vormund, sondern auch Mandric, der an der Seite des Königs dem Feind entgegengezogen war, und sie hatte am gestrigen Abend für beide Männer ein langes Gebet gesprochen.

Nachdem die beiden älteren Männer ihren Streit beigelegt hatten, legte sich erneut eine angespannte Stille über die Kammer, in der alle auf eine Nachricht vom Schlachtfeld warteten. Keinen Moment zweifelte sie daran, dass der König die feindlichen Eindringlinge schlagen und wieder aus England vertreiben würde, dennoch ließ die Unruhe sie nicht los, denn niemand wusste über die Größe und Stärke des normannischen Heeres Bescheid.

Als gegen Morgengrauen – keiner der Burgbewohner hatte in dieser Nacht auch nur ein Auge zugetan – Hufgetrappel zu hören war und zwei schmutzige und erschöpfte Reiter in den Burghof galoppierten, atmete nicht nur Hayla erleichtert auf. Nichts war schlimmer als die Ungewissheit. Unverzüglich wurden die beiden Boten zu Sir Leofric und Sir Alfred in die Kammer geführt, doch als Hayla einen Blick in ihre Gesichter warf, ahnte sie, welche Nachricht die Männer brachten.

»Wir sind geschlagen!« Der Bote keuchte, griff dankbar nach dem gefüllten Bierbecher, den Hayla ihm reichte, und leerte ihn in einem Zug. »Der König ist tot …«

»Nein!«, rief Lady Elfgiva und erbleichte. »König Harold darf nicht tot sein! Das ist unmöglich.«

»Es tut uns leid, Euch solch furchtbare Nachrichten überbringen zu müssen, aber ich habe selbst gesehen, wie sein Körper von einem normannischen Schwert durchbohrt wurde. Er ist tot, ebenso seine Brüder und beinahe alle Männer des Hochadels, die an des Königs Seite kämpften.«

»Nur wenigen gelang die Flucht«, ergänzte der zweite Bote, der sich zwischenzeitlich ebenfalls erfrischt hatte, den Bericht. »Das Heer des Normannen war dem unseren um ein Vielfaches überlegen, und jetzt zieht William mordend und brandschatzend durch das Land in Richtung London. Es ist zu befürchten, dass er gegen Abend Fendenwic erreicht.«

Ängstlich presste Hayla beide Hände auf ihr pochendes Herz. König Harold tot, und die Normannen waren auf dem Weg hierher! Auch Lady Elfgiva erkannte den Ernst der Lage und trat zu Hayla.

»Du musst fort, Mädchen. Auf der Stelle.«

»Fort? Aber wohin denn? Nein, ich lass Euch nicht allein, Tante, ich …«

»Halt den Mund«, unterbrach Lady Elfgiva ungewöhnlich harsch. »Wir haben dem König versprochen, dich in Sicherheit zu bringen, sollte ihm etwas geschehen. Es ist alles vorbereitet.« Ihr Blick ging zu den Männern. »Sir Leofric, Sir Alfred … Ihr wisst, was zu tun ist.«

Hayla schüttelte verwundert den Kopf.

»Aber Ihr flieht mit mir, nicht wahr, liebe Tante? Ihr lasst mich nicht allein.«

Für einen Moment schloss Elfgiva die Augen und seufzte, dann schüttelte sie den Kopf.

»Nein, mein Kind, wir müssen alles tun, die Aufmerksamkeit Williams von dir abzulenken.«

»Das verstehe ich nicht«, beharrte Hayla. »Dieser Normanne kennt mich doch gar nicht, und der König hat noch mehrere Mündel …«

»Schluss jetzt!« Sir Leofric trat zu Hayla und ergriff ihren Arm. »Du wirst tun, was wir dir sagen. Es ist alles vorbereitet, ganz so, wie der König es gewünscht hat.« Ein gequältes Lächeln verzerrte Leofrics Gesicht. »Offenbar hatte er doch mit einer Niederlage gerechnet. Rasch, Mädchen, beeil dich, wir haben keine Zeit zu verlieren.«

Der Morgennebel legte sich wie ein Leichentuch über das Land, als Sir Alfred, Sir Leofric und zwei Knappen in vollem Galopp das Tor von Fendenwic passierten und die Pferde unnachgiebig in Richtung Westen antrieben. Man hatte Hayla nicht gestattet, mehr als ein zweites Gewand mitzunehmen, denn sie konnten sich nicht mit Gepäck belasten.

Hayla war seit ihrer Kindheit an Pferde gewöhnt und eine gute Reiterin. Sie konnte mit den Männern mühelos mithalten, doch sie hatte keine Ahnung, wohin der Ritt gehen sollte. In ihr war alles in Aufruhr, aber die Eile des Morgens verdrängte die Trauer um König Harold, den Hayla wie einen Vater geschätzt und geachtet hatte. Instinktiv wusste sie, dass sich ihr Leben dramatisch verändern würde.

1. Kapitel

Cornwall, England, November 1067

Hayla erwachte vom Klappern ihrer Zähne, die in der Kälte aufeinanderschlugen. Der Herbst war kalt und stürmisch in den Westen des Landes gezogen, und es regnete seit zwei Wochen beinahe ohne Unterlass. Die einzige Fensteröffnung in Haylas Kammer war zwar mit einer feingeschabten Tierhaut bespannt, aber es gab in dem kleinen Turmzimmer keine Feuerstelle. Seufzend erhob sich Hayla von ihrem Lager, auf dem sie in ihren Kleidern geschlafen hatte, um es wenigstens ein wenig warm zu haben. Schnell schlüpfte sie in die Holzpantinen, wusch sich Hände und Gesicht mit dem eiskalten Wasser, das sie am Abend vorher aus dem Brunnen geholt hatte. Die Geräusche von draußen sagten ihr, dass die Menschen der Burg bereits wach waren und ihrer Arbeit nachgingen, darum beeilte sie sich, ebenfalls ihren Pflichten nachzukommen.

Die große Halle war neben der Küche der einzige Raum der Burg, in dem es eine Feuerstelle gab. Hier herrschte bereits reger Betrieb. Rund zwei Dutzend Männer und Frauen, die in der Halle genächtigt hatten, begannen ihr Tagwerk. Hayla trat an das Feuer und hielt ihre Hände über die Flammen. Die Wärme tat gut, und langsam verblasste die bläuliche Verfärbung ihrer Haut. Eine alte Frau mit schlohweißem Haar, das in dünnen Strähnen um ihren Kopf hing, und gebeugtem Rücken trat aus dem niedrigen Durchgang zur Küche und reichte Hayla einem Becher warme Milch. Das Mädchen nahm das Getränk dankbar entgegen und trank hastig.

»Danke, Waline, die Milch tut gut.« Hayla warf einen Blick in die Runde. »Ich weiß, du möchtest, dass ich oben in der kalten Kammer schlafe, aber in der Halle brennt Tag und Nacht ein wärmendes Feuer. Lass mich doch bitte bei den anderen unten schlafen. Hier ist es viel wärmer, und der Winter kommt erst noch …«

Das Gesicht der alten Magd war zwar von Falten durchfurcht, aber ihre braunen Augen waren wach und aufmerksam, und sie sah Hayla streng an.

»Ich habe es dir bereits im letzten Jahr erklärt, Mädchen. Das Gesindel ist kein Umgang für dich.« Sie trat näher zu Hayla und senkte ihre Stimme zu einem Flüstern. »Niemand – und ich sage ausdrücklich: niemand! – darf erfahren, wer dein Vormund war.«

»Gerade deshalb ist es auffällig, wenn ich in einer eigenen Kammer schlafe«, wandte Hayla ein. »Ich verstehe ja, warum meine Abstammung nicht bekannt werden darf, aber mache ich mich durch diese Absonderung nicht erst recht verdächtig? Manche der Leute tuscheln, warum du mich wie eine Glucke bemutterst.« Als Hayla sah, wie ein Schatten über Walines Gesicht fiel, fügte sie rasch hinzu: »Versteh mich nicht falsch, du bist wirklich wie eine Mutter zu mir, und ich bin froh und dankbar, dass es dich gibt, aber wie lange sollen wir dieses Spiel noch treiben?«

Waline presste kurz die Lippen zusammen, dann zischte

sie: »Der gute Sir Leofric, Gott sei seiner armen Seele gnädig, hat mich bei meinem Blute schwören lassen, dass ich mich um dich kümmere und dich beschütze – wenn nötig mit meinem Leben. Lass die Leute reden, sie hören auch wieder auf. Sie werden denken, dass ich dich nur behüten möchte. Mädchen, du hast ja keine Ahnung, was das Pack, das in der Halle nächtigt, so alles macht. Allein der Gedanke daran treibt mir die Schamröte in die Wangen. Auf keinen Fall werde ich zulassen, dass du dich unter sie mischst.«

Nur zu gerne wollte Hayla erfahren, was nachts in der Halle vor sich ging, von dem sie die alte Magd fernhielt. Deswegen war sie des Nachts schon öfter heimlich aus ihrer Kammer heruntergeschlichen, aber außer schnarchenden und grunzenden Lauten hatte sie in der Dunkelheit nichts bemerkt. Zudem musste sie höllisch aufpassen, nicht von Waline entdeckt zu werden. Diese behandelte sie zwar wie eine einfache Magd und übertrug ihr vielfältige und schwere Arbeiten, hielt sie aber ansonsten von den anderen Burgbewohnern ab.

Als Hayla, Sir Leofric, Sir Alfred und ihre Begleiter vor über einem Jahr nach einem tagelangen, wilden Ritt in den äußersten Westen Englands endlich Penderroc Castle, das den Namen *Burg* kaum verdiente, erreicht hatten, war sie Waline anvertraut worden. Sir Leofric hatte lange mit der alten Frau gesprochen, aber Hayla hatte über den Inhalt des Gespräches nichts erfahren. Sie hatte nur mitbekommen, dass Penderroc Castle der Stammsitz von Sir Leofrics Familie war. Sir Alfred und die beiden Knechte waren gleich wieder zurückgeritten, Sir Leofric hatte sich jedoch nicht wohl gefühlt. Er bekam hohes Fieber und starb nur drei Wochen nach ihrer Ankunft. Waline hatte Hayla eingeschärft, niemanden wissen zu lassen, woher sie kam und in welcher Beziehung sie zu dem gefallenen König Harold stand. Damals hatte Hayla sich ohne Widerrede in alles gefügt, denn die Normannen zogen plündernd und mordend durch das Land. König Harold war tot, und die Männer von jenseits des Kanals waren nun die neuen Herrscher der Insel. Damals war Hayla in einer Art völliger Ungläubigkeit, dass England nicht mehr den Engländern gehörte, gefangen, doch seitdem war über ein Jahr vergangen …

»Waline, ich glaube nicht, dass die Normannen nach Cornwall kommen«, sprach Hayla ihre Gedanken aus. »Von Reisenden hören wir, dass sie sich vor allem im Süden und Osten ausbreiten. Hierher in den Westen ist bisher kein Normanne vorgedrungen. William, der sich zum König von England krönen ließ, hat London zu seinem Wohnsitz bestimmt und zeigt wenig Interesse an der westlichen Gegend. Müssen wir uns also immer noch fürchten? Wir leben hier doch ruhig und friedlich und … Aua! Lass mich los, du tust mir weh!«

Blitzschnell hatten sich Walines Finger um Haylas Handgelenk geschlossen, und sie zog das Mädchen dicht an sich heran.

»Die Gefahr ist noch lange nicht vorbei«, zischte die Magd ihr ins Ohr. »Sie werden kommen, da kannst du sicher sein. Bisher haben wir hier wie früher leben können, aber die Normannen werden ihre Herrschaft ausdehnen. Offenbar fürchten sie im Westen keinen Aufstand, da William noch niemand nach Cornwall geschickt hat, aber sie werden kommen. Und dann gnade uns Gott!«

Seit Sir Leofrics Tod hatten die Knechte und Mägde das

Haus und das Land weiter bewirtschaftet wie zuvor. Da Sir Leofric ohne Angehörige gestorben war, hatte bisher niemand Anspruch auf Penderroc Castle angemeldet. Natürlich war Hayla nicht so naiv zu glauben, dass die Normannen nicht früher oder später auch in Cornwall alles in Besitz nehmen würden. Zu allem Unglück war der letzte Sommer und Herbst kühl und nass gewesen, und es hatte eine schlechte Ernte gegeben. Hayla hatte zum ersten Mal in ihrem Leben Hunger gelitten und gelernt, was es heißt, ein Kleid zum vierten oder fünften Mal zu stopfen, anstatt sich ein neues zu nähen. Aber sie beklagte sich nicht. Da es in Penderroc weder Bücher, Musikinstrumente noch sonstige Möglichkeiten der Zerstreuung gab, war sie dankbar über die viele Arbeit, von der sie am Abend erschöpft auf ihre Bettstatt sank und stets tief und traumlos schlief.

Aus Fendenwic hatte Hayla keine Nachricht mehr erhalten. Sie wusste nicht, was aus Sir Alfred und Lady Elfgiva geworden war, ebenso wenig hatte sie von ihrem Verlobten Mandric gehört. Die Vermutung, er sei wie so viele andere bei Hastings gefallen, lag nahe. Selbst wenn er die Schlacht überlebt haben sollte – es war allgemein bekannt, dass König William den Anhängern Harolds gegenüber keine Gnade kannte und sie hinrichten ließ. Auch wenn Hayla Mandric nicht geliebt hatte, so trauerte sie dennoch um ihn, denn er war viel zu jung gestorben. Manchmal kamen Flüchtlinge aus dem Osten des Landes nach Penderroc Castle, und sie erzählten Schreckliches. Der neue König ließ im Südosten des Landes einen Befestigungsring bauen und errichtete in der Stadt London eine mächtige Festungsburg. Im ganzen Land wurde enteignet, gebrandschatzt und gemordet – offenbar sollten alle Angelsachsen ausgerottet werden. Manchmal fragte sich Hayla, ob die Berichte nicht doch übertrieben waren, denn so grausam konnte kein Mensch sein. William, den man inzwischen auch *den Eroberer* nannte, hatte recht leicht Englands Krone erlangt und schlug die immer wieder aufkommenden kleinen Aufstände mühelos nieder. Hayla war keinesfalls bereit, ihre Herkunft zu vergessen, aber England hatte nun einen neuen König, und was sollte sie, eine junge, schwache Frau, gegen ihn ausrichten können? Sie war nicht feige, erkannte jedoch, wann es sinnlos war zu kämpfen. Ihr blieb keine andere Wahl, als sich in ihr Schicksal zu fügen.

»Gleichgültig, was das Schicksal für uns bereithält – du darfst niemals vergessen, wer und was du bist. Eine aufrechte Angelsächsin, die es ihrem Volk schuldig ist, sich nicht einfach der Knechtschaft der Normannen zu beugen. Und die stets das Andenken an den guten König Harold in ihrem Herzen bewahrt.«

Rasch trat Hayla zu Waline und legte zärtlich eine Hand auf ihren Unterarm. Die alte Magd war die Einzige, die freundlich zu ihr war, und Hayla wollte sie nicht verletzen.

»Es tut mir leid, Waline. Niemals werde ich vergessen, dass ich Angelsächsin bin, und ich werde es immer bleiben. Nie werde ich den normannischen Bastard, der sich jetzt König nennt, anerkennen und einem Normannen auch nur ein freundliches Wort oder gar ein Lächeln schenken. Allerdings verstehe ich nicht, warum du weiterhin ein solches Geheimnis um meine Abstammung machst und ich mich weiterhin als einfaches Bauernmädchen ausgeben muss? Gut, ich mag das Mündel des toten Königs gewesen sein, aber das ist nach so vielen Monaten doch ohne Bedeutung. Was hätte der Normanne William davon, wenn er mich einsperrt oder mir gar etwas antut? Alle, die mit König Harold sympathisiert haben, sind entweder tot, oder sie haben sich auf die Seite der neuen Herrscher geschlagen. Zudem bin ich nur eine schwache Frau, die sicher keinen Aufstand gegen den Normannen auf Englands Thron anzetteln wird.«

Waline wusste, worauf Hayla anspielte. Nach der Schlacht bei dem Dorf Hastings, die auch »Die Schlacht am grauen Apfelbaum« genannt wurde, war die gesamte Blüte des angelsächsischen Adels vernichtet worden. Lediglich vier Personen gab es noch, die William gefährlich werden konnten: der exkommunizierte Erzbischof von Canterbury, zwei einst mächtige Earls aus dem Norden und ein halbwüchsiger Junge, von dem niemand genau wusste, wer er war und wie er hieß, der aber einen ebenfalls weitläufigen Anspruch auf die Krone Englands hatte. Die vier hatten zusammen mit einer Handvoll Bauern und Arbeitern versucht, William, den Eroberer, anzugreifen, aber dieser zog um London, wo sich die Aufständischen verschanzt hatten, einen Belagerungsring und schnitt die Stadt somit von jedem Nachschub an Lebensmitteln ab. Die kleine Gruppe, die zahlenmäßig sowieso nichts gegen die normannische Streitmacht hätte ausrichten können, musste bald aufgeben, und ihre Anführer wurden hingerichtet. Die Übrigen waren seitdem ergebene Untertanen des neuen Herrschers.

»Für ein Mädchen bist du viel zu gescheit«, murmelte Waline.

Hayla lachte. »Weil ich lesen und schreiben kann?«

»Nicht nur deswegen, sondern weil du einen wacheren und klareren Verstand als so mancher Mann hast. Du begreifst Zusammenhänge schneller als andere, denen man sie mehrmals erklären muss.«

Hayla schenkte der Magd einen liebevollen Blick und sagte leise: »Du sprichst aber auch nicht so, wie man es von einer Magd erwartet. Waline, du hast nie etwas über deine Vergangenheit verlauten lassen. Ich vermute, dass du nicht immer eine einfache Magd warst, sondern auch mal bessere Zeiten erlebt hast.«

Für einen kurzen Moment flog ein Schatten über Walines Gesicht, dann sagte sie betont forsch: »Genug jetzt, Mädchen, und geh an die Arbeit. Es gibt viel zu tun, bevor der Winter kommt.«

Waline blickte Hayla lange nach, als diese leichtfüßig die Halle verließ, um an ihre Arbeit zu gehen. Sie war ein schönes Mädchen – mittelgroß, mit einem wohlproportionierten Körper. Das Schönste an Hayla aber war ihr schwarzes Haar, das sich, wenn sie es offen trug, in üppigen Wellen bis auf ihre Hüften ergoss. In Kontrast zu der dunklen Lockenpracht fielen Haylas heller Teint und ihre veilchenblauen Augen, in denen stets ein wissender Ausdruck lag, jedem sofort ins Auge, der sie betrachtete. Waline seufzte und griff nach einem Kessel, um ihn über das Feuer zu hängen, aber ihre Gedanken waren nicht bei der Arbeit. Es stimmte, was sie zu dem Mädchen über ihren wachen Verstand gesagt hatte. Hayla dachte zu viel nach, stellte zu viele Fragen und zog Schlüsse aus Dingen, die sie eines Tages vielleicht auf die richtige Spur brachten. Das durfte niemals geschehen! Nie durfte Hayla die Wahrheit erfahren! Waline hatte Sir Leofric auf dessen Totenbett versprochen, sich bis zu ihrem letzten Atemzug um Hayla zu kümmern, das Mädchen zu beschützen und niemals auch nur eine Silbe über das Geheimnis, das Leofric ihr anvertraut hatte, verlauten zu lassen. Sollte sie das tun, würde ihr, Waline, die Zunge im Mund zu einem schwarzen Klumpen verfaulen. Haylas Leben wäre nichts mehr wert, wenn die Normannen Kenntnis von ihrer Existenz erhielten. Zweifelsohne würde man sie töten. Waline seufzte laut und wandte sich ihrer Arbeit zu. Es war an der Zeit zu kochen, und so warf sie kleingeschnittenes Wurzelgemüse in den Kessel mit dem kochenden Wasser. Sie verstand, dass das Mädchen in der Abgeschiedenheit Cornwalls unglücklich war und sich nach Unterhaltung sehnte, aber hier war sie wenigstens sicher. Jedenfalls im Moment noch, denn Waline hatte keinen Zweifel daran, dass die Normannen früher oder später auch nach Cornwall vordringen und hier ebenso grausam und brutal wüten würden wie im restlichen Land. Und wie sollte dann sie, eine alte und von der Arbeit gebückte Magd, das Mädchen beschützen?

Die Wolken rissen hier und da auf, aber die Sonne wärmte um diese Jahreszeit nicht mehr. Es blies ein scharfer, kalter Wind, und Hayla zog den groben Umhang enger um ihren Körper. Mit schnellen Schritten ging sie über das abgeerntete Feld in Richtung Osten auf den nahen Wald zu, um Holz zu sammeln. Als sie die ersten Bäume erreicht hatte, ließ ein Geräusch, das wie das Niesen eines Menschen klang, sie erstarren. Von Walines eindringlicher Warnung aufgeschreckt, blickte sie sich in der Erwartung, gleich von einer Horde Normannen überfallen zu werden, hastig um. Schimmerte da hinten in dem Gebüsch nicht ein Stück Stoff durch die Äste? Hayla nahm ihren ganzen Mut zusammen und rief: »Wer ist da? Zeigt Euch!«

Als Antwort hörte sie ein leises Weinen, dann eine flüsternde und jung klingende Stimme.

»Sei still, bitte sei still!«

Entschlossen ging Hayla auf das Gebüsch zu. Sie wähnte sich nicht mehr in Gefahr, sondern glaubte eher, dass jemand Hilfe brauchte. Als sie die Äste auseinanderschob, blickte sie in das Gesicht eines Jungen, kaum älter als dreizehn oder vierzehn Jahre. Neben ihm kauerte ein kleines, blondes Mädchen, das am ganzen Körper zitterte und dem die Tränen unaufhaltsam über die Wangen liefen.

»Eric … Hilda …«, rief Hayla erschrocken. Sie erkannte die Kinder sofort. Sie gehörten zu einem Bauernhof ungefähr vier Meilen in östlicher Richtung und hatten bei der letzten Ernte auf Penderroc mitgeholfen.

»Du bist es … Gott sei Dank …« Die Erleichterung, Hayla zu sehen, stand dem Jungen ins Gesicht geschrieben. »Ich fürchtete, es wären die Normannen.« Er war ebenso wie seine kleine Schwester Hilda schmutzig und voller Schürfwunden.

»Normannen? Hier in Cornwall?«, rief Hayla erschrocken, dann bemerkte sie, dass der Ärmel seiner Tunika am linken Unterarm blutgetränkt war.

»Du bist verletzt!«

Er nickte und schlang den unverletzten Arm um seine am ganzen Körper bebende Schwester.

»Die Normannen … sie sind da ….«, stieß er voller Angst aus. »Vater … er ist tot …«

Hayla nahm den zitternden Jungen in die Arme und versuchte, ihn zu beruhigen, obwohl sie selbst vor Angst erstarrt war. Aber sie konnte ihm nicht zeigen, wie sehr sie sich fürchtete, und wollte ihn und seine Schwester schnell nach

Penderroc bringen. Nun war es also wahr – die Feinde kamen näher, und es gab keine Möglichkeit zur Flucht.

»Kommt mit nach Penderroc, wir müssen deine Wunde versorgen«, sagte sie leise. »Ist deine Schwester auch verletzt?«

»Ich … nein … ich glaube nicht … jedenfalls nicht sehr.« Als Hayla Eric stützen wollte, schüttelte er den Kopf. »Es geht schon, aber Hilda ist furchtbar erschöpft.«

Hayla nahm das zitternde Kind auf die Arme, und so schnell sie konnten, eilten sie in die sichere Burg zurück.

Tapfer biss Eric die Zähne zusammen, und kein Laut kam über seine Lippen, als Waline die Wunde mit warmem Kamillensud auswusch, aber die Schweißperlen auf seiner Stirn und die fahle Blässe seiner Wangen bewiesen, welch starke Schmerzen er haben musste. Die kleine Hilda war auf dem Strohlager neben der Feuerstelle eingeschlafen, als Hayla ihr ein paar Schlucke warmes Bier eingeflößt hatte. Nachdem Waline Erics tiefe Schnittwunde mit sauberen Leinenstreifen verbunden hatte, griff auch er zu dem Becher und trank durstig.

»Was ist geschehen?«, fragte Hayla und sah den Jungen mit vor Angst geweiteten Augen an. Es gelang ihr nicht, das Zittern ihrer Hände zu verbergen, auch ihre Stimme schwankte, als sie fortfuhr: »Auch wenn es dir schwerfällt, darüber zu sprechen, wir müssen wissen, was passiert ist.«

Erics Blick verdunkelte sich, und seine Stimme stockte, als er leise sagte: »Sie waren auf einmal da. Normannen … bis an die Zähne bewaffnet … Hunderte …«

Hayla dachte, dass es wohl nicht so viele sein konnten, da

Eric weder lesen, schreiben noch rechnen konnte, so musste ihm eine größere Anzahl von Männern wie hundert oder mehr erscheinen. Daher schwieg sie und sah ihn auffordernd an weiterzusprechen.

»Vater verriegelte die Tür, aber die Männer brachen sie einfach auf. Sie brüllten uns zornig an, doch wir verstanden ihre Sprache nicht. Dann trat ein kräftiger, böse aussehender Mann in den Raum und befahl uns in schlechtem Englisch, den Hof sofort zu verlassen, weil er jetzt ihm gehört. Als Vater mit einem Knüppel die Eindringlinge aus unserem Haus treiben wollte, zog der Mann sein Schwert und …« Erics Stimme brach, und zwei Tränen kullerten über seine Wangen. »Er war sofort tot, und dann stürzte sich mein Bruder mit einem Schrei auf den Mörder, aber auch dieses Mal war das Schwert schneller. Hilda und mich hatten die Männer noch nicht bemerkt, denn wir kauerten in einer Ecke. Als die Männer dann meinen toten Vater … untersuchten, packte ich Hilda an der Hand, und wir rannten, so schnell wir konnten, davon. Zwei Männer verfolgten uns …«

Erics Stimme brach, und erneut kullerten Tränen über seine Wangen. Verlegen wischte er sich mit dem Ärmel über das Gesicht. Hayla legte eine Hand auf seinen gesunden Arm.

»Es braucht dir nicht peinlich zu sein, Angst zu haben. Wir fürchten uns ebenso.«

»Aber ich hätte etwas tun sollen!«, rief Eric. »Irgendetwas … stattdessen bin ich einfach nur davongelaufen.« Als weder Hayla noch Waline antworteten, fuhr er mit gesenktem Blick fort: »Ich stolperte und fiel, spürte die Klinge eines Schwertes an meinem Arm. Ich erwartete den Tod, dachte, Hilda und ich würden nun auch sterben, aber dann rief der eine, offenbar der Anführer, irgendetwas, und die beiden Normannen ließen uns einfach liegen.«

»Ihr habt großes Glück gehabt«, murmelte Hayla. »Wahrscheinlich hat er euch entkommen lassen, weil ihr noch Kinder seid.«

»Kinder!« Eric schoss hoch, und seine Augen funkelten wild. »Ich bin ein Mann und werde jeden Einzelnen der Männer eigenhändig töten! Es war feige zu fliehen, ich schäme mich dafür. Ich hätte …«

»Dich und deine Schwester ebenfalls töten lassen sollen?«, unterbrach Hayla scharf und schüttelte den Kopf. »Es ist nicht feige zu fliehen, wenn man nicht siegen kann.« Hayla bemerkte, dass sie Erics Stolz verletzt hatte, und fügte rasch hinzu: »Außerdem trägst du für Hilda Verantwortung. Du hast ihr Leben gerettet. Darauf kannst du stolz sein.«

Eric schien nicht überzeugt und senkte den Blick.

»Es ist nur gut, dass Mutter das nicht mehr erleben musste.«

Waline trat hinter den Jungen und legte beruhigend eine Hand auf seine Schulter. Erics Mutter war vor rund fünf Monaten zusammen mit ihrem ungeborenen Kind gestorben. Waline hatte damals vergebens versucht, ihr Leben zu retten.

»Hast du verstehen können, ob der Normanne noch etwas gesagt hat?«, fragte Hayla.

Eric nickte, und Angst stand in seinen Augen.

»Er meinte, ab jetzt gehöre ihm das ganze Land hier. Und als Nächstes würde er sich Penderroc Castle vornehmen.« Er richtete verzweifelt seinen Blick auf Hayla. »Sie kommen hierher … vielleicht schon heute … Ihr müsst fliehen … Der

Mann, der meinen Vater und Bruder erschlagen hat, ist der neue Herr von Penderroc. Er sieht wild und hässlich aus, und er ist grausam. Als er Vater tötete, hat er laut gelacht und sich daran erfreut, wie das Blut aus dem Leib meines Vaters strömte. Hayla … Waline … er wird uns alle töten!«

2. Kapitel

London, zur selben Zeit

»Hört auf, andauernd auf und ab zu laufen, und setzt Euch endlich hin, Sir Bosgard!«

Es war kein Wunsch, sondern ein Befehl des Königs, und Bosgard de Briscaut ließ sich seufzend auf den nächstbesten Stuhl fallen.

»Verzeiht, mein König, aber die Untätigkeit und dazu dieser andauernde Regen machen mich ruhelos.«

König William, von allen inzwischen *der Eroberer* genannt, lächelte verständnisvoll und deutete mit einer Handbewegung auf den Tisch.

»Trinkt noch einen Becher mit heißem Würzwein, Sir Bosgard. Er wärmt den Körper von innen und beruhigt die Gedanken. Hoffentlich lässt das Wetter zu, dass die Schiffe mit neuen Weinlieferungen aus Frankreich noch vor Weihnachten die Küste anlaufen können, denn das hier gebraute Bier schmeckt mir zu fade. Ich werde sehen, ob sich in England Wein anbauen lässt, um die Kosten des Transportes zu sparen. Das ist auch so ein Punkt, in dem diese Angelsachsen dermaßen rückständig sind und wir ihnen Fortschritt beibringen müssen. Wie in so vielen anderen Dingen auch.«

Bosgard grinste.

»Unsere Barbiere haben hier jedenfalls eine Menge Arbeit.«

Der König zögerte nur kurz, dann lachte er schallend und hieb sich auf den Schenkel.

»Es war mir ja bekannt, dass diese Angelsachsen Barbaren sind, aber mit ihren langen Haaren und den wilden Bärten sehen sie wirklich furchterregend aus.«

»Aber Ihr, mein König, habt sie gelehrt, wer hier zum Fürchten ist.«

König William kratzte sich an seinem bartfreien Kinn und bemerkte dann ernst: »Ein anständiger Haarschnitt und eine gute Rasur machen noch keinen Herrscher aus, Bosgard. Dazu gehört viel mehr, und es wird eine Arbeit von Jahren, wenn nicht Jahrzehnten sein, dieses Land zu kultivieren. Ihr seht also, mein Freund, es gibt viel zu tun, und dafür benötige ich Eure Hilfe.«

Bosgard de Briscaut leerte seinen Becher, wischte sich die Tropfen mit dem Ärmel von den Lippen und sagte: »Mein König, ich danke Euch für das großzügige Geschenk, für den Landbesitz im Westen, aber ich meine, ich sollte dort selbst nach dem Rechten sehen, anstatt einen meiner Ritter zu entsenden.«

König William kratzte sich erneut an seinem glattrasierten Kinn und blickte Bosgard skeptisch an.

»Was wollt Ihr im äußersten Westen des Landes, Sir Bosgard? Ich gab Euch das Land, damit Ihr ein gesichertes Einkommen habt, das Euch einen gewissen Lebensstandard am Hof erlaubt. Ich bin sicher, Ritter Ralph wird sich um Euren Besitz kümmern und dafür sorgen, dass Ihr bald die ersten Einkünfte erhaltet. Ihr könnt Ralph Clemency doch vertrauen, ist er nicht ein Verwandter von Euch? Ein Cousin, nicht wahr?«

Bosgard schüttelte den Kopf und seufzte.

»Ritter Ralph ist mein Schwager, der Mann meiner verstorbenen Schwester. Allerdings ist unsere Beziehung zueinander … eher schwierig. Ich will offen sein, mein König, ich war mit der Wahl meiner Schwester nicht einverstanden.«

Der König nickte verstehend.

»Ich kenne den Mann kaum, weiß jedoch, dass er aus niedrigem Adel stammt und damit Eurer Familie nicht ebenbürtig ist. Allerdings habe ich erfahren, dass er bei Hastings tapfer gekämpft hat, daher habe ich ihn mit der Aufgabe, Eure westlichen Besitzungen unter Kontrolle zu bringen, beauftragt. Ein eigenes Stück Land kann ich ihm nicht geben, dafür ist er von zu geringer Herkunft.«

Ja, Ralph Clemency hatte sich bei der Eroberung Englands wacker geschlagen, und Dutzende waren durch sein Schwert gestorben, aber er war dabei äußerst grausam vorgegangen. Diese Gedanken behielt Bosgard für sich.

»Ihr werdet, wenn Ihr London verlasst, ein paar gebrochene Herzen zurücklassen, Bosgard.« Der König schmunzelte. »Besonders Lady Constance wird sich die Augen ausweinen.«

»Ich habe mich der Lady gegenüber immer angemessen verhalten, Sire, und nie etwas gesagt oder getan, woraus sie falsche Schlüsse ziehen könnte …«

»Lady Constance wäre jedoch eine passende Braut für Euch«, unterbrach König William. »Sie ist die Tochter eines von mir geschätzten Gefolgsmannes, zudem reich und – soweit ich es beurteilen kann – auch außergewöhnlich schön. Ihr braucht auf Eurem Gut eine Herrin.«

Bosgard hob seufzend die Hände und schüttelte den Kopf.

»Verzeiht, Sire, aber ich verspüre nicht den Wunsch zu heiraten.« Jedenfalls nicht Lady Constance, fügte er in Gedanken hinzu, denn die junge Frau verfolgte ihn seit Monaten mit schmachtenden Blicken, obwohl er nie mehr als ein paar höfliche Worte mit ihr gewechselt hatte. Bosgard wäre froh, aus ihrer Reichweite zu entkommen.

»Ihr solltet es Euch gut überlegen, Bosgard. Ich würde eine Vermählung von Lady Constance und Euch sehr befürworten.«

Bosgard wurde einer Antwort enthoben, da ein Ritter zum König trat und ihm eine Nachricht überbrachte, die William aufmerksam studierte. Bosgards Gedanken schweiften zu seinem Schwager. Ralph Clemency stammte aus einer einfachen und unvermögenden normannischen Familie, aber Bosgards Schwester Joan hatte sich Hals über Kopf in den wagemutigen und starken Krieger verliebt. Ihre Eltern hatten der blonden und zarten Schönheit noch nie einen Wunsch abschlagen können und somit der Heirat zugestimmt. Leider starb Joan nur zwei Monate nach der Hochzeit an einem Fieber. Die Familie de Briscaut war seit Jahren mit dem Herzog der Normandie verbunden und über mehrere Ecken sogar mit ihm verwandt, so war es keine Frage, dass sich Bosgard wie auch Ralph William anschlossen, als dieser ein Heer zusammenzog und nach England aufbrach, um sich die ihm zustehende Krone Englands aufs Haupt zu setzen. Da Bosgard der zweitälteste Sohn war und sein Bruder den väterlichen Besitz in der Normandie erben würde, blieb für ihn ohnehin nur die Laufbahn eines Ritters, denn für den Klerus und damit für eine kirchliche Laufbahn hatte er nicht viel übrig. Seit Bosgard und Ralph jedoch in England waren, hatte Bosgard seinen Schwager von einer Seite kennengelernt, die ihm nicht gefiel. Ralph gab sich nicht damit zufrieden, Menschen zu besiegen und – wenn es nötig war – zu töten, sondern er liebte es, sie zu quälen und sich an ihrem Elend zu weiden. Seinen Knappen schlug er regelmäßig wegen der kleinsten Kleinigkeit, sein Pferd behandelte er besser als die Menschen, die ihm dienten. So war Bosgard einerseits erleichtert gewesen, als der König Ralph gen Westen und damit fort vom Hof sandte, andererseits befürchtete Bosgard, Ralph würde auf seinem neuen Besitz Angst und Schrecken verbreiten, anstatt das Gut profitabel zu bewirtschaften. Er hatte Ralph zwar eindeutige Befehle erteilt, aber dieses Cornwall war weit von London entfernt, und Bosgard hatte seine Zweifel, dass Ralph sich ihm gegenüber loyal verhalten würde.

Als der König das Schreiben zu Ende gelesen hatte und sich erhob, stand Bosgard ebenfalls auf.

»Wenn Ihr erlaubt, würde ich mich gerne zurückziehen.«

William nickte und trat vor Bosgard. Beide Männer waren etwa gleich groß, aber Bosgards Schultern waren breiter und muskulöser und seine Hüften schmaler. Sein blondes Haar trug er der Mode entsprechend im Nacken und Hinterkopf ausrasiert, allerdings fiel es ihm in einer Tolle in die Stirn. Die Frisur brachte Bosgards eckiges, markantes Kinn gut zur Geltung.

»Mein Freund, ich sehe, wie es Euch von den Annehmlichkeiten, die mein Hof Euch zu bieten hat, fortzieht.« Der König lächelte mit einem Anflug von Spott. »Ihr scheint mir weder an üppigen Festgelagen noch an den heißen Blicken, die so manche Dame Euch zuwirft, interessiert zu sein. Ich mache Euch einen Vorschlag: Die nächsten Wochen brauche ich Eure Hilfe im Nordosten des Landes, dort kam es zu einem Aufstand gegen unsere Männer. Wenn Ihr das für mich regelt, gestatte ich Euch, nach dem Jahreswechsel den Hof zu verlassen und nach Cornwall zu reiten.«

Bosgards steingraue Augen strahlten. Spontan griff er nach der Hand des Königs und drückte sie. Er war einer der wenigen Männer, die sich eine solche Vertraulichkeit erlauben durften, denn William betrachtete ihn mehr als Freund denn als Untertan.

»Ich danke Euch, mein König. Noch heute breche ich nach Norden auf. Ihr wisst, dass mich das Hofleben nicht befriedigt, zudem würde ich gerne mehr von England und seinen Bewohnern kennenlernen.«

William nickte wohlwollend und gab Bosgard mit einer Handbewegung zu verstehen, dass er sich entfernen durfte.

Zur selben Zeit in Cornwall

Hayla hatte in dieser Nacht keinen Schlaf gefunden, sondern in banger Erwartung ausgeharrt. Seit dem Auffinden Erics und seiner Schwester waren alle in der Burg in hektische Betriebsamkeit verfallen. Einige waren nach Westen geflohen, in der Hoffnung, die Normannen würden nicht weiter vorstoßen. Aber jetzt im Winter bot der Wald zu wenig Nahrung, um überleben zu können. Die Verbliebenen versuchten, das Anwesen, das den Namen Burg kaum verdiente, mit den wenigen Materialien und Hilfsmitteln, die ihnen zur Verfügung standen, zu befestigen. Die hölzerne Palisade, die sich um alle Gebäude zog, wurde notdürftig geflickt und verstärkt, und alle verfügbaren Messer, Sicheln und Schwerter wurden geschliffen. Hayla beobachtete das Treiben mit Skepsis. Auf Penderroc lebten nur fünf Männer im kampffähigen Alter, alle anderen waren entweder Kinder, Greise, Krüppel oder Frauen. Die Normannen besaßen weitaus bessere Waffen, sie kamen zu Pferde und trugen Rüstungen. Hayla fand es wesentlich vernünftiger, den Besitz widerstandslos zu übergeben, als sich auf einen Kampf einzulassen, der nur Tote und Verletzte fordern würde.

»Hast du vergessen, dass Erics Vater einfach niedergemetzelt wurde?«, mahnte Waline, als Hayla ihr dies unterbreitete. »Wenn die Normannen kommen, dann werden sie uns so oder so töten. Wir müssen zumindest versuchen, unsere Ehre zu verteidigen, auch auf die Gefahr hin zu sterben. Lieber tot als Sklave eines verhassten Herrn.«

Hayla teilte die Meinung der Magd nicht, denn trotz allem hing sie an ihrem Leben. Waline hatte sie zu überreden versucht, mit den anderen weiter nach Westen zu fliehen, aber Hayla hatte dies abgelehnt. Auch wenn es auf Penderroc nur wenig gab, so hatte sie hier doch eine neue Heimat gefunden und wollte sich nicht erneut auf die Flucht begeben müssen.

Sie kamen an einem klaren, kalten Tag. Hayla sah den Tross vom Söller aus und erstarrte. Sie faltete die Hände vor der Brust und murmelte ein Stoßgebet, dass der neue Herr sie nicht gleich umbringen möge. Hayla zählte rund drei Dutzend bewaffnete Männer zu Pferde und in Rüstungen. Es waren zwar nicht so viele wie von Eric geschätzt, aber genügend, um zu erkennen, dass Penderroc dieser Übermacht nicht standhalten konnte. Ein paar mutige Männer wagten es, sich den Feinden entgegenzustellen, aber mit ihren unzureichenden Waffen, die aus Dreschflegeln und Holzstöcken bestanden, wurden sie einer nach dem anderen niedergeschlagen. Zwei Männer starben, und als die Normannen begannen, das Tor einzureißen, wurde dieses für den neuen Herrn geöffnet, damit nicht noch mehr Blut floss. Am Vortag hatte sie mit Waline vereinbart, sich im Hintergrund zu halten. Sie musste verhindern, dass die Normannen erfuhren, dass hier ein Mündel des einstigen Königs lebte. Als der Trupp in den Hof einritt, betrachtete Hayla den Mann mit der prächtigsten Rüstung genauer. Wegen des Helmes konnte sie nur seine gebogene Nase, seine Mundpartie und ein spitzes Kinn erkennen. Unwillkürlich dachte Hayla, dass der Mann einen brutalen Zug um den Mund hatte, was nicht verwunderlich war, dachte man an die Morde an Erics Vater und Bruder. Als er absaß und den Helm abnahm, erkannte Hayla, dass er mittelgroß und dunkelhaarig war. Sie war verwundert, denn sie hatte sich die normannischen Eroberer bisher immer als große, kräftige, blonde Hünen vorgestellt. Der Mann blickte in die Runde. Ängstlich zusammengedrängt standen die Leute im Hof, die Frauen hielten sich an den Händen, und die Kinder versteckten sich hinter ihnen.

»Wer hatte bisher hier das Sagen?«, brüllte er in einem von starkem Akzent geprägten Englisch.

Zögernd hinkte ein glatzköpfiger Greis aus der Gruppe nach vorn und neigte sein Haupt. Es handelte sich um Alderic, früher ein tapferer Ritter, der seit einem Kampf ein Bein nachzog, und der älteste Bewohner von Penderroc.

»Mein Herr, auf diesem Anwesen gibt es niemanden mehr, der uns Befehle gibt. Unser Herr ist tot …«

»Dann ist es ja gut, dass ich da bin.« Der Normanne grinste selbstzufrieden. Hayla erschrak über die Kälte in seiner Stimme. »Nur Alte, Frauen und Kinder … was für ein feiner Haufen. Wo ist eure Schatzkammer? Wo habt ihr euer Geld versteckt?«

Alderic hob hilflos die Hände. »Wir besitzen längst keine Münzen oder anderen Wertgegenstände mehr. Seit Monaten haben wir kaum genügend zu essen, die letzte Ernte war schlecht …«

»Ihr seid ein faules Pack!«, unterbrach der Normanne den Alten zornig. »Los, worauf wartet ihr noch? Wir sind hungrig und durstig. Ich bin sicher, in eurer Küche und euren Lagerhäusern wird sich genügend finden, um mich und meine Männer satt zu machen. Und ihr« – er wandte sich an seine Begleiter – »durchsucht die Burg und die Hütten und bringt alles von Wert her, lasst ja keinen Winkel aus.«

Mutig trat Waline einen Schritt vor.

»Wir werden uns Euren Befehlen beugen, Herr, aber sagt: Wie ist Euer Name? Wie sollen wir Euch ansprechen?«

Der Normanne musterte Waline verächtlich von oben bis unten.

»Herr als Anrede reicht völlig aus, aber wenn ihr wissen wollt, wen ihr vor euch habt – mein Name ist Sir Ralph Clemency, ich und meine Männer werden diesen Haufen hier auf Vordermann bringen.«

Erschrocken trat Hayla von ihrem Lauschposten auf dem Söller zurück, obwohl sie sicher war, dass Sir Ralph sie nicht bemerkt hatte. Es war nur eine Frage der Zeit, bis seine Männer, die nun ausschwärmten, die Burg zu durchkämmen, sie entdecken würden. Rasch bückte sie sich, nahm etwas Schmutz vom Boden auf und beschmierte damit ihr Gesicht und ihr Haar, dann scheuerte sie mit ihrem Kleid an der Wand entlang. Sie wollte den Anschein erwecken, eine einfache Magd zu sein. Plötzlich hörte sie, wie Sir Ralph auf Französisch den Befehl gab, jeden Bewohner zu töten, der es wagen sollte, Widerstand zu leisten. Hayla wusste, sie war die Einzige auf Penderroc, die der Sprache der Normannen mächtig war, aber das durfte Ralph Clemency keinesfalls erfahren. Hayla holte tief Luft, straffte die Schultern, dann ging sie den Männern, deren schwere Schritte bereits auf der Treppe zum Söller zu hören waren, entgegen. Ein Entrinnen gab es ohnehin nicht, also wollte sie es rasch hinter sich bringen. Zwei der Männer grinsten bei ihrem Anblick, ein dritter betrachtete lüstern ihren Körper, aber man ließ sie vorerst unbehelligt und schleppte sie nach unten zu den anderen, die von den Männern in die Halle gebracht worden waren und sich zitternd gegen die Südwand drückten. Von drei Normannen bewacht, die ihre blanken Schwerter vor ihren Nasen tanzen ließen, musste Hayla mit ansehen, wie die Männer in wilder Wut alles durchwühlten. Auf der Suche nach Wertsachen stürmten sie durch die Räume, rissen Truhen und Kästen auf, und als Sir Ralph weder Geld noch sonstige Dinge, die irgendeinen Wert besaßen, fand, hieb er voller Zorn die Möbelstücke mit seinem Schwert kurz und klein, und im Nu war die Halle verwüstet. Eine dicke, blaue Ader schwoll auf Sir Ralphs Stirn.

»Räumt hier auf und bringt etwas zu essen und Bier. Viel Bier!«, befahl er, ohne jemanden direkt anzusehen. »Ich nehme nicht an, dass es hier irgendwo Wein gibt?«

»Nein, Herr, nur Bier«, beeilte Waline sich zu versichern und huschte in die Küche. Da sie niemand daran hinderte, folgte Hayla der Magd, die am ganzen Körper zitterte und die Tränen nicht mehr zurückhalten konnte.

»Wenigstens leben wir noch.« Hayla seufzte und griff

nach einem Tontopf. Sie wusste, es war nur ein schwacher Trost, denn bereits die kurze Zeit, die Ralph Clemency auf Penderroc weilte, hatte gezeigt, wie hart und grausam er war. Hayla wusste, er konnte sie nicht alle töten, denn seine Männer waren Ritter und Kämpfer und keine Bauern. Sie verstanden nichts von Ackerbau, Viehzucht oder wie man aus nur wenigen Zutaten ein schmackhaftes Mahl zubereitete. Hayla fürchtete im Moment nicht um ihr Leben, und Zorn auf die grausamen Fremden begann ihre Angst zu verdrängen. Sie ballte die Hände zu Fäusten. Waline, die sah, wie aufgewühlt Hayla war, legte beruhigend eine Hand auf ihre Schulter.

»Denk daran, was wir besprochen haben.« Obwohl sie allein in der Küche waren, senkte Waline ihre Stimme zu einem Flüstern. Man konnte nie wissen – vielleicht hatten die Wände Ohren. »Du bist eine einfache Magd, kannst weder lesen noch schreiben, und bemüh dich, einen etwas … dummen und einfältigen Eindruck zu machen.«

»Ich werde es versuchen«, entgegnete Hayla, Zweifel im Blick. »Allerdings wird es mir schwerfallen, mich nicht zu verraten, wenn die Männer Französisch sprechen.«

»Auf keinen Fall darf Sir Ralph merken, dass du ihre Sprache verstehst!« Waline war ernsthaft erschrocken. »Das könnte deinen sofortigen Tod bedeuten!«

»Das heißt, ich werde bis zu meinem Tod mein wahres Wesen verleugnen müssen.« Traurig senkte Hayla den Blick.

»Wer weiß schon, was die Zukunft bringt, Hayla.« Waline versuchte, ihren Schützling ein wenig aufzuheitern. »Es gibt noch genügend aufrichtige Angelsachsen, die sich die Eroberung nicht gefallen lassen werden und …«

»Ach, das glaubst du doch selbst nicht.« Scharf und lauter

als beabsichtigt unterbrach Hayla die Magd. »Wir Angelsachsen sind für alle Zeiten erledigt, unser England wird niemals wieder so sein, wie wir es kannten und liebten. Und jetzt lass uns an die Arbeit gehen, ich möchte nicht Ralph Clemencys Zorn auf mich ziehen.«

Die normannischen Ritter hatten schnell erkannt, dass sie sich mit ihrer wilden Zerstörungswut selbst nichts Gutes angetan hatten, denn nun mussten sie in der Halle die Möbel wieder aufstellen und beschädigte Stellen ausbessern, wollten sie einen Platz zum Essen haben. Ralph Clemency stand mit grimmigem Gesicht, die Hände in die Hüften gestützt, an der Stirnseite und betrachtete den größten Raum von Penderroc Castle. *Castle* – schon diese Bezeichnung war ein Witz! Die sogenannte Burg war nichts weiter als eine Ansammlung windschiefer, mit Schilf gedeckter Hütten, lediglich das Haupthaus bestand aus einem dreistöckigen steinernen Söller und einem zweistöckigen Langhaus, dessen Erdgeschoss die Halle einnahm. Der Fußboden aus festgetretenem Lehm war mit Binsen bestreut, kein Wandbehang zierte die kalten Mauern, und mitten im Raum befand sich die Feuerstelle, für die es allerdings keinen Abzug gab. So war die Halle von stickigem Rauch erfüllt und die Balkendecke schwarz wie Pech.

Ralph Clemency seufzte, als er an seine komfortable Behausung in Frankreich mit Kaminen an den Seitenwänden und mit Steinböden dachte. Dass er in einer wesentlich schlechteren und schmutzigeren Umgebung geboren und aufgewachsen war, schob Ralph in diesem Moment beiseite. Durch die Heirat mit der Schwester von Bosgard de Briscaut war er in die adlige Gesellschaft aufgestiegen. Zu dumm nur, dass seine Frau so bald nach der Hochzeit gestorben war! Mit großen Ambitionen war er dem Herzog der Normandie nach England gefolgt und hatte gehofft, in dem kalten und regnerischen Land jenseits des Kanals zu Macht und Reichtum zu gelangen, aber wie sah es wirklich aus? Seine einfache Herkunft ließ sich nicht verleugnen, und obwohl er inzwischen den Titel eines Ritters trug, war er nicht mehr als ein Laufbursche Bosgards und musste dessen Befehle ausführen. Auch wenn Penderroc Castle recht armselig war, so gehörte es ausschließlich Bosgard de Briscaut, während er nur als Verwalter fungierte. Über alles, was er hier tun würde, musste er Bosgard berichten und jeden Penny nach London abliefern, während Bosgard es sich am Hof des Königs gutgehen ließ. Ha! Ralph knirschte mit den Zähnen. London und damit Bosgard waren weit, er würde die Anweisungen missachten und nach seinem eigenen Gutdünken verfahren. Diese ungebildeten Angelsachsen hatten es nicht verdient, gut behandelt zu werden, wie es Bosgard ihm aufgetragen hatte. Sie waren nicht mehr als Vieh, und er, Ralph, würde schon dafür sorgen, dass Penderroc in naher Zukunft Profit abwarf. Dann würde der König nicht umhinkönnen, auch ihm ein eigenes Landgut zu schenken. Und mit Bosgard würde er leicht fertig werden.

Ein Knappe, der einen Stuhl an ihm vorbeitrug, stolperte, und ein Stuhlbein schlug hart gegen Ralphs Hüfte. Reflexartig holte er aus und ohrfeigte den jungen Mann.

»Kannst du nicht aufpassen, du Tölpel!«

Der Knappe lief feuerrot an und stammelte rasch eine Entschuldigung. Die Züchtigung des Jungen hatte Ralph ein Gefühl von Überlegenheit gegeben. Er wusste, dass er bei seinen Männern nicht beliebt war, aber durch Sympathie hatte noch nie ein Mann Macht errungen. Und Macht war das Wichtigste, nach dem Ralph Clemency strebte – noch mehr als nach Geld.

Seine Aufmerksamkeit wurde nun von einer jungen, dunkelhaarigen Frau erregt, die mit einem Krug, der so groß war, dass sie ihn mit beiden Händen tragen musste, die Halle betrat. Obwohl sie in einen unförmigen grauen Kittel gekleidet war, erkannte Ralph ihre grazile Gestalt, und sein Blick blieb an ihren vollen Brüsten hängen. Wegen der Kälte zeichneten sich unter dem groben Stoff die harten Brustwarzen ab, und Ralph spürte, wie sich seine Männlichkeit regte. Seit ungefähr zwei Monaten hatte er keine Frau mehr besessen, und diese Magd hier kam ihm mehr als gelegen. Er durchquerte die Halle und sprach die junge Frau anscheinend besorgt an.

»Gib mir den Krug, er ist viel zu schwer für eine zarte Person wie dich.«

Ralph hatte in gebrochenem Englisch gesprochen, aber Hayla tat, als hätte sie ihn nicht verstanden. Sie starrte Ralph aus ihren veilchenblauen Augen an und presste den Krug fester an ihre Brust.

»Warmes Bier …«

Ralph nickte und leckte sich gierig die Lippen. Es war aber weniger die Aussicht auf einen Becher Bier, die seinen Appetit anregte, sondern vielmehr ihre weiße, zarte Haut, die in einem schimmernden Kontrast zu ihren schwarzen Locken stand.

»Wie heißt du?«

»Hayla.« Sie konnte nicht länger so tun, als würde sie ihn nicht verstehen. »Ich bin Magd.«

Ralph nickte wohlgefällig. Bevor Hayla den Kopf abwenden konnte, hatte er mit den Fingern einer Hand ihr Kinn umschlossen und zwang sie, ihm in die Augen zu sehen.

»Ich wusste gleich, dass in dieser armseligen Burg irgendwo ein Schatz verborgen ist.«

Hayla zuckte zusammen, denn Ralphs gieriger Blick sagte eindeutig, was für einen Schatz er meinte. Mit einer schnellen Bewegung befreite sie ihren Kopf aus seinem Griff und trat einen Schritt zurück.

»Bitte, lasst mich meine Arbeit tun, Sir. Eure Männer sind durstig und hungrig, das Essen ist gleich fertig …«

»Erst gibst du mir einen Kuss!«

Hayla keuchte und versuchte, an Ralph vorbeizukommen, aber er war schneller. Fest umschlossen seine Arme ihre Schultern, und vor lauter Schreck ließ Hayla den Krug fallen. Er zersprang in tausend Scherben, und das Bier ergoss sich in die Binsen. Ralph kümmerte es nicht, denn sein Glied presste sich prall und heiß gegen den Stoff seiner dünnen Beinkleider. Er musste dieses Weib haben! Auf der Stelle – hier und jetzt! Hayla war in seinem Griff gefangen, doch bevor sich seine Lippen auf ihren Mund pressen konnten, zuckte er plötzlich zusammen und ließ sie los.

»Finger weg von dem Mädchen!« Wie ein Racheengel war Waline herangestürmt, in der Hand den dicken hölzernen Stößel aus dem Butterfass. Mit diesem hatte sie Ralph auf den Rücken geschlagen, und seine Hand fuhr unwillkürlich zu der schmerzenden Stelle zwischen seinen Schulterblättern.

»Wie kannst du es wagen!« Ralph hatte den ersten Schrecken überwunden, und blitzschnell verabreichte er Waline eine so heftige Ohrfeige, dass die alte Magd einige Schritte nach hinten taumelte. Ihre linke Wange wurde feuerrot, deutlich zeichneten sich vier Finger von Ralphs Hand ab. Durch den Schmerz klang seine Erregung ebenso schnell ab, wie sie gekommen war, und machte grenzenloser Wut Platz. Er trat einen Schritt auf Hayla zu und hätte sie wohl ebenfalls geschlagen, wenn diese nicht blitzschnell abgetaucht und aus der Halle gerannt wäre. »Na, warte, Weib! Dich bekomme ich noch, und dann gnade dir Gott!«, schrie Ralph und schleuderte einen Zinnbecher der flüchtenden Hayla nach.

Die Szene hatte die Aufmerksamkeit der anderen Männer erregt, die sich in einem Kreis um Hayla, Waline und Ralph scharten. In den Augen einiger stand gespannte Erwartung, aber die meisten schüttelten missbilligend den Kopf. Sie alle hatten von Bosgard de Briscaut, ihrem Herrn, bei dem sie ihn Lohn und Brot standen, den Befehl erhalten, die eroberte Bevölkerung anständig zu behandeln. Plünderungen oder gar Vergewaltigungen waren ihnen untersagt worden, doch schon auf dem Weg von London hierher in den Westen hatten die Männer festgestellt, dass sich Ralph Clemency einen Dreck um die Anweisungen Bosgards scherte. Aber ebenso wie Ralph wussten die Männer, dass es Wochen, wenn nicht sogar Monate dauern konnte, bis Sir Bosgard etwas von den Geschehnissen erfahren würde. Sie aber hatten den Zorn Ralphs auszuhalten, darum wagte niemand, sich offen einzumischen.

»Worauf wartest du noch?«, herrschte Ralph Waline an, die sich langsam wieder aufrappelte und Ralph voller Abscheu, aber auch furchtsam anstarrte. »Wenn nicht sofort das Essen auf den Tischen steht, werdet ihr zu spüren bekommen, was es heißt, eurem Herrn zu widersprechen.«

Hayla erwartete Waline in der Küche. Ihr Herz klopfte ebenso heftig, wie ihre Gliedmaßen zitterten, und Angst schnürte ihr die Kehle zusammen. Sie hatte die grenzenlose Gier, gemischt mit Wut, in Ralphs Augen gesehen und wusste, auf Dauer würde sie ihm nicht entkommen können.

»Gott, hilf mir!«, betete sie laut und dachte daran, noch heute Nacht zu fliehen. Irgendwohin, gleichgültig, ob sie Hunger und Not würde leiden müssen oder im Wald von Wölfen zerfetzt oder erfrieren würde. Gleichzeitig wusste sie aber auch, dass sie – sollte man sie wieder einfangen – ein weitaus schlimmeres Schicksal erwarten würde. Sie würde um die Jahreszeit nicht weit kommen. Hayla war zwar nicht feige, aber trotz allem hing sie an ihrem jungen Leben, zudem wusste sie, dass Waline die Wut von Ralph zu spüren bekommen würde, sollte sie verschwinden. Die Magd war alt, sie würde nicht viel ertragen können, und Hayla wollte ihr weitere Qualen ersparen. So musste Hayla wohl oder übel versuchen, sich mit dem neuen Herrn zu arrangieren.

3. Kapitel

Cornwall, Januar 1068

»Du meine Güte, Bruder Pierre, was ist denn jetzt schon wieder los?«

Unwillig drehte sich Bosgard de Briscaut im Sattel herum und blickte zurück auf den Mönch, der verzweifelt am Halfter des Esels zog, aber das Grautier schien nicht bereit zu sein, auch nur einen Huf zu bewegen.

»Es tut mir leid, Sir, aber Jesaja hat heute einen schlechten Tag.« Bedauernd hob der Mönch die Hände und sah Bosgard entschuldigend an.

»Euer Esel hat, seit wir aus London aufgebrochen sind, nur schlechte Tage«, brummte Bosgard verärgert. »Vielleicht liegt es daran, dass Ihr Euren Esel nach einem Propheten benannt habt. Es reicht mir, Bruder Pierre! Im nächsten Dorf, das wir erreichen, werden wir den Esel gegen ein anständiges Reitpferd eintauschen.«

In die Augen des Mönchs trat ein feuchter Schimmer, und er fiel vor Bosgard auf die Knie.

»Sir, ich bitte Euch, trennt mich nicht von Jesaja. Ich habe ihn mit eigener Hand aufgezogen, da seine Mutter kurz nach der Geburt gestorben ist, und er ist mir treu ergeben. Man muss nur ein wenig Geduld mit ihm haben, manchmal ist er etwas … empfindlich.«

Bosgard schnaubte geräuschvoll. Empfindlich! Das war gut gesagt. Seit sie vor drei Wochen aus London gen Westen aufgebrochen waren, war kaum ein Tag vergangen, an dem der Esel mit dem klangvollen Namen eines Propheten aus dem Alten Testament nicht andauernd stehen geblieben und erst nach sehr viel gutem Zureden zum Weitertraben zu bewegen war. Überhaupt war Bosgard über des Königs Anweisung, einen Mönch auf seine Reise mitzunehmen, wenig erfreut gewesen.

»Ihr braucht geistlichen Beistand«, hatte König William gesagt. »Wir wissen nicht, ob im fernen Cornwall die Riten unserer Kirche praktiziert werden, darum soll Euch Bruder Pierre begleiten. Ich befürchte, dort herrschen noch heidnische Sitten und Gebräuche.«

Widerwillig musste Bosgard sich fügen. Er war froh, früher als gedacht zu seinem Besitz aufbrechen zu können. Die Unruhen im Norden des Landes hatte er zu des Königs Freude schnell niedergeschlagen und die Verantwortlichen als Gefangene nach London gebracht.

»Ich bedauere es sehr, Euch am Hof zu verlieren, denn Eure Anwesenheit und Euer Rat sind für mich viel wert«, hatte der König zwar beteuert, sich aber seines gegebenen Versprechens erinnert und Bosgard mit einem Trupp Ritter und Knappen ziehen lassen.

»Wenn es doch nur etwas Klee geben würde.« Der Mönch riss mit jammernder Stimme Bosgard aus seinen Gedanken. »Jesaja liebt Klee, dafür würde er überall hinlaufen. Der Hafer schmeckt ihm nämlich nicht sonderlich.«

»Im Januar gibt es aber keinen Klee«, murrte Bosgard und zog ärgerlich die Stirn kraus. »Vielleicht erklärt Ihr Eurem Esel, dass Hafer zwar nicht das Feinste ist, derzeit jedoch nichts anderes auf dem Speiseplan steht. Gütiger Himmel, wenn das so weitergeht, wird es Frühling, bis wir unser Ziel erreichen.«

Bosgard bemerkte aus den Augenwinkeln, wie seine Männer sich ein Grinsen verbeißen mussten, und auch er musste unwillkürlich schmunzeln. Er wusste um Bruder Pierres höllische Angst vor großen Pferden und wie sehr der Geistliche an seinem Esel hing. Auch Jesus war auf einem Esel geritten, wie konnte er es dem Mönch dann verweigern? Bosgards Drohung, Jesaja in ein Pferd umzutauschen oder gar zu Wurst verarbeiten zu lassen, war natürlich Unsinn. Das wusste Bruder Pierre ebenso wie seine Männer. Bosgard de Briscaut war zwar ein mutiger Kämpfer, der in jeder Schlacht an der Spitze ritt und sich nicht zu töten scheute, um sein oder das Leben des Königs zu schützen, aber im Grunde seines Herzens liebte er die Tiere. Als Kind hatte er oft vom Muttertier verlassene Kätzchen oder Welpen mit der Hand aufgezogen, daher verstand er Bruder Pierres Bindung an seinen Esel sehr gut. Natürlich wäre Bosgard gerne schneller vorangekommen, andererseits – was spielte es für eine Rolle, ob er eine Woche früher oder später in Penderroc Castle eintraf? Sein Schwager Ralph Clemency hatte sicher alles unter Kontrolle und leitete den Besitz gemäß seinen Anweisungen.

Bosgard beschloss, eine Rast zu machen, und kaum hatten die Männer ihre Portion Brot und Käse verspeist, beschloss Jesaja, dass es nun an der Zeit war weiterzugehen, und er setzte sich leichtfüßig in Bewegung. Bruder Pierre schwang sich auf den Rücken des Esels und ritt dem Trupp voran. Nun konnte sich Bosgard ein lautes Lachen nicht mehr verkneifen, schwang sich seinerseits auf sein Pferd und folgte dem Mönch. Er schätzte, noch zwei oder drei Tage, dann würde er sein Land in Augenschein und in Besitz nehmen können.

Nie zuvor war Hayla über einen Schnupfen so froh gewesen wie in den letzten zwei Wochen. Obwohl sie sich körperlich wie erschlagen fühlte, war sie mit den verquollenen Augen und der roten Nase ein wenig schöner Anblick, und wenn sie hustete, wendeten sich die Männer von ihr ab. Sie schlief mit den anderen Frauen jetzt außerhalb des Herrenhauses in einer der Hütten am Rande der Palisade, aber immer wenn sie ihre Arbeit im Haupthaus verrichtete, folgten ihr Ralph Clemencys begehrliche Blicke. Er hatte sich ihr seit dem Vorfall in der Halle nicht mehr genähert, denn inzwischen hatte Ralph eine andere Magd gefunden, die in den kalten Nächten willig sein Lager teilte. Die Frau war zwar weder so jung noch so schön wie Hayla, aber Ralphs Körpersäfte kochten, und seine Leidenschaft konnte sich in dem drallen und willigen Körper der Magd entladen. Trotzdem versuchte Hayla, so gut es möglich war, Ralph aus dem Weg zu gehen. Den Gedanken an eine Flucht hatte sie vorerst verworfen. Selbst wenn es ihr gelingen sollte, unbemerkt Penderroc zu verlassen – sie hatte nicht die geringste Chance, den Normannen, die inzwischen das ganze Land besetzt hatten, zu entkommen. Da Hayla mit unbewegtem Gesicht den auf Französisch geführten Gesprächen der Männer, die sich auch unterhielten, wenn sie in der Nähe war, lauschte, hatte sie erfahren, dass Ralph Clemency gar nicht der rechtmäßige Herr von Penderroc Castle war. Die Burg und das Land waren vom König einem anderen Normannen übereignet worden, der wohl das bequeme Leben am Hof Williams vorzog und seinen Schwager geschickt hatte, den Besitz zu verwalten. Als Hayla diese Neuigkeit Waline erzählte, runzelte diese skeptisch die Stirn.

»Sosehr ich Ralph auch verabscheue«, sagte sie flüsternd, »ihn kennen wir nun und können seine Handlungsweisen einschätzen. Man darf ihn auf keinen Fall reizen und muss zusehen, dass er immer seinen Willen bekommt, sonst droht einer seiner gefürchteten Wutanfälle.«

Hayla nickte. Erst vor wenigen Tagen hatte Ralph einen Knecht mit einem Stock so sehr geprügelt, dass der Mann zwei gebrochene Rippen und Blutergüsse am ganzen Körper davontrug. Das alles nur, weil der Knecht angeblich das Zaumzeug von Ralphs Pferd nicht blank genug poliert hatte. Waline hatte das Servieren der Speisen in der Halle übernommen und wies Hayla Arbeiten außerhalb des Hauses an, damit diese Ralph so wenig wie möglich unter die Augen kam. Trotzdem war Hayla auf der Hut und vermied es besonders in den Abendstunden, wenn das Ale in Strömen floss und Ralph und seine Männer betrunken waren, allein in Penderroc Castle unterwegs zu sein.

Nach einer Nacht, in der die Normannen mal wieder fast bis zum Morgengrauen gezecht hatten und dann dort, wo sie saßen, von den Bänken gefallen und in den Binsen ihren Rausch ausgeschlafen hatten, schlich Hayla sich bei Sonnenaufgang in die Halle. Zwei, drei Männer grunzten im Schlaf, aber keiner wachte auf. Ralph Clemency schlief nicht bei ihnen, er hatte die Kammer des früheren Burgherrn im ersten Stock bezogen. Die Luft war mit den Gerüchen von Alkohol und den Ausdünstungen der Männer geschwängert, und Hayla hielt sich eine Hand vor Mund und Nase.

Sie durchquerte die Halle und öffnete leise die Eingangstür, denn sie musste in den Wald, um Holz zu sammeln. Der von Ralph zusammengeschlagene Knecht war für das Auffüllen der Holzvorräte zuständig, aber in seinem Zustand konnte er die schwere Schütte nicht tragen. Obwohl Waline protestiert und vorgeschlagen hatte, Hayla zu begleiten oder wenigstens Eric mitzunehmen, machte sie sich allein auf den Weg.

»Sir Ralph und die Männer werden sicher noch zwei, drei Stunden ihren Rausch ausschlafen, bis dahin bin ich längst wieder zurück.« Hayla deutete zum Himmel. »Es hat seit vier Tagen nicht mehr geregnet und keinen Frost gegeben, darum müssen wir die Gelegenheit nutzen, Holz zu sammeln, bevor es wieder nass wird. Erics Wunde hat gestern erneut geeitert, er muss den Arm schonen, damit es kein brandiges Fleisch gibt.«

»Nun gut, aber sei vorsichtig und entferne dich nicht zu weit von der Burg.«

»Keine Sorge, Waline, ich gehe nur in das westliche Wäldchen. Dort wird vorerst genügend Holz zu finden sein«, antwortete Hayla und bemühte sich um ein unbeschwertes Lächeln, um die Magd nicht zu beunruhigen.

Hayla holte die Schütte aus dem Schuppen und schnallte sie sich auf den Rücken. Wenn sie später gefüllt war, würde sie eine schwere Last sein, aber Haylas zierliche Figur täuschte. Sie war kräftig und zäh, das letzte Jahr als Magd auf Penderroc Castle hatte ihre Muskeln gestählt, und niemand vermutete, welche Kraft in ihrem Körper steckte. Hayla musste nicht weit gehen, denn in Sichtweite der Burg begann der dichte Wald, und sie kannte die Stellen, an denen jede Menge Bruchholz herumlag. Der Tag begann sonnig, aber es wehte ein kalter Nordwind. Trotzdem fror Hayla nicht, denn sie arbeitete schnell, und rasch war die Schütte bis zum Rand gefüllt. Sie würde wohl drei- oder viermal gehen müssen, damit sie, bis der Knecht wieder gesund war, genügend Holz für die kommenden Tage hatten. Hayla hievte die Schütte auf den Rücken, als sie plötzlich das Gewicht nicht mehr spürte. Mit einem Schrei fuhr sie herum und blickte Ralph Clemency ins Gesicht. Mit einer Hand hielt er die Schütte, während er Hayla mit seinen engstehenden Augen von oben bis unten musterte. Hayla hatte ihn nicht kommen hören und versuchte, einen Anflug von Panik zu unterdrücken.

»Ich habe dir schon einmal gesagt, du sollst nicht so schwer tragen.« Ralphs Stimme war leise, aber Hayla hörte deutlich einen erregten Unterton heraus. »Es ist schön, dass wir beide nun endlich einmal allein sind. Ich habe den Verdacht, du bist mir aus dem Weg gegangen, Mädchen, doch jetzt sind nur wir beide hier …«

Hastig sah sich Hayla um und bemerkte, dass er allein war, doch bevor sie davonlaufen konnte, hatte Ralph auch schon die Schütte fallen lassen, und das Holz lag verstreut auf dem Waldboden. Mit beiden Händen packte er Haylas Schultern und zog sie an sich heran. Fieberhaft arbeiteten Haylas Gedanken. Was sollte sie tun? Sollte sie um Hilfe rufen? Selbst wenn in Penderroc jemand ihre Schreie hören würde – entweder wären es Ralphs Männer, die keinen Finger krumm machen würden, ihr zu helfen, oder ihre eigenen Leute. Und diese hatten viel zu viel Angst vor Ralph, um einzuschreiten.

»Lasst mich los!« Hayla versuchte, ihn ihre Angst nicht merken zu lassen, und blickte ihm fest in die Augen. »Was wollt Ihr von mir? Ihr habt doch eine willige Frau für Euer Lager gefunden.«

Ralph grinste breit, und als er sprach, trafen Speicheltropfen ihr Gesicht.

»Ha, die ist gut für die Nacht, wenn es dunkel ist, aber so etwas Junges und Frisches wie dich habe ich schon lange nicht mehr unter mir gehabt.«

Der Druck seiner Finger verstärkte sich, und Hayla verlegte sich aufs Bitten.

»Ich flehe Euch an, Sir, lasst mich gehen! Ich bin doch nur eine einfache Magd …«

»Und hoffentlich noch Jungfrau«, vollendete er den Satz. Sein glühender Blick verriet Hayla, wie sehr ihn diese Vorstellung erregte. »Ja, ich glaube, du bist noch unberührt. Sag mir, hat dich je ein Mann an den Stellen berührt, die unter deinem Kittel verborgen sind? Hat je ein Mann sein Lustschwert in deinen Schoß gebohrt und dich zum Stöhnen gebracht? Nein, sicher nicht, darum wird es mir eine Freude sein, der Erste zu sein.«

Bei der Vorstellung, Hayla trotz ihrer verzweifelten Gegenwehr zu entjungfern, steigerte sich Ralphs Erregung ins Unermessliche. Er presste ihren Körper so fest an sich, dass Hayla sein hartes Glied an ihrem Bauch spürte. Sie keuchte vor Entsetzen, doch bevor sie schreien konnte, hatte Ralph ihr schon eine Hand auf den Mund gepresst und drückte sie auf den Waldboden.

»Wenn du auch nur einen Ton von dir gibst, schneide ich dir die Kehle durch, wenn ich mit dir fertig bin.«

Hayla hatte keinen Zweifel, dass er es ernst meinte, trotzdem war sie wild entschlossen, sich ihm nicht einfach hinzugeben. Besser tot als geschändet! Sie bäumte sich auf, und sogar als sich die Spitze der Klinge in ihre Haut bohrte und ein scharfer Schmerz durch ihren Hals jagte, hörte Hayla nicht auf, sich zu wehren.

»Du willst es nicht anders, du Luder!« Ralph schlug ihr so fest mit der flachen Hand ins Gesicht, dass Hayla für einen Moment bewusstlos wurde und ihre Glieder erschlafften. Als sie wieder zu sich kam, lag er schwer auf ihr und hatte mit einer Hand ihre Arme an den Handgelenken umklammert, so dass sie hilflos seiner Begierde ausgeliefert war. Routiniert schob Ralph mit der freien Hand ihren Kittel hoch, und sie spürte zuerst den kalten Luftzug an ihren Schenkeln, dann seine Finger, die sich zu ihrer intimsten Stelle vortasteten.

Gott hilf mir, betete Hayla und schloss die Augen. Sie hoffte, es möge schnell vorbeigehen, denn ein Entrinnen gab es nicht.

»Was ist hier los? Ralph, was tust du da?«

Die Stimme eines fremden, französisch sprechenden Mannes ließ Ralph heftig zusammenzucken, und seine Hand verschwand von Haylas Schenkeln. Mit einem Satz sprang Ralph auf, und Hayla öffnete vorsichtig die Augen. Nur wenige Schritte entfernt stand der größte Mann, den sie je in ihrem Leben gesehen hatte. Da er die Sonne im Rücken hatte, konnte sie seine Gesichtszüge nicht erkennen, aber sein Körper sah wie eine alte, mächtige Eiche aus: oben breit und nach unten hin schmaler werdend. Schnell rappelte Hayla sich ebenfalls auf die Füße und wich zurück.

»Bosgard … was machst du denn hier?« Ralph Clemency war sichtlich verwirrt, und er schloss schnell sein Beinkleid und richtete die Tunika darüber. »Ich habe nicht erwartet, dich so bald hier zu sehen.« Er schaute sich um. »Bist du allein?«

Der Fremde schüttelte den Kopf und deutete mit dem Daumen über die Schulter.

»Meine Männer sind vorn am Weg, ich musste austreten. Wie mir scheint, bin ich gerade zur rechten Zeit gekommen, um zu verhindern, dass du dem Mädchen Gewalt antust.«

»Gewalt? Aber nicht doch, mein Freund!« Ralph lachte, aber es klang gekünstelt. »Wir haben uns nur ein wenig in den Wald zurückgezogen, um … na, du weißt schon, was. Sie wollte es ebenso wie ich. Sie sind unersättlich, diese angelsächsischen Weiber.«

Der Mann musterte Hayla aus zusammengekniffenen Augen und bemerkte ihren zitternden Körper und ihren angstvollen Blick.

»Es scheint mir nicht so, als wäre dir das Mädchen bereitwillig gefolgt, Ralph, denn sie ist völlig verängstigt. Hatte ich dir nicht befohlen, die Bevölkerung unbehelligt zu lassen? Keine Plünderungen und keinerlei Gewalt gegen irgendjemanden.« Bosgard trat einen Schritt auf Hayla zu. Unter dem Helm, der seine Stirn bis zu den Augenbrauen bedeckte, blickten zwei steingraue Augen Hayla an. »Wie ist dein Name, Mädchen?«

Hayla, die dem Gespräch atemlos gefolgt war, zeigte keine Reaktion, denn sie wollte nicht verraten, dass sie die Sprache der Normannen verstand. Wer dieser Fremde auch war, er war eindeutig ein Normanne und damit ein Feind, auch wenn er zufällig im richtigen Moment aufgetaucht war und verhindern konnte, dass ihr Gewalt angetan wurde. Sein Kettenhemd war von ausgesuchter Qualität, und kunstvoll gearbeitete Ornamente zierten seinen Helm, was darauf schließen ließ, dass er eine höhergestellte Persönlichkeit war. Trotzdem traute Hayla ihm nicht. Vielleicht hatte er sie nur *gerettet*, um irgendwann selbst über sie herzufallen? Seine Worte sagten zwar etwas anderes, aber Hayla würde keinem Normannen vertrauen.

»Du verstehst mich nicht, Mädchen?« Der Mann trat dichter an sie heran, und Ralph lachte laut.

»Wie sollte sie, Bosgard? Die Menschen hier haben keinerlei Bildung und unterhalten sich lediglich in einer barbarischen Sprache. Du hast Glück, dass ich mich mit ihnen verständigen kann.«

Unwillkürlich wich Hayla einen Schritt zurück und hob abwehrend beide Hände.

»Du brauchst keine Angst zu haben, niemand wird dir etwas antun«, fuhr Bosgard fort und hoffte, sein Tonfall würde das Mädchen beruhigen. Er überlegte kurz, dann wiederholte er mühsam auf Englisch, von dem er ein paar Brocken beherrschte: »Wie ist dein Name?«

Nun konnte Hayla nicht länger so tun, als würde sie ihn nicht verstehen, und flüsterte: »Hayla, ich bin Magd in Penderroc Castle.«

Bosgards Blick löste sich von ihrem Gesicht, und er sah zu der Ansammlung von Hütten und zum Herrenhaus, dann wandte er sich wieder an Ralph.

»Ist das Penderroc?« Ralph nickte, und ein Lächeln umspielte die vollen Lippen des Normannen. Bosgard meinte: »Ich habe es mir größer vorgestellt, aber ich bin froh, endlich angekommen zu sein. Ralph, geh zurück und veranlasse, dass Essen und Trinken aufgetragen werden. Meine Männer und ich sind hungrig und durstig. Und du« – er wandte sich wieder an Hayla und versuchte, ihr mit Gesten klarzumachen, was er wollte – »kommst am besten mit mir. Nicht, dass unser Freund hier doch noch auf dumme Gedanken kommt.«

Er sah Ralph mit hochgezogenen Augenbrauen streng an, dem nichts anderes übrigblieb, als sich dem Befehl Bosgards zu beugen.

Hayla folgte dem Normannen ein Stück durch den Wald, bis sie auf den Hauptweg trafen. Bosgards Männer warteten bereits ungeduldig, und Haylas Augen weiteten sich vor Erstaunen, als sie einen Mönch auf einem Esel sitzen sah.

»Zufällig habe ich Ralph Clemency im Wald getroffen«, erklärte Bosgard seinen Begleitern. »Und dieses Mädchen hier. Es war offensichtlich, dass sie sich in Ralphs Gesellschaft nicht sonderlich wohl fühlte.«

Zwei der Männer lachten. Bevor Hayla protestieren konnte, umschlang Bosgards Arm ihre Taille, hob sie hoch, als wöge sie nicht mehr als eine Feder, und setzte sie auf sein Pferd. Dann schwang er sich mit einem Satz hinter sie, und Hayla blieb nichts anderes übrig, als seinen Griff um ihre Hüfte zu ertragen, als er sein Schlachtross in Bewegung setzte. Früher war sie oft geritten und war daher mit Pferden vertraut, aber auch dies durfte sie sich nicht anmerken lassen. Sie hatte nun keinen Zweifel mehr daran, wer der Fremde war: Bosgard de Briscaut, der rechtmäßige Besitzer von Penderroc Castle. Während des kurzen Rittes saß sie vor ihm, den Rücken an seine breite Brust gepresst, und konnte jede Bewegung seiner Muskeln spüren, obwohl er ein leichtes Kettenhemd trug. Auch roch er angenehm. Nicht wie die anderen nach Schweiß und Alkohol, sondern nach einer Mischung aus Heu und Pferd, obwohl er eine lange Reise hinter sich haben musste. Hayla vermutete zu Recht, dass er unterwegs – trotz der frostigen Temperaturen – in Flüssen oder Seen gebadet hatte.

Rasch erreichten sie das Tor der Palisade und ritten in

den Hof ein. Ralph war kurz vor ihnen angekommen und hatte seine Männer informiert, die sich nun alle im Hof versammelt hatten. Bosgard stieg ab, dann half er Hayla vom Pferderücken. Aus dem Haupthaus eilte eine aufgelöste Waline auf sie zu, und Hayla flüchtete in ihre Arme.

»Das ist der Herr«, flüsterte Hayla der Magd rasch ins Ohr. »Der *richtige* Herr von Penderroc Castle, meine ich.«

Breitbeinig, die Hände in die Hüften gestemmt, stand Bosgard auf dem Platz und blickte sich um.

»Spricht hier irgendjemand unsere Sprache?«, rief er, und Ralph trat vor.

»Niemand, das kannst du vergessen. Wie ich dir bereits sagte, alles nur dumme Bauerntölpel. Kaum dass sie in der Lage sind, ein anständiges Essen auf den Tisch zu bringen.«

Bosgards Blick bohrte sich in Ralphs Gesicht.

»Dann wirst du übersetzen, denn mein Englisch ist zu schlecht, um zu sagen, was ich meinen Untertanen mitteilen möchte.«

»Selbstverständlich, Schwager«, entgegnete Ralph scheinbar unterwürfig.

Bosgard setzte an und sprach mit lauter, klarer Stimme:

»Liebe Bewohner von Penderroc Castle. Mein Name ist Bosgard de Briscaut, und unserem König William, Gott möge ihn schützen, hat es gefallen, mir die Herrschaft über diese Burg und das dazugehörige Land zu übertragen. Ich weiß, dass ihr Angelsachsen alles andere als erfreut über die normannische Herrschaft seid, aber lasst euch gesagt sein, dass König William das Beste für das Land und für die Bevölkerung möchte. Von Geburt an hat König William ein Recht auf die englische Krone, und in den letzten Monaten hat er bewiesen, dass er ein guter und gerechter König ist.

Ich möchte, dass wir nicht gegeneinander, sondern miteinander arbeiten, denn das Land braucht Männer und Frauen wie euch, die sich hier auskennen. Auch wenn es für euch ungewohnt sein wird, in den Diensten eines neuen Herrn zu stehen, so versichere ich euch, ich werde Recht und Ordnung aufrechterhalten, und niemandem von euch wird ein Leid geschehen. Ihr könnt alle hierbleiben und für mich arbeiten, aber ich stelle es jedem frei, wenn er oder sie gehen und woanders sein Glück versuchen möchte.«

Auffordernd sah Bosgard zu Ralph, der seinerseits begann, Bosgards Worte in englischer Sprache wiederzugeben:

»Hört genau zu, ihr Pack von Penderroc Castle. Ich bin Bosgard de Briscaut und euer neuer Herrscher, ob euch das passt oder nicht. Solange ihr tut, was ich will, und euch friedlich verhaltet, könnt ihr weiter für mich arbeiten. Sollte jedoch jemand wagen, sich gegen mich, Sir Ralph oder unsere Männer aufzulehnen, so erwartet ihn der sichere Tod. Versucht erst gar nicht zu fliehen, denn ich werde jeden gnadenlos verfolgen und bestrafen, der den Grund und Boden von Penderroc verlässt. Ihr dürft niemals vergessen, wer jetzt das Sagen in England hat, und am besten vergesst ihr ganz schnell euren dummen Stolz und seht zu, dass ihr mich nicht verärgert. Es ist zu eurem Besten.«

»Das waren nicht seine Worte!«

Hayla keuchte und starrte Waline entsetzt an. Schnell drückte die Magd Haylas Arm und raunte: »Sei still, er darf nicht merken, dass du ihn verstehst.«

Bosgard lächelte freundlich und fuhr fort:

»Ich möchte euch kurz und in einfachen Worten erklären, wie England regiert wird. An der Spitze steht selbstverständlich der König, dem grundsätzlich alles Land gehört. Da er sich aber nicht um alles allein kümmern kann, verteilt der König sogenannte Lehen, also Teilstücke seines Landes, an Vasallen. Ich bin ein solcher Kronvasall und in erster Linie Gott und dann meinem König verpflichtet. Im Osten und Süden Englands wurden bereits weitere Untervasallen, die dem Kronvasall verpflichtet sind, ernannt. Solche Posten können durchaus auch Angelsachsen erhalten, tüchtige, aufrichtige und gerechte Angelsachen. Ihr seht also, England wird nicht ausschließlich von uns fremden Normannen regiert, sondern die Einheimischen haben die Möglichkeit, Land zu erhalten und dieses zu bewirtschaften – solange sie König William treu ergeben sind.«

Wieder ein auffordernder Blick zu Ralph. Dieses Mal blieb Hayla äußerlich ganz ruhig, während in ihrem Inneren ein Sturm der Gefühle tobte, als Ralph Clemency erneut falsch übersetzte.

»Der König hat alle Macht über England, und er setzt diese Macht auch durch. Hinter ihm steht eine Streitmacht mit mehr Männern und Waffen, als ihr dummen Bauern es euch vorstellen könnt. Ich habe ein Teil dieser Macht vom König erhalten und bin dazu befugt, Recht und Gesetz mit allen Mitteln zu verteidigen. An meiner Seite steht mein Freund und Schwager Ralph, der in allem meinen Wünschen und meinen Befehlen folgt. Findet euch damit ab, dass die Zeiten der Angelsachsen für immer vorbei sind. Wir Normannen haben in England nun das Sagen.«

Hayla schluckte trocken. Es kostete sie große Beherrschung, den Menschen, die Bosgard ob dieser Rede mit unverhohlenem Hass betrachteten, nicht die Wahrheit zu sagen. Der neue Herr war offenbar aus einem anderen Holz als

Ralph Clemency geschnitzt, aber auch wenn seine Worte gut und freundlich klangen, musste Hayla auf der Hut sein.

Bosgard hatte nach seiner Ansprache keine Beifallsstürme erwartet, aber auch nicht mit dieser eisigen Ablehnung gerechnet. Er war voller Tatendrang und gutem Willen nach Cornwall gekommen, schien aber auf eine Mauer der Ablehnung zu prallen. Nie im Leben wäre Bosgard auf die Idee gekommen, dass der Mann, den er für seinen ergebenen Diener hielt und der zudem sein Schwager war, seine Worte absichtlich verdreht hatte, um Bosgard bei den Leuten in Misskredit zu bringen. Bosgard sprach und verstand nur wenig Englisch, so war ihm die falsche Übersetzung nicht aufgefallen. Nun wandte er sich wieder an Ralph.

»Jetzt habe ich Durst. Ich hoffe, du hast auftragen lassen?«

Freundschaftlich legte Ralph einen Arm um den wesentlich größeren Bosgard.

»Selbstverständlich, mein Freund, und in der Halle brennt ein wärmendes Feuer. Aber mit den Leuten hier wirst du Probleme haben. Ich denke nicht, dass es sinnvoll ist, ihnen zu vertrauen.«

Skeptisch hob Bosgard eine Augenbraue.

»Nun, du kannst mir ja bei einem Krug Ale berichten, was du seit deiner Ankunft hier erlebt hast.«

»Gerne, Bosgard, aber es sind leider nicht nur gute Nachrichten. Der Landbesitz ist klein, und, wie du selbst siehst, die Burg verdient kaum diese Bezeichnung.«

Die beiden Männer betraten das Langhaus, und Hayla starrte ihnen mit brennendem Blick nach. Allem Anschein nach waren Ralph und Bosgard Freunde, warum aber hatte Ralph die Worte des neuen Herrn so falsch wiedergegeben?

Doch gleichgültig, in welcher Beziehung die beiden Männer zueinander standen – ein Normanne war gleich schlecht wie der andere, und nur weil Bosgard de Briscaut sie vor einer Schändung bewahrt hatte, war dies noch lange kein Grund, freundliche Gedanken für ihn zu hegen. Waren die Worte Bosgards auch freundlich gewesen, er würde zum Erreichen seiner Ziele ebenso rücksichtslos wie Ralph vorgehen und die Bewohner Penderrocs unterdrücken.

4. Kapitel

In den frühen Morgenstunden war Bosgard zusammen mit Ralph ausgeritten, um sich einen Überblick über seinen Landbesitz und die Umgebung zu verschaffen. Im Osten zogen sich die Ländereien von Penderroc bis zu dem Fluss Tamar hin, der die natürliche Grenze zwischen Devon und Cornwall bildete. Im Süden dehnten sich dichte Wälder bis zur Küste aus, und im Norden und Westen gab es fruchtbares Ackerland, das von einfachen Bauern, die in armseligen Hütten hausten, bewirtschaftet wurde. Penderroc lag weit genug vom Meer entfernt, um nicht den heftigen Stürmen des Herbstes und des Winters ausgesetzt zu sein, dennoch hing der Geruch nach Moor, Salz und Meer in der Luft. Obwohl der Landbesitz nicht groß war, erkannte Bosgard, dass er hier – wenn er richtig wirtschaftete – sein Auskommen haben würde. Er lächelte in sich hinein. Er, Bosgard de Briscaut, aufgewachsen auf einem der größten Güter in der Normandie, sein Vater ein mächtiger und reicher Mann, würde künftig nur noch ein Bauer sein. Er hatte genug vom Kämpfen, hatte zu viel Blut und Leid gesehen und sehnte sich nach einem Platz, wo er zur Ruhe kommen und ein friedvolles Leben führen konnte. Penderroc schien ihm der richtige Platz dafür zu sein, und er freute sich auf die vielfältigen Aufgaben. Seine finanziellen Mittel erlaubten es, in den kommenden Jahren aus Penderroc ein herrschaftliches Anwesen zu machen, das seiner Abstammung würdig war.

Als die beiden Männer am Spätnachmittag wieder in den Hof ritten, zügelte Bosgard sein Pferd und betrachtete die Leute, die nun seine Untertanen waren. Nach dem von König William erlassenen Gesetz waren die Angelsachsen Leibeigene, und der König hatte sie sogar als »seine Sklaven« bezeichnet, aber Bosgard mochte dieses Wort nicht. Natürlich waren die Angelsachsen ihm verpflichtet und mussten für ihn arbeiten, aber Bosgard wollte versuchen, ihnen einen Rest ihres Stolzes und ihrer Würde zu erhalten. Er wandte sich zu Ralph um und sagte: »Ich werde ihre Sprache lernen, denn ich muss die Menschen, die für mich arbeiten, verstehen und selbst mit ihnen sprechen können.«

»Was?« Ralph zuckte kaum merklich zusammen. »Das ist nicht nötig. Hauptsache, sie machen ihre Arbeit und verhalten sich ruhig.«

»Wenn ich ihr Vertrauen gewinnen möchte, dann muss ich mir ihre Sorgen und Nöte anhören. Ralph, du wirst mich jeden Tag eine Stunde in der Sprache der Engländer unterrichten. Am besten fangen wir damit gleich heute Abend an.«

Das war kein Wunsch, sondern ein Befehl, und Ralph knirschte mit den Zähnen. Er wagte einen letzten Versuch, Bosgards Ansinnen abzuweisen.

»Denkst du wirklich, dieser Aufwand lohnt sich? Du kehrst doch bald wieder nach London an den Hof zurück, und dort herrscht die kultivierte Sprache. Warum also willst du dir so viel Mühe machen?«

Bosgard schüttelte den Kopf und sah Ralph verwundert an.

»Du irrst dich, Schwager. Ich werde so bald nicht nach London zurückzukehren. Außer wenn der König mich an seine Seite rufen sollte, aber es scheint, dass alle Aufstände niedergeschlagen wurden und eventuelle Unruhestifter entweder tot oder eingekerkert sind. Somit werde ich in Cornwall bleiben.«

Ralph konnte sein Erschrecken über Bosgards Pläne nur verbergen, indem er sich vorbeugte und den Hals seines Pferdes kraulte.

»Warum kehrst du dann nicht nach Frankreich zurück?«, fragte er. »Die Verwaltung von Penderroc kannst du gerne mir überlassen, und du könntest dir ein angenehmeres Leben machen.«

»Tz … tz, Ralph …« Bosgard hob tadelnd den Zeigefinger. »Es scheint fast so, als wolltest du mich loswerden.« Er beugte sich zur Seite und legte eine Hand auf Ralphs Schulter. »Ich weiß, dass du dich benachteiligt fühlst, weil König William dir kein eigenes Land zugesprochen hat. Wenn du dich jedoch bewährst, dann ist es durchaus möglich, dass ich dir ein Lehen gebe und du zu einem Vasallen des Königs wirst. Du musst nur ein wenig Geduld haben, Ralph.«

Geduld war jedoch das Letzte, über das Ralph Clemency verfügte, und er wollte auch keine Almosen haben. Er strebte nach Macht und Reichtum und wollte keinesfalls ein kleiner, unbedeutender Vasall sein, aber aufgrund seiner Abstammung aus dem niedrigen französischen Adel konnte er wohl nicht mehr verlangen.

»Ich sehe mich aber nicht als Bauer irgendwo in der Wildnis«, warf er grimmig ein. »Vielleicht sollte ich nach London gehen und mich wieder dem Heer anschließen.«

König William unterhielt seit der Eroberung Englands ein stehendes Heer, auch wenn seit Monaten niemand mehr gewagt hatte, gegen den neuen Herrscher zu rebellieren. In allen größeren Städten des Landes und entlang den Küsten ließ der König mächtige Festungen bauen und diese mit Soldaten besetzen.

Bosgard zuckte mit den Schultern.

»Das ist keine schlechte Idee, Schwager. Ich glaube auch, dass du mehr zum Kämpfen als zum Bearbeiten eines Ackerbodens geeignet bist. Ich lasse dich aber erst fort, wenn du mir die Sprache der Einheimischen beigebracht hast.«

Damit war Bosgard wieder zu dem Thema zurückgekehrt, über das Ralph alles andere als erfreut war. Es war keinesfalls in seinem Sinn, dass sich Bosgard direkt mit den Leuten unterhalten konnte, denn solange er als Übersetzer fungierte, besaß er wenigstens noch ein bisschen Macht.

Die Aufmerksamkeit der Männer wurde von dem Stallknecht, der ihre Pferde in Empfang nahm, abgelenkt. Just in diesem Moment verließ Hayla die Hütte, die als Lagerhaus für das Korn diente. Sie blieb stehen, als sie die beiden Männer erkannte, starrte sie für einen Moment an, senkte dann aber schnell den Kopf. Bosgard hatte trotzdem den Blick aus ihren veilchenblauen Augen auffangen können. Bereits am Tag zuvor hatte er diese intensive Farbe bemerkt, die ihn an den Garten seiner Mutter erinnerte, in dem im Frühjahr unzählige Veilchen blühten. Mit einem Lächeln sagte Bosgard zu Ralph: »Ich verstehe, dass das Mädchen dir gefällt, aber lass sie in Ruhe. Ich möchte keinen Ärger haben.«

»Sie ist doch nur eine einfältige Magd!« Ralph schüttelte den Kopf. »Ach, ich verstehe, Bosgard. Du willst sie für dein eigenes Bett, nicht wahr? Nun, du bist der Herr und hast das Vorrecht …«

»Rede keinen Unsinn!«, unterbrach Bosgard Ralph scharf, ließ ihn stehen und ging auf das Langhaus zu.

Hayla beeilte sich, aus dem Blickfeld Ralphs zu kommen. Es fiel ihr schwer zu verbergen, dass sie jedes Wort von Sir Bosgard verstanden hatte. Einerseits war sie ihm dankbar, aber auf der anderen Seite hatte Ralph Clemency sicher nicht unrecht mit der Vermutung, dass Bosgard sie für sich selbst wollte. Es war nur eine Frage der Zeit, wann es so weit sein würde, denn als Leibeigene war sie ihm hilflos ausgeliefert. Das Gesetz war auf seiner Seite – als Burgherr konnte er nach Belieben über seine Untertanen verfügen, und Hayla hatte von Bosgard de Briscaut den Eindruck gewonnen, dass er ein Mann war, der sich nahm, was er wollte.

In den Stunden, bis das Abendessen aufgetragen wurde, ließ die Erinnerung an zwei veilchenblaue Augen Bosgard nicht los. Es war aber nicht nur die außergewöhnliche Farbe, die ihn faszinierte, denn er hatte in dem kurzen Moment auch eine gewisse Verachtung im Blick der Magd gesehen, die ihn seltsam berührte. Natürlich hatte das Mädchen Grund, ihm ebenso wie allen Normannen ablehnend gegenüberzustehen, aber einer einfachen Magd konnte es doch gleichgültig sein, welchem Herrn sie diente, solange dieser sie anständig behandelte. Sie hatte ein Dach über dem Kopf, genügend zu essen und musste keine Schläge oder noch Schlimmeres befürchten. Bosgard de Briscaut wusste kaum etwas über den früheren Besitzer von Penderroc Castle, außer dass er kurz nach der Eroberung gestorben war. Wahrscheinlich war er ein guter und gerechter Herr gewesen, und die Loyalität seiner Leute ging über seinen Tod hinaus. Bosgard seufzte, als er seinen Brustpanzer und die Reitkleidung ablegte und in eine leichte Tunika aus dunkelgrünem Wollstoff schlüpfte. Das Leben bestand nun einmal aus Erobern und Herrschen – das war schon immer so gewesen und würde auch so bleiben. Warum machte er sich Gedanken, was eine Magd über ihn dachte? Warum verspürte er das Bedürfnis, diesem einfachen Mädchen zu erklären, dass ihr von ihm keine Gefahr drohte?

»Fort mit diesen Gedanken!«, sagte Bosgard laut zu sich selbst und lenkte seine Überlegungen in andere Richtungen. Sein nächster Plan war, seine Kammer mit einem Kamin auszustatten, doch dazu musste das Wetter trockener und wärmer werden, damit die Wand aufgestemmt werden konnte. Überhaupt würde er an der Burg vieles um- und anbauen lassen, um das Gebäude etwas wohnlicher zu machen. So gab es keine Latrinen innerhalb der Mauern, was Bosgard besonders lästig fand. Die Bewohner benutzten Nachttöpfe, die sie irgendwo im Garten entleerten, oder sie gingen gleich ins Freie hinaus, um sich zu erleichtern. Seine Kammer sollte so bald wie möglich einen Latrinenanbau erhalten. Bosgard hoffte, in der Umgebung einen einheimischen und willigen Baumeister und kräftige Männer zu finden, die die vielfältigen Arbeiten ausführen konnten. Natürlich hätte er auch Landsleute nach Cornwall rufen können, aber er war daran interessiert, die Angelsachsen in die neue Herrschaft zu integrieren und damit vielleicht zwar nicht ihre Freundschaft, aber doch ihren Respekt zu erlangen. Bosgard freute sich auf seine erste Lektion in der englischen Sprache, denn bei all den Plänen, die er hatte, war es unumgänglich, die Sprache der Einheimischen zu beherrschen.

Mit einem mulmigen Gefühl im Magen trug Hayla die Platten mit dem gebratenen Wildbret in die Halle und plazierte sie auf den Tischen. Es war ihr stets unangenehm, wenn sie Ralph Clemency unter die Augen treten musste. Auch dem neuen Herrn, diesem Bosgard de Briscaut, misstraute sie zutiefst, obwohl er bisher nichts getan hatte, was ihr oder jemand anderem geschadet hatte. Bosgard saß in der Mitte der langen Tafel an der Stirnseite der Halle, zu seiner Rechten nahm Ralph Platz und auf der linken Seite saß ein hagerer Mönch, der auf den Namen Bruder Pierre hörte. Sein Esel mit dem klangvollen Namen Jesaja war bereits von allen Leute bestaunt, aber auch belächelt worden, denn Bruder Pierre ließ es sich nicht nehmen, das Tier jeden Abend persönlich zu füttern und ihm gute Nacht zu sagen. Hayla schmunzelte nicht über den Mönch, obwohl sie sich wunderte, warum ein Mann Gottes, dessen ungeteilte Liebe dem Herrn im Himmel gelten sollte, derart an einem Nutztier hing. Doch das ging sie nichts an.

Gerade als sie eine Fleischplatte in die Mitte des Tisches stellte, hörte sie Ralph Clemency sagen: »Und, Bruder Pierre, wie geht es Eurem Esel? Ich habe davon gehört, dass in dem Land im Süden, das man Italien nennt, Wurst aus Eselsfleisch eine Delikatesse sein soll. Wenn Euer Jesaja also mal nicht mehr so gut in Form ist, kann er uns immer noch als Mahl dienen.«

Ralph fand seine Bemerkung besonders witzig, und er hieb sich mit einer Hand auf den Schenkel und lachte dröhnend. Bruder Pierre hob entrüstet die Hände, und sein Blick fiel auf die Fleischplatte. Hayla erkannte Furcht in seinen Augen, aber auch Bosgard hatte es bemerkt. Sanft legte er eine Hand auf den Unterarm des Mannes.

»Seid versichert, Bruder, auf diesem Tisch befinden sich nur gesottene Kaninchen und gebratene Tauben. Euer Esel steht unversehrt im Stall.« Bosgard drehte seinen Kopf und fixierte Ralph. »Ich finde deine Äußerung alles andere als angemessen oder witzig, Ralph. Du solltest dich bei Bruder Pierre entschuldigen.«

Ralphs Augenbrauen hoben sich entrüstet.

»Ich mich entschuldigen?« Er schüttelte verärgert den Kopf. »Was kann ich denn dafür, wenn dieses Mönchlein so empfindlich und nicht für einen kleinen Scherz zu haben ist?«

Bosgards Miene ließ vermuten, was er dachte, aber er mochte das Thema nicht weiter verfolgen. Er griff zu einer Kaninchenkeule und murmelte mit einem Seitenblick zu Bruder Pierre: »Lasst es Euch schmecken.«

Hayla, die jedes Wort mit angehört hatte, seufzte erleichtert. Sofort erregte sie Bosgards Aufmerksamkeit. Er hob den Kopf und sah sie an.

»Was ist los, Mädchen?«

Hayla tat, als würde sie ihn nicht verstehen, und zuckte mit den Schultern.

»Der Herr hat dich gefragt, warum du gerade geseufzt hast«, herrschte Ralph sie auf Englisch an.

»Es … ist nichts …« Hayla bemühte sich um einen unschuldigen Gesichtsausdruck. »Ich wünsche Euch einen guten Appetit.«

Sie drehte sich um und wollte gehen, da griff Bosgard nach einem Zipfel ihres Rockes und hielt sie fest. Zornig fuhr sie herum.

»Lasst mich los!«, fauchte sie, und auch ohne Worte verriet ihr funkelnder Blick ihren Unwillen.

Bosgard lächelte nachsichtig, und seine Finger lösten sich von Haylas Rock.

»Hayla, nicht wahr?«, fragte er in ihrer Sprache. Sie nickte, erstaunt darüber, dass er sich ihren Namen gemerkt hatte. »Ich lerne Englisch«, fuhr er fort und schaute dabei so entschuldigend, dass Hayla gegen ihren Willen lächeln musste. Dann aber drehte sie sich um und verließ hastig die Halle. Bosgard de Briscauts Augen waren grau wie Stein, aber sein Blick war nicht hart, sondern voll aufrichtigem Interesse gewesen. In der Küche sank Hayla auf einen Schemel. Unwillkürlich presste sie eine Hand auf ihr wild pochendes Herz.

»Was ist geschehen, Hayla?« Waline trat zu ihr. »Deine Wangen glühen, und deine Augen glänzen, als hättest du Fieber.«

Bevor die Magd eine Hand auf Haylas Stirn legen konnte, drehte diese schnell den Kopf zur Seite.

»Es ist nichts … In der Halle ist es nur so heiß … Die vielen Männer …« Hayla ärgerte sich, weil sie stotterte, aber als sie Bosgard de Briscaut in die Augen geschaut hatte, war jegliche Angst vor dem Normannen von ihr abgefallen. Hastig stand sie auf und murmelte: »Ich muss das Ale hinausbringen …«

Beim Umfüllen aus dem Fass in die Krüge zitterten Haylas Hände so sehr, dass sie einige Tropfen verschüttete.

»Weißt du, dass der Herr unsere Sprache lernt?«, fragte sie Waline, um sich abzulenken.

Die Magd nickte, ihre Lippen kräuselten sich unwillig.

»Aber ausgerechnet Sir Ralph ist sein Lehrmeister. Das wird dem gar nicht passen, wenn der Herr unsere Sprache versteht, denn dann kann dieser Clemency uns nicht länger Lügen erzählen.«

Hayla lächelte und wischte mit einem Tuch das verschüttete Ale auf.

»Glaubst du, Sir Bosgard hat vor, für längere Zeit in Penderroc zu bleiben?«, fragte Hayla und wunderte sich, warum bei diesen Worten ihr Herz schneller schlug.

Waline zuckte mit den Schultern. Sie bemerkte nichts von Haylas Verwirrung und meinte: »Das mag wohl sein, und so wenig ich ihm traue – Bosgard de Briscaut bedeutet für uns das kleinere Übel. Wenn er wieder an den Hof des Königs geht, bleiben wir unter der Herrschaft von Sir Ralph, und was das für uns bedeutet, mussten wir ja bereits erfahren. Ich befürchte allerdings, dass Sir Bosgard früher oder später ebenfalls seine Maske wird fallenlassen.« Waline konnte nicht ahnen, dass sie mit ihren Worten genau Haylas Befürchtungen aussprach. Einen grimmigen Zug um die Mundwinkel, fuhr die alte Magd fort: »So oder so – wir stehen unter der Knute der Normannen und sind Leibeigene ohne eigene Rechte. Ich bin froh, dass das dein Vater nicht mehr erleben musste …« Waline brach ab und schlug sich erschrocken eine Hand auf den Mund.

»Mein Vater?« Hayla war verwundert. »Mein Vater ist seit so vielen Jahren tot, dass ich keine Erinnerung mehr an ihn habe. Sicher, er war ein angelsächsischer Herr, hätte er jedoch die Schlacht erlebt, wäre er entweder auf dem Schlachtfeld gefallen, oder man hätte ihn in Gefangenschaft genommen. Seine Ländereien wären auf jeden Fall enteignet worden. Somit bin ich eigentlich ganz froh, dass er diese Schmach nicht am eigenen Leib hat erfahren müssen.«

»Ja, du hast recht«, beeilte Waline sich zu versichern und deutete dann auf die Krüge. »Du musst jetzt aber das Ale in die Halle bringen, sonst wird Sir Bosgard ungeduldig.«

Kaum hatte Hayla die Küche verlassen, sank Waline seufzend auf die Bank vor der Feuerstelle. Wie hatte sie nur so unbedacht sein können, dass ihr dieser Satz entschlüpfte? Hayla schien zum Glück keinen Verdacht geschöpft zu haben, aber in Zukunft musste sie vorsichtiger sein! Man hatte ihr ein brisantes Geheimnis anvertraut, welches zu hüten ihre wichtigste Aufgabe war. Neben der Sorge um Hayla, natürlich. Waline hatte das Mädchen in dem Jahr, seit es auf Penderroc war, liebgewonnen wie eine eigene Tochter, die sie nie gehabt hatte. Und sie wollte alles tun, um Hayla zu beschützen, und wenn es sein musste, auch mit ihrem Leben. Nicht vorstellbar, was geschehen würde, wenn Sir Bosgard die Wahrheit über Hayla erführe. Sie, Waline, musste ihre Zunge künftig besser im Zaum halten, sonst würde es zu einer Katastrophe kommen.

Ein paar Tage später saßen Bosgard und seine Männer in der Halle beim Abendessen. Nachdem die Normannen mit Speisen und Krügen voller Ale versorgt waren, durften sich auch die Bediensteten, darunter Hayla, am unteren Ende an einen Holztisch setzen. Die meisten von ihnen griffen gierig nach der Schüssel mit dem dicken Haferbrei, denn für sie gab es weder Fleisch noch Ale oder gar etwas von dem Wein, den sich Bosgard aus Frankreich hat schicken lassen. Auch Hayla aß hungrig, als plötzlich Ralphs Stimme laut durch die Halle dröhnte.

»He, mein Krug ist leer!« Sein Blick glitt über die Diener und blieb an einem schmächtigen Jungen hängen. »Du da, bring mir frisches Ale!«

Der Junge, etwa zwölf oder dreizehn Jahre alt, erhob sich mit schlotternden Knien. Er nickte, nahm den leeren Krug von Ralph in Empfang und eilte in die Küche. Als er zurückkehrte, übersah er einen der grauen, zottigen Hunde, die sich unter dem Tisch an abgenagten Knochen gütlich taten, und trat dem Tier auf den Schwanz. Mit wütendem Gekläff fuhr der Hund zu dem Jungen herum, der derart erschrak, dass er den gefüllten Krug fallen ließ und sich das Ale nicht nur in die Binsen, sondern auch auf Sir Ralphs Wams ergoss. Blitzschnell fuhr Ralph hoch und gab dem Jungen eine Ohrfeige, dass dieser zu Boden stürzte und mit dem Hinterkopf hart gegen die Ecke einer Sitzbank prallte. Der Junge gab einen kurzen, keuchenden Laut von sich, dann war er still, und rotes Blut tränkte die Binsen. Ohne zu zögern, sprang Hayla auf und eilte zu dem Jungen. Auch Sir Bosgard hatte sich erhoben. Sein Blick ging zwischen dem Jungen und Ralph hin und her.

»War das nötig, Ralph?« Seine Stimme war leise und beherrscht, aber es lag ein tadelnder Unterton darin.

Ralph grinste mit entblößten gelblichen Zähnen.

»So ein ungeschickter Trampel. Er hat das Wams verschmutzt, dafür hat er eine Tracht Prügel verdient.«

»Er hat es nicht mit Absicht getan.« Bosgard schüttelte verwundert den Kopf. »Zudem ist er noch ein halbes Kind.«

»Er ist ein Dienstbote«, entgegnete Ralph schroff. »Ein ungeschickter, nachlässiger Dienstbote …«

»Sir, er … ist tot …«

Hayla, die neben dem Jungen im Stroh kniete und dessen Kopf auf ihre Schenkel gebettet hatte, hob den Blick und sah Bosgard an. In ihre Augen trat ein feuchter Schimmer, aber es waren nicht Tränen der Trauer um den Jungen, sondern sie weinte aus hilflosem Zorn und über ihre Ohnmacht, gegen ein solches Unrecht nichts unternehmen zu können.

Bosgard de Briscaut war ehrlich erschrocken. Er beugte sich zu dem leblosen Körper hinunter. Als er seine Hand auf die Brust des Jungen legte, um zu prüfen, ob er noch atmete, berührten seine Finger für einen Moment Haylas Hand. Hayla war es, als hätte sie glühendes Eisen angefasst. Sie zog ihre Hand schnell zurück, und eine tiefe Röte schoss in ihre Wangen. Bosgard legte sein Ohr auf die Brust des Jungen. Resigniert hob er den Blick.

»Es ist wahr, der Junge ist tot.«

Für einen Augenblick zeigte Ralphs Lächeln eine Spur von Unsicherheit, dann hatte er sich wieder im Griff und meinte mit einer knappen Handbewegung: »Was soll's? Auf einen Angelsachsen mehr oder weniger kommt es nicht an. Er ist selbst schuld, hätte er besser aufgepasst, dann wäre ihm nichts geschehen.«

Langsam, als wären ihre Glieder aus Blei, erhob Hayla sich und trat vor Ralph Clemency.

»Mörder!«, spie sie ihm ins Gesicht. »Ihr seid ein grausamer, gemeiner und feiger Mörder!«

Nur mit Mühe gelang es Hayla, die Worte nicht auf Französisch herauszuschreien, damit alle in der Halle versammelten Normannen sie hören konnten. Aber selbst wenn Bosgard Haylas Worte nicht verstand, ihre Haltung und ihr Blick sagten mehr als genug, darum reagierte Bosgard sofort, als sich Ralphs Hand erneut hob und er Hayla schlagen wollte. Mit einem Satz sprang er zwischen die beiden, und Ralphs Faust krachte statt in Haylas Gesicht auf Bosgards Schulter. Mit einem harten Griff umklammerte Bosgard das Handgelenk seines Schwagers und zischte: »Rühr das Mädchen nicht an, es hat alles Recht der Welt, dich als Mörder zu beschimpfen. Komm mit in meine Kammer, ich muss mit dir sprechen!«

»Du … du stellst dich auf die Seite dieses Packs?« Ralphs Augen weiteten sich ungläubig. »Du wagst es, mich vor Sklaven zu maßregeln, mich zu erniedrigen und meine Autorität in Frage zu stellen?«

»Wenn du dich benimmst, als wärst du in einem Schweinekoben aufgewachsen, und ein unschuldiges Kind erschlägst, dann hast du keine andere Behandlung verdient. Auch wenn du mein Gefolgsmann bist, dies war nicht nur unnötig, sondern grausam. Ich dulde keine Misshandlung meiner Leute, und wenn du nicht sofort mit mir kommst, dann könnte es sein, dass ich die Beherrschung verliere.« An Bosgards Schläfe pochte eine Ader. »Sag den Leuten, sie mögen den Jungen hinausbringen.« Er schaute sich in der Halle um und winkte den Mönch heran. »Bruder Pierre, sorgt dafür, dass der Arme eine anständige Beerdigung erhält.«

Der Geistliche nickte, und Bosgard ging mit weit ausholenden Schritten zur Tür. Er schaute nicht zurück, ob Ralph ihm folgte. Dieser ballte die Hände zu Fäusten und presste die Lippen zusammen, aber ihm blieb nichts anderes übrig, als Bosgard zu folgen. Als Ralph an Hayla vorbeiging, hörte sie ihn heiser flüstern: »Das wirst du mir büßen, du Hure.«

Hayla und Waline halfen, den Körper des Jungen in eine der Hütten zu bringen, dann ließen sie Bruder Pierre mit dem Leichnam allein. Waline erzählte Hayla, dass der Name des Jungen Aldwulf lautete und er ein Waisenknabe war, der vor rund drei Monaten aus dem Osten auf der Flucht vor den Normannen nach Penderroc gekommen war.

»Wenigstens muss keine Mutter um ihn weinen«, fügte sie hinzu, merkte jedoch, dass Hayla ihr gar nicht richtig zugehört hatte. Sie griff nach Haylas Arm. »Vorhin warst du sehr mutig, als du vor Sir Ralph getreten bist und ihm deine Meinung gesagt hast. Du hast Glück gehabt, dass er dich nicht auch geschlagen hat.«

Hayla nickte, und Waline nahm besorgt ihren etwas verträumten Gesichtsausdruck wahr.

»Sir Bosgard hat mich bereits zum zweiten Mal beschützt.« Ihr Blick ging in die Ferne. »Bosgard de Briscaut ist ein guter Herr.«

Waline war zwar alt und nie verheiratet gewesen, trotzdem hörte sie in Haylas Stimme einen Klang, der ihr mehr als missfiel.

»Auch wenn Sir Bosgard nicht so grausam wie Ralph ist, er ist ein Normanne!« Beschwörend redete sie auf Hayla ein. »Die Normannen haben unseren König getötet, unser Land an sich gerissen und uns zu Sklaven gemacht. Wenn es seinen Zwecken dient, dann würde auch Bosgard de Briscaut nicht vor Mord zurückschrecken. Hayla, Mädchen, du darfst ein paar freundliche Worte nicht falsch verstehen – Normanne bleibt Normanne!«

Walines Worte hatten Hayla erreicht, und sie lächelte schwach.

»Ich vergesse es nicht, Waline. Keine Sorge, ich weiß, was ich meinem König, meinem Land und auch meinem Volk schuldig bin.« Außerdem sieht Bosgard in mir nicht mehr als eine schmutzige Magd, fügte Hayla in Gedanken hinzu. Mit einem Anflug von Ärger merkte sie, wie dieser Gedanke sie betrübte.

5. Kapitel

Ebenso wie die anderen hatte Hayla gehofft, Ralph Clemency würde sich dazu entschließen, Penderroc nach diesem Zwischenfall zu verlassen und an den Hof des Königs zurückzukehren oder sich dem Heer anzuschließen, aber er machte keine Anstalten, auch nur die geringste Spur von Bedauern über den Tod des Jungen zu zeigen oder gar Konsequenzen daraus zu ziehen. Hayla konnte nicht wissen, dass Ralph auf Bosgards Besitz ein weitaus angenehmeres Leben führte als im Gefolge des Königs, in dem er nur ein einfacher Ritter ohne besondere Privilegien war. Auch wenn sich Ralph den Befehlen Bosgards unterordnen musste, schlief er auf Penderroc doch in einer eigenen Kammer, bekam mehrmals täglich Essen vorgesetzt und musste sich nicht selbst um seine Kleidung und Rüstung kümmern. Bosgard de Briscaut hatte seinem Schwager durchaus den Vorschlag gemacht, Cornwall zu verlassen – und insgeheim gehofft, Ralph würde diesen Gedanken nur zu gerne aufgreifen –, aber Ralph war neben seiner Grausamkeit und Herrschsucht auch ein bequemer Mensch, der zudem seine Aussichten genau einzuschätzen wusste. Der König würde ihm niemals ein eigenes Stück Land geben, in seinem Gefolge wäre er für den Rest seines Lebens ein unterbezahlter Kämpfer und würde nur die von der königlichen Tafel abfallenden Brotkrumen erhalten. Ralph aber wollte mehr. Unter den Rittern befanden sich ein paar Männer, die seine

Meinung teilten und auf die er sich verlassen konnte. Cornwall war weit von London entfernt. Bosgard de Briscaut könnte jederzeit etwas zustoßen, oder im Westen würde es zu einem erneuten Aufstand der Angelsachsen kommen, bei dessen Niederschlagung Bosgard sein Leben verlor. Er musste sich nur ein wenig in Geduld üben, obwohl Abwarten und Untätigkeit nicht Ralphs Charakter entsprachen, dann würde die Zeit schon für ihn arbeiten. Noch brauchte Bosgard ihn, denn mit dem Einsetzen des Frühlings hatten die Erweiterungs- und Umbauarbeiten an Penderroc Castle begonnen. Ralph war mit dem Beaufsichtigen der Arbeiter betraut worden. Zwar machten Bosgards Sprachkenntnisse des Englischen Fortschritte, sie reichten aber noch nicht aus, um den Heerscharen von Maurern, Zimmerern und Steinmetzen die richtigen Anweisungen zu geben. Die hölzerne Palisade, die früher die Gebäude umgeben hatte, wurde nach und nach abgebrochen und durch eine steinerne Mauer ersetzt. Rund um das Herrenhaus entstand ein kleines Dorf, da die zahlreichen Arbeiter Unterkünfte und Arbeitsstätten benötigten. Auch immer mehr Knechte und Mägde waren nach Penderroc geströmt, denn die vielen Menschen mussten versorgt und verköstigt werden. Allen, die nicht zum eigentlichen Besitz von Penderroc gehörten, bezahlte Bosgard einen angemessenen Lohn. Dies hatte sich im Westen des Landes herumgesprochen, und so wuchs Penderroc von Woche zu Woche. Ralph Clemency würde den Teufel tun, es sich gerade jetzt mit Bosgard zu verscherzen. Zuerst sollte er mit seinem Geld die Burg wohnlich machen, damit es sich später darin angenehm leben ließ. Ralph hatte nämlich weder die Befugnis und noch weniger die Mittel für die vielfältigen Umbauten. Die Vasallen des

Königs waren finanziell selbst für ihre neuen Besitztümer verantwortlich, und Bosgard war in der glücklichen Lage, aus einem vermögenden Elternhaus zu stammen. Zudem warf Penderroc genügend ab, um gut davon leben zu können.

Hayla war über die viele Arbeit, die sie von Sonnenaufgang bis Untergang auf den Beinen hielt, dankbar. Schon lange hatte sie nicht mehr daran gedacht, wie ihr Leben war, bevor William, der Eroberer, England überfallen hatte. Die Zeit, als Hayla Kleider aus Samt und in ihrem nachtschwarzen Haar Schmuck getragen hatte, schien ihr wie ein anderes Leben zu sein – und es war unwiderruflich vorbei. Sie, die früher für jeden Handgriff eine Schar Diener gehabt hatte, rutschte nun auf den Knien über kalte Steinböden, kehrte Abfälle und Asche auf und leerte Nachttöpfe. Ihr einfaches Kleid aus grober grauer Wolle war am Saum ständig schmutzig, obwohl Hayla es, sooft es möglich war, auswusch, aber es war das einzige Gewand, das sie besaß. Hayla scheute die harte Arbeit nicht. Nur in der Stille der Nacht, wenn sie nicht schlafen konnte und ihre Gedanken frei schweifen ließ, bedauerte sie, seit Monaten kein Buch mehr gelesen zu haben. Am Hof von König Harold hatte es eine kleine, aber ausgezeichnete Bibliothek gegeben. Jedes Buch war von kunstfertigen Mönchen liebevoll geschrieben und mit farbenprächtigen Bildern versehen gewesen. Oft hatte Hayla sich mit Lady Elfgiva in der Sprache der Franzosen unterhalten, und sie konnte sogar so viel Latein, um der Messe mühelos folgen zu können. Hayla fehlten weder die feinen Stickarbeiten, die ihre Hände früher ausgeführt hatten, noch die opulenten Feste mit Musik und Tanz, doch manchmal wünschte sie sich, sich nicht länger verstellen zu müssen und wieder sie selbst sein zu dürfen. Das jedoch schien für lange Zeit, wenn nicht sogar für den Rest ihres Lebens, unmöglich. Sie war nun Hayla, eine einfache und dumme Magd …

An einem milden Frühlingsabend Ende April war Hayla mit ihrer Arbeit frühzeitig fertig. Sie hatte gerade die Schweine gefüttert, als sie bemerkte, dass die Bauarbeiter den Wohnturm verließen und zu ihren Hütten gingen. Weder Ralph Clemency noch Bosgard de Briscaut befanden sich in Penderroc, sie waren am Morgen zusammen ausgeritten. Hayla zögerte kurz, sah sich nach allen Seiten um, dann huschte sie unbemerkt die steile Wendeltreppe in den zweiten Stock des Turms zu Bosgards Kammer hinauf. Hier hatten die Arbeiter in der letzten Woche die Umbauten abgeschlossen, und Hayla war neugierig zu sehen, wie sich das einstige Gemach von Sir Leofric verändert hatte. Sie fand die Tür unverschlossen und trat langsam in den Raum. Vor Überraschung zog sie geräuschvoll die Luft ein. Die sechseckige Form war erhalten geblieben, aber nun war der Raum lichtdurchflutet und wirkte dadurch bedeutend größer. Früher hatte es lediglich eine schmale Schießscharte als Fenster gegeben, nun waren die Wände aufgebrochen, und drei Fenster – so groß, dass Haylas Körper mühelos durchpassen würde – ließen die letzten Strahlen der untergehenden Sonne in die Kammer herein. Zögernd näherte sich Hayla den neuen Fenstern und streckte langsam ihre Hand aus. Sie fühlte glattes und kühles Glas unter ihren Fingern. Glasscheiben! Welch eine Pracht!, dachte sie, und wie teuer dies gewesen sein musste. Andererseits handelte es sich um den Wohnraum des Besitzers von

Penderroc Castle, und zu Bosgard de Briscaut gehörte einfach ein gewisser Luxus. Er konnte ja schlecht wie ein einfacher Bauer in einer armseligen Hütte hausen. Hayla bemerkte an der gegenüberliegenden Seite den neuen Kamin. Verschwunden war die offene Feuerstelle, an ihrer Stelle war ein kleiner, fast mannshoher Raum entstanden. Als Hayla in diesen trat und nach oben blickte, konnte sie den Himmel sehen. Wenn hier ein Feuer brannte, so konnte der Rauch direkt ins Freie abziehen und schwärzte nicht mehr den ganzen Raum.

»Gefällt es dir?« Als sie die Stimme hörte, zuckte Hayla heftig zusammen und stieß sich vor Schreck die Stirn an der Innenseite des Rauchabzugs an. Bosgard de Briscaut lachte und betrachtete die wohlgeformten Beine der Person, die in seinem Kamin steckte. »Möchtest du da nicht herauskommen, damit ich sehen kann, wer in meiner Kammer herumschleicht?«

Bosgards Englisch war beinahe perfekt, aber von einem harten Akzent gefärbt. Verlegen trat Hayla aus dem Kamin und senkte den Kopf.

»Verzeiht, Herr, ich wollte nur einmal sehen …« Sie errötete und geriet ins Stottern. »Ich meine … die Fenster, die Glasscheiben und der Kamin … Ich wollte nichts stehlen …«

Bosgard betrachtete das Mädchen wohlgefällig. Obwohl sie über und über mit Ruß bedeckt war und auch ein wenig nach Schweinestall roch, freute er sich, sie zu sehen.

»Ich habe nicht angenommen, dass du mit unehrenhaften Absichten in meine Kammer gekommen bist, Hayla. In der Normandie haben wir diese Art von Feuerstellen schon seit Jahrzehnten, und Glasscheiben in den Fensteröffnungen bieten doch mehr Schutz vor Kälte und Nässe als geschabte Tierhäute oder gar Felle.«

»Ja, aber Glas ist furchtbar teuer«, platzte Hayla heraus.

Bosgard sah sie erstaunt an, dann zog er eine Augenbraue hoch und lächelte.

»Damit hast du ohne Zweifel recht, Mädchen, aber Penderroc Castle ist es wert, in seinen Ausbau zu investieren, um es wohnlicher zu gestalten. Allerdings werde ich nicht alle Räume mit Fensterscheiben ausstatten können, dazu reichen meine Mittel leider nicht aus, jedenfalls zurzeit nicht.«

Hayla wunderte sich, wie offen und freundlich er mit ihr sprach, dennoch blieb sie misstrauisch und verschränkte abwehrend die Arme vor der Brust.

»Bitte, verzeiht mein Eindringen. Es wird nicht wieder vorkommen«, sagte sie leise und wollte an ihm vorbei zur Tür gehen, aber er trat ihr in den Weg.

»Wer bist du, Hayla?«

Die Frage kam so unerwartet, dass Hayla überrascht den Kopf hob und Bosgard erstaunt in die Augen blickte.

»Wie meint Ihr das, Herr?«

»Nun, du bist so« – Bosgard suchte nach den richtigen Worten – »anders als die Mägde, mit denen ich es bisher zu tun hatte.«

Hayla versuchte, ruhig zu atmen und sich ihre Anspannung nicht anmerken zu lassen.

»Vielleicht unterscheiden sich angelsächsische Mägde von den normannischen?«

Er lachte laut und rief: »Genau das meine ich, Mädchen. Weder eine Magd aus meiner Heimat noch eine von hier hätte mir eine solche Antwort gegeben. Überhaupt drückst du dich wesentlich gewählter aus, als man es von einer Magd, die die Schweine füttert, erwartet. Sag mir, wie lange lebst du schon in dieser Burg? Bist du hier geboren, und wer sind deine Eltern?«

Hayla wurde wegen seiner Fragen immer verwirrter. Sie entschloss sich, ihm die halbe Wahrheit zu sagen.

»Ich lebe erst seit der … Eroberung unseres Landes auf Penderroc Castle, Herr. Meine Familie stammt aus dem Osten, aber mein Vater starb in der Schlacht, und ich musste in den Westen flüchten. Meine Mutter ist schon lange tot.«

»Dann war dein Vater kein einfacher Mann oder gar ein Leibeigener?«

Hayla schüttelte den Kopf. Sie spürte, es hatte keinen Sinn, Bosgard de Briscaut etwas vorzumachen.

»Nein, mein Vater war ein freier Mann, und er diente einem aufrichtigen angelsächsischen Herrn.«

»Und für dich gab es keine andere Wahl, als Magd zu werden?« Hayla wünschte sich, Bosgard würde mit der Befragung aufhören, aber so leicht ließ er nicht locker. »Gab es keinen Mann, der dich zur Frau wollte? Wie alt bist du eigentlich?«

Hayla verzichtete auf die Antwort der ersten Frage und sagte lediglich: »Ich bin neunzehn Jahre alt, Herr.«

Neunzehn, dachte Bosgard und war überrascht. Nicht, weil Hayla älter aussah, sondern weil sie auf ihn einen wesentlich reiferen Eindruck machte.

»Darf ich nun gehen, Herr?« Beinahe schüchtern stellte sie die Frage. »Ich muss in die Küche, das Abendessen vorbereiten.«

»Ja, natürlich.« Bosgard trat einen Schritt zur Seite und gab die Tür frei, doch dann fügte er hinzu: »Da ich annehme, dass dir mein neugestaltetes Gemach gefällt, wirst du ab sofort hier drinnen sauber machen und dich um meine Belange kümmern.«

»Was?« Hayla, bereits auf der Türschwelle, fuhr herum.

»Ich brauche jemanden, der hier aufräumt und putzt und meine Kleider in Ordnung hält. Und für ein paar andere Dinge auch. Das ist doch besser, als Nachttöpfe zu leeren oder den Schweinestall auszumisten, oder, Hayla?«

Sie zuckte innerlich zusammen und wurde sich bewusst, dass sie wenig appetitlich roch, trotzdem reckte sie das Kinn vor und sagte stolz: »Auch das sind Arbeiten, die getan werden müssen, damit es Euch und Euren Männern an nichts fehlt und Ihr mit uns zufrieden seid.«

Bosgard grinste und nickte wohlgefällig.

»Sicher, Mädchen, aber diese Arbeiten überlass künftig den anderen, ich brauche dich hier. Du kannst auf der Stelle damit anfangen, indem du mir ein Bad bereitest. Ich war den ganzen Tag im Sattel unterwegs und möchte mich vor dem Essen waschen. Den Zuber lass von einem Knecht in meine Kammer bringen, Wasser kannst du gleich hier in einem Kessel über dem Feuer in dem neuen Kamin erhitzen.«

Haylas Herz pochte so heftig, dass sie meinte, er müsse es hören. Sie wollte sich nicht in der unmittelbaren Nähe von Bosgard de Briscaut aufhalten, aber sie durfte sich nicht gegen seine Befehle stellen. Obwohl er ihr bisher stets freundlich begegnet war, wusste sie nicht, wie er bei ihrer Weigerung reagieren würde. Und Bosgard zu dienen war immer noch besser, als Ralph Clemencys Nähe ertragen zu müssen. Somit knickste Hayla folgsam und murmelte: »Ich werde gleich alles Nötige veranlassen, Herr.«

Waline war entsetzt, als Hayla ihr von Bosgards Befehl und seinen Fragen zu ihrer Person berichtete. Die alte Magd schlug die Hände über dem Kopf zusammen und jammerte.

»Oh, Gott, oh, Gott, er wird es herausfinden …«

»Was?«, fragte Hayla und blickte sich rasch um, aber es war niemand in der Nähe, der sie hätte belauschen können. »Dass ich Königs Harolds Mündel und eine Dame des Adels bin? Da er bemerkt hat, dass ich einen anderen Wortschatz als den einer Magd verwende, habe ich ihm sagen müssen, dass mein Vater ein freier Mann war. Aber mehr habe ich Bosgard nicht preisgegeben, und der Name von König Harold ist nicht gefallen. Du kannst also beruhigt sein.«

»Pst!« In Walines Augen trat ein Ausdruck von Panik. Schnell presste sie eine Hand auf Haylas Lippen. »Sprich nie darüber! Niemals, verstehst du?«

Hayla nickte, und Waline nahm die Hand von ihrem Mund.

»Ich habe dir bereits mehrmals versichert, dass ich nicht vergesse, wer ich bin und welches Blut in meinen Adern fließt, aber jetzt lass mich meine Arbeit tun, sonst ziehen wir alle den Zorn Sir Bosgards auf uns.«

Hayla hatte Bosgards Bad vorbereitet und in das Wasser ein paar Tropfen Rosenöl gegeben, das sie im letzten Jahr selbst hergestellt und seitdem aufbewahrt hatte. Als Bosgard die Kammer betrat, stieg ihm sofort der Duft in die Nase. Anstatt erfreut zu sein, runzelte er unwillig die Stirn.

»Was soll das, Hayla? Soll ich etwa wie ein parfümierter Höfling stinken? Wasser und Seife reichen völlig aus.«

Hayla hob trotzig das Kinn. Sie ließ sich nicht anmerken, dass sie über seine Reaktion enttäuscht war, und sagte bestimmt: »Ein Mann darf durchaus gut riechen, Herr, ohne dabei weibisch zu wirken. Es kommt dabei einzig auf die Konzentration an, und ich habe nur wenige Tropfen Rosenöl in Euer Badewasser getan. Ihr braucht keine Angst zu haben, dass Ihr … nur weil Ihr einen guten Körpergeruch verströmt … weibisch wirken könntet. Das würdet Ihr niemals, ganz egal, wie viel Parfüm Ihr verwendet.«

Während ihrer Worte war Bosgard völlig überrascht zu ihr herumgefahren. Ein verblüfftes »Hä?« war alles, was ihm einfiel, und ihm stand vor Überraschung der Mund offen. Nie zuvor hatte jemand, und erst recht keine Frau, so zu ihm gesprochen, und er glaubte, aufgrund seiner mangelnden Sprachkenntnisse Hayla sicherlich falsch verstanden zu haben.

Hayla, die merkte, dass sie zu weit gegangen war, beeilte sich zu versichern: »Verzeiht, Herr, aber ich wollte damit nicht sagen, dass Ihr sonst … also, ich meine, ein angenehm duftendes Bad tut Euch sicher gut.«

Bosgard schüttelte verwundert den Kopf, ihm fiel keine Erwiderung ein, darum prüfte er mit der Hand die Wärme des Wassers. Es war heiß, aber nicht zu heiß, und der Duft war gar nicht mehr so aufdringlich. Er nestelte die Bänder an seiner Tunika auf, und Hayla schlich zur Tür. Als sie die Hand bereits auf der Klinke hatte, rief Bosgard: »Halt, Mädchen, du bleibst hier und bist mir behilflich!«

»Auf keinen Fall!« Haylas Protest kam, ohne nachzudenken. »Was denkt Ihr, was ich bin!«

Bosgard grinste und streifte die Tunika über den Kopf.

»Meine persönliche Magd, ich dachte, das wäre klar, und

darum bleibst du hier und hilfst mir. Und nun möchte ich keinen Widerspruch mehr hören.«

Hayla presste die Zähne zusammen. Bosgard de Briscaut war kein bisschen besser als Ralph Clemency. An die Wand gelehnt, musste sie mit ansehen, wie Bosgard sein leinenes Unterhemd über den Kopf streifte und seine muskulöse Brust entblößte. Nackt wirkten seine Schultern noch breiter, als unter der Kleidung zu vermuten war, und seine Haut hatte einen hellen bronzenen Schimmer. Hayla konnte ihren Blick nicht von seinem haarlosen und perfekt geformten Oberkörper lösen, so entging es ihr, wie Bosgard das Beinkleid abstreifte und achtlos in eine Ecke warf. Als Hayla seine Nacktheit wahrnahm, rief sie: »Oh!«, errötete und wandte sich rasch ab. In ihrem Rücken hörte sie Bosgard lachen, als er in das Wasser stieg.

»Du kannst dich wieder umdrehen, Mädchen, und mir den Rücken waschen. Aber kräftig schrubben, hörst du?«

Zögernd näherte Hayla sich dem Badenden. Der Zuber war hoch genug gefüllt, um Bosgard bis über den Bauchnabel mit Wasser zu bedecken, trotzdem versuchte Hayla, ihn nicht anzustarren, als sie nach der Bürste griff und hinter ihn trat. Ihre ersten Bürstenstriche waren zaghaft, und erst als Bosgard sie aufforderte, kräftiger zu reiben, wagte sie, seinen Rücken näher zu betrachten. Eine lange, aber gut verheilte Narbe zog sich unterhalb des rechten Schulterblatts bis zur Wirbelsäule, und an seinem Oberarm erkannte Hayla ein Muttermal in Form eines Kleeblattes. Bosgard räkelte sich im warmen Wasser und gab einen wohligen Laut von sich. Plötzlich merkte Hayla, wie wenig widerwärtig ihr das Schrubben seines Rückens war. Im Gegenteil, sie genoss es, dieses perfekte Zusammenspiel verschiedener Muskeln berühren zu können – auch wenn es nur mit einer Bürste war.

»Du machst das gut, Mädchen.« Bosgard schloss die Augen. »Ich hätte dich schon früher in meine Kammer holen sollen.«

Diese Bemerkung ließ Hayla zusammenzucken, denn in ihren Ohren klang dies, als wäre sie seine Hure, auch wenn er ihr bisher nicht nahegetreten war. Selbst wenn sie sich sagte, dass diese Formulierung nur von seiner fehlerhaften englischen Sprache herrührte, übertrug sich ihr Zorn auf die Bürste, und sie fuhr ihm mit all ihrer Kraft über die Haut. Bosgard stöhnte und drehte den Kopf zur Seite.

»Was soll das, Mädchen? Willst du mir die Haut in Fetzen abziehen?«

Ein kleines Teufelchen ritt Hayla, als sie antwortete: »Genau das sollte man mit allen Normannen machen.«

Seine Finger griffen nach ihrem Handgelenk, und die Bürste fiel ins Wasser. Bosgard zog die wehrlose Hayla so dicht an sich heran, dass ihre Nasenspitzen nur noch eine Handbreit voneinander entfernt waren.

»Du hast großen Mut, solche Worte zu äußern.«

Hayla hielt seinem bohrenden Blick stand, obwohl ihr Herz heftig gegen die Rippen pochte. Unerschrocken antwortete sie: »Wir waren ein freies Volk, bevor dieser normannische Bastard kam und uns zu Sklaven machte. Der Anspruch des Herzogs auf die englische Krone ist mehr als fragwürdig und basiert lediglich auf einer Behauptung seinerseits, für die es keine Beweise gibt. Aufrechte, treue und tapfere Männer haben dafür sterben müssen und werden weiterhin ihr Leben lassen. Bosgard de Briscaut, sagt selbst: Ist ein Stück Land das wert?«

Im ersten Moment verschlug es Bosgard die Sprache – etwas, das nur selten geschah. Hayla hatte mit so viel Feuer und Leidenschaft gesprochen und sich dabei gewählter ausgedrückt als die meisten seiner Männer. Doch nicht nur ihre Wortwahl verwirrte Bosgard. Ihr Gesichtsausdruck und ihre ganze Haltung strahlten Stolz und eine so große Entschlossenheit aus, wie er es bisher nur selten bei anderen Menschen gesehen hatte. Fast schien es ihm, als habe das Mädchen vor nichts und niemandem Angst.

»Ich könnte dich für deine Anschuldigungen und Bemerkungen auspeitschen, wenn nicht sogar töten lassen …«, murmelte er und konnte dabei seinen Blick nicht von ihren veilchenblauen Augen lösen, die ihm wie ein tiefer, ruhiger See schienen, in dem er zu versinken drohte.

Hayla schluckte trocken, und ihr Pulsschlag drohte ihre Adern zu sprengen. Es war jedoch nicht Bosgards Drohung, die ihr Herz höher schlagen ließ, sondern seine körperliche Nähe. Nie zuvor hatte sie eine derart starke männliche Ausstrahlung erlebt, und bei dem Gedanken, dass er nackt, wie Gott ihn geschaffen hatte, vor ihr saß, spürte sie eine unerklärliche feuchte Wärme in ihrem Schoß, über die sie weniger erschrocken als beglückt war. Obwohl Hayla allen Grund hatte, sich vor Bosgard zu fürchten, wünschte sie sich, er möge ihre Hand niemals wieder loslassen. Wie gebannt hing ihr Blick an seinen vollen Lippen, zwischen denen sie seine rosige Zungenspitze erkennen konnte. Wie es wohl wäre, von diesem Mund geküsst zu werden, schoss es ihr durch den Kopf, und unwillkürlich öffneten sich erwartungsvoll ihre Lippen. Als könnte Bosgard ihre Gedanken lesen, streichelte er mit einem Finger leicht über ihre Wange, ließ seine Hand in ihrem Nacken verweilen, und dann senkte sich sein Mund auf den ihren. Ein Stöhnen entrang sich Bosgards Kehle, als er die weiche rote Süße kostete und merkte, wie sich Haylas Lippen öffneten. Seine Männlichkeit schoss steil in die Höhe, und die pralle Spitze ragte aus dem Wasser. Aber gerade als er mit der freien Hand Haylas Kopf umschließen und sie dichter an sich ziehen wollte, öffnete sich mit einem Poltern die Tür.

»Bosgard, ich muss dringend … Oh!«

Abrupt ließ Bosgard Hayla los und zischte: »Was, zum Teufel … Ralph, kannst du nicht anklopfen?«

Mit einem Blick erfasste Ralph Clemency die Situation. Ein verschlagenes Grinsen verzog seine Lippen, und er bemerkte voller Hohn: »Ich verstehe, mein Freund. Mir und den Männern predigst du seit Monaten, wir sollen die Finger von dem Mädchen lassen, aber für dich gilt das selbstverständlich nicht. Warum auch? Du bist der Herr und kannst dir jede, die dir gefällt, in dein Bett holen.« Ralphs abschätzender Blick glitt über Hayla, die mit feuerrotem Kopf in eine Zimmerecke zurückgewichen war. »Ich wusste vom ersten Tag an, dass du eine kleine Hure bist. Ich war dir nicht fein und reich genug, du hast lieber auf den Herrn gewartet.« Ralph spie verächtlich vor Hayla aus, dann wandte er sich Bosgard zu. »Wenn du dich wieder unter Kontrolle hast, muss ich mit dir sprechen. Es hat den Anschein, als gebe es in der Burg einen Dieb, aber dazu später mehr, wenn deine Gefühle abgekühlt sind.«

Mit zornig aufeinandergepressten Lippen polterte Ralph zur Tür hinaus und schlug diese krachend hinter sich ins Schloss. Bosgard tauchte für einen Augenblick in das inzwischen abgekühlte Wasser, um einen klaren Kopf zu bekommen, dann sagte er zu Hayla: »Du kannst gehen, Mädchen. Ich brauche dich heute nicht mehr.«

Ohne noch einen Blick auf Bosgard zu werfen, flüchtete Hayla aus der Kammer. Sie rannte die Treppe hinunter, gelangte ungehindert ins Freie, und erst hinter einem der Lagerhäuser, wo sich keine Menschenseele befand, ließ sie sich auf die Knie sinken und schlug die Hände vors Gesicht. Was hatte sie nur getan? Was *hätte* sie getan, wenn Ralph nicht gekommen wäre? Sie schämte sich entsetzlich, aber noch beschämender als die Erinnerung, dass sie ihren Feind geküsst hatte, war die Tatsache, dass sie es genossen hatte und dass ihr Körper nach mehr verlangte. Hayla hatte eine ungefähre Vorstellung davon, was geschehen wäre, wenn Ralph nicht gestört hätte. Anstatt darüber entsetzt, wenn nicht sogar angeekelt zu sein, pochte es in ihrem Körper vor Verlangen nach den Berührungen Bosgard de Briscauts. Ungeachtet des Sturms der Gefühle, die bereits sein Anblick in Hayla auslöste, zwang sie sich dazu, daran zu denken, dass er ein Feind, ein Kämpfer und skrupelloser Eroberer war und dass durch seine Hand aufrechte Angelsachsen zu Tode gekommen waren. Auch wenn William, der Eroberer, nun der gekrönte König Englands war und alle Rechte auf seiner Seite hatte, war sein Angriff auf ihr Land unrecht gewesen. Es war eine Sache, sich mit den neuen Herren, wie Bosgard es für sie war, zu arrangieren, aber sie, ein Mündel des früheren Königs, hatte sich wie eine billige Hure regelrecht in seine Arme geworfen. Am meisten beunruhigte Hayla jedoch die Tatsache, dass sie keinen Augenblick davon bereute, sondern sich danach sehnte, diesen kostbaren Moment erneut erleben zu dürfen. Aber es durfte nicht sein, es konnte nicht sein.

»Ich muss von hier fort«, murmelte sie, und Tränen rollten über ihre Wangen. »Noch heute muss ich gehen …«

Gleichzeitig wusste Hayla jedoch, dass sie Penderroc und damit Bosgard de Briscaut niemals würde verlassen können.

6. Kapitel

Nachdem am Herrenhaus die wichtigsten Um- und Anbauten beendet waren, beschloss Bosgard de Briscaut, die Bauarbeiten an der massiven Steinmauer, die Penderroc wie eine kleine Festung umschloss, voranzutreiben. Aus den einstigen Hütten rund um die Burg war ein richtiges, kleines Dorf entstanden, das längst über die bisherige Umfriedung hinausgewachsen war. Die neue Wehrbefestigung sollte zwanzig Fuß hoch und acht Fuß dick sein und zwei Türme und ein Tor erhalten. Diese langwierigen Arbeiten würden den Männern für die nächsten Monate Lohn und Brot geben.

An einem frühsommerlichen Morgen waren die Arbeiter seit Sonnenaufgang damit beschäftigt, die letzten Reste der Palisade einzureißen, als plötzlich ein Krachen zu hören war, gefolgt von Schreien aus vielen Kehlen. Hayla, die gerade angefangen hatte, in Bosgards Kammer Ordnung zu schaffen, stürzte zum Fenster und sah, wie ein Teil der Stämme in einem wirren Haufen übereinanderlag und offenbar Menschen unter sich begraben hatte. Sie eilte nach draußen und traf gleichzeitig mit Bosgard, der gerade ausreiten wollte, an der Unglücksstelle ein.

»Was ist geschehen?« Seine Stimme hallte laut über den Platz.

»Herr, das morsche Holz ist einfach in sich zusammengebrochen.« Der Knecht, der einst von Ralph misshandelt worden war, trat mit wachsbleichem Gesicht vor. »Knut, einer der Baumeister, ist darunter begraben worden.«

»Worauf wartet ihr noch?« Bosgard blickte in die Runde. »Holt ihn raus, aber schnell! Und seid vorsichtig, dass nicht noch mehr passiert.«

Sofort begannen alle kräftigen Männer, auch Bosgards Ritter legten Hand an, die zersplitterten Baumstämme vorsichtig zur Seite zu räumen. Bosgard selbst half tatkräftig mit, und schon bald lief ihm der Schweiß in Strömen von der Stirn. Endlich war ein Stück des Gewandes vom Baumeister unter einem Holzstück zu erkennen.

»Wir haben ihn gleich!«

Bosgard hob einen Stamm hoch und wollte ihn zur Seite schieben, als er mit dem rechten Arm an einem herausstehenden Nagel hängen blieb. Hayla sah, wie der Nagel ihm die Haut am Handgelenk aufritzte. Bosgard indes verharrte nur kurz in der Bewegung, dann wischte er mit der anderen Hand flüchtig das hervorquellende Blut weg und setzte seine Arbeit fort.

»Wir haben ihn!«, rief der Knecht. »Zieht ihn raus, aber vorsichtig.«

Der Baumeister lag bewusstlos da, die Haut auf seiner Stirn war aufgeschürft und sein linker Arm unnatürlich verdreht. Waline eilte zu dem Verunglückten und kniete sich neben ihn. Geschickt tasteten ihre Hände über seinen Körper, dann sagte sie: »Er lebt und scheint außer dem Armbruch keine sichtbaren Verletzungen zu haben. Bringt ihn ins Haus, ich werde mich um ihn kümmern.«

Zwei Männer hoben Knut hoch, während Hayla stützend seinen gebrochenen Arm hielt. Waline hatte sich immer schon um die Kranken und Verletzten auf Penderroc

Castle gekümmert, denn ein Bader verirrte sich nur selten in diese Gegend. Im letzten Jahr hatte Hayla von der alten Magd viel über Krankenpflege gelernt, und so wusste sie, dass sie nicht ausschließen konnte, dass Knut schwerer in Mitleidenschaft gezogen worden war, als auf den ersten Blick erkennbar war. Vielleicht waren innere Organe verletzt worden, als die Stämme auf seinen Körper stürzten. In diesem Fall würde sie wohl nichts für den Baumeister tun können.

Als Hayla an Bosgard vorbeiging, bemerkte sie, dass die kleine Wunde, die er sich an dem vorstehenden Nagel gerissen hatte, immer noch blutete.

»Ihr solltet das auswaschen und verbinden, Herr«, sagte sie. »Kommt am besten gleich mit, ich reinige die Wunde und lege ein paar Kräuter auf.«

Bosgard lachte schallend.

»Deine Besorgnis um mich ist rührend, Mädchen, aber ich habe auf den Schlachtfeldern weitaus schlimmere Verletzungen erlitten. So einem kleinen Kratzer schenke ich keine Beachtung.« Sein Blick verharrte besorgt auf dem immer noch bewusstlosen Knut. »Wird er es überleben?«

Hayla zuckte mit den Schultern.

»Das liegt allein in Gottes Hand.«

»Dann schicke ich euch Bruder Pierre. Ein paar Gebete können nicht schaden.« Bosgard wandte sich an seine Männer. »Räumt das hier fort, aber passt auf, dass nicht wieder etwas passiert. Ich möchte nicht noch mehr Leute und Zeit verlieren. Und seht zu, wer die Arbeit des Baumeisters übernehmen kann.«

Bei dem letzten Satz presste Hayla zornig die Lippen aufeinander. Zuerst hatte sie Bosgard bewundert, wie er mitgeholfen hatte, den Verschütteten zu bergen, und sie meinte, ehrliche Sorge um den Baumeister in seinem Blick gelesen zu haben. Aber das war natürlich ein Irrtum gewesen. Bosgard ging es nicht um den Menschen Knut, sondern einzig darum, dass eine Arbeitskraft ausfiel und eine zeitliche Verzögerung eingetreten war.

Nach drei Tagen war Knut auf dem Weg der Besserung. Er schien keine inneren Verletzungen zu haben, lediglich sein Kopf brummte wie Bienenkorb, und sein gebrochener Arm war geschient. Waline hatte ihn angewiesen, noch ein paar Tage im Bett liegen zu bleiben und den Arm die nächsten Wochen nicht zu belasten. Der Baumeister seufzte.

»Ich muss aber wieder an meine Arbeit. Ich habe eine Frau und vier Kinder zu ernähren.«

»Du hast großes Glück gehabt, mit dem Leben davongekommen zu sein, Knut«, erwiderte Waline bestimmt. »Wenn du den Arm schonst, dann wächst der Knochen wieder vollständig zusammen, und du wirst nicht merken, dass er gebrochen war. Arbeitest du aber zu früh, dann kann es sein, dass der Arm verkrüppelt bleibt und du ihn nicht mehr gebrauchen kannst.«

»Und wovon sollen wir leben?« Knut sah von Waline zu Hayla. »Sir Bosgard bezahlt uns für die tägliche Arbeit, die wir leisten. Schon jetzt habe ich drei Tage keinen Lohn mehr erhalten …«

»Du wirst nicht verhungern«, unterbrach Hayla scharf, »ebenso wenig wie deine Familie. Sorg dich nicht, ihr werdet zu essen bekommen, und ein Dach über dem Kopf habt ihr ebenfalls. Außerdem kannst du die Arbeiten an der Wehrmauer immer noch beaufsichtigen, ohne selbst Hand anlegen zu müssen.«

Der Baumeister schien etwas beruhigt und lehnte sich zurück. Tatsächlich schmerzte sein Kopf sehr, und sobald er sich bewegte, wurde ihm schwindlig. Leise sagte er: »Der Herr sorgt gut für uns, nicht wahr? Es war ein Glück, dass Sir Bosgard Penderroc bekommen hat, denn er scheint ein guter Mensch zu sein.«

»So gut, wie ein Normanne sein kann.« Hayla zerknüllte einen Lappen, mit dem sie gerade den Tisch geputzt hatte, und warf ihn in eine Ecke. Es ärgerte sie, dass Bosgard de Briscaut bei ihren Landsleuten immer beliebter wurde. Manchmal wünschte sie sich, er wäre ebenso brutal und grausam wie Ralph Clemency, dann fiele es ihr leichter, Bosgard zu hassen, denn etwas anderes als Hass konnten die Gefühle, die seit Wochen in ihrem Herzen tobten, nicht sein.

Als Hayla während des Abendessens eine Schüssel mit Gemüse vor Bosgard auf den Tisch stellte, bemerkte sie, wie dieser kaum merklich zusammenzuckte, als er mit der rechten Hand nach einem Stück Brot griff. Sein Ärmel rutschte ein Stück nach oben, und Hayla sah die rotentzündete und eitrige Wunde an seinem Handgelenk. Sie erschrak und rief: »Herr, die Verletzung an Eurem Arm …«

Bosgard lächelte und warf nur einen verächtlichen Blick darauf.

»Ich sagte bereits, das ist nur ein kleiner Kratzer, kaum der Rede wert. Ich gebe zu, es hat sich eine Entzündung gebildet, aber glaub mir – auf den Schlachtfeldern habe ich weitaus schwerere Verwundungen gesehen. In ein paar Tagen heilt das von allein wieder ab.«

Bosgard hatte leichthin und mit einem Lächeln gesprochen, tatsächlich machte ihm der kleine Kratzer, wie er es nannte, mehr zu schaffen, als er zugeben wollte. Er hatte Männer an Wundbrand sterben sehen, aber dieser hatte sich stets nur bei großen Verletzungen, wie zum Beispiel beim Verlust eines der Gliedmaßen, gebildet. Doch nicht bei so einen kleinen Riss, wie er ihn sich zugezogen hatte.

Aufmerksam musterte Hayla ihn. Ihr entging nicht der kurze Funke der Besorgnis in seinen Augen, daher sagte sie fest und ruhig: »Erlaubt, dass ich widerspreche, Herr. Wenn Ihr gestattet, möchte ich mir die Wunde gerne genauer ansehen.«

Bosgard hob den Kopf und sah Hayla ins Gesicht. Er erkannte in ihren Augen ehrliche Besorgnis, die ihn rührte. Tatsächlich strahlte der Schmerz inzwischen bis zum Ellbogen aus, doch Bosgard war noch nie wehleidig gewesen. Er lachte laut auf.

»Du machst dir ja richtig Sorgen um mich.« Hayla errötete bis unter die Haarwurzeln, was Bosgard mit einem Schmunzeln zur Kenntnis nahm. »Von mir aus komm nachher in meine Kammer, Mädchen, dann kannst du dir die Wunde näher ansehen, wenn du möchtest.«

Hayla nickte und eilte rasch davon. Ralph gab ein schnaubendes Geräusch von sich.

»Seit wann bist du so eine Memme, Bosgard? Oder ist es nur ein Vorwand, das Mädchen in deine Kammer zu locken?«

Bosgard bedachte den Schwager mit einem kühlen Seitenblick.

»Selbst wenn dem so sein sollte, ist es meine Sache.«

Ralph griff nach seinem Becher und leerte das Ale in einem Zug. Seit dem Tod des Jungen verhielt sich Bosgard ihm gegenüber sehr zurückhaltend und ließ ihn deutlich spüren, dass es ihm lieber wäre, wenn er Penderroc Castle verließe. Immer wieder schickte Bosgard ihn für einige Tage fort – angeblich, um das Land zu erkunden, aber Ralph wusste es besser. Er, Ralph, war aber nicht gewillt, so einfach aufzugeben und zu verschwinden. Zum Glück gab es unter den Normannen ein paar Männer, die Bosgard de Briscaut ebenfalls für zu nachgiebig und schwach hielten und sich einen anderen Herrn für Penderroc wünschten. Und er selbst war der Meinung, dass man ein Gut nicht mit Milde und Nachgiebigkeit, sondern nur mit unerbittlicher Härte führen konnte. Es war an der Zeit, etwas zu ändern …

Im Kamin brannte ein Feuer, als Hayla Bosgards Kammer mit sauberen Leinenstreifen, einer Schüssel Wasser und einem tönernen Krug betrat.

»Du meine Güte, was hast du vor?« Bosgard grinste, als Hayla die Utensilien auf den Tisch legte. »Noch stehe ich nicht an der Schwelle des Todes.«

»Da bin ich mir nicht so sicher«, erwiderte Hayla ernst und ohne auf seinen Spott einzugehen. Seit sie die Entzündung an seinem Handgelenk gesehen hatte, hegte Hayla einen schrecklichen Verdacht. »Bitte, streift Euren Ärmel nach oben.«

Bosgard schüttelte lachend den Kopf, tat dann aber wie geheißen. Hayla beugte sich über seinen Arm und zog scharf die Luft ein. Ihre Vermutung bestätigte sich. Der nicht sehr tiefe Kratzer, den der Nagel in seiner Haut hinterlassen hatte, war zwar kaum länger als ihr kleiner Finger und hatte bereits eine Schorfschicht gebildet. Darunter jedoch hatte sich Eiter gebildet, und die Wunde war stark entzündet und daumendick geschwollen. Das war aber nicht das Schlimmste, denn ein feiner, dunkelroter Strich verlief unter der gebräunten Haut von der Wunde bis zum Ellbogen hinauf. Hayla sah ihn besorgt an.

»Bitte, gebt mir Euren Dolch.«

»Warum? Möchtest du mich etwa ermorden?« Bosgard fand die Situation immer noch belustigend.

»Sir, seht Ihr diesen Strich hier? Er bedeutet, dass schlechte Säfte, die sich unter dem Schorf gebildet haben, Euer Blut vergiften. Ich muss die Wunde aufschneiden, damit der Eiter abfließen kann.«

Mit einem Ruck zog Bosgard seinen Arm aus Haylas Griff. Ihre Worte hatten ihn tatsächlich beunruhigt, aber das würde er sich nicht anmerken lassen. Ein Kämpfer wie er würde nicht vor einem jungen Mädchen zugeben, dass er Schmerzen hatte.

»Genug jetzt, Mädchen. Von mir aus leg mir ein paar Kräuter auf und verbinde die Wunde, aber keinesfalls wirst du an mir herumschneiden.«

Hayla trat einen Schritt zurück, und der ernste Ausdruck in ihren Augen ließ sein Lachen verstummen.

»Sir Bosgard, wenn wir nicht dafür sorgen, dass die Wunde aufgeschnitten und ausgebrannt wird, dann werdet Ihr zuerst Euren Arm und dann Euer Leben verlieren. Ganz ohne mein Zutun, denn das giftige Blut wird Euch von innen heraus töten.«

Bosgard musterte Hayla. Sie hielt seinem intensiven Blick stand und verzog keine Miene, als er fragte: »Wenn dem so wäre, dann sag mir, warum du daran interessiert bist, mir zu helfen. Wäre es nicht eher dein Wunsch, dass ich sterbe? Es wäre doch eine gute Lösung für dich … für euch alle … und ihr tragt nicht einmal Schuld an meinem Tod.«

»Es ist eine Sache der Abwägung, Sir Bosgard, ob ich versuche, Euch zu helfen, oder ob ich es zulasse, dass die Verletzung Euch ins Jenseits befördert. Nach Eurem Tod würde Sir Ralph der neue Herr von Penderroc Castle, folglich wähle ich das kleinere Übel.«

Nun stahl sich wieder ein Lächeln in Bosgards Augen. Bereitwillig hielt er Hayla seinen Arm hin.

»Das kann ich verstehen. Nun gut, dann tu, was getan werden muss, damit ich dir als kleineres Übel erhalten bleibe.«

Hayla zögerte einen Moment.

»Es wird jedoch schmerzhaft für Euch sein, Herr.«

»Glaub mir, Mädchen, ich habe schon schlimmere Schmerzen als so einen kleinen Schnitt überstanden.«

Hayla nahm seinen Dolch und hielt die Klinge einige Zeit in die Flammen des Feuers. Dann bettete sie Bosgards Unterarm auf die Tischplatte, und ehe er es sich versah, fuhr sie mit der Spitze über den verschorften Schnitt, aus dem sofort ein Blut- und Eitergemisch floss. Hayla umwickelte ihre Finger mit einem sauberen Tuch, dann drückte sie von der Ellenbeuge aus in Richtung Handgelenk mehrmals fest auf die Haut, damit weiterer Eiter aus der Wunde fließen konnte. Dies wiederholte sie mehrmals, und tatsächlich wurde der rote Strich etwas heller. Hayla erhitzte die Klinge erneut.

»Ich muss die Wunde ausbrennen«, murmelte sie und presste die flache Seite der heißen Klinge auf die Wunde. Der Geruch nach verbranntem Fleisch stieg auf, aber Bosgard gab keinen Schmerzenslaut von sich. Lediglich ein paar

Schweißperlen traten auf seine Stirn, obwohl es in der Kammer kühl war. »Der Schmerz wird in den nächsten Stunden nachlassen, Herr«, sagte Hayla leise, während sie die Wunde mit klarem Wasser säuberte. Aus dem mitgebrachten Tontopf entnahm sie eine gelbliche Salbe, trug diese vorsichtig auf den Schnitt auf und wickelte einen Streifen Leinen darum.

»Was ist das?«, fragte Bosgard, als er die kühlende Wirkung der Salbe merkte.

»Eine Mischung aus Hirtentäschelkraut und Ackerschachtelhalmkraut. Es dient der Schmerzlinderung, der Blutstillung und zur Wundheilung. Zweimal am Tag muss der Verband gewechselt werden, und in einer Woche werdet Ihr von der Verletzung nichts mehr bemerken.«

Bosgard hatte weder von dem einen noch von dem anderen Kraut jemals etwas gehört, aber die schmerzlindernde Wirkung war bereits zu spüren.

»Du bist hier also so etwas wie eine Kräuterhexe«, versuchte er zu scherzen, aber Hayla ging auf seinen Spott nicht ein.

»Herr, ich versuche lediglich, die Krankheiten der Menschen zu lindern, manchmal kann man sie auch heilen. Dafür verwende ich das, was die Natur hervorbringt – so wie seit Anbeginn der Menschheit. Das hat nichts mit Hexerei zu tun. Euch wird nicht entgangen sein, wie abgelegen wir hier leben. Vielleicht gelingt es Euch, einen Bader oder gar einen Wundarzt zu finden, der sich in Penderroc niederlassen möchte. Ich verstehe, dass Ihr einem Mann mehr Vertrauen schenkt.«

Bosgard merkte, dass er sie verletzt hatte, und versicherte schnell: »Ich wollte dich nicht beleidigen, Mädchen, sondern dir eher … danken. Auch in meiner Heimat ist es üblich, dass sich die Frauen um die Kranken und Verletzten kümmern. Ich war nur erstaunt, denn ich hätte dir solche Kenntnisse nicht zugetraut.«

Statt einer Antwort zuckte Hayla mit den Schultern. Sie reinigte die Klinge des Dolchs, rieb sie mit einem Tuch trocken, und in dem Augenblick, als sie die Waffe Bosgard hinstreckte, flog mit einem Knall die Tür auf.

»Bosgard, du musst sofort … Ah!« Wie irrsinnig stürzte Ralph sich auf Hayla, umklammerte ihr Handgelenk, so dass der Dolch in hohem Bogen durch die Kammer flog, und drehte ihr grob beide Arme auf den Rücken. Hayla schrie vor Schmerz auf. »Hab ich dich, du Miststück! Da kam ich ja gerade noch rechtzeitig!«

Bosgard fuhr vom Stuhl hoch.

»Bist du verrückt, Ralph? Lass das Mädchen sofort los!«

Ralph sah ihn erstaunt an, aber der Griff, mit dem er Hayla umklammert hielt, lockerte sich nicht.

»Aber sie hat gerade versucht, dich zu töten. Ich habe selbst gesehen, wie sie das Messer auf deine Brust richtete …«

»Du redest Unsinn, Ralph. Hayla hat lediglich meine Wunde versorgt und verbunden.« Er hielt seinen rechten Arm hoch. »Hier, sieh selbst. Außerdem würde es einem schmächtigen Mädchen wohl kaum gelingen, mich mit einem Dolch zu meucheln. Also, gib sie jetzt frei.«

Ungläubig sah Ralph von Bosgard zu Hayla, dann stieß er sie so heftig von sich, dass Hayla taumelte und beinahe zu Boden stürzte.

»Ich wusste nicht, dass du wehleidig wie ein altes Weib bist, Bosgard«, bemerkte er spöttisch. »Wegen so einem kleinen Kratzer so einen großen Verband …«

»Spar dir deine Worte, Ralph.« Bosgards Miene verfinsterte sich. »Was treibt dich eigentlich dazu, wieder einmal ohne anzuklopfen in meine Kammer zu stürmen?«

Über die Zurechtweisung vor einer Magd knirschte Ralph mit den Zähnen. Bisher war ihr Gespräch auf Englisch geführt worden, jetzt wechselte er in die Sprache seiner Heimat.

»Eben kam ein Bote von Sir Geoffrey, dem der Besitz südwestlich von Penderroc gehört. Offenbar haben ein paar barbarische Angelsachsen sein Gut überfallen und schrecklich gewütet. Sir Geoffrey hat sich in der Burg verschanzt, aber er kann der Übermacht nicht mehr lange standhalten und bittet um Hilfe.«

»Gut, nimm dir zwei Dutzend Männer und brich sofort auf.«

»Und was ist mir dir?« Ralphs Blick glitt abschätzend über Haylas Körper. Er leckte sich die Lippen und grinste anzüglich. »Ich verstehe, du möchtest die Nacht lieber in den Armen einer willigen Magd verbringen, als deiner Pflicht zu kämpfen nachzukommen. Keine Sorge, mein Freund, ich kann dich gut verstehen und hoffe, diese Hure wird bei dir die Beine williger breit machen als bei mir.«

Hayla schoss das Blut ins Gesicht. Am liebsten hätte sie Ralph Clemency eine passende Antwort gegeben, aber sie beherrschte sich und versuchte, so zu tun, als hätte sie kein Wort verstanden.

»Es reicht, Ralph«, sagte Bosgard mühsam beherrscht. »Ich bin sicher, du bist der richtige Mann, um den Aufstand niederzuschlagen. Zudem – so etwas macht dir doch Spaß, nicht wahr? Du kannst jetzt gehen.«

Bosgards Worte und seine Handbewegung glichen einem

Rauswurf, und Ralph schluckte eine heftige Erwiderung hinunter. Er warf einen letzten, abfälligen Blick auf Hayla, dann verließ er die Kammer. Die Tür fiel hinter ihm lauter als nötig ins Schloss.

Hayla beeilte sich, ihre Sachen zusammenzusuchen, als Bosgard neben sie trat und leise sagte:

»Das kleinere Übel … ich verstehe, Mädchen.« Er hatte ihre Entrüstung bemerkt, obwohl sie Ralphs beleidigende Worte wohl nicht hatte verstehen können, aber wahrscheinlich waren sein Gesichtsausdruck und seine Haltung deutlich genug gewesen. »Ich danke dir, Hayla, die Wunde schmerzt inzwischen kaum noch.«

»Ihr braucht Euch für eine Selbstverständlichkeit nicht zu bedanken.« Hayla nahm die schmutzigen Tücher und den Krug und wandte sich zur Tür. Doch sie zögerte. »Herr …«

»Hast du noch etwas auf dem Herzen?«, fragte Bosgard freundlich.

»Ja … nein … ich meine, ich wollte Euch nur sagen, wie gut Ihr inzwischen unsere Sprache beherrscht. Und es ist gut, dass Ihr sie lernt, denn ein Herr sollte den Leuten, die für ihn arbeiten, immer selbst sagen können, was sie zu tun haben. Sonst könnte es leicht zu … Missverständnissen kommen.«

Bosgard runzelte für einen Moment die Stirn, doch bevor er etwas erwidern konnte, hatte Hayla die Kammer bereits verlassen. Er ging zum Tisch und schenkte sich einen Becher Ale ein. Erstaunt bemerkte er, wie er sich über Haylas Kompliment, was seine Sprachkenntnisse betraf, freute. Obwohl es ihm schmeichelte, ärgerte er sich. Er war Bosgard de Briscaut, Spross eines alten normannischen Adelsgeschlechts und Herr von Penderroc Castle, Hayla hingegen war eine

Magd. Zwar eine außergewöhnlich hübsche Magd mit den schönsten Augen, die er jemals gesehen hatte, aber eben doch nur eine Leibeigene ohne Erziehung oder gar Bildung …

»Genug jetzt!«, wies sich Bosgard laut zurecht. Mit einem gewissen Erschrecken stellte er fest, dass seine Gedanken in eine Richtung gingen, die nicht sein durfte. Wenn er wollte, könnte er Hayla in sein Bett holen und zu seiner Geliebten machen. Sie würde nichts dagegen tun können, denn sie musste seinen Befehlen folgen. Aber Bosgard spürte, dass er nicht eine flüchtige, leidenschaftliche Beziehung wollte, sondern mehr. Er sehnte sich nicht nur nach dem Körper einer Frau, sondern nach einer zärtlichen Hand, die ihn liebkoste. Und zwar nicht, weil es befohlen wurde, sondern weil die Frau es wollte. Er sehnte sich nach jemandem, der ihm erwartungsvoll entgegeneilte, wenn er nach Hause kam, der an seinem Leben Anteil nahm und der ihm Kinder gebären würde. Einen legitimen Sohn, keinen Bastard, sondern seinen rechtmäßigen Erben. Bisher hatte es in Bosgards aufregendem Leben keinen Raum für Gedanken an eine Ehe und an eine Familie gegeben, aber jetzt war er zur Ruhe gekommen und hatte einen Platz gefunden, an den er gehörte und wo er alt und grau werden könnte. Er durfte es nur nicht zulassen, dass bei dem Gedanken an eine Frau an seiner Seite diese Frau das Gesicht und die veilchenblauen Augen Haylas hatte …

7. Kapitel

Die Tage, an denen Ralph Clemency nicht in Penderroc weilte, waren nicht nur für Hayla eine Wohltat. Die meiste Zeit verbrachte sie in Bosgards Gemach, machte es sauber und hielt seine Kleidung in Ordnung. Wie sie es vorausgesagt hatte, verheilte seine Wunde gut. Nach zwei Tagen war von dem roten Strich nichts mehr zu sehen, und über dem Schnitt bildete sich eine heilende Schorfschicht ohne Eiter. Trotzdem bestand Hayla darauf, jeden Morgen und Abend die Wunde zu säubern, sie mit der Kräuterpaste zu bestreichen und sie neu zu verbinden. Dabei war es unvermeidlich, Bosgard so nahe zu kommen, dass sich ihre Körper manchmal flüchtig berührten. Hayla musste sich sehr zusammennehmen, damit ihre Hände beim Verbandswechsel nicht zitterten. Sie hatte allen Grund, die Normannen zu verabscheuen, und Bosgard de Briscaut war – bei aller Freundlichkeit – einer von ihnen. Bevor der Herzog der Normandie England überfallen hatte, war sie eine freie Frau gewesen und hatte einer unbeschwerten Zukunft entgegengesehen. Sie wäre die Frau eines vermögenden und aufrechten Mannes geworden, hätte Mandric Söhne geboren und als Herrin einem großen Haus vorgestanden. Von einem Tag auf den anderen, nach nur einer einzigen Schlacht, war ihr behütetes Leben aus den Fugen geraten, und sie war zur Leibeigenen eines Fremden geworden. Hayla wusste, Bosgard de Briscaut würde keine Gnade walten lassen, wenn er erführe, in welch enger Bindung sie zu dem einstigen englischen König gestanden hatte. Gleichgültig, ob er ein freundlicher und gerechter Herr war – in erster Linie war er seinem König verpflichtet, der die Auslieferung aller adligen Angelsachsen verlangte. Im Land kam es zwar immer mal wieder zu kleinen Aufständen, wie jetzt auf dem Nachbargut, aber diese waren spontane Verzweiflungstaten von unterdrückten und hungernden Bauern, die den ausgebildeten und bewaffneten Rittern des Königs nicht lange standhalten konnten. Die Normannen machten mit diesen Rebellen kurzen Prozess – wer nicht im Kampf fiel, wurde an Ort und Stelle hingerichtet.

All das erfuhr Hayla, als Ralph Clemency nach einer Woche zurückkehrte und Bosgard jede einzelne Grausamkeit in aller Ausführlichkeit schilderte.

»In dieser Gegend wird niemand mehr wagen, sich erneut gegen die Herrschaft aufzulehnen.« Zufrieden grinsend leerte er einen Becher Ale. »Wir haben die Männer aufgehängt und sie so lange an den Ästen baumeln lassen, bis die Krähen ihr Fleisch von den Knochen gepickt hatten. Einige unserer Männer achten darauf, dass niemand auf den Gedanken kommt, die Verräter runterzuholen. Sollte es jemand wagen, so ist er oder sie des Todes.«

Hayla presste ihre Zähne so fest zusammen, dass ihre Kiefergelenke schmerzten, aber sie durfte sich ihr Entsetzen nicht anmerken lassen. Sie war nicht überrascht, als Bosgard nachdenklich erwiderte: »Du hast wahrscheinlich richtig gehandelt, Ralph, den Rebellen muss man eine Lektion erteilen. Hoffen wir, dass sie daraus lernen und nie wieder die Waffen gegen Sir Geoffrey erheben werden.«

»Und auch nicht gegen dich, mein Freund.« Ralph prostete Bosgard zu, und für einen Moment bemerkte Hayla einen zufriedenen Ausdruck in seinen Augen.

Ralph Clemency hatte noch nie unter mangelndem Selbstbewusstsein gelitten, aber seit er zurückgekehrt war, schien es Hayla, als wirke er selbstsicherer als zuvor. Manche seiner Blicke, die er Bosgard zuwarf, schienen abschätzend, ja sogar verächtlich zu sein. Instinktiv spürte Hayla, dass Ralph etwas im Schilde führte, was sicher nicht zum Besten von Bosgard sein würde.

Ein paar Tage später saßen die Normannen in der Halle beim Abendessen, als vor der Tür ein Tumult entstand. Jemand rief laut und vernehmlich: »Lasst mich durch! Ich habe eine Nachricht für Sir Bosgard!«

Bosgard legte den Fleischknochen, von dem er gerade abgebissen hatte, auf den Teller zurück, wischte sich die Hände an der Hose ab und erhob sich.

»Was ist da los?«

Die Tür zur Halle öffnete sich, und einer der Wachposten meldete: »Sir, es sind Boten angekommen.«

»Herein mit ihnen.« Bosgard winkte die drei Männer, die von oben bis unten staubbedeckt und sichtlich erschöpft waren, zu sich heran. Der Größte von ihnen beugte das Knie und übergab Bosgard eine Papierrolle.

»Sir Bosgard, eine Nachricht vom König.«

Bosgard griff nach der Botschaft, brach das rote königliche Siegel auf und las die wenigen Zeilen. Dabei verengten sich seine Augen, und er runzelte die Stirn.

»Der König fordert mich auf, mich unverzüglich nach London zu begeben. Ich soll mit den Boten, sonst jedoch mit keinem weiteren Gefolge und in leichter Rüstung reisen, damit wir die Hauptstadt so schnell wie möglich erreichen.«

Ralph Clemency trat neben Bosgard und warf einen Blick auf das Dokument, dann klopfte er Bosgard auf die Schulter.

»Hast du etwas verbrochen? Oder hält es der König ohne dich nicht mehr aus?« Er lachte spöttisch, und Bosgards Blick verfinsterte sich.

»Du weißt genau, dass ich mir nichts zuschulden kommen ließ. Wahrscheinlich braucht König William meine Hilfe bei einem Aufstand, obwohl er mich aus seinem Gefolge entlassen und mir versprochen hat, ich könne mich künftig ausschließlich um meinen Besitz kümmern.«

»Tja, Befehl ist Befehl.« Ein beinahe schon lauernder Ausdruck trat in Ralphs Augen. »Du solltest keine Zeit verlieren und dich sofort auf den Weg machen.«

Bosgard seufzte und schüttelte den Kopf.

»Es wird wohl reichen, wenn ich morgen früh aufbreche.« Er blickte die Überbringer der Nachricht fragend an. »Ihr seid bestimmt hungrig und müde. Bitte, esst und trinkt und sucht euch einen Schlafplatz, wir reiten bei Sonnenaufgang.«

Die in der Halle sitzenden Normannen hatten dem Wortwechsel aufmerksam gelauscht, während Hayla so tat, als hätte sie kein Wort von der in Französisch geführten Unterhaltung verstanden. Alles in ihr war in Aufruhr. Bosgard musste fort! Es war ein weiter Weg nach London und wieder zurück, und niemand wusste, wie lange der König ihn am Hof benötigen würde. Das bedeutete, dass Sir Ralph wieder die Aufsicht über Penderroc führen würde. In diesem Moment wandte sich Bosgard an Ralph und bestätigte Haylas Befürchtung.

»Solange ich fort bin, übertrage ich dir die Verwaltung der Burg und die Verantwortung für alles, was hier geschieht, Ralph. Du weißt, was zu tun ist. Du wirst die Bauarbeiten beaufsichtigen und die Auflistung der Bewohner und deren Besitztümer fortführen. Damit wirst du von früh bis spät beschäftigt sein und keine Zeit haben, auf dumme Gedanken zu kommen.«

Ralph neigte zustimmend den Kopf und tat, als habe er die unterschwellige Zurechtweisung nicht bemerkt.

»Es wird alles zu deiner Zufriedenheit erledigt, mein Freund.«

Täuschte sich Hayla, oder hatte sie für einen Moment ein triumphierendes Aufblitzen in Ralphs Augen gesehen? Sie seufzte verhalten. Mit Bosgards Fortgang würde die ruhige und sichere Zeit der letzten Monate vorbei sein. Sie selbst fürchtete, Ralph erneut ausgeliefert zu sein, denn Hayla hegte keinen Zweifel daran, dass er sich über Bosgards Befehle hinwegsetzte, sobald dieser außer Reichweite war.

Bosgard leerte seinen Weinbecher, dann blickte er in die Runde und sagte: »Ich werde mich nun in meine Kammer begeben, damit ich morgen früh ausgeruht bin.«

Hayla sah ihm nach, als er die Halle durchquerte und in dem Durchgang zum Turm verschwand. Wenig später, nachdem sie ihre Arbeit in der Küche beendet hatte, klopfte sie an Bosgards Tür. Nach seiner Aufforderung trat sie zögernd ein.

»Herr, habt Ihr noch Wünsche, bevor Ihr morgen fortreitet?«

Bosgard, der Hayla nicht hatte rufen lassen, freute sich über ihr unerwartetes Erscheinen. Eigentlich hatte er sich gerade zu Bett begeben wollen, doch jetzt fühlte er sich nicht mehr müde, sondern hellwach. Er deutete auf seinen über einer Stuhllehne liegenden Waffenrock.

»Die Naht eines Ärmels ist aufgerissen. Näh es mir fest, da ich den Rock morgen tragen möchte.«

Hayla nickte, griff nach dem Kleidungsstück und wollte die Kammer verlassen, als Bosgard rief: »Warte, du sollst es gleich hier an Ort und Stelle ausbessern.«

Hayla schluckte, und ihr Herz klopfte heftig.

»Selbstverständlich, Herr, ich hole nur schnell das Nähzeug.«

Binnen kurzer Zeit war sie zurück, entzündete ein Öllicht und machte sich an die Flickarbeit. Schnell und geschickt zogen ihre Hände den Faden durch den Stoff. Bosgard saß in einem Lehnstuhl und betrachtete die Magd. Hayla trug ihr schwarzes Haar zu einem dicken Zopf geflochten, der ihr bis auf den Rücken hing. Während sie nähte, hatten sich ihre vollen, roten Lippen leicht geöffnet, und konzentriert fuhr ihre Zungenspitze immer wieder über die Unterlippe. Bosgard fragte sich, wie es wohl wäre, diese sinnlichen Lippen zu küssen und ihre Zunge in seinem Mund zu spüren. Eine heiße Welle der Erregung durchflutete seinen Körper, und er war froh, dass seine weite, bis zu den Knien reichende Tunika das offensichtliche Anzeichen seiner Leidenschaft verhüllte. Er wollte Hayla nicht erschrecken. Ein wenig ärgerte er sich über den Befehl des Königs, denn er verspürte überhaupt keine Lust, Penderroc zu verlassen. Es beunruhigte Bosgard, als er erkannte, dass diese junge Magd mit ein Grund war, warum er zu Hause bleiben wollte. Vielleicht sollte er sie heute Nacht auf sein Lager zwingen, so wie Ralph ihm diese Absicht unterstellte. Vielleicht würde er weniger an sie denken, wenn er seine Leidenschaft erst einmal an ihrem Körper gestillt hatte …

»Ich bin fertig, Herr.« Haylas Stimme riss ihn aus seinen Überlegungen. Hastig räusperte er sich und schämte sich für seine Gedanken. Nie zuvor hatte er eine Frau zu etwas gezwungen, was diese ihm nicht selbst hatte geben wollen. Dies entsprach nicht seinem Charakter, zudem hatte er es noch nie nötig gehabt, im Gegenteil, meistens hatte er sich der Avancen diverser *Damen* erwehren müssen.

»Danke, Hayla, du kannst dann gehen«, sagte er und schenkte ihr ein Lächeln.

Hayla knickste, öffnete die Tür und ließ ihn allein. Sie spürte eine seltsame Traurigkeit und fragte sich, wann sie Bosgard de Briscaut wohl wiedersehen würde.

Als Hayla am nächsten Morgen die Halle betrat, war Bosgard bereits aufgebrochen. Mit Waline zusammen bereitete sie das Frühstück zu. Sie hatten gerade die Schüsseln mit dem Haferbrei auf den Tisch gestellt, als Ralph Clemency mit drei seiner Kumpane die Halle betrat. Wie selbstverständlich setzte Ralph sich in den gepolsterten, bequemen Lehnstuhl, den Bosgard eigens für sich hatte anfertigen lassen und der in der Mitte an der Tafel stand. Die Männer beachteten die beiden Frauen nicht weiter, tauchten ihre Löffel in den noch warmen Brei und aßen gierig. Waline beeilte sich, drei Krüge Bier zu holen. Sie wollte ebenso wie Hayla nichts tun, was den Unwillen oder gar den Zorn von Sir Ralph erregen konnte. Nachdem Ralph den ersten Hunger gestillt hatte, leerte er einen Becher Bier, dann rülpste er laut und lehnte sich in dem Stuhl zurück. Grinsend schlug er sich auf die Schenkel, und die anderen drei stimmten in sein

Lachen ein. Die Männer waren offensichtlich guter Stimmung, worüber Hayla sich nicht wunderte. Bestimmt heckte Ralph jetzt, da Bosgard fort war, irgendeine Gemeinheit aus, wie er wieder ein paar Angelsachsen schikanieren oder gar quälen konnte.

»Es ist zu schade, dass wir nicht dabei sein können.« Len, ein rothaariger Kämpfer, der sich immer in Ralphs Nähe aufhielt, trommelte mit den Fingerspitzen auf der Tischplatte herum. Ralph zog eine Augenbraue hoch, als er antwortete: »Ja, ich bedaure es auch, aber es darf nicht der kleinste Verdacht auf mich fallen. Uns bleibt nichts anderes übrig, als abzuwarten.«

»Wie lange wird es dauern, bis die Männer kommen?«

»Ich schätze, sie werden ihn, oder vielmehr das, was von ihm noch übrig ist, im Laufe des Nachmittags bringen. Ich vertraue meinen Männern, sie werden ganze Arbeit leisten, und bei Sonnenuntergang wird der Name Bosgard de Briscaut nur noch Geschichte sein.«

Hayla zuckte heftig zusammen und ließ einen der Blechteller fallen. Das scheppernde Geräusch zog Ralphs Aufmerksamkeit auf die Magd, und er herrschte Hayla wütend auf Englisch an: »Kannst du nicht aufpassen, du dummes Ding? Noch einmal, und du bekommst eine Tracht Prügel.« Dann verfiel er wieder in die Sprache seiner Heimat und fuhr, an seine Kumpane gewandt, fort: »Heute Nacht hole ich mir diese schwarzhaarige Hure in mein Bett, so wahr ich Ralph Clemency heiße. Wenn ich mit ihr fertig bin, könnt ihr sie haben. Mit ihrem Beschützer Bosgard ist es vorbei, ab heute weht hier ein anderer Wind.«

Die Männer grölten, und Hayla stand da wie gelähmt. Unter Aufbietung ihrer ganzen Selbstbeherrschung gelang es ihr, keinen Muskel in ihrem Gesicht zu bewegen oder sonst eine Regung zu zeigen, die Ralph verriet, dass sie Wort für Wort verstanden hatte und die richtigen Schlüsse daraus zog. Hayla hatte begriffen, dass Bosgard in eine Falle gelockt worden war und getötet werden sollte. Beinahe wie zur Bestätigung ihrer Vermutung fragte Len: »Wird der König denn nicht misstrauisch werden, wenn Bosgard nicht in London erscheint, und Nachforschungen anstellen? Du weißt, der normannische Bastard hält große Stücke auf Bosgard.«

»Es wartet kein König auf ihn.« Ralph zwinkerte listig. »Die Nachricht war gefälscht.«

»Aber ich habe das königliche Siegel doch mit eigenen Augen gesehen!«, warf einer der Männer erstaunt ein, und Ralph nickte.

»Es ist nicht schwer, es zu fälschen. Bosgard war über die Nachricht vom König viel zu aufgeregt, um einen genauen Blick auf das Siegel zu werfen, der ihm ein paar kleine Abweichungen vom Original verraten hätte. Ihr seht also, niemand wird Bosgard de Briscaut vermissen, und bis der König erfährt, dass er nicht mehr unter den Lebenden weilt, werde ich Penderroc längst zu meinem Eigentum gemacht haben, so dass William nichts anderes übrigbleibt, als es mir auch urkundlich zu übereignen.«

In Haylas Kopf arbeitete es fieberhaft, aber ihre Hände blieben ruhig, und ihre Stimme zitterte nur unmerklich, als sie an den Tisch trat, nach den restlichen Tellern griff und fragte: »Darf ich Euch noch etwas bringen, Herr?«

»Ha, wie kommt es, dass diese Wildkatze plötzlich so zahm ist?« Hayla musste es geschehen lassen, dass Ralph einen Arm um ihre Hüfte legte und ihr in den Hintern zwickte. »Für den Moment kannst du abräumen und gehen, mein Täubchen. Deine *Dienste* benötige ich erst heute Nacht.«

Die Männer grölten, aber Hayla verließ ruhigen Schrittes die Halle. In der Küche stellte sie die benutzten Teller auf den Tisch, dann sank sie seufzend auf einen Stuhl. Alle Kraft schien plötzlich aus ihren Gliedern entwichen zu sein. Waline sah sie erschrocken an.

»Hat Sir Ralph dich wieder befingert?«

»Das auch, aber das ist es nicht allein.« Hayla sprang auf. Plötzlich wusste sie, was zu tun war. »Waline, wenn Ralph oder jemand anderer nach mir fragt – sag, ich wäre zum Kräutersammeln in den Wald gegangen.«

»Was hast du vor?« Waline trat Hayla in den Weg. »Willst du fliehen?«

Hayla schüttelte den Kopf, nahm die Hand der alten Magd und drückte sie fest.

»Ich muss versuchen, Bosgard das Leben zu retten.« Waline verschlug es die Sprache, und Hayla rief, während sie auf dem Weg zur Hintertür war: »Ich weiß, du wirst mich nicht verstehen. Vielleicht verstehe ich mich selbst nicht, aber ich kann nicht zulassen, dass Bosgard de Briscaut feige und hinterrücks ermordet wird.«

Da weder Bosgard noch Ralph erwarteten, dass es jemand von den Mägden oder Knechten wagen würde, ein Pferd zu stehlen – denn darauf stand die Todesstrafe, wenn die Person erwischt wurde –, waren die Stallungen unbewacht. Hayla nahm sich nicht die Zeit, eines der Pferde zu satteln, sondern raffte ihren Kittel hoch und schwang sich auf den Rücken einer kleinen, aber drahtigen und zähen Stute.

»Du musst jetzt schnell wie der Blitz sein«, flüsterte sie dem Tier ins Ohr und strich ihm über die Blesse. »Wir müssen den Herrn einholen.«

Hayla überlegte, wie viel Vorsprung Bosgard hatte. Die Sonne war, bevor Hayla den Verrat mit angehört hatte, noch nicht lange aufgegangen. Mit einem kräftigen Schenkeldruck trieb sie die Stute an, die daraufhin in vollem Galopp über den Hof von Penderroc und dann in Richtung Osten preschte. In ihrem Rücken hörte Hayla aufgeregte Rufe. Man hatte ihre Flucht entdeckt, aber sie hoffte auf einen ausreichenden Vorsprung, bis die Ritter ihre Pferde gesattelt und sich in ihren Rüstungen und mit den Waffen an ihre Verfolgung machen konnten. Sie wusste, würde man sie erwischen, bevor sie Bosgard eingeholt hatte, wäre das ihr sicherer Tod, aber daran wollte und konnte sie jetzt nicht denken. Sie hatte keine Ahnung, wann und wo Bosgard von Ralphs Männern überfallen und getötet werden sollte, und mit jeder Meile, die sie ihr Pferd antrieb, wuchs in ihr die Angst, zu spät zu kommen. Der Schweiß rann ihr in Strömen über den Körper, der wollene Kittel klebte an ihrem Rücken, und die nackte Haut ihrer Schenkel scheuerte sich an dem Pferderücken wund. Hayla spürte jedoch keinen Schmerz, außer dem einen in ihrem Herzen, der ihr bewusst machte, dass sie nie wieder glücklich werden könnte, sollte Bosgard de Briscaut etwas geschehen. Von Penderroc aus gab es glücklicherweise nur einen einzigen befestigten Weg in Richtung London und auch nur eine Brücke, die den Fluss Tamar überquerte. Aus den Hütten des kleinen Dorfes am anderen Ufer kamen die Menschen gelaufen und starrten ängstlich der schwarzhaarigen Wilden nach, deren Augen dunkelviolett funkelten und die wie der Teufel persönlich an ihnen vorbeiflog. Der eine oder andere bekreuzigte sich hastig. Hayla blickte nicht zurück, ob ihre Verfolger bereits zu sehen waren, denn sie durfte keine Zeit verlieren. Sie durfte nicht zu spät kommen!

8. Kapitel

Auch Bosgard hatte seinen Hengst seit dem Verlassen von Penderroc angetrieben. Nachdem er jedoch den Tamar überquert hatte, stieg der Weg durch einen dichten Wald in Serpentinen steil an, und er ließ das Pferd im Schritt gehen. Obwohl er dem Befehl des Königs Folge leisten musste, hatte er es nicht eilig, London zu erreichen. Seine drei Begleiter ritten ein Stück voraus, somit spitzte Bosgard wachsam die Ohren, als er hinter sich Hufschlag vernahm. Er drehte den Kopf, und seine Hand fuhr unwillkürlich zum Knauf des Schwertes an seiner Hüfte. Durch das Laub der Bäume nahm er eine Bewegung wahr, und sein Körper versteifte sich. Gerade als er seinen Begleitern zurufen und sie warnen wollte, sah er, wer dort in einem höllischen Tempo angeprescht kam, und er glaubte, seinen Augen nicht zu trauen. Auf den ersten Blick erkannte er ein Tier aus seinem Stall, doch die grazile Gestalt auf dem Pferderücken, um deren Kopf und Oberkörper eine wilde Flut von schwarzem Haar wehte und deren Beine bis zu den Oberschenkeln hinauf nackt und schmutzig waren, ließ ihn laut auflachen. Was, in aller Welt, machte die Magd hier? Hatte Hayla etwa die Gelegenheit seiner Abwesenheit genutzt, um zu fliehen? Aber er hätte sie für klüger gehalten, als dass sie ihm direkt in die Arme ritt. Er saß ab, zog sein Schwert und stellte sich breitbeinig mitten auf den Weg, bereit, die Flüchtende unter allen Umständen aufzuhalten.

Hayla schrie auf, als sie Bosgard erkannte, aber es war ein Schrei der Erleichterung. Sie zügelte ihr Pferd, und die Stute blieb kurz vor Bosgard stehen. Sie glitt herab, und noch bevor Bosgard reagieren konnte, klammerte sie sich an seinen Arm und stieß keuchend hervor: »Herr … Gott sei Dank, Ihr seid unversehrt! Ihr müsst aufpassen …. Es ist eine Falle … man will Euch töten …«

Im ersten Moment dachte Bosgard, das Mädchen wäre verrückt geworden. Ihre Augen waren zwar weit aufgerissen und voller Angst, zeigten aber sonst keine Spur von Wahnsinn. Bosgard steckte das Schwert zurück in die Scheide, denn er glaubte nicht, dass ihm von Hayla Gefahr drohte. Er schüttelte sie an den Schultern.

»Was machst du hier, und was faselst du für wirres Zeugs? Bist du von Penderroc geflohen …«

»Haltet den Mund und hört zu!« Energisch schnitt Hayla ihm das Wort ab. Beinahe panisch sah sie sich um. »Wo sind Eure Begleiter? Ihr könnt ihnen nicht trauen, sie gehören zu den Männern von Ralph Clemency. Das Schreiben des Königs … es war gefälscht. Ralph wollte Euch von Penderroc fortlocken, um Euch zu töten.«

Für einen Augenblick stand Bosgard wie erstarrt da, dann begann er laut zu lachen.

»Mädchen, Mädchen, das ist ja eine tolle Geschichte, die du mir da erzählst, aber ich hätte geglaubt, du würdest dir eine bessere Ausrede einfallen lassen, wenn du mir auf deiner Flucht in die Hände fällst.«

Ohne nachzudenken, schlug Hayla mit ganzer Kraft ihre Faust auf Bosgards Brustpanzer. Er spürte den Hieb kaum, und die Situation begann ihn immer mehr zu amüsieren.

»Du dummer, sturer Bock!«, rief sie und merkte selbst

nicht, wie wenig respektvoll sie mit ihm sprach. »Ich riskiere mein Leben, um deines zu retten, und du hast nur Spott für mich übrig …«

»Ihr solltet dem Mädchen glauben, Sir Bosgard!« Eine dunkle Stimme ließ Bosgard herumwirbeln, doch bevor er zum Schwert greifen konnte, trat ein zweiter Mann neben ihn. Dieser drehte Bosgard so rasch den Arm auf den Rücken, dass er in seinem Griff gefangen war. Mehr überrascht als ängstlich starrte Bosgard seine Begleiter an, die plötzlich mit gezogenen Schwertern vor ihm standen, ebenso wie vier weitere Ritter, ebenfalls bis an die Zähne bewaffnet. Woher waren diese fremden Männer, die er nie zuvor gesehen hatte, so plötzlich gekommen? Bosgard hatte sie nicht bemerkt und vermutete, dass sie sich im dichten Gebüsch des Waldes links und rechts des Weges verborgen hatten. Einer der Männer trat nun zu Hayla und legte seinen Arm um ihren Hals, so dass sie kaum mehr atmen konnte. Hayla versuchte zwar, sich strampelnd und kratzend aus dem Griff zu befreien, aber ihre Kraft reichte nicht aus.

»Was ist hier los?« Bosgards Stimme war gefährlich leise. »Lasst das Mädchen los und mich meiner Wege ziehen. Ich bin im Auftrag des Königs unterwegs.«

Einer der Ritter, ein Mann, der in Größe und Stärke Bosgard in nichts nachstand, schüttelte den Kopf. Ein diabolisches Lächeln kräuselte seine Lippen, als er sagte: »Leider werdet Ihr auf Eurem Weg nach London von aufständischen Angelsachsen überfallen, Sir Bosgard. Da Ihr nur mit drei Begleitern und mit wenig Waffen unterwegs wart, konntet Ihr der Übermacht nicht standhalten und habt Euer Leben gelassen. Diese drei« – er deutete auf Bosgards Begleiter, die am Abend zuvor die angebliche Botschaft des Königs überbracht hatten – »werden Euren toten Körper traurig und entsetzt zurück nach Penderroc bringen und völlig verzweifelt sein, weil sie Euch nicht retten konnten.«

Bosgard begann zu verstehen. Er war in der Tat in eine Falle getappt, ganz so wie Hayla es gesagt hatte. Aber wie, in drei Teufels Namen, hatte sie davon erfahren?

»Wird es denn nicht seltsam sein, wenn ich tot bin, aber meine Begleiter keinen Kratzer abbekommen haben?« Bosgard blickte langsam von einem zum anderen. Sie waren zu siebt, er jedoch war allein und nur mit seinem Kurzschwert bewaffnet. Bei einem Kampf rechnete er sich kaum eine Chance aus, aber keinesfalls würde er sich so einfach geschlagen geben.

»Natürlich werden wir die Männer etwas … nun, sagen wir … anritzen müssen.« Der Ritter lachte höhnisch. »Aber bei dem Lohn, der sie erwartet, nehmen sie gerne das Fehlen des einen oder anderen Fingergliedes und ein paar Narben in Kauf.«

Bosgard wurde ganz ruhig und begann klarzusehen.

»Ihr seid von Ralph Clemency beauftragt worden, nicht wahr? Von dem Mann, der sich nicht nur mein Schwager, sondern auch mein Freund nennt und der mich nun schändlich verrät. Ich ahnte schon lange, dass Ralph bei seinem Streben nach Macht und Reichtum vor nichts zurückschreckt … auch nicht vor einem Mord …«

»Genug jetzt mit dem Gerede«, unterbrach der große Ritter. »Gebt mir Euer Schwert, Sir Ralph, dann wird Euer Tod kurz und schmerzlos sein. Ihr könnt natürlich auch den Versuch machen zu kämpfen, aber dann werden wir Euch Stück für Stück auseinandernehmen.« Er warf einen Blick auf Hayla, die immer noch strampelnd im Arm eines der

Männer hing. »Danach wird es mir ein ganz besonderes Vergnügen sein, mich um dieses Mädchen zu kümmern. Hätte nicht gedacht, dass wir eine solche Belohnung gleich an Ort und Stelle bekommen.«

»Meinetwegen tötet mich, aber lasst das Mädchen gehen! Es hat nichts damit zu tun und ist zufällig hier reingeraten. Sie ist nur eine einfache Magd.« Bosgards Stimme war ruhig, aber kalt wie Eis.

»Bosgard …« Hayla flüsterte seinen Namen, und in ihre Augen traten Tränen. In diesem Moment wurde ihr in aller Deutlichkeit bewusst, was Bosgard de Briscaut ihr bedeutete. Sie konnte es vor sich selbst nicht mehr verleugnen, dass sie diesen Mann inbrünstig liebte. Gleichgültig, dass er ein Normanne und damit ein Feind ihres Volkes war. Sie liebte ihn mehr als ihr eigenes Leben … wenn er starb, wollte auch sie nicht mehr sein …

»Zum Teufel, wer ist das?«

Die Männer fuhren herum, als von Westen her Pferdehufe erklangen und eine Staubwolke auszumachen war. Hayla stieß einen Seufzer der Erleichterung aus – es waren ihre Verfolger! Und da weder Ralph noch einer seiner Kumpane sich die Mühe machen würde, eine Magd zu verfolgen, konnte es sich bei den Männern nur um Getreue von Bosgard handeln.

»Hier sind wir!«, schrie sie, so laut sie konnte. »Zu Hilfe, der Herr ist in Gefahr!«

Die Bemerkung brachte ihr zwar einen Kinnhaken ein, bei dem sie meinte, ihr Kiefer müsse bersten, und sie fiel in den Staub, aber da waren die Männer, fünf an der Zahl, bereits angekommen. Es handelte sich tatsächlich um Bosgards Ritter. Sie erfassten die Situation mit einem Blick, zogen ihre

Schwerter, und Metall klirrte auf Metall. Nun war der Kampf beinahe ausgeglichen – sieben gegen sechs, aber schon bald wurde deutlich, wer die Oberhand errang. Hayla war in die schützende Sicherheit des Dickichts gekrochen und beobachtete aufmerksam den Kampf. Leicht, als wöge es kaum etwas, führte Bosgard sein Schwert mit beiden Händen und parierte geschickt Schlag für Schlag. Sein Gegner, der große Ritter, konnte nicht lange standhalten, und als Bosgard ihm einen Hieb zwischen Schulter und Kopf versetzte und das Blut nach allen Seiten spritzte, schloss Hayla die Augen. Auch wenn der Mann versucht hatte, Bosgard zu ermorden, es entsetzte sie, seinen Tod mit ansehen zu müssen. Ein zweiter Angreifer fiel, und als die anderen sahen, dass ihr Anführer tot war, ergriffen sie die Flucht. Bosgards Männer wollten ihnen nachsetzen, aber Bosgard rief: »Nein, halt, lasst sie, für heute ist genug Blut geflossen. Der Urheber sitzt ruhig und sicher in Penderroc Castle und wartet auf die Nachricht von meinem Tod. Ich werde mit ihm abrechnen.«

Einer der Männer deutete mit der Schwertspitze auf die am Boden kauernde Hayla.

»Ergreift das Mädchen und fesselt sie. Sie wollte fliehen …«

Bosgard hob die Hand. »Im Gegenteil, sie ist gekommen, um mich zu warnen.« Er kniete neben Hayla nieder, legte zwei Finger unter ihr Kinn und hob ihren Kopf. In den Staub auf ihrem Gesicht hatten sich Tränen gemischt, aber ihre Augen leuchteten.

»Ihr seid am Leben!«, rief sie, und ihr Blick verriet Bosgard mehr, als es tausend Worte getan hätten.

»Mädchen, wer bist du? Wer hat dich gelehrt, so zu reiten?«, fragte Bosgard. Als Hayla nicht antwortete, fuhr er fort: »Woher hast du überhaupt von dem Plan, mich zu überfallen, gewusst?«

Hayla musste mehrmals trocken schlucken, bevor sie antworten konnte.

»Ralph Clemency hat sich gegenüber seinen Kumpanen mit seiner schlauen Idee, das Schreiben des Königs gefälscht und Euch in eine Falle gelockt zu haben, gebrüstet.«

Bosgard zuckte kaum merklich zusammen.

»Aber das hat er doch sicher nicht vor deinen Ohren getan? Hast du die Männer heimlich belauscht?«

Hayla wusste, sie musste jetzt die Wahrheit gestehen. Sobald Bosgard mit Ralph sprach, würde er sie ohnehin erfahren, also war es besser, wenn sie es ihm selbst sagte. Sie senkte den Blick und flüsterte: »Nein, Herr, die Männer saßen in der Halle, während ich aufräumte.«

»Und sie sprachen vor dir offen darüber, mich zu töten? Das kann ich mir kaum vorstellen.« Bosgard schüttelte fassungslos den Kopf.

»Doch, Herr, aber sie redeten in der Sprache Eures Landes …«

Bosgard verstand. Perplex ließ er sich zu Boden sinken und starrte Hayla ungläubig an.

»Du meinst, sie sprachen Französisch und glaubten, du würdest sie nicht verstehen. So, wie ich es auch getan habe. Dabei beherrschst du unsere Sprache …«

Er brach ab, und Hayla wagte nicht, ihn anzusehen.

»Oui, Sir, je parle et comprends la langue de votre pays«, antwortete Hayla leise, aber zu Bosgards großer Verblüffung gut verständlich. »Werdet Ihr mich jetzt töten, weil ich Euch belogen habe?«

»Wie kommst du denn darauf?« Bosgards Hände umklammerten ihre Schultern und schüttelten sie leicht. »Du hast dein eigenes Leben riskiert, um das meine zu retten. Mädchen, Mädchen, welche Geheimnisse verbirgst du noch vor mir? Die Geschichte, du wärst einfacher Herkunft, kaufe ich dir jedenfalls nicht länger ab.«

Bosgards Tonfall war zwar streng, aber Hayla sah ein belustigtes Zwinkern in seinen Augenwinkeln, und sie lächelte zaghaft.

»Es stimmt, was ich Euch gesagt habe. Als der Herzog … äh, der neue König England unterwarf, floh ich in den Westen und lebe dort seitdem als Magd. Meine Eltern sind beide tot, aber früher habe ich eine gewisse … Ausbildung erhalten.«

Mit diesen Worten hatte Hayla nicht gelogen und dennoch nicht ihre Abstammung offenbart. Sicher, es wies alles darauf hin, dass Bosgard de Briscaut ihr wohlgesinnt war – wenn nicht sogar etwas mehr als das, aber darüber wollte Hayla jetzt lieber nicht nachdenken –, doch dies konnte sich schnell ändern, wenn er erfuhr, dass sie das Mündel von König Harold gewesen war.

Bosgard stand auf und zog Hayla hoch.

»Dann nehme ich an, du kannst auch schreiben, lesen und rechnen, nicht wahr?« Er erwartete keine Antwort, der Gesichtsausdruck Haylas sagte genug. »Jetzt komm, wir kehren nach Penderroc zurück. Dort habe ich noch eine Rechnung mit meinem lieben Verwandten offen.«

Als Hayla zu ihrem Pferd ging und aufsitzen wollte, hielt er sie zurück.

»Du reitest mit mir. Die Stute hat nach dem höllischen Ritt eine Pause verdient.«

Bosgard fasste Hayla an der Hüfte und hob sie auf sein

Pferd, als wöge sie nicht mehr als eine Feder, dann schwang er sich hinter sie in den Sattel. Mit einem Arm umschlang er ihre Taille, mit der anderen Hand griff er nach den Zügeln und gab seinen Männern den Befehl loszureiten. Hayla wurde sich seiner körperlichen Nähe mehr bewusst, als ihr lieb war, und sie erinnerte sich daran, wie sie bei ihrer ersten Begegnung mit Bosgard ebenfalls vor ihm auf dem Pferd gesessen hatte. Durch den dünnen Stoff ihres Kleides spürte sie sein ledernes Wams, und seine Hand auf ihrem Bauch war kräftig und warm. Ein feiner Geruch nach Schweiß, Pferd und einer besonderen Note stieg in ihre Nase, und sie war froh, dass Bosgard sie festhielt, sonst wäre sie vom Pferd gefallen, da ihr schwindelte. Ihr Herz pochte heftig, und sie wünschte sich, ewig so mit Bosgard zusammen reiten zu können und niemals in Penderroc anzukommen. Sie wusste, ihre Empfindungen waren verrückt, aber sie konnte nichts dagegen tun. Und eigentlich wollte sie sich auch nicht länger gegen die Liebe, die ihr junges Herz mit einer lodernden Flamme erfasst hatte, wehren.

Bosgard machte sich nicht die Mühe, die Tür mit der Klinke zu öffnen, sondern er trat sie mit dem Fuß ein. Sie sprang aus den Angeln, und er stürmte in die Halle. Ralph Clemency fuhr von seinem Platz hoch und griff automatisch nach dem Heft seines Schwertes.

»Lass es stecken, Verräter!«, schrie Bosgard, und hinter ihm drängten seine Männer mit gezogenen Schwertern in die Halle.

Ralph blickte verwirrt von einem zum anderen.

»Ach, Bosgard … ich dachte, du bist auf dem Weg nach London. Ich habe dich nicht so rasch zurückerwartet …«

»Und sicher nicht am Leben und in einem Stück, nicht wahr?« Bosgard trat vor Ralph und starrte ihn an. »Dein verabscheuenswerter Plan ist fehlgeschlagen, wie du siehst.«

»Plan? Was für ein Plan?« Anscheinend mühelos hatte Ralph sich wieder im Griff, und er bemühte sich um einen unschuldigen Gesichtsausdruck. »Ich habe keine Ahnung, wovon du sprichst und warum du mit einer Horde Bewaffneter deinen eigenen Besitz demolierst und mich in einer Art und Weise angreifst, die ich nun wirklich nicht verdient habe.«

Bosgard packte Ralph am Kragen und schüttelte ihn heftig.

»Halt deinen verlogenen Mund! Ich weiß alles, und zwei deiner gedungenen Mörder liegen tot im Wald. Glücklicherweise kamen meine Männer im rechten Augenblick, und deine minderwertigen Subjekte, die unseren Schwertern entgangen sind, haben schnell die Beine in die Hände genommen und sind geflohen wie verängstigte Hasen.«

Bosgards Griff war so stark, dass Ralph nach Atem rang. Mühsam keuchte er: »Was immer dir zu Ohren gekommen sein mag, es ist eine schmutzige Verleumdung! Du wirst doch nicht Fremden mehr Glauben schenken als mir? Deinem Freund … und deinem Schwager … Bosgard, unsere verwandtschaftliche Bindung …«

»Die ich niemals wollte, du Verräter!«, unterbrach Bosgard. Er ließ Ralph los und stieß ihn von sich. »Meine Eltern haben nicht erkannt, wem sie ihre einzige Tochter zur Frau gaben. Sosehr ich ihren frühen Tod bedaure, ich glaube, es ist ihr sehr viel Leid, das sie an deiner Seite hätte erfahren müssen, erspart geblieben. Wenn du unsere unfreiwillige Verwandtschaft ansprichst … weil du mein Schwager bist, will ich großzügig sein. Einzig dieser Grund hält mich davon ab, dich auf der Stelle in Stücke zu hacken, wie du es verdient hast.«

Ralph versuchte, ein wenig seiner Selbstsicherheit zurückzugewinnen, und rief: »Du hast mich immer spüren lassen, dass ich nicht gut genug für dich bin, Bosgard de Briscaut! Nur weil ich aus einer einfachen Familie stamme, die nie viel Geld und keinen Titel ihr Eigen nennen konnte, hast du mich stets abgelehnt.«

»Nicht, weil du keinen Adelstitel trägst, verachte ich dich«, gab Bosgard scharf zurück. »Du solltest wissen, dass Standesunterschiede mir nicht wichtig sind. Nein, Ralph, ich verabscheue dich, weil du brutal und grausam bist. Und unsäglich dumm dazu …«

Ralph holte aus, um Bosgard die Faust ins Gesicht zu schlagen, aber der große Normanne war schneller. Wie Eisenklammern umschlossen seine Finger Ralphs Handgelenk und zwangen den Mann auf die Knie. Dann gab ihm Bosgard einen Tritt in die Seite.

»Nimm deine Männer und verschwinde! Ich will dich auf meinem Besitz nie wiedersehen. Am besten, du kehrst nach Frankreich zurück, denn ich glaube nicht, dass der König dich noch in seinem Gefolge oder gar in seinem Land haben will, wenn er von deinem Verrat erfährt.«

Einer von Bosgards Männern trat näher und flüsterte ihm ins Ohr: »Sir, wollt Ihr ihn wirklich straflos entkommen lassen?«

Entschlossen stemmte Bosgard die Hände in die Hüften und betrachtete den sich auf dem Boden windenden Ralph wie ein lästiges Insekt.

»Dieser schmierige Wurm wird seine Strafe noch erhalten, aber ich werde Gleiches nicht mit Gleichem vergelten.« Er wandte sich an seine Männer. »Bringt ihn und seine Helfershelfer hinaus und sorgt dafür, dass sie Penderroc auf der Stelle verlassen. Sie sollen so gehen, wie sie sind. Es versteht sich von selbst, dass ihre Rüstungen, ihre Waffen und auch ihre Pferde hierbleiben.«

»Bosgard, du kannst mich doch nicht zu Fuß und waffenlos fortschicken.« Ralphs Stimme hatte einen jammernden Unterton, aber Bosgard beachtete ihn nicht weiter.

»Und wenn das Gewürm entfernt ist, sorgt dafür, dass hier neue Binsen gestreut werden. Ich möchte mein Haus restlos von diesem Abschaum gereinigt sehen.«

Ohne einen weiteren Blick stapfte Bosgard die Treppe zu seiner Kammer hinauf. Seine Männer packten Ralph Clemency an den Armen und schleiften ihn hinaus. Der letzte Blick, den Ralph auf Bosgards Rücken warf, war voll wildem Hass, und seine Augen schrien nach Rache.

9. Kapitel

Hayla kauerte auf den Knien im Stall. Sie hatte beide Arme um den Hals des Esels geschlungen, und ihre Tränen tropften in sein struppiges Fell.

»Ach, Jesaja, was soll ich jetzt nur machen?« Sie schluchzte und wischte sich mit dem Ärmel übers Gesicht. »Jetzt wird er von meiner Abstammung erfahren, aber ich konnte ihn doch nicht sterben lassen.«

Natürlich antwortete der Esel nicht, doch es schien, als spürte er, was in Hayla vorging, denn er stupste mit dem Maul an Haylas Schulter, so als wolle er sagen: Kopf hoch, Mädchen, es wird alles gut werden.

Die Stalltür quietschte in den Angeln, und Schritte näherten sich. Hayla dachte, Waline wäre ihr gefolgt, weil sie nach Bosgards Ankunft wie panisch aus der Halle gelaufen war, deshalb rief sie, ohne aufzusehen: »Lass mich allein. Bitte, geh weg.«

»Wie du willst, Hayla, aber ich wollte dir nur danken. Allerdings müssen wir bald miteinander sprechen, denn du hast mir einiges zu erklären.«

Bosgard hatte Französisch gesprochen, und Hayla fuhr wie von einer Nadel gestochen herum. Jetzt konnte sie nicht mehr so tun, als verstünde sie ihn nicht. Verwirrt rappelte sie sich auf und wischte sich schnell die Tränen von den Wangen, aber Bosgard hatte bereits gesehen, dass sie geweint hatte. Ein Gefühl tiefer Zärtlichkeit ergriff ihn. Es war mehr als das Gefühl von Dankbarkeit, es war auch nicht Mitleid über ihre Tränen, sondern eher der Wunsch, Hayla zu beschützen und zu behüten, damit sie niemals wieder Grund hatte zu weinen. Es war ein Gefühl, das er bisher nie gespürt hatte.

»Verzeiht, Sir, ich gehe sofort wieder an meine Arbeit …«

Er ging auf Hayla zu, so dass ihr der Weg aus dem Stall versperrt war.

»Warum hast du geweint?«, fragte er ohne Umschweife.

Hayla senkte schnell den Kopf und stammelte: »Die Aufregung, Sir … und die Angst … ich wusste ja nicht …«

Bosgard blickte lächelnd auf sie hinab. Einige Haarsträhnen hatten sich aus ihrem Zopf gelöst und lockten sich über ihren schlanken Nacken. Er musste sich zusammenreißen, ihr nicht über die zarte Haut zu streicheln, aber er wusste, damit hätte er Hayla unnötig erschreckt. Ihr Angst einzujagen war das Letzte, was er wollte.

»Ich hoffe, Jesaja konnte dich ein wenig beruhigen«, sagte er deshalb betont scherzhaft. »Dieser Esel scheint ja wirklich ein ganz besonderes Tier zu sein.«

Erneut schien es, als hätte Jesaja verstanden, dass es um ihn ging, denn er stieß ein lautes »I-ah« aus, und Haylas Befangenheit fiel von ihr ab. Sie lachte leise, hob den Kopf und sah Bosgard ins Gesicht.

»Was ist mit … ihm?« Sie musste keinen Namen nennen, Bosgard wusste, von wem Hayla sprach. Er nickte grimmig.

»Ich habe Ralph und seine Kumpane soeben fortgejagt und glaube nicht, dass er sich je wieder in die Nähe von Penderroc wagen wird.«

Hayla hob erstaunt eine Augenbraue.

»Ihr habt ihn straflos entkommen lassen?«

Bosgard stieß einen grimmigen Laut aus.

»Wir sind hier zu weit von London entfernt, um Ralph Clemency vor das königliche Gericht zu bringen. Auch habe ich weder die Zeit noch die Lust, ihn als Gefangenen über die Landstraßen in die Hauptstadt zu begleiten.«

»Ihr hättet ihn doch auch hier verurteilen können«, rief Hayla unbedacht. »Ihr seid Herr über das Land, und damit untersteht Euch auch die Gerichtsbarkeit. Ein Urteilsspruch liegt in Eurer Macht und muss nicht einmal vom König abgesegnet werden.« Nachdem sie dies ausgesprochen hatte, wurde ihr schlagartig bewusst, dass sie mit ihren Kenntnissen über das Rechtssystem erneut bestätigte, mehr als nur eine einfache Magd zu sein.

Bosgard war keineswegs überrascht. Er lächelte nur und sagte freundlich: »Hayla, meinst du nicht, du bist mir eine Erklärung schuldig? Ich habe das Recht, die Wahrheit zu erfahren. Eine Magd bist du ganz sicher nicht. Also, lass uns hier und jetzt über dich sprechen. Hier im Stall sind wir wenigstens ungestört.«

Hayla wusste, dass sie vor Bosgard ihre Maskerade nicht länger aufrechterhalten konnte, zumal sie ihm gegenüber bereits zugegeben hatte, in einer höhergestellten Gesellschaftsschicht geboren worden zu sein. Allerdings traute sie sich nicht, die ganze Wahrheit sagen. Zu groß war ihre Angst, er könnte sich von ihr abwenden, wenn er erfuhr, wie sehr er von ihr getäuscht worden war. Immerhin war sie ein Mündel des früheren Königs gewesen, und Bosgard war ein treuer Anhänger von König William. Vielleicht würde es Bosgard für seine Pflicht halten, dem König von ihr zu berichten. Da jedoch alle, die in engem Kontakt mit Harold gestanden hatten, entweder tot oder eingekerkert waren, durfte Hayla dieses Risiko nicht eingehen. Gerade weil sie verwirrende Gefühle für Bosgard empfand, über die sie sich selbst nicht im Klaren war, durfte sie nicht den Fehler machen und vergessen, dass Bosgard ein Feind ihres Volkes war, und seine Freundlichkeit ihr gegenüber würde vielleicht sehr schnell vergehen, wenn er von ihrer Herkunft erfuhr. Darum begann sie zögernd: »Wie ich Euch bereits sagte, wurde ich als Tochter eines freien Mannes geboren, der mich, obwohl ich ein Mädchen bin, in Sprachen und in anderen Dingen unterrichtete. Als dann die Feinde … ich meine, ihr Normannen, in unser Land einfielen, mussten wir in den Westen fliehen. Dabei ist mein Vater gestorben.«

»Welcher Arbeit ging dein Vater nach?« Bosgard unterbrach ihre Erzählung und sah sie aufmerksam an. »Oder war er gar von adliger Geburt?«

Hayla hoffte, er würde das leichte Zittern ihrer Hände nicht bemerken, als sie antwortete: »Ja, Sir, Ihr habt recht, aber unsere Familie war recht unbedeutend, und außer mir ist niemand mehr am Leben, denn Brüder habe ich nie gehabt.«

Einerseits widerstrebte es Hayla, Bosgard anzulügen, andererseits war sie sich der Gefahr, in der sie schwebte, bewusst. Auch wenn Bosgard freundlich und nett war und ihr Herz völlig außer Kontrolle geriet, wenn sie in seiner Nähe war, durfte dieses nicht über ihren Verstand siegen. In erster Linie war Bosgard König William verpflichtet, und dieser wäre sicher nicht sehr erfreut zu erfahren, dass ein Mündel von Harold am Leben war. Sie senkte schnell den Kopf, damit Bosgard die verräterische Röte, die ihr in die Wangen schoss, nicht sah. Aber Bosgard wollte sich mit ihrer Erklärung nicht zufriedengeben.

»Anstatt als Magd hier zu dienen, wirst du doch irgendwo in England Verwandte haben, zu denen du gehen kannst?« Hayla schüttelte den Kopf. »Das Leben hier ist deiner Herkunft und deiner Bildung nicht würdig. Mädchen«, fuhr er mit strenger Stimme fort. »Ich bin dir etwas schuldig, weil du mein Leben gerettet hast. Es gibt vielleicht die Möglichkeit, dir bei Hof eine Stellung zu verschaffen. Die Königin hat gerne junge, gebildete Damen um sich.« Und vor allem so hübsche, fügte er in Gedanken hinzu.

Erschrocken atmete Hayla so schnell ein, dass sie sich an ihrem Speichel verschluckte und heftig husten musste. Abwehrend hob sie die Hände und wich ein paar Schritte zurück.

»Bitte, Sir, schickt mich nicht fort! In Penderroc Castle habe ich eine neue Heimat gefunden. Auch bin ich für das höfische Getändel wenig geeignet, lieber arbeite ich mit meinen beiden Händen.«

Bosgard runzelte die Stirn, überrascht über Haylas heftige Reaktion.

»Hast du denn keine Lust, bestickte Kleider aus Samt und Seide zu tragen, jeden Tag drei Mahlzeiten zu erhalten, die du nicht selbst zubereiten musst, und von Zinntellern zu essen statt von einem Holzbrett?«

Obwohl Bosgard sich freute, dass Hayla Cornwall nicht verlassen wollte, verstand er deren Ablehnung nicht. Jedes junge Mädchen wäre über das Angebot, der Königin dienen zu dürfen, froh und dankbar gewesen.

Hayla konnte nicht verhindern, dass ihre Augen feucht wurden. Die Vorstellung, an den Königshof und damit direkt in die Höhle des Löwen zu gehen, war erschreckend, schlimmer noch war allerdings die Gewissheit, Bosgard dann nur noch selten, vielleicht sogar nie mehr sehen zu können.

»Sir, ich kann Euch nur bitten, mich in Euren Diensten zu behalten«, sagte sie unterwürfig. »Da ich Euch unterstehe, muss ich mich Euren Befehlen beugen, aber wenn Ihr es mir ein wenig vergelten möchtet, dass ich den feigen Mordanschlag auf Euch verhindert habe, so lasst mich einfach weiterhin das sein, was ich seit zwei Jahren bin.«

Bosgard seufzte laut und fuhr sich durch das Haar. Wie das Mädchen so vor ihm stand, erinnerte es ihn an seine kleine Schwester, aber die Gefühle, die er für Hayla empfand, waren alles andere als brüderlich. Das rührte ihn, aber noch mehr verwirrte ihn die Tatsache, dass er zunehmend das Bedürfnis verspürte, Hayla für den Rest ihres Lebens zu beschützen.

»Du wirst aber nicht mehr als Magd arbeiten«, sagte er streng. »Irgendwo in dieser Burg werden anständige Kleider zu finden sein, und du wirst künftig an meiner Seite an der Tafel sitzen und speisen.« Er zögerte, dann huschte ein verschmitzter Ausdruck über sein Gesicht. »Allerdings scheint es mir von Vorteil, dass du deine Kenntnisse in der französischen Sprache verschweigst. Nicht, dass ich meinen Männern misstraue, sie werden in deiner Gegenwart jedoch freier sprechen, wenn sie annehmen, dass du sie nicht verstehst. Wer weiß eigentlich über deine Herkunft Bescheid?«

»Nur die alte Magd Waline«, antwortete Hayla. Sie wollte die Frau nicht in Schwierigkeiten bringen, falls sich diese einmal verplapperte. »Sie ist wie eine Mutter zu mir.«

»Und die scheint verschwiegen zu sein, nicht wahr?« Bosgard wandte sich zum Gehen. »Du denkst daran – heute

Abend erwarte ich dich angemessen gekleidet an meiner Tafel.«

Haylas Herz tat einen Sprung, denn ein beinahe zärtlicher Blick hatte seine Worte begleitet, und sie rief fast ein wenig zu schnell: »Ich werde pünktlich sein, Sir.«

Das blaue Übergewand roch vom langen Liegen in der Truhe zwar etwas muffig, der Stoff jedoch war unversehrt, und die Säume waren nicht ausgefranst. Waline bürstete das Kleid kräftig aus, wobei sie ein Gesicht machte, als würde sie die Bürste nicht über Stoff, sondern über Bosgards Haut ziehen. Der alten Magd hatte Hayla natürlich nicht verschweigen können, was sich im Wald abgespielt hatte und dass Bosgard jetzt über einiges aus ihrem Leben Bescheid wusste. In einer Truhe, die von Ralphs Gefolgsleuten nicht geplündert worden war, weil sie nur Frauenkleider enthielt, hatte Hayla die Gewänder der vor Jahren verstorbenen Ehefrau Sir Leofrics gefunden. Die Kleider passten ihr einigermaßen, sie waren nur an der Taille etwas zu weit und die Röcke eine Handbreit zu lang. Hayla vermutete, dass sie sicher nicht mehr der am Königshof gängigen Mode entsprachen, aber sie hatte keine andere Wahl. Zudem schätzte sie Sir Bosgard als einen Mann ein, der sich wenig um Damenmode kümmerte.

Waline fuhr so kräftig über den Rock, dass ihr die Bürste aus der Hand und polternd zu Boden fiel.

»Waline, ich weiß, dass du es nicht billigst, aber ich muss mich dem Wunsch des Herrn fügen.« Haylas Stimme klang sanft und versöhnlich und sollte die wortkarge Waline beruhigen.

Außer den Getreuen von Sir Bosgard, die ihm während

des Überfalls zu Hilfe geeilt waren – und diese würden über den Kampf kein Wort verlauten lassen –, hatte niemand in Penderroc Castle erfahren, wie Ralph Clemencys gemeiner Verrat aufgedeckt worden und was im Wald geschehen war. Alle hatten es jedoch begrüßt, dass Sir Bosgard seinen einstigen Freund und Schwager und ebenso dessen Freunde mit Schimpf und Schande aus der Burg gejagt hatte. Einzig Waline hatte von Hayla die Wahrheit erfahren, welche die alte Magd mit zunehmender Fassungslosigkeit aufnahm. Immer wieder hatte sie jammernd die Hände gerungen und ein Gebet nach dem anderen gesprochen, als hätte Hayla den Teufel höchstpersönlich beschworen und ihr Ende stünde unmittelbar bevor. Auf Haylas Beteuerungen hin, sie habe Sir Bosgard lediglich erzählt, sie sei die Tochter eines niedrigen Ritters und habe deshalb eine gute Ausbildung erhalten, reagierte Waline erschrocken. In ihren Augen flackerte Angst, als sie rief: »Auch wenn Bosgard de Briscaut ein Normanne ist – dumm ist er nicht«, rief sie aufgeregt. »Er wird es erfahren. Oje, oje, früher oder später wird er erfahren, wer du wirklich bist, und dann gnade uns Gott. Warum hast du ihn nicht sterben lassen? Dann wären wir jetzt eine Sorge los …«

»Und hätten diesen brutalen Ralph Clemency als Burgherrn!« Hayla unterbrach Waline scharf. »Sieh dich doch um, Waline. Seit Sir Bosgard in Penderroc ist, hat sich hier fast alles verbessert. Nicht nur, dass die Burg wohnlicher geworden ist, nein, er gibt Hunderten von Männern und Frauen Lohn und Brot. Das Dorf wächst wöchentlich, immer mehr Angelsachsen kommen in unsere Gegend und bauen sich hier eine neue Existenz auf. Sir Bosgard ist ein strenger, aber gerechter Herrscher, und er …«

»Ist ein Normanne«, schnitt nun ihrerseits Waline Hayla das Wort ab. »Ohne diese Eroberer wäre unser Volk nie in die Lage geraten, sich eine neue Existenz aufbauen zu *müssen*.« Waline senkte den Kopf, und Hayla konnte die gemurmelten Worte nicht mehr verstehen. Dem Gesichtsausdruck Walines nach zu urteilen, waren diese aber wenig freundlich.

Trotz allem war Waline bereit, die Gewänder der verstorbenen Lady herauszusuchen und für den Abend herzurichten. Dies tat sie aber mit einem solchen Widerwillen und mit grimmiger Miene, dass Hayla nicht mehr wusste, was sie tun oder sagen sollte, um Waline gegenüber Sir Bosgard gnädiger zu stimmen. Sie selbst konnte sein Verhalten ja auch nicht einschätzen. Nachdem Waline ihr Haar zu einem schweren Zopf geflochten hatte, half sie Hayla in ein leinenes Unterkleid, streifte ihr dann das blaue Obergewand über den Kopf und schlang einen geflochtenen Gürtel aus gelber Seide um Haylas schlanke Taille. Die Tunika war aus schlichter, dunkelgrauer Wolle, aber die goldfarbenen Stickereien an den Säumen ließen sie vornehm und edel aussehen. Als Haylas Haar unter einem weißen Tuch verborgen war, das ihre halbe Stirn bedeckte, trat Waline einen Schritt zurück und musterte aus halb zusammengekniffenen Augen ihren Schützling von oben bis unten.

»Es ist fast so, als wäre ich vierzig Jahre jünger und die Lady steht vor mir. In ihren Kleidern ähnelst du ihr sehr.«

Hayla trat zu Waline und hauchte ihr einen Kuss auf die Stirn. Seit ihrer Beichte war dies der erste freundliche Satz Walines gewesen, und Hayla wollte mit der Magd, die sie von ganzem Herzen gern hatte, keine Unstimmigkeit.

»Glaubst du, Sir Bosgard wird zufrieden sein?«, fragte sie

und blickte an sich hinunter. Obwohl ihr die Arbeit und die einfachen Lebensbedingungen der letzten Jahre nie etwas ausgemacht hatten, stellte Hayla überrascht fest, wie schön es sich anfühlte, wieder elegante Kleider zu tragen.

»Er will dich zu seiner Hure machen.« Waline scheute sich nicht, ihre Befürchtungen mit brutaler Offenheit auszusprechen. Haylas Kopf ruckte hoch.

»Dazu gehören immer noch zwei«, erinnerte sie Waline. »Sir Bosgard ist nicht wie Ralph, der sich mit Gewalt nimmt, was ihm verwehrt wird.«

»Ich glaube allerdings, dass ihm *das* nicht mehr lange verwehrt bleiben wird.«

Hayla schoss Röte in die Wangen, und sie sah, dass Waline es bemerkt hatte. Darum schob sie das Kinn vor und entgegnete trotzig: »Ja, ich gebe zu, dass ich Sir Bosgard mag. Vielleicht sogar etwas mehr, als es einer Magd gegenüber ihrem Herrn zusteht. Trotzdem sagt mir mein Verstand, dass ich für Bosgard de Briscaut niemals mehr als ein Zeitvertreib sein werde. Ein Mann wie er würde mich niemals zur Frau nehmen.«

Waline stieß ein schnaubendes Lachen aus.

»Ha, aber du hättest nichts dagegen, wenn der Normanne dein Ehemann würde, nicht wahr?«

»Sir Bosgard wird mich niemals bitten, ihn zu heiraten«, wiederholte Hayla, und ihre Worte wurden von einem bitteren Unterton begleitet. Sie musste aufhören zu träumen und ihrem Herz befehlen, sich nicht länger trügerischen Hoffnungen hinzugeben. Rasch legte Hayla eine Hand auf Walines Schulter und sagte leise: »Ich danke dir, dass du dir Sorgen um mich machst, aber ich kann dich beruhigen. Es gibt keinen Grund, sich zu sorgen, und es wird niemals einen geben, weder jetzt noch in Zukunft, denn seine Geliebte werde ich nie werden.« Schon, um mich selbst zu schützen, dachte Hayla, denn sie ahnte, dass – hätte sie seine Liebe erst einmal genossen – sie sich niemals wieder von ihm lösen oder ihn vergessen könnte.

»Wenn das dein Vater wüsste!« Waline seufzte aus tiefster Seele.

»Was hast du denn immer mit meinem Vater?« Hayla runzelte verwundert die Stirn. »Immer wieder kommst du auf ihn zu sprechen, dabei hast du ihn doch gar nicht gekannt. Oder irre ich mich, kanntest du meinen Vater etwa? Das kann doch nicht sein, er starb wenige Jahre nach meiner Geburt. Erst danach kam ich an den Hof von König Harold und machte dort die Bekanntschaft deines Herrn, Sir Leofric.«

»Nein, natürlich kannte ich deinen Vater nicht«, beeilte sich Waline zu versichern und hoffte, Hayla würde nicht merken, wie aufgeregt sie war. »Ich denke nur, dass dein Vater das Bestmögliche für dich wollte und wenig erfreut darüber wäre zu sehen, dass dein kleines, törichtes Herz für einen Feind unseres Volkes schlägt.«

Wie gut sie mich kennt, dachte Hayla. Vielleicht besser, als ich mich selbst kenne. Glücklicherweise fiel Waline ein, dass es Zeit für das Abendessen war.

»Ach herrje, ich muss in die Küche, um nachzuschauen, ob alles fertig ist. Mit deiner Hilfe ist ja künftig nicht mehr zu rechnen, oder?«

Hayla zuckte mit den Schultern und lächelte resigniert.

»Sir Bosgard wünscht, dass ich nicht mehr als Magd arbeite, doch irgendetwas muss ich tun.«

»Und was Sir Bosgard wünscht, ist dir natürlich Befehl.«

Diese Bemerkung konnte Waline sich nicht verkneifen, bevor sie zur Tür hinauseilte und eine verwirrte Hayla zurückließ.

Seit auf Penderroc Castle gebaut wurde, speisten die höhergestellten Arbeiter und ihre Familien ebenfalls in der Burg, so dass die Halle bis auf den letzten Sitzplatz gefüllt war und die Stimmen wie in einem Bienenkorb durcheinandersurrten. Rund zwei Dutzend Männer und Frauen, die niedrige Arbeiten verrichteten, mussten ihre Schüsseln stehend leeren. Bosgard de Briscaut hatte die strenge Sitzordnung, die es an normannischen Tafeln gab, eingeführt, an die sich alle zu halten hatten. Als Hayla die Wendeltreppe herunterkam, stand Bosgard von seinem Platz auf und trat ihr entgegen. Er bot ihr seinen Arm an, und Hayla blieb nichts anderes übrig, als ihre zitternde Hand auf seinen Ärmel zu legen. Unter ihren Fingern fühlte sie weichen Samt, und doch meinte sie, Bosgards Haut zu spüren, was ihr einen wohligen Schauer über den Rücken jagte.

Als die Leute Hayla, in edle Gewänder gekleidet, an Sir Bosgards Arm sahen, verstummten mit einem Schlag alle Gespräche, und an die fünfzig Augenpaare richteten sich auf Bosgard de Briscaut und Hayla.

Bosgard, der mit dieser Reaktion gerechnet hatte, räusperte sich kurz, blickte in die Runde und sagte laut und vernehmlich: »Ab sofort hat Penderroc Castle eine Herrin. Lady Hayla wird dem Haus vorstehen, und ihren Anweisungen und Wünschen ist Folge zu leisten.«

Ein Raunen ging durch die Menge. Hayla bemerkte entsetzt, wie einige der Männer anzüglich grinsten und eindeutige Hand- und Hüftbewegungen machten.

»Sie denken, ich wäre Eure Buhle, weil Ihr mich in diese Stellung erhebt«, presste sie, schamrot im Gesicht, hervor.

Bosgard zögerte in der Bewegung. Ihm wurde bewusst, dass sein Verhalten eine solche Reaktion heraufbeschwor, obwohl er dies nicht beabsichtigt hatte. Darum erhob er erneut seine Stimme: »Wie mir erst heute bekannt wurde, hat das Mädchen, das ihr bisher als Magd Hayla kanntet, durchaus Anspruch auf eine solche Stellung, denn sie ist von höherer Geburt und berechtigt, aufgrund ihrer Abstammung den Titel einer Lady zu tragen. Nur die Umstände der letzten Zeit zwangen sie dazu, sich für jemanden auszugeben, der sie nicht ist. Doch das ist nun vorbei, denn von mir hat kein Angelsachse und auch keine Angelsächsin etwas zu befürchten. Ich verbitte mir allerdings, Lady Hayla ein unehrenhaftes Verhalten zu unterstellen, und wünsche, dass sie mit dem ihr gebührenden Respekt behandelt wird. Erhebt eure Becher auf das Wohl von Lady Hayla.«

Einer nach dem anderen folgte, und auch die, die nichts zu trinken hatte, erhoben sich von ihren Plätzen.

»Auf Lady Hayla«, ertönte es allerdings nur vereinzelt, und Hayla wusste, die meisten glaubten Sir Bosgards Erklärung nicht. Nie zuvor hatte sie sich so beschämt gefühlt wie jetzt, als Sir Bosgard sie zu dem Platz an der Tafel zu seiner Rechten führte und ihr den Stuhl zurechtrückte. Das Schlimmste an der Sache war ja, dass sie selbst sich Bosgard bereits zweimal regelrecht an den Hals geworfen hatte. Wenn sie an die Szene in seiner Kammer dachte, als er ein Bad genommen hatte … Haylas Hand zitterte bei dieser Erinnerung so sehr, dass sie kaum den Weinbecher halten konnte. Als hätte Bosgard ihre Gedanken erraten, beugte er sich zur Seite und flüsterte in ihr Ohr: »Macht Euch nichts daraus,

Lady Hayla, wir beide wissen, dass das, was die Leute denken, nicht stimmt.«

Hayla war zu verlegen, um antworten zu können. Noch mehr als das Verhalten der anderen beunruhigte sie jedoch das Wissen, dass – hätte Ralph sie damals nicht gestört – sie heute durchaus Bosgards Bettgenossin sein könnte. Was hatte dieser Mann nur an sich, um sie derart zu verwirren und jeden vernünftigen Gedanken aus ihrem Kopf zu verbannen, wenn er in ihrer Nähe war?

»Schmeckt es Euch nicht? Kommt, greift zu, das Wild habe ich gestern selbst erlegt.«

Hayla hatte nicht bemerkt, dass Platten mit Fleisch aufgetragen worden waren. Zuerst wurden sie und Bosgard bedient, dann seine Männer in der Reihenfolge ihrer Rangordnung, bis die Arbeiter und die Knechte die Reste erhielten. Nicht selten kam es vor, dass Letztere sich mit Brot und Gemüse zufriedengeben mussten. Die gestrige Jagd war jedoch erfolgreich gewesen, und heute gab es Fleisch für alle.

War es wirklich erst einen Tag her, dass sie Bosgard nach der Jagd geholfen hatte, seine schmutzigen Stiefel auszuziehen? Dass sie seinen Helm und sein fleckiges Wams gesäubert hatte? Gestern war sie noch Hayla, die Magd, gewesen, heute war sie Lady Hayla, trug feine Gewänder und speiste mit dem Burgherrn Seite an Seite.

»Wie stellt Ihr Euch meine Aufgaben vor, Sir?« Hayla sah Bosgard fragend an. »Ihr sagtet, ich wäre die Herrin der Burg, aber dieser Titel steht mir nicht zu. Ebenso wenig, wie es mir zusteht, den Leuten Befehle zu erteilen.«

Er grinste und zwinkerte Hayla verschwörerisch zu.

»Ich bin überzeugt, liebe Hayla, du wirst deine Befehle wie Wünsche klingen lassen, und es wird für jeden eine Freude sein, dir diese zu erfüllen. Ein Blick aus deinen Augen, und niemand wird dir etwas abschlagen können.«

»Könnt Ihr Euch eigentlich entscheiden, wie Ihr mich anredet?« Hayla ärgerte sich über seine vertrauliche Art, in der er plötzlich zu ihr sprach. Sie konnte mit ihren verwirrenden Gefühlen besser umgehen, wenn Bosgard auch verbal einen gewissen Abstand wahrte, wie er es während des Abendessens getan hatte, bevor er von der offiziellen Anrede in eine, ihrer Meinung nach, allzu vertrauliche gewechselt war.

»Oh, verzeiht, werteste Lady«, antwortete Bosgard scheinbar zerknirscht, aber das Funkeln in seinen Augen strafte seine Worte Lügen. »Vielleicht sollte ich Euch besser meinen Schutzengel oder meine Lebensretterin nennen?«

»Warum macht Ihr Euch über mich lustig, Mylord?« Hayla blickte Bosgard ernst an. »Ich habe Euch nicht gebeten, mich wie eine Dame an Euren Tisch zu holen. Ich wäre glücklicher, wenn Ihr mich in dem Stand gelassen hättet, den ich seit der feindlichen Übernahme durch Eure Landsleute innehatte. Nicht mehr und nicht weniger als eine Magd, anstatt mich wie eine Zuchtstute vorzuführen.«

Bosgards Schmunzeln vertiefte sich. »Es erstaunt mich, dass Ihr Euch in einer solchen Position seht, Lady Hayla, aber Ihr müsst verstehen, dass die Situation auch für mich nicht einfach ist. Ihr seid eine Dame, nicht nur der Geburt nach, sondern auch in Eurem Auftreten und in Eurer Bildung. Und einer Dame zolle ich stets den ihr zustehenden Respekt. Ganz so, wie ich jedem aufrechten und mutigen Menschen, der mir begegnet, die entsprechende Achtung entgegenbringe.«

»Ihr scheint zu vergessen, dass ich eine *angelsächsische*

Dame bin«, gab Hayla scharf zurück. »Wieso solltet Ihr Euch also um mich und meine Wünsche scheren? Es ist allgemein bekannt, dass die Normannen die Engländer enteignet haben und alte Titel oder Abstammungen nichts mehr gelten. Wo habt Ihr Respekt meinem Volk gegenüber gezeigt, als Ihr jeden, der sich nicht mit William, dem Eroberer, arrangieren wollte, getötet habt? Wo war Euer Respekt all den Menschen gegenüber, die ihr Leben lassen mussten, als Eure Männer brandschatzend, raubend und mordend durchs Land zogen? Tausende wurden von ihrem Land vertrieben und dem Hungertod preisgegeben, denn der Winter stand vor der Tür. Da, seht Ihr diesen Jungen?« Haylas erhobener Finger deutete auf Eric, der in der Nähe der Tür stand und hungrig seine Schüssel leerte. »Dieser Junge hat ebenso wie seine kleine Schwester mit ansehen müssen, wie sein Vater von einem Schwert durchbohrt wurde. Ermordet von einem Normannen. Nennt Ihr das etwa *Respekt?*«

Erst jetzt wurde Hayla bewusst, dass es in der Halle erneut ganz still geworden war. Sie hatte sich derart in Rage geredet und ihre Stimme erhoben, dass nun die Aufmerksamkeit aller auf sie gerichtet war, zumal sie in der Sprache ihres Volkes Bosgard angeklagt hatte.

»Recht so, Hayla! Gib's ihm!«, rief jemand.

»Ganz richtig, die Schweine sollen verschwinden und uns unser Land wieder zurückgeben!«

Die beiden mutigen Sprecher waren nicht auszumachen, aber Bosgard hatte auch kein Interesse daran, die Rufer wegen ihrer Äußerungen zu bestrafen. Wenn ihn Haylas Ausbruch zuerst belustigt hatte, so war er jetzt betroffen, denn ihre Anschuldigungen waren nicht von der Hand zu weisen. Unter seinen Landleuten gab es jede Menge Ralph

Clemencys, die mit unvorstellbarer Grausamkeit gegen die Angelsachsen vorgegangen war. König William hatte zwar zwischenzeitlich willkürliche Überfälle und Plünderungen wie auch Gewalttaten unter Strafe gestellt, aber London war weit weg, und der Arm des Gesetzes reichte nicht überallhin.

Gespannt warteten die Leute auf Bosgards Reaktion. Sie befürchteten, er würde Hayla für ihre offenen Worte bestrafen, vielleicht sogar schlagen, wozu er durchaus das Recht hatte. Daher waren sie erleichtert, als Bosgard mit ruhiger Stimme das Wort ergriff, lediglich eine pochende Ader an seiner Schläfe verriet, wie sehr er sich beherrschte.

»Ich schäme mich nicht, zugeben zu müssen, dass in den letzten Jahren in diesem Land viele Ungerechtigkeiten verübt worden sind. Manche vergessen Ehre und Anstand, wenn Ruhm und Reichtum winken. Allerdings glaubte ich, ihr alle hier und Ihr, Lady Hayla, habt erkannt, dass ich kein Interesse an der Ausbeutung meiner Leute habe und dass es mir gleichgültig ist, ob Normanne oder Angelsachse – Hauptsache, jeder macht seine Arbeit und hilft mit, die Sicherheit von Penderroc und seinen Bewohnern zu gewährleisten.«

Betroffenes Schweigen machte sich in der Halle breit. So mancher starrte verlegen zu Boden, denn Bosgard hatte die Wahrheit gesprochen. Unter seiner Herrschaft war noch nie jemand zu Unrecht geschlagen oder gar des Besitzes verwiesen worden.

Bosgard beugte sich zu Hayla und sagte leise etwas zu ihr. Die Leute waren enttäuscht, als Bosgard Hayla etwas ins Ohr flüsterte, was sie nicht verstehen konnten. Bosgard hatte gesagt: »Es ist bedauerlich zu hören, wie Ihr über uns Normannen denkt, Mylady, aber ich finde, das ist ein Thema, das wir beide unter vier Augen erörtern sollten. Ich erwarte Euch in meiner Kammer.«

Dann stand er auf und verließ, ohne noch jemanden eines Blickes zu würdigen, die Halle. Hayla blieb wie betäubt sitzen. Sie bereute keines ihrer Worte, und wenn diese irgendwelche Folgen für sie haben sollten, dann würde sie das hinnehmen. Es war ihr unmöglich gewesen, länger zu schweigen, auch wenn sie nun Bosgards Zorn auf sich gezogen hatte. Als sich eine Hand auf ihre Schulter legte, blickte sie auf. Waline lächelte so zufrieden wie schon lange nicht mehr.

»Dem hast du es aber gegeben, Mädchen. Das ist meine Hayla, wie ich sie kenne. Dein Vater wäre stolz auf dich gewesen.«

Da war sie wieder – die Anspielung auf Haylas Vater, aber Hayla war viel zu aufgeregt, um es zu bemerken und nachzufragen. Bosgard hatte sie in seine Kammer befohlen, und ganz sicher nicht, um dort ein unbeschwertes Gespräch mit ihr zu führen. Diesem Befehl musste sie folgen, auch wenn sie am liebsten einer weiteren Auseinandersetzung mit ihm aus dem Weg gegangen wäre. Was würde geschehen, wenn sie nicht zu ihm ging? Würde es alles noch schlimmer machen, als es ohnehin schon war? Er könnte verlangen, dass sie Penderroc verließ, wie er es im Stall bereits vorgeschlagen hatte. Aber war nicht das genau ihr Wunsch gewesen? Vielleicht würde er sie auch schlagen, das Recht dafür war auf seiner Seite, aber ganz sicher würde Bosgard nicht so weit gehen, sie für ihre Worte zu töten. Obwohl er während ihrer flammenden Rede ganz ruhig geblieben war, hatte Hayla in seinem Blick Betroffenheit, wenn nicht sogar Verletzbarkeit erkannt. Seit er in Penderroc weilte, hatte er nicht nur Gerechtigkeit und Freundlichkeit gezeigt, sondern sie sogar vor den Übergriffen Ralph Clemencys beschützt, dennoch war Bosgard an der Seite des Königs als Kämpfer nach England gekommen. Hayla versuchte nicht, es sich schönzureden, dass er keine Angelsachen getötet hatte, denn so edel war auch Bosgard de Briscaut nicht. Trotzdem empfand sie eine gewisse Schuld, obwohl sie keines ihrer Worte bereute. Allerdings hatte sie über die normannische Eroberung im Allgemeinen gesprochen und Bosgard persönlich nicht verletzen wollen, doch er hatte kein Hehl daraus gemacht, dass er bei der Schlacht von Hastings Männer getötet hatte. Männer, die er nicht gekannt und die ihm nichts getan hatten – außer dass sie Angelsachsen waren, die ihr Land und ihren König schützen wollten. Bei aller Zuneigung, die Hayla für Bosgard empfand, durfte sie nicht vergessen, dass er Penderroc Castle einfach so erhielt, ohne auch nur den geringsten Anspruch auf den Besitz zu haben. Bestimmt lebten noch Nachkommen von Sir Leofric, dem früheren Besitzer von Penderroc, aber diese hatten jegliches Recht verloren. Hayla selbst hatte gemeint, sich mit den Gegebenheiten abgefunden zu haben, doch jetzt spürte sie, wie tief die Kluft zwischen ihr und Bosgard war. Eine Kluft, die wohl niemals zu überbrücken war, denn auch in Zukunft würden in England zwei Arten von Menschen leben – Angelsachsen und Normannen. Und die einen waren die Herren der anderen.

Seufzend stand sie auf.

»Du gehst tatsächlich zu ihm?« Waline schüttelte missbilligend den Kopf. »Kaum wird er dich aus seinen grauen Augen ansehen, dann wird dein Herz wieder über deinen

Verstand siegen, und du wirst deine aufrechte Haltung verlieren.«

»Ach, Waline …« Hayla fiel keine Antwort ein, denn die Magd hatte ja recht. Sie ging zur Wendeltreppe und stieg die steinernen Stufen so langsam hinauf, als wäre sie eine alte Frau und furchtbar müde. Aber Hayla wusste, sie hatte keine andere Wahl.

10. Kapitel

Wie ein gefangenes Raubtier lief Bosgard in seinem Gemach auf und ab. Zwölf Schritte bis zum Fenster und wieder zwölf Schritte zurück bis zur Tür … Würde sie kommen? Er hatte die Aufforderung, zu ihm zu kommen, nicht als Befehl, sondern als Bitte an Hayla gerichtet, obwohl er durchaus das Recht hatte, ihr Befehle zu erteilen. Stöhnend fuhr er sich durch die Haare. Hatte er sich wirklich so sehr in dem Mädchen getäuscht? Hatte er ihre Blicke, ihre Worte und auch ihr Verhalten ihm gegenüber derart falsch eingeschätzt? Bosgard hatte geglaubt, das Mädchen bringe ihm eine gewisse Zuneigung entgegen und hätte den anfänglichen Hass begraben. Oder hatte er etwas sehen wollen, was ihm gefallen hatte, und in ihrem Verhalten eine Zuneigung vermutet, die sie nie für ihn empfunden hatte? Deutlich erinnerte sich Bosgard daran, wie bereitwillig ihr Mund gewesen war, als seine Lippen die ihren sanft liebkosten, wie ihr schlanker Leib sich ihm in seiner Umarmung entgegengebogen hatte. Nicht nur das, sondern auch die Tatsache, dass Hayla mit einem waghalsigen Ritt ihr Leben riskiert hatte, um das seine zu retten – verhielt sich so nicht eine Frau gegenüber dem Mann, dem ihr Herz gehört? Oder hatte sie ihm nur etwas vorgespielt? Hatte Hayla die Intrige nur aufgedeckt, weil er ein besserer Herr als Ralph Clemency war? Das kleinere Übel … Haylas Worte, als sie seine Wunde verbunden hatte, kamen ihm ins

Gedächtnis. Natürlich, sie musste bemerkt haben, dass sie ihm nicht völlig gleichgültig war, und dies hatte sie sich zunutze gemacht, um für sich eine bessere Stellung zu erringen. Während Bosgards Verstand sagte, dass Haylas Verhalten und alles, was sie getan hatte, nicht aus Liebe oder Zuneigung zu ihm geschehen war, sprach sein Herz eine ganz andere Sprache. Heute Abend hatte Hayla ihm ihre ganze Wut, ihren Zorn und ihre Abscheu gegenüber allen Normannen ins Gesicht geschleudert, und jedes ihrer Worte hatte Bosgard wie ein scharfes Messer ins Herz geschnitten und seine Wünsche und Vorstellungen zunichte gemacht. Seit ihrer ersten Begegnung hatte Bosgard gespürt, dass das Mädchen etwas Besonderes war. Schon bevor er die Wahrheit über Haylas Herkunft wusste, hatte er sich mit dem Gedanken getragen, sie zu seiner Frau zu machen. Ja, er würde gerne ihren Körper besitzen, aber noch mehr wollte er Haylas Seele erobern, darum würde er sie niemals dazu zwingen, das Lager mit ihm zu teilen. Es hatte ihn nicht gekümmert, dass sie eine einfache Magd war, denn ihre Schönheit, ihr Liebreiz und auch ihre Intelligenz hatten ihn betört. Was spielte es da für eine Rolle, welcher Abstammung sie war? Ihn hatte es nie gestört, dass sie Angelsächsin war, im Gegenteil, im Land kam es immer öfter zu ehelichen Verbindungen zwischen den Eroberern und den Besiegten. Dies wurde vom König sogar unterstützt. Normannen und Angelsachsen sollten sich vermischen und eines Tages ein Volk sein. Dies war vielleicht Wunschdenken, denn Bosgard wusste genau, wie unbeliebt die Normannen auch zwei Jahre nach der Eroberung noch waren. Dennoch hätte er den Schritt gewagt und Hayla zur ersten Dame an seiner Seite gemacht. Ihre gemeinsamen Kinder wären sicher wunderschön geworden –

seine hohe schlanke Gestalt und die veilchenblauen Augen der Mutter … Er hatte mit dem Gedanken gespielt, Hayla zu heiraten. Bisher hatte er jeden Gedanken an eine Ehe von sich gewiesen, allerdings war ihm noch nie eine Frau wie Hayla begegnet. Die Mitteilung, dass sie höherer Abstammung war, hatte nicht den Ausschlag für seinen Entschluss gegeben, denn er hätte auch Hayla, die Magd, geliebt und geachtet. Eigentlich wollte Bosgard sie nach dem Abendessen um ihre Hand bitten, doch dann war es zu dem Eklat gekommen, der Bosgard nun an Haylas Gefühlen für ihn zweifeln ließ.

Ein zaghaftes Klopfen an der Tür riss Bosgard aus seinen Gedanken. Rasch fuhr er sich über die Stirn, räusperte sich und wandte sich zum Fenster, da er erst sein Mienenspiel unter Kontrolle bringen musste.

Hayla hatte einige Zeit vor der Tür gewartet, bis sie sich traute anzuklopfen. Bosgards »Komm rein!« klang zwar streng, aber nicht unfreundlich. Als sie eintrat, stand er, den Rücken ihr zugewandt, am Fenster und sah hinaus. Er machte keine Anstalten, sich umzudrehen, darum sagte Hayla: »Mylord … Sir … Ihr wolltet mich sprechen.«

»Hm.« Langsam drehte er den Kopf und deutete mit der Hand auf einen Stuhl. »Setz dich.«

Hayla fiel sofort auf, dass er sie wieder duzte, was ihr angenehmer war. Sie fühlte sich ihm gegenüber als Untergebene sicherer, als wenn er sie wie eine Dame behandelte. Sie faltete die Hände im Schoß, schwieg und wartete, dass er das Gespräch eröffnete. Bosgard schenkte sich aus dem Krug Bier in einen Becher und nahm einen langen Schluck, bevor er sich Hayla gegenübersetzte.

»Es war für mich zwar wenig erfreulich, dennoch interessant zu erfahren, wie du über mich denkst.« Er kam gleich zur Sache. »Ich bin also ein gemeiner Menschenschinder und brutaler Mörder so wie alle Männer, die aus meiner Heimat nach England gekommen sind.«

Hayla hatte sich auf dem Weg in Bosgards Gemach die Worte genau überlegt, darum konnte sie fest und bestimmt antworten: »Ihr wisst selbst, Mylord, dass es auch bei den Normannen große Unterschiede gibt, wie zum Beispiel zwischen Euch und Ralph Clemency. Seit Ihr der Herr auf Penderroc Castle seid, habt Ihr niemanden wissentlich oder gar absichtlich leiden lassen, trotzdem stehe ich zu meiner Meinung, dass England den Engländern gehört. Die Invasion Eures Königs war unrecht. Ebenso, dass so gut wie alle angelsächsischen Männer von Adel verhaftet oder sogar getötet worden sind.«

»Das bleibt bei einer Eroberung nicht aus«, warf Bosgard ein. Sein Blick hing wie gebannt an Haylas Lippen. Er konnte nicht verhindern, dass er sich wünschte, diese zu küssen, anstatt über Fragen der Politik mit ihr zu diskutieren. »Aber König William hat einen Anspruch auf die Krone, und seit er über England herrscht, hat sich in diesem Land vieles verbessert. Das hast selbst du zugegeben, Mädchen.«

Hayla sah ihn herausfordernd an. Sie konnte sich nicht zurückhalten, ihre Meinung offen zu äußern.

»Was für eine lapidare Entschuldigung für grausame Morde, Sir. Harold war den Engländern ein guter König gewesen. Niemand aus dem Volk verspürte den Wunsch, ihn durch einen Fremden, dessen angeblicher Thronanspruch doch mehr als vage ist und der nicht einmal unsere Sprache spricht, zu ersetzen.«

»Sei versichert, der König ist bemüht, die englische Sprache des Landes, über das er herrscht, zu erlernen. Ich bin sicher, er kann sie inzwischen beinahe ebenso gut wie ich selbst. Ich hoffe, Ihr lernt ihn eines Tages kennen, denn dann würdet Ihr Eure schlechte Meinung über William vielleicht ändern. Außerdem ist er ein sehr gutaussehender Mann.« Bosgard konnte sich ein Grinsen nicht verkneifen. Wusste das Mädchen eigentlich, wie schön es war, wenn ihre Augen temperamentvoll funkelten und eine leichte Röte ihre zarte Gesichtshaut überzog? Nur wenige Frauen wurden liebreizender, wenn sie wütend waren, aber Hayla gehörte zweifellos dazu.

»Ihr nehmt mich nicht ernst!« Zornig stand Hayla auf, aber Bosgard legte eine Hand auf ihre Schulter und drückte sie auf den Stuhl zurück.

»Du irrst dich, Mädchen. Ich würde es niemals wagen, dich zu unterschätzen. Ich bin allerdings ein wenig erstaunt, dass du einen halsbrecherischen Ritt wagst, um mein Leben zu retten, mir dann jedoch sagst, dass alle Normannen böse und schlecht sind. Du scheinst eine Frau der Widersprüche zu sein, Hayla, allerdings haben viele Frauen diese Eigenschaft, wie mich meine Erfahrungen gelehrt haben.«

»Von denen Ihr natürlich sehr viele habt.« Hayla waren die Worte so schnell entschlüpft, dass ihr erst danach bewusst wurde, was sie gesagt hatte. Vor Schreck legte sie sich eine Hand auf den Mund, und Bosgard lachte laut.

»Höre ich da etwa so etwas wie Eifersucht, weil ich andere Frauen gekannt habe?« Er verstand Haylas Äußerung vollkommen richtig und beobachtete gespannt ihre Reaktion. Ein Glücksgefühl durchströmte ihn, als Hayla über den Hals bis zur Nasenwurzel errötete, den Kopf senkte und verlegen ihre Hände ineinander verschränkte. Noch vor kurzem war Bosgard sich unsicher gewesen, wie er sich künftig ihr gegenüber verhalten sollte, doch plötzlich war alles so einfach geworden. Er war ein Mann und sie eine Frau – eine äußerst begehrenswerte und kluge Frau. Bosgard hatte es stets geschätzt, wenn eine Frau nicht nur ein hübsches Gesicht hatte. Er beugte sich zu ihr und legte zwei Finger unter ihr Kinn, so dass sie seinem Blick nicht mehr ausweichen konnte.

»Hayla, was in deinem Land geschehen ist, ist geschehen, und nichts und niemand kann es mehr rückgängig machen. Ich stimme dir zu, dass es bei der Eroberung nicht immer ehrenvoll zugegangen ist, aber jetzt ist der König ein gerechter Herrscher, der nur das Wohl Englands und des Volkes vor Augen hat. Glaubst du mir, wenn ich dir sage, dass durch meine Hand niemals ein Mensch willkürlich zu Schaden gekommen ist? Weder ich noch meine Männer haben jemals Unbewaffnete gequält oder gar getötet, und ich habe nie Menschen von ihrem Grund und Boden vertrieben und sie ihrem Schicksal überlassen.« Er stockte und fuhr dann mit einem breiten Lächeln fort: »Nun ja, das stimmt nicht ganz, denn Ralph habe ich ins Ungewisse ziehen lassen, und ich bezweifle, dass es ihm gutgehen wird.«

»Er hat es auch nicht anders verdient!«, rief Hayla und durchbrach damit die angespannte Atmosphäre.

Der Blick aus ihren veilchenblauen Augen war so voller Liebe, dass Bosgard nicht zögerte, sie in seine Arme zu nehmen und zu küssen.

Zuerst versteifte sich Hayla und wollte zurückweichen, aber dann spürte sie die Süße seiner Lippen und war nicht mehr in der Lage, ihre Gefühle zurückzuhalten. Wie von selbst schlangen sich ihre Arme um seinen Körper, und sie erwiderte seinen Kuss mit einer nie zuvor empfundenen Leidenschaft. Ihr Entgegenkommen entfachte Bosgards Begehren. Er bedeckte ihr Gesicht mit wilden Küssen, und seine Hände wanderten über ihren Rücken. Sie konnte seine Hitze durch ihr Mieder spüren, und sein Ungestüm weckte heißes Verlangen in ihr. Ihre Arme schlangen sich um seinen Nacken, ihre Finger spielten mit den kurzen Haaren, und sie schmiegte sich an ihn. Langsam sanken sie zu Boden. Hayla wusste, wonach sich Bosgard sehnte, obwohl sie sich nicht genau vorstellen konnte, was nun folgen würde. Ihre Finger schoben sich unter sein Wams und liebkosten sanft die muskulöse Brust. Als sich unter ihren Berührungen seine Brustwarzen versteiften, stöhnte er laut auf, und Hayla dachte, sie hätte ihm Schmerzen bereitet. Sofort zog sie ihre Hand zurück und murmelte: »Entschuldigt, das wollte ich nicht.«

Energisch umklammerte Bosgard ihr Handgelenk und führte ihre Finger wieder zu seiner Brust zurück.

»Hayla … Hayla … weißt du eigentlich, was du mit mir machst?«

Wieder stockte sie in der Bewegung. »Nein, Sir, aber ich möchte Euch nicht weh tun.«

Dieser schlichte Satz brachte Bosgard zur Besinnung. Nein, sie wusste wirklich nicht, was die Liebkosungen einer zärtlichen Frauenhand bei einem Mann, der seit Monaten keine Frau mehr in den Armen gehalten hatte, auslösten. Wenn sie wirklich eine Lady war – und Bosgard zweifelte keinen Augenblick an Haylas Geschichte –, dann war sie bestimmt noch unberührt, und er wollte sie nicht nehmen wie eine einfache Magd. Mit sanfter Gewalt löste er ihre Arme von seinem Nacken und schob sie ein Stück von sich.

»Hayla, hast du schon mal bei einem Mann gelegen?« Er

stellte die Frage, obwohl er die Antwort schon kannte, und die Verlegenheit in ihren Augen gab ihm die Antwort, die er erwartet hatte, und zerstreute auch den letzten Zweifel. »Wir dürfen das hier nicht tun«, fuhr er unter Aufbietung aller Selbstbeherrschung fort, denn seine harte Männlichkeit sprach eine andere Sprache.

»Ich wollte nicht … ich meine …« Hayla fing an zu stottern. »Es tut mir leid, wenn ich …«

»Es ist nicht deine Schuld.« Der zärtliche Ausdruck, der Bosgards Worte begleitete, weckte erneut Haylas Leidenschaft, aber sie rückte ein Stück von ihm ab. Eine Ahnung beschlich Bosgard, und er fragte: »Sag mir die Wahrheit, Mädchen: Weißt du, was Frauen und Männer miteinander tun, wenn sie sich sehr gern haben? Ich meine, in der Nacht, wenn sie gemeinsam ins Bett gehen.«

Haylas Augen wurden groß.

»Waline hat mir immer verboten, in der Halle zu schlafen, weil sie nicht wollte, dass ich sehe, was die Leute da machen.« Plötzlich fiel ein Schatten über ihr Gesicht. »Seit Ralph jedoch versucht hat … damals im Wald … an dem Tag, als Ihr nach Penderroc kamt … Ich fand es nicht schön und kann mir nicht vorstellen, dass man solche Dinge freiwillig mit einem Mann macht.«

Bosgard konnte sich nicht länger beherrschen. Er lachte laut, umarmte Hayla und küsste sie auf die Stirn.

»Das, was Ralph dir antun wollte, hatte nichts mit Leidenschaft und noch weniger mit Liebe zu tun. Hayla, es gelingt dir, mich immer wieder zu überraschen. Du bist sehr gebildet, sprichst Französisch und Latein und hast keine Scheu, mir deine Meinung über uns Normannen offen ins Gesicht zu sagen. Auf der anderen Seite scheinst du über das

Schönste, was Männer und Frauen verbindet, nichts zu wissen. Glaub mir, wenn sich ein Mann und eine Frau lieben, dann macht es beiden großen Spaß, und sie wollen es immer wieder tun.«

»Ist die Frau dann die Buhle des Mannes?«, fragte Hayla in Erinnerung an Walines mahnende Worte. »Ist sie eine Hure?«

Bosgard zog erstaunt eine Augenbraue hoch.

»Wie kommst du denn auf diese Ausdrücke? Nun ja, wenn die beiden nicht miteinander verheiratet sind, dann könnte man es durchaus so nennen, auch wenn sie sich in Liebe vereinigen.«

In Hayla stiegen immer mehr Zweifel auf. War sie zu weit gegangen, sich derart leidenschaftlich von Bosgard küssen und liebkosen zu lassen? Instinktiv wusste sie jedoch, dass es zum Endgültigen nicht gekommen war, und dies half ihr, einen letzten Rest Stolz zu bewahren. Langsam stand sie auf.

»Dann ist es jetzt wohl besser, wenn ich gehe, Mylord. Ich werde nur dann mit einem Mann das Bett teilen, wenn ich ihm vor Gott angetraut worden bin. Ich weiß, ich habe kein Recht, Euch zu bitten, mich gehen zu lassen, denn Ihr seid der Herr, und ich habe Euren Befehlen zu gehorchen, aber wenn Ihr mich ein wenig mögt, dann küsst mich bitte niemals wieder.«

Dieser Satz entsprach nun wieder völlig der Hayla, die Bosgard kannte, und dieses Mal verzichtete er auf eine spöttische Bemerkung oder gar ein Lächeln. Am liebsten hätte er sie gefragt, ob sie ihn heiraten wolle, aber ein anderer Gedanke schoss so plötzlich durch seinen Kopf, dass er erst darüber nachdenken wollte. Mit einer Handbewegung gab er Hayla zu verstehen, sie dürfe gehen. Nachdem sie sein Gemach verlassen hatte, stürzte er den Rest des Bieres in einem Zug hinunter. Das Bier rann kühl durch seine Kehle und half Bosgard dabei, seine Gedanken zu ordnen. Wie konnte es sein, dass er – der bisher jeglichen Gedanken an eine Ehe weit von sich gewiesen hatte, obwohl es ihm an hübschen Bewerberinnen nie gemangelt hatte – sich ernsthaft überlegte, eine Angelsächsin zu heiraten? Zugegeben, es handelte sich um eine ausgesprochen attraktive Angelsächsin, aber bisher hatte es bei Bosgard mehr gebraucht als ein nettes Gesicht, um seine Leidenschaft derart zu entflammen. Oder hatte er etwa nur ein körperliches Bedürfnis? Würde die starke Sehnsucht nach der jungen Frau vergehen, wenn er sie erst einmal im Bett gehabt hatte? Bosgard schüttelte heftig den Kopf. Obwohl jede Faser seines Leibes sich nach Hayla sehnte, war es nicht ihr Körper allein, sondern auch ihr Wesen, das er so heftig begehrte, dass es beinahe schmerzte. An seiner Seite würde Hayla nicht nur sein Weib und die Mutter seiner Kinder sein, sondern auch eine Freundin, mit der er seine Sorgen und Nöte, aber auch freudige Augenblicke teilen konnte. Er wollte das Mädchen beschützen und sie verwöhnen, ihr das Leben bieten, das ihr von Geburt an zustand und das ihr die Normannen weggenommen hatten, und er sah sich und Hayla zusammen alt werden und eines Tages Enkelkinder auf den Knien schaukeln.

Verwirrt wischte sich Bosgard über die Stirn und bemerkte, dass er schwitzte, obwohl es im Raum kühl war. Es war wohl das Feuer des Begehrens, das ihn derart erhitzte. Er schüttelte den Kopf. Es war mehr als nur ein sinnliches Gefühl, sehr viel mehr. War das, was er empfand, etwa Liebe? Er war sich nicht sicher, denn nie zuvor hatte er derart tiefe Gefühle für jemanden empfunden. Wenn er jedoch Hayla heiraten würde, hätte er ein Leben lang Zeit, um es herauszufinden. In diesem Moment entschloss er sich, Hayla zu seiner Frau zu machen, koste es, was es wolle. Dabei gab es nur ein kleines Problem – und das war Hayla selbst. Auch wenn ihre Augen und ihr Körper ihm deutlich zu verstehen gegeben hatten, dass er ihr durchaus nicht gleichgültig war, so brauchte es Mut, ihn, einen Normannen und Feind ihres Volkes, zu heiraten. Es gelang ihm nicht, Hayla zu durchschauen. Zum ersten Mal in seinem Leben war es ihm wirklich wichtig zu wissen, was ein anderer Mensch über ihn dachte. Dies war eine erschreckende und zugleich freudige Feststellung.

»Nun habe ich wirklich ein neues Zuhause gefunden«, sagte er in die Stille des Raumes, und er fühlte eine so tiefe Zufriedenheit wie nie zuvor in seinem Leben.

Da Hayla wegen ihres aufgewühlten Gemütszustands eine Begegnung mit Waline unter allen Umständen vermeiden wollte, war sie wieder in den Stall gelaufen. Die alte Magd hätte ihr auf Anhieb angesehen, in welchem Aufruhr sie sich befand, und Hayla fühlte sich im Moment nicht in der Lage, Waline Rede und Antwort zu stehen. Sie wusste, die alte Magd wäre entsetzt, wenn sie erfuhr, wie nah sie und Bosgard sich gekommen waren.

Im Stall war es stockdunkel. Hayla hörte lediglich das Atmen und Stampfen der Pferde, und sie tastete sich zur Box des Esels vor.

»Jesaja, du gutes Tier«, murmelte sie und schlang die Arme um seinen Hals. »Du bist der Einzige, dem ich mein Herz ausschütten kann.« Der Esel antwortete, indem er Hayla leicht anstieß, und aus ihr sprudelten die Worte nur so hervor. »Ist es das, was die Leute Liebe nennen? Wenn man meint, im Bauch tobt ein Bienenschwarm, und wenn der Boden unter den Füßen schwankt, sobald er mich nur ansieht? Am liebsten würde ich Tag und Nacht seine Stimme hören, egal, was er eigentlich sagt, allein der Klang macht mich glücklich. Ein Blick aus seinen Augen ist wie ein sanftes Streicheln meiner Haut, und jede noch so kleine Berührung setzt meinen Körper in Flammen, aber es schmerzt nicht, sondern verlangt nach mehr. Ich möchte wissen, was er denkt und fühlt, und ich wünsche, dass ihm niemals ein Leid geschieht. Ein Tag, an dem ich ihn nicht sehe, scheint mir ein verlorener Tag zu sein, und gleichgültig, wer und was er ist« – sie seufzte laut und drückte den Kopf in die Mähne des Esels –, »ein Leben ohne ihn ist für mich nicht mehr vorstellbar.«

»O weh, o weh, das scheint tatsächlich die wahre Liebe zu sein!«

Für einen Augenblick dachte Hayla, der Esel hätte, so unwahrscheinlich das auch war, zu ihr gesprochen, dann aber erkannte sie die Stimme und fuhr mit einem Aufschrei herum. In der hinteren Ecke der Box machte sie die Umrisse eines Mannes aus, der sich langsam aus dem Stroh erhob.

»Bruder Pierre! Was macht Ihr denn hier?«

»Nun ja, es ist mein Esel, nicht wahr? Ich dachte, Jesaja könnte sich einsam fühlen, darum wollte ich die Nacht bei ihm verbringen. Ihr wisst doch, wie empfindsam er ist.«

Hayla war über die Dunkelheit dankbar, ersparte sie ihr doch die Peinlichkeit, dem Zeugen ihres vermeintlichen Selbstgespräches in die Augen sehen zu müssen. Bruder Pierres Bemerkung über die Liebe hatte erkennen lassen, dass sein Englisch gut genug war, ihre Worte zu verstehen.

Obwohl der Mönch Haylas Gesicht nicht sehen konnte, spürte er ihre Verlegenheit, darum sagte er in sanftem Ton: »Seid versichert, Lady Hayla, ich wollte Euch nicht belauschen und mich schon früher bemerkbar machen, aber dann hat mich die Poesie Eurer Worte in den Bann gezogen. Selten habe ich jemanden schöner über die Liebe sprechen hören. Ihr solltet Verse schreiben.«

Seine Worte nahmen der Situation etwas von ihrer Peinlichkeit, und Hayla gelang es zu lächeln.

»Es tut mir leid, Euch belästigt zu haben«, begann sie, aber der Mönch unterbrach sie ruhig und bestimmt.

»Ihr braucht keine Angst zu haben, Euer Geheimnis ist bei mir sicher. Seht es so, als hättet Ihr bei mir gebeichtet, und das Beichtgeheimnis ist heilig. Ich weiß zwar nicht, wer der Glückliche ist, dem Ihr eine derart starke Liebe entgegenbringt, aber er muss ein wahrer Glückspilz sein.« Ein leises Glucksen begleitete seine Worte. »Nicht, dass ein Mann meiner Profession etwas über solche Gefühle weiß, geschweige denn sie jemals empfunden hat, dennoch schützt die Kutte mich nicht davor, das Glück von Liebenden mitzuempfinden. Liebe bedeutet auch Frieden. Kennt Ihr den Auszug aus dem dritten Kolosserbrief, Lady Hayla, in dem es heißt: Vor allem aber liebt einander, denn die Liebe ist das Band, das alles zusammenhält und vollkommen macht. In eurem Herzen herrsche der Frieden.«

Spontan trat Hayla vor und legte eine Hand auf den Arm des Mönchs.

»Ihr seid wahrhaftig ein heiliger Mann, Bruder Pierre. Ich danke Euch für Eurer Verständnis, dass Ihr mich nicht für das, was Ihr mit anhören musstet, verurteilt.«

»Warum sollte ich das tun, Lady Hayla? Ihr spracht nur

von Euren Gefühlen und nicht davon, dass Ihr und dieser Mann Dinge getan habt, die ausschließlich Eheleuten vorbehalten sind und der Fortpflanzung dienen sollen.«

Erneut errötete Hayla, aber der Mönch konnte es zum Glück nicht sehen.

»Was haltet Ihr von mir?«, rief sie entrüstet.

»Nur das Allerbeste, Lady Hayla. Das habe ich bereits getan, als alle glaubten, Ihr wärt nur eine Magd. Ihr seid eine Dame, das habe ich in jeder Eurer Bewegungen gesehen, und darum weiß ich, dass Ihr auch eine gute und gläubige Christin seid, die niemals gegen Gottes Gebote verstoßen würde.«

Oh, wenn du wüsstest!, dachte Hayla und fragte sich, ob die Küsse und Liebkosungen Bosgards in den Augen der Kirche bereits verwerflich waren. Doch sie verzichtete darauf, Bruder Pierre um Rat zu fragen. Er musste nicht alles wissen. Ohnehin hatte er mehr als genug über ihre Gefühle erfahren.

Hayla streichelte kurz das struppige Fell des Esels, dann wandte sie sich zum Gehen.

»Ich wünsche Euch und Jesaja eine angenehme Nacht, Bruder Pierre.«

Den kurzen Weg zum Hauptgebäude der Burg legte Hayla im Laufschritt zurück. Sie war dankbar, niemandem zu begegnen. Als sie die kleine Kammer betrat, die sie mit Waline teilte, hörte sie an deren gleichmäßigem Atmen, dass die Magd tief und fest schlief. Leise entkleidete sie sich, wobei sie sich ziemlich verrenken musste, um die Schnürung am Rücken zu lösen, und schlüpfte unter die Decke. Obwohl der Tag lang, anstrengend und äußerst aufregend gewesen war, wollte sich der Schlaf nicht einstellen. Ständig schob sich Bosgards Gesicht vor ihre Augen, und ihr schien, als würden ihre Lippen noch immer von seinen heißen Küssen brennen. Wie sollte sie sich künftig ihm gegenüber verhalten? Wie würde er sich verhalten? Obwohl Haylas Zukunft plötzlich mehr als ungewiss war, wollte sie keinen einzigen Augenblick missen, und sie beschloss, alles auf sich zukommen zu lassen. Gegen die Liebe – das erkannte Hayla in dieser Nacht mit aller Deutlichkeit – war man ohnehin machtlos, und es war sinnlos, gegen Gefühle anzukämpfen. Man musste sich mit der Liebe treiben lassen, gleichgültig, wohin sie einen führen würde.

11. Kapitel

Devon, an der Grenze zu Cornwall, Mai 1068

Der Wagen rumpelte über den unebenen Weg und geriet mit einem Rad in ein tiefes Schlagloch. Knirschend brach die Achse, und der Wagen neigte sich gefährlich zur Seite, kippte zum Glück aber nicht um.

»Aua! Verflixt, was ist denn jetzt schon wieder los?« Lady Constance Aubrey fasste sich an den Kopf, den sie sich an der Decke angeschlagen hatte. »Kutscher, was ist passiert?« Sie hörte sich angespannt an und war wenig freundlich.

»Ich sagte dir von Anfang an, es ist eine dumme Idee, nach Cornwall zu fahren.« Die ältere Frau an Constances Seite versuchte nicht, ihre Missbilligung zu verbergen, und ihr verhärmtes Gesicht wurde dadurch noch unansehnlicher. »Wie es scheint, stecken wir fest, und das bei diesem schrecklichen Wetter …«

Seit die beiden Frauen vor über einer Woche London verlassen hatten, hatte es beinahe ununterbrochen geregnet. Der Regen hatte die ohnehin schlecht befestigen Straßen aufgeweicht, und Constance war bei jedem Aussteigen bis zu den Knöcheln im Schlamm versunken. Sie schob den ledernen Vorhang am Schlag zurück und rief schnippisch: »Hätte vielleicht einer der Herren die Freundlichkeit, mir aus dem Wagen zu helfen?«

Zwei Reiter in leichter Rüstung kamen zu ihr, und ein Mann saß ab.

»Verzeiht, Mylady, aber die Achse scheint gebrochen zu sein.«

In seine Worte mischten sich die heftigen Flüche des Kutschers, aber die derben Worte störten Constance nicht. Tatsächlich lag ihr selbst lag Ähnliches auf der Zunge, und nur ihre gute Erziehung hinderte sie daran, sich ebenso laut wie der Kutscher zu äußern. Fest umklammerte sie den ausgestreckten Arm von Jean, einem der vier Ritter, die sie und ihre Kammerfrau Luchia begleiteten, und ließ sich aus dem Wagen helfen.

»Heute Morgen habt Ihr gesagt, Jean, dass wir vor Sonnenuntergang Penderroc Castle erreichen werden.« Ihre Stimme war schrill vor Ärger. Wie Luchia aus dem Wagen herauskam, kümmerte Constance nicht, stattdessen fuhr sie grimmig fort: »Ich hoffe, der Schaden lässt sich rasch beheben, damit wir vor Einbruch der Dunkelheit unser Ziel erreichen werden. Ich ertrage es nicht, noch eine Nacht in einer heruntergekommenen und schmutzigen Herberge zu verbringen. Sofern es in dieser Gegend überhaupt eine gibt, die diese Bezeichnung verdient hat.«

»Dann hätten wir in London bleiben müssen.« Luchia konnte eine bissige Bemerkung nicht unterdrücken, während sie sich mühsam und ohne Hilfe aus dem schräg daliegenden Wagen quälte.

Constance Aubrey schenkte ihrer Kammerfrau keinen Blick. Sie wickelte ihren Umhang fester um sich, zog die Kapuze über ihren Kopf und entfernte sich ein paar Schritte von dem Wagen. Dabei versuchte sie, nicht in allzu viele Pfützen zu treten.

»Gibt es in der Gegend einen Bauernhof oder einen Unterstand, in dem ich warten kann, bis die Achse repariert ist? Hier werde ich ja nass bis auf die Haut. Es ist eine Zumutung …« Sie funkelte Ritter Jean so böse an, als wäre dieser höchstpersönlich für das schlechte Wetter und den Achsenbruch verantwortlich.

Jean, an die Launen der Dame gewöhnt, verzichtete auf den Hinweis, dass der Kutscher den Wagen wohl kaum absichtlich in ein Schlagloch gelenkt hatte. Er und seine drei Begleiter waren vom König dazu bestimmt worden, Lady Constance Aubrey nach Cornwall zu begleiten, und Befehl war Befehl, auch wenn keiner von ihnen diesem gerne nachgekommen war. Lady Constance schien jedoch unter dem besonderen Schutz des Königs zu stehen, deshalb bemühte sich Jean, die Lady seinen Unwillen nicht merken zu lassen.

»Ich werde sofort Erkundigungen einziehen, Mylady«, antwortete er unterwürfig, während einer der Knappen mit dem Kutscher flüsterte. Jean sah an dessen Gesichtsausdruck, dass es nicht so einfach war, die Achse zu richten, was er der Lady tunlichst verschwieg. Auf keinen Fall würden sie ihr Ziel wie geplant am Abend erreichen.

Die fünf Männer richteten den Wagen wieder auf, und Constance und Luchia flohen vor dem Regen unter einen Baum. Da die Eiche um diese Jahreszeit aber nur wenig belaubt war, waren sie fast schutzlos der Nässe ausgesetzt. Es schien Constance eine Ewigkeit zu dauern, bis Jean zurückkam.

»Etwa eine Meile von hier ist ein kleines Dorf mit einer Herberge, Mylady. Ich bringe Euch am besten dorthin.«

Constance seufzte. »Es scheint wohl keine andere Möglichkeit zu geben, wenn wir nicht völlig durchnässt werden wollen.«

Bereitwillig ließ sie sich von Jean auf sein Pferd helfen, ein zweiter Reiter nahm Luchia und eine kleine Tasche mit ein paar Kleidungsstücken vor sich auf den Sattel, dann ritten sie durch den immer heftiger werdenden Regen davon.

Das Dorf Hatchwood war lediglich eine Ansammlung armseliger, strohgedeckter Holzhütten, es gab nicht einmal ein Gotteshaus. Das Haus, das sich Herberge nannte, hatte diese Bezeichnung kaum verdient. Constance Aubrey fror in ihren nassen Kleidern jedoch so sehr, dass sie den Schmutz und den unangenehmen Geruch nach ungewaschenen Leibern, abgestandenem Essen und saurem Bier in der rußgeschwärzten Gaststube kaum wahrnahm. Hier drinnen war es wenigstens trocken und einigermaßen warm. Ein kleiner hagerer Mann, offenbar der Wirt, wuselte geschäftstüchtig um sie herum. Auf den ersten Blick hatte er erkannt, dass die Ankömmlinge von hohem Rang waren und sicher die Taschen voller Geld hatten. Solche Gäste verirrten sich nur selten in das Dorf, daher brachte er sofort Krüge mit warmem Bier und bemühte sich, ein einfaches Mahl zu servieren. In einer kleinen, wenig sauberen Kammer wechselte Constance ihr Obergewand, dann trat sie wieder in den Schankraum und sah sich nach anderen Gästen um. Lediglich ein Mann saß, den Rücken ihr zugewandt, in der Ecke, ansonsten war der Raum leer. Das Wams des Fremden war schmutzig und an einigen Stellen eingerissen, sein Haar war fettig und seine Gestalt gedrungen. Zuerst dachte Constance, es handle sich um einen einfachen Bauern, aber irgendetwas an dem Mann kam ihr bekannt vor, obwohl dies unmöglich war, denn sie war nie zuvor im Westen des Landes gewesen. Seine kurzgeschnittenen Haare wiesen jedenfalls auf einen Normannen hin. Der Wirt brachte einen Topf mit Kohlsuppe, Brot und Käse, und Constance kümmerte sich nicht weiter um den Fremden. Die Suppe war geschmacklos und das Brot hart, aber Constance zwang sich, etwas zu essen. Ihre Kammerfrau Luchia seufzte vernehmlich.

»Es scheint, wir werden die Nacht wohl hier verbringen müssen.«

Grimmig presste Constance die Lippen aufeinander und sah sich abschätzend in dem Raum um, bevor sie sagte: »Hoffen wir, es wird das letzte Mal sein, dass man mir eine solche Umgebung zumutet. Wenn wir morgen Penderroc Castle nicht erreichen, werde ich den Kutscher auspeitschen lassen.«

Aus den Augenwinkeln nahm Constance wahr, wie sich der Körper des Fremden versteifte. Die beiden Frauen hatten Französisch gesprochen, und offenbar hatte der Mann ihre Unterhaltung verstanden. Er drehte den Kopf, und Constance fiel vor Überraschung das Stück Brot aus der Hand.

»Sir Ralph Clemency!« Ihre Augen weiteten sich vor Erstaunen, den Ritter in dieser heruntergekommenen Absteige zu treffen. »Was, in aller Welt, macht Ihr hier?«

Ralph erhob sich schwankend, und Constance sah, dass er betrunken war.

»Lady … Constance … Ihr hier?« Er lallte, und sein Blick war trüb. »Ich wusste, heute ist mein Glückstag.«

Schwer ließ er sich auf die Bank an Constances Tisch fallen, obwohl sie ihn nicht dazu aufgefordert hatte. Luchia wich zurück, aber Constance, die den Ritter genauer betrachtete, rief: »Wirt, bringt einen Krug Bier.«

Der Wirt, der ihre Sprache zwar nicht sprach, aber ahnte, was sie wollte, trat mit einem grimmigen Zug um den Mund vor Constance.

»Zahlt Ihr die Zeche dieses Mannes? Seit dem Mittag sitzt er hier und säuft mein Bier, aber ich befürchte, er hat keine einzige Münze in der Tasche.«

Rasch übersetzte Luchia die Worte des Wirtes, da Constance sich bisher geweigert hatte, Englisch zu lernen, und Constance nickte nach kurzem Überlegen.

»Bring auch noch eine Schüssel Suppe und Brot, Wirt«, sagte sie, und zu Ralph gewandt: »Ihr seht aus, als hättet Ihr seit Tagen keine warme Mahlzeit mehr gegessen.«

Ralph gab einen grunzenden Laut von sich, aber seine Augen leuchteten auf, als der Wirt gleich darauf eine Holzschüssel mit dampfender Suppe vor ihn auf den Tisch stellte. Gierig löffelte er die Suppe und vertilgte das Brot mit zwei Bissen. Constance schüttelte verwirrt den Kopf. Am Hof des Königs hatte sie Ralph Clemency als Edelmann und gutgekleideten Ritter kennengelernt, und sie wusste, er war der Schwager von Bosgard de Briscaut. Ralph war zu dessen Besitz in Cornwall aufgebrochen, einige Zeit später war Bosgard ihm gefolgt, und Constance hatte vermutet, die beiden Männer verwalteten gemeinsam Penderroc Castle. Inzwischen hatte Ralph die Schüssel geleert und leckte sich die Lippen.

»Ich habe Durst«, sagte er und winkte dem Wirt.

»Ihr bekommt einen Krug Bier, Sir Ralph«, sagte Constance bestimmt. »Zuvor aber berichtet mir, warum ich Euch in einem solch desolaten Zustand hier antreffe. Wie steht es mit Penderroc Castle? Es ist dort doch alles in Ordnung, oder? Geht es Sir Bosgard gut?«

»Bosgard!« Er spie den Namen aus, als hätte er Mist im Mund. Plötzlich schien Ralph nüchtern zu sein, denn er hieb mit der Faust kräftig auf die Tischplatte und fuhr mit erstaunlich klarer Stimme fort: »Dieser miese kleine Bastard! Ich wünschte, er würde verrecken …«

»Einen Augenblick, Sir Ralph!« Constance unterbrach ihn mit scharfer Stimme. »Ihr sprecht von meinem Verlobten, und ich bitte Euch, Eure Worte zu bedenken.«

Verwirrt fuhr sich Ralph über die Stirn, dabei hinterließ seine schmutzige Hand eine dunkle Spur. Angewidert rückte Constance ein Stück von ihm ab. Am liebsten wäre sie aufgestanden und hätte sich in ihre Kammer zurückgezogen, aber sie musste erfahren, was auf Penderroc vorgefallen war. Offensichtlich hatten sich Bosgard und Ralph entzweit.

»Ihr seid mit diesem Scheusal verlobt?« Ralph lachte hämisch. »Na, da wird er sich aber freuen, Euch zu sehen. Ihr müsst wissen, er hat längst Ersatz für Euch gefunden. So eine kleine, willige Magd wärmt sein Bett, und sie scheint es ihm gut zu besorgen, denn er …«

»Hört sofort auf, derart respektlos mit meiner Lady zu sprechen!« Luchia richtete sich zu voller Größe auf und starrte Ralph wütend an. »Habt Ihr denn alle Ehre und Anstand im Bier ertränkt?«

Diese strengen Worte brachten Ralph zur Besinnung. Er hatte keine Ahnung, wie es kam, dass die schöne Lady Constance Aubrey mit Bosgard verlobt war, denn solange Bosgard in London weilte, hatte er, Ralph, den Eindruck gehabt, sein Schwager würde der Dame eher aus dem Weg gehen, als ihr den Hof zu machen. Das hatte er nie verstanden, denn

Constance war eine wirklich schöne Frau: groß gewachsen und schlank, mit blasser Haut und rotblonden Haaren. Ihm hatte sie nie einen Blick geschenkt, was Ralph auch nicht verwunderte. Für eine Constance Aubrey, die entfernt mit König William verwandt war, war er von zu niedriger Geburt. Heute jedoch schimmerten ihre grünen Augen, die an die einer Katze erinnerten, kühl, und Ralph meinte, einen berechnenden Ausdruck darin zu erkennen. Schnell trank er einen Schluck Bier, dann sagte er ruhig: »Verzeiht meine Worte, Mylady, aber Bosgard hat unsere Freundschaft und unsere Verwandtschaft auf das übelste ausgenützt. Zuerst hat er mich gebraucht, um diesen maroden Besitz, der sich Penderroc nennt, auf Vordermann zu bringen, dann jedoch hat er sich ins gemachte Nest gesetzt und die Früchte meiner unermüdlichen Arbeit eingeheimst. Nun konnte er mich nicht mehr gebrauchen und hat mich vergangene Woche ohne einen Penny und ohne Waffen und Pferd einfach davongejagt.«

»Aha.« Constance beugte sich interessiert vor. Sie bezweifelte, dass Ralph die Wahrheit sagte, dazu kannte sie ihn und auch Bosgard zu gut. Bestimmt war mehr vorgefallen, als Ralph im Moment zu erklären bereit war. »Warum kehrt Ihr nicht ins Heer zurück, anstatt hier wie ein Landstreicher zu hausen?«

»Wie soll ich denn in die Stadt kommen, Mylady? Meine Taschen sind leer, und es ist zu Fuß ein weiter Weg bis nach London.«

»Ihr seid ganz allein?«, fragte Constance interessiert, und er nickte grimmig. »Wo sind Eure Männer?«

»Die Männer, die ich für meine Freunde hielt, haben mich verlassen, als sie merkten, dass bei mir nichts mehr zu holen war.« Ralphs Blick bohrte sich in Constances Augen. »Aber jetzt sagt mir: Wie kommt es zu Eurer Verlobung mit Bosgard? Als ich damals London verließ, schien es mir nicht so, als wärt Ihr und Bosgard Euch einig. Zudem habt Ihr ihn seit Monaten nicht gesehen.«

Ein triumphierendes Lächeln huschte über Constances Lippen.

»Der König meint, es sei für Bosgard an der Zeit, zu heiraten und eine Familie zu gründen. Da er selbst offenbar wenig Neigung zeigt, dies zu tun, habe ich ein Schreiben des Königs bei mir, in dem er ihm nahelegt, mit mir die Ehe einzugehen. Nun ja, sagen wir mal … es ist mehr ein Befehl als ein freundlicher Brief.«

Ralph kniff seine Augen zusammen, was ihn verschlagen aussehen ließ.

»Ich habe keine Ahnung, wie Ihr den König zu so einem Schritt gebracht habt, Lady Constance, und es geht mich auch nichts an. Es gibt jedoch so einiges, was Ihr wissen solltet.« Sein Blick wanderte zu Luchia, und Constance verstand.

»Du kannst dich zurückziehen, Luchia, ich brauche deine Dienste heute nicht mehr.«

Die Kammerfrau kräuselte unwillig den Mund, aber sie gehorchte dem Befehl ihrer Herrin, obwohl sie Constance nur ungern in der Gesellschaft dieses Mannes allein ließ. Andererseits war sie froh, endlich ihre feuchte Kleidung ausziehen und sich in eine warme Decke kuscheln zu können, denn im Gegensatz zu Constance besaß sie kein Gewand zum Wechseln.

Als Constance und Ralph allein waren, beugte er sich vertrauensvoll vor und flüsterte:

»Was ich Euch zu sagen habe, wird Euch kaum gefallen, aber ich finde es richtig, dass Ihr die Wahrheit erfahrt. Ich glaube allerdings, dass Ihr dann keine Lust mehr verspürt, Bosgard zu heiraten …«

»Das lasst meine Sorge sein, Sir Ralph«, unterbrach Constance. »Also, was habt Ihr mir zu erzählen?«

Im Laufe des Abends musste der Wirt noch zwei weitere Krüge Bier bringen, denn auch Constance verspürte bei dem, was sie von Ralph erfuhr, das Bedürfnis nach einem kräftigen Schluck. Sie wusste zwar, dass Bosgard sie nicht mit offenen Armen empfangen würde, aber dem Befehl des Königs war Folge zu leisten, zumal mit ihrer beider Heirat Bosgard ein nicht unerhebliches Vermögen in Aussicht gestellt wurde. Offenbar hatte sich Bosgard in den letzten Monaten sehr verändert, und schuld daran war wohl diese kleine Angelsächsin, die ihn verhext hatte. Mit Entsetzen hörte Constance, wie schändlich Bosgard seinen Freund und Schwager Ralph behandelt hatte, obwohl dieser so viel für ihn getan hatte. Selbstverständlich verschwieg Ralph seine Absicht, Bosgard töten zu lassen und die Burg selbst in Besitz zu nehmen. Vielmehr stellte er es so hin, als hätte er stets das Beste für Penderroc gewollt und war dann von Bosgard vor die Tür gesetzt worden.

»An all dem ist nur dieses angelsächsische Weibsstück schuld«, beendete Ralph seinen Bericht. »Sie wickelt Bosgard um den Finger, und er merkt nicht, wie lächerlich er sich macht.«

Constance zog ungläubig eine Augenbraue hoch. Sie bezweifelte, dass ein Mann wie Bosgard de Briscaut so einfach auf ein hübsches Gesicht hereinfiel, trotzdem regte sich Eifersucht in ihr. Seit sie mit ihren Eltern König William nach

England gefolgt war, hatte sie ein Auge auf den stolzen und attraktiven Normannen geworfen. Bosgard hatte ihr leider nie mehr als höfliche Aufmerksamkeit entgegengebracht, und so war ihr jetzt ein glücklicher Zufall zu Hilfe gekommen, der den König veranlasst hatte, die Eheschließung zwischen ihr und Bosgard zu befehlen.

Es war weit nach Mitternacht, als sie ihr Gespräch beendeten. Freundschaftlich legte Constance eine Hand auf Ralphs Arm und sagte: »Seid versichert, Sir Ralph, wenn ich erst Herrin auf Penderroc bin, dann wird Euch Gerechtigkeit widerfahren. Ihr sollt für alles, was Ihr erleiden musstet, entschädigt werden. Dafür werde ich sorgen.«

Bevor Constance sich zur Ruhe begab, wechselte ein Beutel mit Münzen den Besitzer. Sie schob ihn Ralph hin und sagte: »Als Erstes seht zu, dass Ihr ein Bad nehmt und Euch anständige Kleider besorgt. Ein Pferd wäre auch nicht schlecht, und nächtigt künftig nicht mehr in Ställen, denn Ihr riecht nach Vieh. Bleibt in dieser Herberge, damit ich weiß, wo ich Euch erreichen kann. Ihr werdet bald Nachricht von mir erhalten.«

Ralphs Kopf war zwar von Alkohol schwer, aber er schaffte es, sich zu erheben und eine Verbeugung anzudeuten.

»Ich bin Euch zu Dank verpflichtet, Mylady, und werde tun, was Ihr wünscht.«

Zur selben Zeit auf Penderroc Castle

Das Talglicht flackerte, erlosch, und der Raum lag in völliger Dunkelheit. Im schwachen Mondlicht, das durch die Fenster drang, erkannte Hayla nur die Umrisse seines Gesichtes.

Zärtlich fuhr sie mit einem Finger an der Linie seines Kinnes entlang.

»Es ist spät, ich sollte jetzt gehen.«

Seine Arme umschlossen ihre Hüfte, und er vergrub seine Nase in ihr nach Rosenblüten duftendes Haar.

»Ich lasse dich nicht gehen, mein Liebes. Zumindest nicht, bevor du mir nicht gesagt hast, dass du mich liebst.«

»Ich liebe dich mehr als irgendetwas anderes auf der Welt, Bosgard de Briscaut.« Hayla küsste ihn auf die Lippen. »Mein geliebter Eroberer meines Herzens …«

Die Ereignisse der letzten Tage schienen Hayla immer noch wie ein Traum zu sein. Seit dem Abend, an dem sie Bosgard gebeten hatte, sie niemals wieder zu küssen, und Bruder Pierre unfreiwilliger Zeuge ihres Liebesgeständnisses geworden war, war viel geschehen. Hin- und hergerissen zwischen ihrem Herzen, das sich nach Bosgard sehnte, und ihrem Verstand, der ihr sagte, dass eine Affäre mit dem Normannen unmöglich war, hatte sie sich schlaflos im Bett gewälzt. Obwohl sie körperlich erschöpft war, sah sie jedes Mal, wenn sie die Augen schloss, Bosgards Gesicht vor sich. Ihr Körper schien regelrecht vor Sehnsucht nach ihm zu schmerzen, aber es war ein angenehmer Schmerz, den sie nicht missen wollte. Beinahe jede Nacht träumte sie von dem geliebten Mann, und oft waren ihre Wangen feucht, als sie erwachte, weil der Traum so wunderschön gewesen war. Am Morgen schlich Hayla übermüdet durch die Burg und versuchte, ihren Aufgaben nachzukommen. Sie hatte darauf bestanden, weiterhin ihrer Arbeit nachzugehen, denn sie mochte nicht untätig herumsitzen, da es in der Burg genügend zu tun gab. Die Arbeit lenkte sie zudem für einige Zeit von den Gedanken an Bosgard ab. Als Bosgard sie nach drei Tagen in sein Gemach rufen ließ, schien der Boden unter ihren Füßen zu schwanken. Nachdem sie in seine Kammer getreten war, hatte Bosgard sich nicht mit langen Vorreden aufgehalten, sondern schlicht und einfach gesagt: »Hayla, ich bin kein Mann romantischer oder gar poetischer Worte, aber ich bin ein Mann, in dessen Herz du dich geschlichen hast. Ich habe die ganze Nacht wach gelegen und nachgedacht und bin zu dem Entschluss gekommen, dass wir beide zusammengehören. Darum frage ich dich hier und jetzt: Möchtest du meine Frau werden?«

Zuerst hatte Hayla an einen Scherz geglaubt, hatte gedacht, er mache sich über sie lustig. Aber die barsche Antwort, die ihr auf der Zunge lag, löste sich auf, als sie ihm in die Augen sah. Neben aufrichtiger Liebe meinte sie, auch eine Spur von Unsicherheit, wenn nicht sogar von Angst zu erkennen. Ein Gefühl von unendlicher Zärtlichkeit und Glück überwältigte Hayla, so dass sie ihrem Gefühl folgte und in seine Arme stürzte.

Seitdem hatten Bosgard und Hayla viel miteinander gesprochen, und Bosgard hatte alle ihre Bedenken zerstreut.

»In den letzten zwei Jahren gab es viele Verbindungen zwischen Angelsachsen und Normannen, mein Herz.« Hayla lief ein wohliger Schauer über den Rücken, wenn er sie so nannte. »Sicher werden einige Leute die Nase rümpfen, wenn wir heiraten, aber sie werden sich daran gewöhnen. Du bist als Lady geboren, und jetzt sollst du als erste Dame einem Haus vorstehen, wie es dir gebührt.«

»Ach, nur deswegen nimmst du mich zur Frau?« Hayla zog einen Schmollmund, lächelte aber gleichzeitig verschmitzt.

»Natürlich, weshalb denn sonst?«, hatte Bosgard sie geneckt. »Vielleicht auch noch, weil ich dich ein bisschen liebe. Nun ja, sagen wir, ein großes bisschen. Vielleicht auch ein ganz großes bisschen …«

Ein leidenschaftlicher Kuss hatte das Gespräch beendet, dann setzte sich Bosgard und schrieb dem Bischof von Exeter und bat den geistlichen Mann, die Trauung so bald wie möglich zu vollziehen. Bosgard wusste, wenn der König seine Ehe anerkennen sollte, dann musste diese von einem hohen geistlichen Würdenträger geschlossen werden. Ein einfacher Priester, wie es sie in Cornwall gab, hatte nicht die Berechtigung, einen Mann von Bosgards Stand zu trauen. Das konnte einzig und allein ein Bischof, doch der nächste Bischofssitz befand sich in der Stadt Exeter in der Grafschaft Devon. Noch am selben Tag brach ein Eilbote nach Exeter auf, um das Schreiben zu überbringen. Seitdem warteten sie auf das Eintreffen des Bischofs, hielten ihr Vorhaben zu heiraten jedoch vor allen anderen geheim. Es war Haylas Wunsch gewesen, mit niemandem darüber zu sprechen. Für sie selbst war die Aussicht, bald Bosgards Frau zu sein, immer noch so phantastisch, dass sie es erst glauben würde, wenn sie an Bosgards Seite vor dem Altar stand.

»Nun muss ich aber wirklich gehen, Mitternacht ist längst vorüber.« Langsam, aber energisch löste sich Hayla aus Bosgards Armen. »Waline wird sich fragen, wo ich bleibe.«

Bosgard schlang seinen Arm fester um ihre Hüfte, und statt Hayla freizugeben, zog er sie dichter an sich heran.

»Wann wirst du es dem alten Drachen sagen?«

»He, wie sprichst du denn von Waline?« Scheinbar entrüstet schlug Hayla leicht gegen Bosgards Brust. »Sie ist nur um mein Wohl besorgt …«

»Und um deine Jungfräulichkeit.« Bosgard unterbrach sie mit einem heiseren Lachen. »So schwer es mir auch fällt, aber deswegen braucht sich die Magd keine Sorgen zu machen. Du wirst erst ganz meine Frau, wenn der Bischof uns getraut hat. Schade, dass Bruder Pierre keine Berechtigung hat, Ehen zu schließen. So müssen wir warten, bis der Bischof aus Exeter eintrifft.«

Hayla seufzte, und statt aufzustehen und in ihre Kammer zu gehen, kuschelte sie sich noch einmal in Bosgards Arme. Wie gut er roch und wie glatt und weich seine Haut war.

»Es ist dir also wirklich ernst?« Beinahe ungläubig sprach sie die Frage aus, die sie seit Tagen Bosgard immer und immer wieder stellte. »Es wird einen Aufruhr geben, wenn du mich wirklich zu deiner Frau machst, Liebster. Vielleicht wirst du es irgendwann bereuen und …«

Hayla konnte nicht weitersprechen, denn Bosgards Lippen verschlossen ihren Mund. Ihre Zungen umschlangen sich in einem wilden Spiel, und in Bosgards Lenden schoss das Blut. Durch den dünnen Stoff von Haylas Kleid spürte er ihre Brustwarzen auf seiner Haut, und unter Aufbietung aller Kräfte schob er sie von sich.

»Wenn du nicht sofort aufhörst, mich so zu küssen, kann ich für nichts mehr garantieren.«

Sie lächelte verschmitzt. »Ich habe nie Garantien von dir verlangt, Liebster, aber du hast recht.« Mit einem bedauernden Blick setzte sie sich auf.

Liebevoll spielte Bosgard mit einer Haarsträhne Haylas, die auf ihren Rücken fiel.

»Es kann nur noch eine, höchsten zwei Wochen dauern, bis der Bischof hier eintrifft. Ich habe ihn in meinem Brief eindringlich darum gebeten, sofort nach Penderroc Castle aufzubrechen. Das stürmische Regenwetter wird seine Reise leider etwas erschweren, aber bald werden wir Mann und Frau sein. Lady Hayla de Briscaut … na, wie hört sich das an?«

»Lady de Briscaut …« Langsam ließ Hayla den Namen auf ihrer Zunge zergehen.

Bosgard lag auf dem Bett und betrachtete sie zärtlich. Der flackernde Schein des Talglichtes ließ in Haylas Haar rötliche Reflexe tanzen. Nie zuvor hatte er eine schönere und begehrenswertere Frau gesehen. Dennoch hielt er sich zurück, wenn er Hayla in seinen Armen hielt, und begnügte sich damit, sie zu liebkosen und zu küssen. Auch wenn es nur noch wenige Tage dauern konnte, bis sie rechtmäßig seine Ehefrau war – man konnte nie wissen, welchen Streich das Schicksal einem spielte. Nicht, dass ihm etwas geschah, und er musste Hayla entehrt, wenn nicht sogar schwanger, zurücklassen.

»Was bedrückt dich, Liebster?« Besorgt strich Hayla über seine Wange. Es war, als hätte sie seine Gedanken gelesen.

»Nichts, mein Herz, mir wird die Zeit nur so unendlich lang«, antwortete er leichthin und wischte die trüben Gedanken zur Seite. Was sollte schon geschehen? Er war gesund, und es drohte keine Gefahr. Aufstände vonseiten der Angelsachsen gab es kaum noch, und er hatte nicht vor, sich jemals wieder dem Heer des Königs anzuschließen. Jedenfalls nicht freiwillig, doch wenn der König ihn rief, musste er dem Befehl Folge leisten. Daran wollte Bosgard aber jetzt nicht denken, sondern lieber hoffen, dass die Zeit der Kämpfe vorbei war. An Ralph Clemency verschwendete Bosgard kaum einen Gedanken. Er war sicher, den Mann niemals wiederzusehen.

Bosgard stand auf, schloss Hayla ein letztes Mal in die Arme und küsste sie zärtlich.

»Schlaf gut, mein Herz, und träume süß.«

»In meinen Träumen bist nur du, Liebster.«

Ein letzter Kuss, dann huschte sie zur Tür hinaus und über den dunklen Gang zu ihrer Kammer, die sie mit Waline teilte.

»Du kommst spät.« Hayla wurde von der alten Magd vorwurfsvoll begrüßt. »Ich habe auf dich gewartet. Es ist mitten in der Nacht! Du warst wieder bei ihm, nicht wahr?«

Hayla schlug rasch die Augen nieder, als Waline einen Kienspan in das Kaminfeuer hielt und dann das Talglicht entzündete, damit Waline das Leuchten in ihren Augen nicht sah.

»Es gab einiges zu besprechen«, sagte sie rasch. »Sir Bosgard wollte meine Meinung hören, wann es am besten ist, mit der Aussaat auf den westlichen Feldern zu beginnen …«

»Ach, ja?« Scharf unterbrach Waline Haylas Worte. »Was bist du jetzt eigentlich für den Herrn? Seine persönliche Magd, die ihm das Gemach sauber macht und seine Kleidung in Ordnung hält? Oder ein Bauermädchen, mit dem er über Feldbestellung redet? Man sollte meinen, dafür wären andere Leute zuständig. Hayla, ich mag zwar nur eine ungebildete alte Frau sein, die weder lesen noch schreiben kann, aber ich bin nicht dumm. Was ist da zwischen dir und diesem … Normannen?«

»Wie abschätzend du sprichst, Waline.« Hayla bemühte

sich um einen unverbindlichen Tonfall. »Du hast doch auch schon gemerkt, dass Sir Bosgard es nur gut mit Penderroc und uns allen meint. Warum kannst du deine Abneigung ihm gegenüber nicht endlich begraben?«

Waline schnaubte verächtlich.

»Weil er ein Feind unseres Volkes ist. Gleichgültig, wie freundlich und besorgt er auch tut, er hat sich etwas genommen, was ihm nicht gehört. Und jetzt scheint er sich dich zu nehmen.«

»Waline!« Hayla zögerte einen Moment und überlegte, ob sie der Vertrauten die Wahrheit zu sagen sollte, schwieg dann aber. Bevor der Bischof nicht eingetroffen war, wollte sie mit niemandem über ihre bevorstehende Hochzeit sprechen. Sie kniete sich vor Waline, nahm deren Hände und sah sie beschwörend an. »Wir haben dieses Gespräch schon so oft geführt. Ich schwöre bei den Gräbern meiner Eltern, dass Sir Bosgard mich nicht entehrt hat.«

Waline gab zwar ein schnaubendes »Pah!« von sich, aber in ihre Augen schlichen sich Zweifel. Sie wusste, Hayla würde einen solchen Schwur nicht aussprechen, wenn ihre Worte nicht der Wahrheit entsprachen. Trotzdem machte sie sich große Sorgen um das Mädchen. Nicht, dass Waline glaubte, Hayla schwebe immer noch in Gefahr wegen ihrer Verbindung zum toten König Harold, sondern vielmehr deshalb, weil die alte Frau ganz genau sah, dass Hayla in Bosgard de Briscaut verliebt war. Und das konnte zu keinem guten Ende führen. Früher oder später würde er ihr Herz brechen, und Hayla war eine Frau, die daran zugrunde gehen konnte.

Als sie wenig später das Licht löschten, lag Hayla noch eine Weile wach. Auf ihrem Mund spürte sie immer noch die warme Süße von Bosgards Lippen, und sie fieberte der Zeit entgegen, wenn sie jeden Abend in seinen Armen einschlafen und am Morgen wieder bei ihm erwachen durfte.

12. Kapitel

Das Tor von Penderroc war geöffnet, und die Wachen ließen den Wagen und die vier Reiter passieren. Hayla, die gerade mit einem Eimer Wasser über den Hof ging, blieb erstaunt stehen. Das war gewiss nicht der Wagen des Bischofs, denn dieser würde nicht mit einer Eskorte bewaffneter Ritter reisen, deren Rüstungen sie als Normannen auswiesen. Wer aber sonst verirrte sich hierher nach Cornwall? Bosgard hatte ihr nichts von einem zu erwartenden Besuch gesagt.

Zwei Knechte liefen herbei, und der eine Reiter rief auf Französisch: »He, du, Bursche! Wo ist dein Herr?«

Der Junge verstand kein Wort und zuckte hilflos mit den Schultern. Instinktiv hielt sich Hayla zurück. Sie trug heute wieder einen einfachen Kittel, denn Untätigkeit war nicht ihre Art, und Waline hatte mit der Verpflegung der Burgbewohner mehr als genug Arbeit.

»Ungebildete Kreaturen, wann lernen die endlich unsere Sprache?« Überrascht hörte Hayla eine schimpfende Frau im Wageninneren.

Der Ritter öffnete den Schlag und half einer Dame in prachtvollen Gewändern auszusteigen. Das Unterkleid sowie die Tunika waren aus edlem, dunkelblauem Samt, die Säume mit zierlichen goldfarbenen Stickereien versehen, und ihr Haar wurde von einem Schleier aus weißer Seide verdeckt.

»Mylady, das hier ist Penderroc Castle«, sagte der Ritter und verbeugte sich.

Die Frau blickte sich schnell und – wie es Hayla schien – abschätzend um.

»Nun ja, nicht gerade der Königshof, aber was kann man in dieser Gegend anderes erwarten?«

Ihre Stimme war für eine Frau recht tief, aber mit einem interessanten Klang, wie Hayla zugeben musste. Die Haut ihres Gesichtes schimmerte rein und weiß, als würde sie niemals ein Sonnenstrahl treffen, und ihre Augen waren von einem hellen Grün. Jetzt fiel ihr Blick auf Hayla, und sie winkte ihr zu.

»He, du, Mädchen, ist dein Herr anwesend?«

Blitzschnell überlegte Hayla, ob sie weiterhin so tun sollte, als würde sie die fremde Dame nicht verstehen, entschied sich dann aber dagegen. Zu viele Bewohner der Burg wussten über ihre Sprachkenntnisse Bescheid, daher trat sie einen Schritt vor und sagte: »Mylord de Briscaut befindet sich auf der Jagd, Mylady. Wir wurden nicht über Eure Ankunft unterrichtet.«

Abschätzend glitt Constances Blick über Haylas einfache Aufmachung, und sie wusste sofort, dass es sich hier um die von Ralph Clemency benannte Magd handelte, die Bosgards Bett teilte. Die veilchenblauen Augen waren unverwechselbar. Obwohl Constance zugeben musste, dass das Mädchen recht ansehnlich war, so war sie doch nur ein Bauerntrampel im Vergleich zu ihr, einer wirklichen Dame. Keinen Moment zweifelte sie daran, mit dem jungen Ding leichtes Spiel zu haben.

Constance lachte hochmütig und sagte: »Ich weiß, dass Bosgard nichts von meinem Besuch ahnt. Es soll ja auch eine Überraschung werden, nicht wahr, Luchia?«

Erst jetzt bemerkte Hayla die zweite Frau hinter der Dame. Ihrem Alter und ihrer einfacheren Kleidung nach zu urteilen, musste es sich um die Kammerfrau handeln. Plötzlich ärgerte sich Hayla, dass sie wie eine Magd gekleidet war. Auf dem Kittel waren einige Flecken, und auch ihr Gesicht und ihre Hände waren von der morgendlichen Arbeit nicht ganz sauber. Trotzdem besann sie sich auf die Gastfreundschaft, die Bosgard der Fremden sicher gewährt hätte, und sagte: »Kommt bitte herein, Mylady. Ihr seid von der Reise sicher hungrig und durstig.«

Constance Aubreys Blick glitt erneut abschätzend über die Burg, und ihre folgenden Worte waren von einem Seufzer begleitet.

»Ich hoffe nur, in diesem Gemäuer befindet sich eine einigermaßen saubere Kammer. Sehr ansprechend sieht das hier nicht aus.«

Hayla biss sich auf die Unterlippe, um eine schnippische Bemerkung zu unterdrücken. Bevor sie nicht wusste, wer die Frau war und was sie auf Penderroc, und vor allen Dingen von Bosgard, wollte, war es wohl besser, höflich zu ihr zu sein.

»Wie kommt es, dass du unsere Sprache so gut sprichst?«, fragte Constance, als sie die Halle betrat.

Hayla zuckte mit den Schultern.

»Wir Angelsachsen haben gelernt, uns mit euch Normannen zu arrangieren«, antwortete sie ausweichend. Sie wollte die Dame in dem Glauben lassen, dass sie eine Magd war. »Bitte wartet einen Augenblick, ich werde veranlassen, dass man Euch etwas zu essen und zu trinken bringt.«

Hayla informierte Waline über die Neuankömmlinge, und sofort wurden den beiden Frauen und ihren Begleitern angewärmtes Bier, Brot, Käse und kaltes Fleisch vom Vorabend serviert. Ein Knecht holte das Gepäck und brachte es nach Haylas Anweisung in die Kammer im südlichen Anbau, der erst Anfang des Jahres fertiggestellt worden war.

Nachdem Constance Aubrey sich gestärkt hatte, winkte sie Hayla zu sich.

»Du scheinst nicht nur unsere kultivierte Sprache gut zu beherrschen, Mädchen, auch sonst verfügst du über Umgangsformen, die ich hier nicht erwartet hätte.« Constances Stimme hatte zwar einen wohlwollenden Klang, aber Hayla blieb zurückhaltend.

»Es ist die Sprache des Königs«, antwortete sie diplomatisch. »König William ist unser Herrscher, und wir sind seine Untertanen.«

Constance lächelte zufrieden. »Das ist eine gute Einstellung. Ich denke, ich werde es mit dir aushalten können.«

»Aushalten? Wie meint Ihr das?« Die Worte waren Hayla unbedacht entschlüpft. Wollte die Dame etwa länger auf Penderroc Castle bleiben?

Constances Lächeln vertiefte sich. Am besten, sie stellte von Anfang an klar, welche Position sie hier einnehmen würde, um dem Mädchen gleich zu zeigen, dass ihre Nächte mit Bosgard nun zu Ende waren.

»Sir Bosgard de Briscaut und ich werden heiraten. Ich bin aus London gekommen, um endlich an der Seite meines Verlobten zu sein, auch wenn die Lebensumstände hier sich von denen am Hof doch sehr unterscheiden. In diesem Haus fehlt eindeutig eine weibliche Hand, aber das wird sich jetzt ja bald ändern.«

Hayla war, als hätte ihr jemand den Boden unter den Füßen weggezogen. Halt suchend klammerte sie sich an eine Stuhllehne.

»Sir Bosgard hat nie erzählt, dass er … verlobt ist.« Nur mit Mühe gelang es ihr zu sprechen.

»Ach, der liebe Bosgard …« Constance machte eine unbekümmerte Handbewegung. »Er kann manchmal recht schüchtern sein, Mädchen. Wahrscheinlich wollte er dieses Haus hier erst so weit herrichten, dass es einer Frau wie mir würdig ist, doch der König drängt auf eine baldige Hochzeit. Er findet es nicht gut, wenn zwei Liebende monatelang voneinander getrennt sind.« Sie kniff die Augen zusammen und musterte Hayla von oben bis unten. »Luchia ist meine Kammerfrau, aber ich könnte durchaus noch ein zweites Mädchen gebrauchen. Da du unsere Sprache sprichst und auch sonst einigermaßen kultiviert wirkst, wirst du mir ab sofort dienen. Wie ist eigentlich dein Name?«

»Hayla …« Sie musste ihren Namen rauspressen, so eng war ihr Hals geworden. »Ich bin Magd.«

Constance Aubrey nickte zufrieden. Ihre Vermutung hatte sich bestätigt, und sie genoss das Spiel mit dem Mädchen. Natürlich würde sie Hayla nach ihrer Vermählung keinen Tag länger in der Burg dulden, aber im Augenblick machte ihr Haylas offensichtliche Verwirrung Spaß.

»Dann zeig mir jetzt meine Kammer und sorge dafür, dass meine Gewänder zum Lüften aufgehängt werden. Sie haben unter der langen Reise bestimmt ein wenig gelitten.«

»Ja, Mylady.« Es blieb Hayla nichts anderes übrig, als Constances Anweisung zu folgen. Ihre Gedanken wirbelten wild durcheinander. Bosgard war verlobt! Wie hatte sie nur so naiv, nein, so dumm, sein können anzunehmen, ein Mann wie er wäre noch frei und ungebunden und würde tatsächlich eine Angelsächsin heiraten wollen. Natürlich war die Frau an Bosgårds Seite eine Normannin, und zwar eine nicht unvermögende Normannin aus einem guten Haus, wie man an Lady Constance deutlich sehen konnte. Haylas Wangen brannten vor Scham, doch zum Glück bemerkte es die Dame nicht, da Hayla sie in ihre Kammer führte. Wie naiv von ihr zu glauben, Bosgards Worte wären mehr als nur ein harmloses Geplänkel gewesen.

Als Hayla wieder die Küche betrat, ließ sie sich auf die Bank neben dem Feuer fallen. Immer noch zitterte sie am ganzen Körper und konnte nur mit Mühe die Tränen zurückhalten.

Waline, die Lady Constances Ankunft schweigend verfolgt hatte, legte eine Hand auf Haylas Schulter.

»Überrascht es dich wirklich zu erkennen, welches Spiel der Normanne mit dir getrieben hat? All seine Freundlichkeit und schönen Worte dienten einzig und allein dem Zweck, dich zu seiner Hure zu machen.«

Zum ersten Mal war Hayla über Walines schonungslose Offenheit und ihre Art, die Dinge beim Namen zu nennen, nicht schockiert oder gar böse. Der Kloß in ihrem Hals wurde immer dicker.

»Ich habe ihm vertraut …«, sagte sie mit erstickter Stimme.

»Vertrauen und Normannen – das sind zwei Dinge, die nicht zusammenpassen. Wer weiß, wie lange er bereits mit dieser Dame verlobt ist. Bis sie nach Cornwall kommt, wollte Bosgard lediglich, dass jemand sein Bett wärmt, und da kamst du ihm gerade recht.«

Nun liefen die ersten Tränen über Haylas Wangen.

»Er hat mich nicht angerührt, Waline.« Sie hob den Kopf und sah die Magd flehend an. »Zumindest nicht so, wie du denkst. Das musst du mir glauben! Er hat gesagt, dass wir … also, erst wenn … wir verheiratet sind.«

Nun war es heraus, und Hayla fühlte bei ihren Worten selbst, wie unwahrscheinlich sie klangen. Wie hatte sie auch nur einen Moment glauben können, ein Mann wie Bosgard de Briscaut würde sie, eine Angelsächsin, wirklich heiraten wollen.

Waline lachte auf, aber es war ein grimmiges Lachen.

»Dieser Schuft ist sogar so weit gegangen, dir die Ehe zu versprechen. Ha!« Sie ballte die Hände zu Fäusten, ganz so, als würde sie Bosgards Hals umklammern. »Dieser Mensch schreckt wirklich vor nichts zurück. Ich wünschte, ich könnte ihm heimzahlen, was er dir angetan hat.«

»Nein, nicht, Waline.« Hayla schüttelte den Kopf. »Das würde nichts ändern.«

Obwohl sie tiefste Verzweiflung verspürte und meinte, ihr Herz wäre in tausend Teile zerbrochen und der Schmerz würde niemals wieder vergehen, waren ihre Gedanken frei von Rache. Was geschehen war, hatte sie sich selbst zuzuschreiben. Sie war jung und dumm und hatte aus ein paar netten Worten das herausgelesen, was sie gerne hören wollte. Selbst sein Heiratsversprechen war nur leeres Gerede gewesen, obwohl Bosgard die Rolle eines verliebten Bräutigams wirklich gut gespielt hatte. Wie naiv war sie zu glauben, er hätte sie wirklich zur Frau nehmen wollen? Ihre eigenen Gefühle hatten ihr den Blick für die Realität getrübt und sie glauben lassen, Bosgard empfinde in der gleichen Art für sie. Er war der erste Mann gewesen, der ihr Herz zum Glühen gebracht hatte, und sie hatte geglaubt, es wäre die wahre, die echte Liebe. Pah! Liebe! Wenn das Liebe war, dann konnte sie künftig sehr gerne darauf verzichten.

In Haylas Verzweiflung glomm langsam ein Funke Zorn auf. Bosgard de Briscaut hatte sie zutiefst beleidigt, aber sie besaß noch genügend Stolz, sich dies nicht anmerken zu lassen. Sie war Hayla – das Mündel des einstigen Königs und keine dumme Magd, mit der man solche Spielchen treiben konnte. Entschlossen stand sie auf, wischte sich mit dem Ärmel die Tränen aus dem Gesicht und sah Waline eindringlich an.

»Du sagst niemandem auch nur ein Sterbenswörtchen von dem, was ich dir gerade erzählt habe.«

»Du meinst, dass der Normanne dir die Ehe versprochen hat?«

Hayla nickte. »Es weiß sonst niemand davon, und dabei soll es auch bleiben.«

Für einen Moment dachte Hayla an Bruder Pierre, aber der würde sein Wissen für sich behalten. Dann fiel ihr der Brief an den Bischof von Exeter ein. Mit eigenen Augen hatte sie gesehen, wie Bosgard den Brief geschrieben und einem Boten übergeben hatte. Wahrscheinlich war auch dies ein Teil von Bosgards Spiel gewesen, und der Bote hatte den Brief an der nächsten Ecke zerrissen und war niemals nach Exeter geritten.

Waline, voller Zorn über Bosgard, sah Haylas Verzweiflung, und Mitleid für das Mädchen durchflutete sie. Ihrem Schwur gegenüber Sir Leofric, Hayla zu behüten und zu beschützen, war sie bisher nicht gerecht geworden. Liebevoll nahm sie Hayla in die Arme.

»Vielleicht lässt er uns gehen«, flüsterte sie. »Auch ein Normanne hat so etwas wie ein Gewissen, und es kann ihm nur recht sein, wenn du aus seinem Blickfeld verschwindest. Wir könnten auf einem anderen Besitz Arbeit finden …«

Hayla presste ihren Kopf an Walines Schulter. Weggehen von Penderroc? Dann würde sie ihn niemals wiedersehen …

niemals mehr seine Stimme hören … Ein Teil von ihr sagte, dass es genau das Richtige wäre, Bosgard de Briscaut eines Tages zu vergessen. Ein anderer, stärkerer Teil jedoch wehrte sich dagegen. Obwohl es schwer werden würde, Bosgard an der Seite einer anderen Frau zu sehen, war die Vorstellung, ihn zu verlassen, für Hayla noch schmerzvoller.

»Wir werden sehen«, sagte sie leise.

»Ich bin schon gespannt, was er sagen wird, wenn er von der Jagd kommt und seine Verlobte hier vorfindet.« Waline sprach Haylas Gedanken aus. »Und ob er wenigstens ein bisschen Scham dir gegenüber empfindet.«

»Das ist mir gleichgültig!«, rief Hayla, aber die Tränen, die wieder über ihr Gesicht liefen, straften ihre Worte Lügen.

Bosgard war äußerst guter Laune und pfiff eine kleine Melodie vor sich hin. Die Jagd war erfolgreich gewesen – zwei Rehböcke, ein Dutzend Wildenten und die doppelte Anzahl von Tauben lagen in Säcken über den Packpferden, als er und seine vier Jagdbegleiter durch das Tor von Penderroc ritten. Das fröhliche Lied erstarb auf seinen Lippen, als er den fremden Wagen vor den Stallungen bemerkte. Nachdenklich runzelte er die Stirn. Er erwartete keinen Besuch, doch dann ging ein Leuchten über sein Gesicht. Der Bischof! Offenbar hatte sich der geistliche Mann von dem Wetter nicht abschrecken lassen und sich sofort auf den Weg gemacht. Wie gut, dass er heute so viel frisches Wildbret erlegt hatte – das würde ein ausreichendes und schmackhaftes Hochzeitsmahl geben. Achtlos warf Bosgard die Zügel seines Pferdes einem Knecht zu und lief in die Halle. Auf halbem Weg kam ihm Hayla entgegen. Bosgard lachte laut und breitete die

Arme aus, denn jetzt brauchten sie ihre Liebe zueinander nicht mehr zu verheimlichen. Morgen schon würde Hayla seine Frau sein. Bosgard verharrte, als er Hayla ins Gesicht blickte. Täuschte er sich, oder waren ihre Augen geschwollen und gerötet? Sie sah ihn nicht direkt an, als sie mit leiser, aber fester Stimme sagte: »Ihr habt Besuch, Mylord.«

Er nickte und sah sich in der Halle um.

»Ich habe den Wagen gesehen. Wo ist der Bischof?«

Haylas Kopf ruckte hoch, und verwirrt blickte sie ihm in die Augen.

»Es handelt sich nicht um den Bischof, Mylord.« Sie stockte, und Bosgard wunderte sich, warum Hayla plötzlich so förmlich zu ihm sprach, aber er sollte es gleich erfahren. »Eure … Verlobte ist angekommen, Mylord. Ich habe der Dame und ihrer Kammerfrau das Gemach im südlichen Anbau gegeben und hoffe, es ist alles zur ihrer und Eurer Zufriedenheit.«

Bosgard taumelte einen Schritt zurück. Verwirrt griff er sich an die Stirn. Er glaubte, sich verhört zu haben.

»Verlobte? Was für eine Verlobte?«

Hayla hob wieder den Blick, und jetzt blitzte für einen Moment Zorn in ihren veilchenblauen Augen auf.

»Ach, gibt es in Eurem Leben so viele Damen, denen Ihr die Ehe versprochen habt, dass Ihr nicht wisst, um welche es sich handelt?« Sie lachte kurz auf, aber es war ein bitteres Lachen. »Seht selbst, um welche Verlobte es sich handelt, Mylord de Briscaut. Ich indes habe zu tun. Ihr entschuldigt mich …«

Entschlossen wandte sie sich von Bosgard ab und verließ die Halle. Bosgard war zu verwirrt, um etwas zu sagen oder ihr nachzugehen. Von welcher Verlobten hatte Hayla gesprochen? Es gab nur eine Frau, der er die Ehe versprochen hatte, und das war sie selbst. Da Bosgard nicht davon ausging, Haylas Verstand hätte plötzlich gelitten, blieb ihm nur übrig nachzusehen, wer sich in seinem Haus einquartiert hatte und die Frechheit besaß, sich als seine Braut auszugeben. Zwei Stufen auf einmal nehmend, lief er nach oben und klopfte an die Tür der besagten Kammer. Gleich darauf wurde geöffnet, und Bosgard sah in das Gesicht einer hageren älteren Frau, die er nie zuvor gesehen hatte.

»Wer seid Ihr? Und was wollt Ihr in meinem Haus?« Barsch fuhr er die Frau an, die daraufhin beinahe ängstlich zurückwich. »Na, los, sagt schon: Was wird hier gespielt?«

Aus einer Ecke der Kammer erklang ein glockenhelles Lachen, das ihm entfernt bekannt vorkam.

»Aber mein lieber Bosgard, du erschreckst meine Kammerfrau mit deiner Unfreundlichkeit.«

Bosgard glaubte zu träumen, als er in das Gesicht von Constance Aubrey blickte. Sie hatte ihr Übergewand abgelegt und stand mit gelöstem Haar, das ihr bis auf die Mitte des Rückens fiel, vor ihm. Wie, in aller Welt, kam ausgerechnet sie nach Penderroc?

»Lady Constance …« Er stockte und musterte die junge Frau von oben bis unten. »Habt Ihr Euch etwa als meine Verlobte ausgegeben?«

Die Vorstellung, ausgerechnet Constance Aubrey zu heiraten, war so lächerlich, dass die Anspannung von Bosgard abfiel und er laut zu lachen begann.

»Ich habe mich nicht dafür ausgegeben«, antwortete Constance hochmütig, wobei sie das letzte Wort betonte. »Es ist der Wunsch des Königs, dass wir uns so bald wie möglich vermählen.«

Bosgard konnte nicht aufhören zu lachen. Die Situation war so grotesk, dass er keinen Ärger über Constances Anmaßung empfand, sondern über alle Maßen belustigt war. Er wusste, sein Verhalten Constance gegenüber war nicht gerade höflich, doch er war gespannt, was diese Farce bezwecken sollte.

»Es tut mir leid, Lady Constance, es ist eben nicht mein Wunsch, wie Euch zur Genüge bekannt sein sollte. Ich bedaure, Euch mit meiner Zurückweisung verletzen zu müssen, aber ich habe Euch bereits zu der Zeit, als ich noch am Hof lebte, zu verstehen gegeben, dass es zwischen uns zu keiner Verbindung kommen wird.«

Constances Gesicht war wie aus Stein gemeißelt. Keine Regung verriet ihre Gefühle wegen Bosgards brüsker Zurückweisung. Natürlich hatte sie damit gerechnet, dass er sie nicht mit offenen Armen empfangen und dem Wunsch des Königs sofort freudig nachkommen würde. Gelassen nahm sie einen Krug und schenkte in zwei Becher Bier ein.

»Möchtest du dich nicht setzen und einen Schluck trinken?«, fragte sie mit einem freundlichen Lächeln. »Du musst durstig sein, denn ich hörte, du warst auf der Jagd. War sie erfolgreich?«

Tatsächlich war Bosgards Kehle wie ausgedörrt, darum griff er nach dem Becher und stürzte das Bier mit einem Schluck hinunter. Dann sagte er in einem etwas versöhnlicheren Tonfall: »Verzeiht meine Unbeherrschtheit von eben, aber Ihr werdet verstehen, dass mich die Situation sehr überrascht. Ich habe Euch über ein Jahr nicht gesehen, und, wie ich bereits sagte, es ist nie etwas zwischen uns vorgefallen, das Euch veranlassen könnte zu glauben, ich würde auch nur einen Gedanken daran verschwenden, Euch zu heiraten.« Er sah, wie ein Schatten über Constances Gesicht fiel, und fügte versöhnlicher hinzu: »Das hat natürlich nichts mit Euch zu tun, Lady Constance. Ihr seid zweifelsohne eine sehr attraktive Frau, nur eben nicht für mich. Ich bin sicher, am Hof gibt es Dutzende von Männern, die mit Euch liebend gern vor den Altar treten wollen.«

Für einen kurzen Augenblick verengten sich Constances Augen wütend, aber sie hatte sich gleich wieder im Griff und winkte ihrer Kammerfrau.

»Luchia, bitte zeig Sir Bosgard den Brief.«

Die Kammerfrau holte ein Dokument aus einer der Taschen und überreichte es Bosgard. Zuerst mit Erstaunen, dann mit wachsendem Unbehagen las Bosgard die Zeilen des Königs. Aufgrund seiner kürzlich gemachten Erfahrung unterzog er dieses Mal das Schreiben und das königliche Siegel einer eingehenden Prüfung, aber es war ohne Zweifel echt. König Williams Worte waren zwar freundlich, dennoch kam der Inhalt des Briefes einem Befehl gleich.

… Ihr wisst, wie ich Euch schätze, Sir Bosgard, und ich weiß, dass Ihr nie etwas tun würdet, was mich – Euren Souverän – erzürnen würde, darum werdet Ihr meinem Wunsch nachkommen und Lady Constance Aubrey unmittelbar nach ihrem Eintreffen auf Eurem Landgut zu Eurer Ehefrau machen. Sobald mich die Nachricht von Eurer Vermählung erreicht, werden drei weitere Landgüter im Westen des Landes in Euren Besitz übergehen. Solltet Ihr jedoch in Erwägung ziehen, meinem Wunsch nicht unverzüglich nachzukommen, so muss ich Euch leider bitten, Penderroc sofort zu verlassen. Der Besitz fällt dann wieder an die Krone zurück. Aber ich bin sicher, dazu wird es nicht

kommen, denn Ihr seid ein vernünftiger und getreuer Gefolgsmann. Lady Constance ist eine schöne und gebildete Dame aus gutem Haus – eine bessere Frau werdet Ihr in ganz England nicht finden können, und sie wird Euch ein gutes Eheweib sein …

Ein kalter Schauer jagte über Bosgards Rücken, und seine Belustigung wich einer starken Beklemmung. Bosgards Nackenhaare stellten sich auf, und er musste sich beherrschen, den Brief nicht voller Wut in Stücke zu reißen. Seine Augen verengten sich zornig, und seine Lippen wurden zu einem schmalen Strich, als er sagte: »Was wird hier gespielt? Wie habt Ihr den König dazu gebracht? Ihr wisst ganz genau, was in dem Brief steht, nicht wahr, Lady Constance?«

Ein triumphierendes Lächeln flog über Constances Lippen.

»Selbstverständlich, lieber Bosgard, aber lass doch die förmliche Anrede und nenn mich einfach Constance.« Mit einer beinahe unschuldigen Geste zuckte sie mit den Schultern. »Der König ist der Meinung, es wird Zeit, dass du heiratest und Erben in die Welt setzt. Wie du weißt, ist mein Vater nicht nur vermögend, sondern er verfügt auch über einigen Einfluss am Hof, da er ein Cousin des Königs in zweiter Linie ist. Du bist beinahe ein Freund des Königs – es ist folglich eine mehr als gute Verbindung zwischen uns.«

»Niemals!« Nun konnte Bosgard seinen Zorn nicht mehr zügeln. »Niemals werde ich Euch heiraten, eher gefriert die Hölle, als dass wir beide Mann und Frau werden.« Er stapfte zur Tür, die Hand auf der Klinke, rief er über die Schulter zurück: »Ich wünsche, dass Ihr gleich morgen Eure Sachen packt und meinen Besitz verlasst. Diese Nacht gewähre ich Euch Gastfreundschaft, aber keinen Tag länger.«

»In diesem Fall, mein lieber Bosgard« – Constances Lächeln war höhnisch –, »kannst auch du deine Sachen packen, denn der König wird dir Penderroc wegnehmen. Ein Wort von mir, und noch heute Abend werden meine Begleiter nach London reiten und dem König von deiner ... mangelnden Kooperationsbereitschaft berichten.«

Bosgard erstarrte in der Bewegung.

»Ihr wollt mich erpressen? Das wagt Ihr nicht!«

Entschlossen streckte Constance das Kinn vor.

»Lass es darauf ankommen.«

So, wie sie dastand, fragte sich Bosgard, wie er jemals hatte denken können, sie wäre anziehend, ja sogar schön. Constance de Aubrey war eiskalt. Bosgard zweifelte keinen Augenblick daran, dass sie, um ihre Ziele zu erreichen, über Leichen ging. Er jedoch war nicht bereit, als Spielball für ihre Ziele zu fungieren, und gleichgültig, wie es ihr gelungen war, den König derart zu manipulieren – lieber wollte er Penderroc verlieren, bevor er sich derart erpressen ließ. Sein Blick war ebenso kalt wie der ihre, als er sagte: »Macht, was Ihr für richtig haltet, aber es bleibt dabei: Morgen früh möchte ich Euch und Eure Begleiter hier nicht mehr sehen.«

Mit einem lauten Knall fiel die Tür hinter Bosgard zu. Er lief in die Halle, sah sich um und herrschte dann den ersten Mann an, der ihm begegnete: »Wo ist Lady Hayla?«

Vor dem zornigen Funkeln in Bosgards Augen wich der junge Mann zurück und hob hilflos die Hände.

»Ich habe sie nicht gesehen ...«

Bosgard versetzte ihm einen Stoß vor die Brust, und der Mann taumelte nach hinten. Sofort tat Bosgard seine Grobheit leid, und er wollte sich entschuldigen, aber der Knecht war bereits verschwunden. Bosgard nahm einen irdenen Krug vom Tisch und schleuderte ihn mit voller Wucht gegen die Wand. Als der Krug klirrend zersprang und die Scherben zu Boden fielen, atmete Bosgard tief durch. Körperliche Gewalt war keine Lösung, sie verschlimmerte die Situation nur. Er hatte keine Ahnung, warum ihm so übel mitgespielt wurde, aber jetzt musste er sich beherrschen und nachdenken. Es gab für alles eine Lösung, im Zorn jedoch würde er sie nicht finden. Vor allen Dingen musste er sofort mit Hayla sprechen. Ihr wacher Verstand würde ihm helfen, einen Ausweg aus dieser vertrackten Lage zu finden.

Er fand Hayla im Stall. Bereits seit längerer Zeit hatte Bosgard bemerkt, dass sie immer wieder zu dem Esel Jesaja ging und ihn beinahe ebenso liebte wie sein Besitzer Bruder Pierre. Nach wie vor konnte Bosgard es zwar nicht verstehen, was an diesem Tier so Besonderes war, aber er fand es irgendwie rührend.

Hayla kauerte auf dem Boden im Stroh und weinte bitterlich. Bosgard fuhr ein scharfer Schmerz durch die Brust, als er die geliebte Frau derart verzweifelt sah. Er kniete sich neben Hayla nieder und wollte sie in die Arme nehmen.

»Geht weg! Lasst mich in Ruhe!«, rief sie und wich vor ihm zurück.

»Bitte, Hayla, lass mich erklären …«

Sie hob den Kopf. Ihr Haar hatte sich gelöst, und schwarze Strähnen fielen über ihr verweintes Gesicht.

»Ihr seid mir keine Erklärung schuldig, denn Ihr seid der Herr und könnt mit uns Angelsachsen machen, was Ihr wollt, wir sind ja nicht mehr als Sklaven.«

»Du weißt, dass das nicht wahr ist«, versuchte Bosgard ihren Redefluss zu unterbrechen, aber Hayla wollte seine Worte nicht hören.

»Ihr braucht keine Angst zu haben, dass ich Euch eine Szene mache. Und diese Tränen hier« – energisch wischte sie sich mit dem Handrücken über das Gesicht – »werden die letzten sein, die Ihr jemals von mir zu sehen bekommt. Selbstverständlich werde ich Eurer Frau ebenso dienen, wie ich Euch gedient habe. Das heißt, wenn Ihr mich weiter auf Penderroc haben wollt. Vielleicht ist es Euch auch lieber, ich verlasse die Burg. Es wäre mir gerade recht, wenn ich Euch nie wieder im Leben sehen muss.«

»Hayla, würdest du mir jetzt bitte mal zuhören? Ich …«

»Spart Euch Eure Worte, Mylord, ich falle nicht mehr darauf rein. Ihr habt Euren Spaß mit mir gehabt und Euch zur Genüge an meiner Naivität ergötzt und darüber gelacht. Wahrscheinlich sogar gemeinsam mit Eurer Verlobten. Sagt, wie oft seid Ihr beisammengesessen und habt über mich und mein Verhalten Euch gegenüber gespottet? Glaubt Ihr wirklich, Bosgard de Briscaut, ich hätte Eure Worte, mich heiraten zu wollen, auch nur einen Augenblick ernst genommen? Ha, ganz sicher nicht! Wenn Ihr Euch jetzt fragt, warum ich dieses perfide Spiel mitgemacht habe, dann kann ich Euch sagen, dass ich lediglich sehen wollte, wie weit Ihr gehen werdet. Ach, ich wünschte, ich wäre Euch niemals begegnet. Ich hasse Euch, Bosgard de Briscaut. Ich hasse Euch so sehr, wie ich alle Normannen in diesem Land hasse, und ich hoffe, es kommt bald zu einem Kampf, in dem Ihr fallt.«

Hayla war mit ihrer Kraft beinahe am Ende, trotzdem hielt sie seinem fassungslosen Blick stand. Natürlich hasste sie ihn nicht und wollte nicht, dass ihm etwas geschah, gleichgültig, wie sehr er sie verletzt hatte, aber das würde er niemals erfahren. Es waren keine Rachegefühle, die Hayla veranlasst hatten, solch harte Worte zu wählen, aber einen kleinen Rest Stolz wollte sie sich ihm gegenüber bewahren.

Bosgard ballte die Hände zu Fäusten. Waren eigentlich alle um ihn herum verrückt geworden? Erst der schändliche Verrat von Ralph Clemency und der Angriff auf sein Leben, dann die unverschämte Forderung von Constance Aubrey, sie zu heiraten, und jetzt stellte sich Hayla auch noch gegen ihn. Bosgard hatte zu wenig Erfahrung mit Frauen, um zu erkennen, dass Haylas Verhalten einzig und allein ihrem heftigen Schmerz zuzuschreiben war und dass sie kein Wort von dem, was sie ihm entgegenschleuderte, ernst meinte. Zu vieles war heute auf Bosgard eingestürmt, um noch ruhig und besonnen bleiben zu können, daher sagte er barscher als beabsichtigt: »Nun gut, wenn du mir nicht zuhören willst, dann lass es eben bleiben. Ich dachte, du wärst anders als andere Frauen und mit dir könnte man vernünftig sprechen, aber ich habe mich wohl getäuscht.« Er stand auf und klopfte sich die Strohhalme von seinem Wams. »Wenn du dich wieder beruhigt hast, dann komm in mein Gemach.«

»Ich muss mich wohl Euren Befehlen fügen, Mylord.«

Bosgard gab ein schnaubendes Geräusch von sich.

»Ach, mach doch, was du willst. Macht doch alle, was ihr wollt. Ihr seid doch verrückt.« Er schüttelte den Kopf. »Ich muss hier raus.«

Mit raschen Griffen sattelte er sein Pferd. Obwohl die Dämmerung bereits hereinbrach, sehnte er sich nach einem langen und schnellen Ritt. Ungewohnt heftig hieb Bosgard seine Hacken in die Flanken des Pferdes, das daraufhin in wildem Galopp lospreschte. Er wollte den kühlen Wind und den Regen im Gesicht spüren. Vielleicht würde das helfen, wieder einen klaren Kopf zu bekommen. Auf einen Helm hatte Bosgard verzichtet, auch trug er nur ein leichtes Wams. Erst als Bosgard Penderroc Castle so weit hinter sich gelassen hatte, dass keine Zinne mehr zu sehen war, ließ er das Tier in einen leichten Trab fallen. Es regnete noch immer, und die Nässe drang durch seine leichte Kleidung, aber das war ihm gleichgültig. Inzwischen war es fast vollständig dunkel, und Bosgard war derart in Gedanken versunken, dass er den Strick, der zwischen zwei Bäumen quer über den Trampelpfad gespannt war, nicht bemerkte. Das Pferd strauchelte, seine Vorderhufe verfingen sich in dem Seil, und Bosgard, der damit nicht gerechnet hatte, plumpste wie ein nasser Sack aus dem Sattel. Aus den Augenwinkeln nahm er einen Schatten wahr, aber es war zu spät, um zu reagieren. Einen Moment später krachte ein Knüppel hart auf seinen Hinterkopf, und nach dem heftigen Schmerz schwanden ihm die Sinne, und er fiel in eine schwarze Dunkelheit.

13. Kapitel

Da die Achse von Constance Aubreys Wagen nur notdürftig geflickt worden war, um Penderroc Castle zu erreichen, war an Aufbruch am nächsten Morgen nicht zu denken. Der Wagen hätte die vielen hundert Meilen nach London nicht durchgehalten und bedurfte einer umfangreichen Reparatur. Auf dem Gut gab es nur einfache Pferde- und Eselskarren, die für so eine weite Reise nicht geeignet waren. Doch auch ohne den Achsenschaden war Constance nicht gewillt, einfach aufzugeben und abzureisen, zumal – außer Luchia, und diese würde schweigen – niemand ihr gestriges Gespräch mit Bosgard und dessen deutliche Ablehnung mitbekommen hatte. Für Bosgard hing von ihrer Heirat sehr viel ab, und sie war davon überzeugt, dass er, wenn sich sein erster Zorn gelegt hatte, einsehen würde, dass eine Ehe mit ihr ihm nur Vorteile brachte. Als wäre sie bereits die Herrin, schickte sie kurz nach Tagesanbruch Luchia nach unten und befahl, eine Magd solle ihr sofort heißes Wasser bringen, denn sie wünsche zu baden. Waline kam der Aufforderung, die Hayla für sie übersetzt hatte, schweigend nach und hängte einen großen Kessel über das Feuer. Hayla, deren Augen nach einer schlaflosen Nacht gerötet waren, schleppte mit einem Knecht zusammen die große Badewanne aus Zinn in Lady Constances Gemach.

»Das Wasser wird bald warm sein, Mylady«, sagte sie mit gesenktem Kopf. »Haben Mylady noch weitere Wünsche?«

Constance Aubrey, lediglich mit einem leichten, duftigen Morgenmantel bekleidet, das lange Haar offen, musterte Hayla lange und ausgiebig. Das war sie also – die Frau, die Bosgard den Kopf verdreht hatte und deretwegen er sie verschmähte. Ralph Clemency hatte die junge Magd gut beschrieben, keine zweite Frau in der Burg besaß eine solch außergewöhnliche Augenfarbe wie dieses Mädchen. Dennoch – mehr als eine Bettgespielin würde diese Magd für Bosgard niemals sein. Soll er doch seine Bedürfnisse an ihrem Körper stillen, Hauptsache, Bosgard würde ihr rechtmäßiger Ehemann.

Hayla wartete, während ihr Herz ungeduldig klopfte. Sie ließ die Musterung über sich ergehen und hielt den Blick weiter gesenkt, obwohl sie der hochnäsigen Dame gerne herausfordernd entgegengetreten wäre. Lady Constance würde jedoch in Bälde die Herrin von Penderroc sein, und noch hatte Hayla von Bosgard nicht die Erlaubnis, sein Haus zu verlassen. Einen solchen Ausbruch wie gestern Abend im Stall durfte sie sich niemals mehr erlauben. Ob Bosgard seiner Verlobten wohl gesagt hatte, dass sie, Hayla, keineswegs von Geburt an Magd war? Selbst wenn, für sie änderte sich nichts. Sie war Angelsächsin, und gleichgültig unter welchem Dach man geboren war – die Normannen ganz allein bestimmten, welchen Status man im Leben künftig einnahm.

»Hast du Sir Bosgard heute Morgen bereits gesehen?«

Lady Constances Frage riss Hayla aus ihren Gedanken.

»Nein, Mylady, aber es ist ja noch früh, er wird wohl noch schlafen …«

»Ich habe dich nicht um deine Meinung gebeten.« Scharf schnitt Constances Stimme Haylas Worte ab. »Wenn du ihn siehst, sag ihm, dass ich mit ihm sprechen möchte. Er soll unverzüglich zu mir kommen.«

»Auch wenn Ihr im Bad sitzt?« Die Worte entschlüpften Hayla blitzschnell, und prompt kniff Constance zornig die Augen zusammen.

»Scher dich fort, du unverschämtes Ding, und tu, was ich dir sage. Offenbar hat mein zukünftiger Mann seine Dienstboten mit sehr lockerer Hand geführt. Nun, das wird sich bald ändern. Ihr alle werdet schon lernen, was Respekt heißt.«

Hayla floh regelrecht aus der Kammer. So eine dumme Gans, dachte sie, sagte sich dann aber, dass bestimmt alle normannischen Frauen sich so aufführten. Als Frauen der Herrscher spielten sie ebenso wie die Männer ihre Macht aus. Hayla hatte gerade die Halle erreicht, als draußen ein Tumult und aufgeregte Stimmen durcheinanderschrien. Sie lief mit den anderen in den Hof, und bei dem Anblick, der sich ihr bot, schien ihr Herz ein paar Schläge auszusetzen. Ein Knecht führte Bosgards Hengst am Zügel, und quer über dem Rücken des Tieres lag der leblose Körper Bosgards. Aus einer klaffenden Kopfwunde tropfte Blut, und seine Gesichtsfarbe war grau.

»Ist er tot?« Hayla merkte nicht, dass sie die Worte gerufen hatte. Bosgard wurde vom Pferderücken gehoben und auf den Boden gelegt. Mit drei, vier Schritten war Hayla an seiner Seite und kniete sich nieder, ohne Rücksicht darauf, dass der vom Regen aufgeweichte Boden ihr Kleid beschmutzte. Ihre Finger zitterten so sehr, dass sie mehrmals tasten musste, bevor sie seinen Herzschlag fühlen konnte. Endlich spürte sie ein schwaches Pochen unter ihren Händen, nicht stark, eher so wie der Schlag eines Schmetterlingsflügels, aber er lebte. »Wir brauchen ein großes Brett!«, rief Hayla in die Runde, ohne jemand Bestimmtes anzusehen. »Er muss sofort in seine Kammer.«

Während sie wartete, dass Männer ein Brett brachten, auf welchem sie Bosgard ins Haus tragen konnten, schossen ihr tausend Gedanken durch den Kopf. Was war geschehen? Warum war er derart verletzt, dass er bewusstlos war? Und hatte er außer der Wunde am Hinterkopf noch weitere Verletzungen? Aber auch ein anderer Gedanke schlich sich in Haylas Kopf. Gestern Abend hatte sie ihm gesagt, sie hasse ihn, und hatte den Tag, an dem sie sich kennengelernt hatten, verflucht. Jetzt wusste sie, dass dies nicht stimmte. Egal, was Bosgard getan hatte und jemals tun würde – sie würde ihn nie im Leben hassen. Auch wenn ihre gemeinsame Zeit kurz und auf Lügen aufgebaut gewesen war, würde sie daran zurückdenken, solange sie lebte. Keinen Tag konnte sie vergessen, keinen Kuss von ihm, keine Zärtlichkeit …

»Weg da, Mädchen.« Unsanft stieß Constance Hayla zur Seite und beugte sich über Bosgard. »Du meine Güte, wie konnte das passieren? Ist er vom Pferd gefallen?«

In diesem Moment kamen die Männer zurück, hievten ihn auf ein Brett und trugen ihn ins Haus. Unwillkürlich folgte Hayla ihnen, aber an der Tür zu Bosgards Gemach trat Constance ihr in den Weg.

»Du kannst gehen, ich werde mich um meinen Verlobten selbst kümmern«, sagte sie unfreundlich. »Schick mir jemanden mit warmem Wasser und Tüchern herauf. Aber beeil dich, hast du verstanden?«

Hayla straffte die Schultern und trat Constance entschlossen entgegen.

»Verzeiht, Mylady, aber versteht Ihr etwas von Krankenpflege?« Hayla konnte sich nicht vorstellen, dass diese elegante Dame blutige Wunden säuberte und verband. »Wir müssen den Herrn untersuchen, ob er noch weitere Verletzungen hat.«

Constance verschränkte die Arme vor der Brust. Sie trug immer noch ihren Morgenmantel.

»Ich werde einen Bader kommen lassen.«

»Der nächste Bader ist Meilen entfernt.« Hayla wurde ungeduldig. »Mylady, wir haben die Verletzten und Kranken auf Penderroc immer selbst behandelt. Bis ein Bader oder ein Medizinkundiger hier ist, stirbt Sir Bosgard vielleicht, besonders wenn er innere Verletzungen davongetragen hat.«

Lady Constance zögerte. Ihre Erfahrungen in der Krankenpflege beschränkten sich auf das Verabreichen von Tränken und hin und wieder dem Abtupfen einer fieberheißen Stirn. Sie sah ein, dass jemand, der von Wunden und Verletzungen Ahnung hatte, sich Bosgard anschauen sollte, aber musste es ausgerechnet dieses Mädchen sein?

»Und du kennst dich mit Verwundungen aus?«, fragte sie, und Hayla nickte.

»Waline, die alte Magd, kann mir zur Hand gehen, Mylady. Sie versteht sich sehr gut auf Krankenpflege.«

»Nun gut.« Constance gab die Tür frei, und Hayla eilte zu Bosgards Bett. Vorsichtig, um ihm keine unnötigen Schmerzen zu bereiten, tastete sie über seinen Oberkörper. Die linke Schulter war etwas verdreht. Hayla vermutete, dass das Gelenk ausgekugelt war, zusätzlich schien das Schlüsselbein gebrochen zu sein. Ohne auf Constance zu achten, öffnete sie sein Wams und schob Bosgards Hemd nach oben. Sein Brustkorb zeigte mehrere Schwellungen, die sich bereits blau verfärbt hatten. Nachdem Hayla vorsichtig auf die Rippen gedrückt hatte, war sie sich sicher, dass mindestens zwei von ihnen gebrochen waren.

Während sie die Kopfwunde mit warmem Wasser auswusch und mit der entzündungshemmenden Tinktur, die Waline ihr inzwischen gebracht hatte, betupfte, fragte sie sich, wer Bosgard so zugerichtet hatte. Denn diese Verletzungen stammten unmöglich von einem Sturz vom Pferd, sondern rührten eindeutig von heftigen Schlägen mit einem Knüppel her. In der Wunde hatte Hayla winzige Holzstückchen gefunden, die ihr sagten, dass jemand Bosgard niedergeschlagen haben musste. Der Erste, der ihr einfiel und dem das zuzutrauen wäre, war Ralph Clemency. Es überraschte Hayla nicht, dass er sich immer noch in der Gegend herumtrieb, und dass er allen Grund hatte, Bosgard nach dem Leben zu trachten, lag ebenfalls nahe. Warum hatte er ihn aber nur verletzt und ihn nicht getötet? Offenbar war Bosgard während des Überfalls allein gewesen, und Ralph hatte ihn sicher nicht ohne Unterstützung angegriffen. So mutig war dieser Mann nicht, denn bei einem gerechten Kampf hätte Ralph gegen Bosgard keine Chance. Ihm und seinen Männern wäre es ein Leichtes gewesen, Bosgard zu töten. Vielleicht waren sie in ihrem grausigen Werk gestört worden und würden wiederkommen, um zu vollenden, was ihnen beim ersten Mal nicht gelungen war. Wenn es so war, dann schwebten sie alle in Gefahr. Hayla behielt ihre Gedanken für sich und überlegte, wen sie ins Vertrauen ziehen konnte. Waline wollte sie nicht informieren, denn die alte Magd stand Bosgard immer noch ablehnend gegenüber. Nicht, dass Hayla Waline nicht vertraut hätte, aber diese würde den Tod Bosgards sicher nicht bedauern, auch wenn sie Ralph Clemency ebenso verabscheute wie Hayla selbst. Würden Bosgards

Männer sie anhören und ihr Glauben schenken? Sie war schließlich nur eine Frau, trotzdem musste sie es versuchen und die Männer bitten, künftig noch wachsamer zu sein und keine Fremden in die Burg zu lassen. Selbst Waline gegenüber äußerte sie diese Bedenken nicht, und eine nicht erklärbare Scheu hielt sie davon ab, Constance Aubrey von ihrem Verdacht gegenüber Ralph Clemency und von ihren Befürchtungen zu berichten.

Hayla wachte Tag und Nacht an Bosgards Seite. Seine Verletzungen heilten, aber er lag in einer tiefen Bewusstlosigkeit, aus der er nicht erwachen wollte. Lediglich Waline gelang es, Hayla für kurze Zeit abzulösen, damit sie etwas essen und ein bisschen schlafen konnte. Constance kam zwar immer wieder in Bosgards Gemach, aber sie machte keine Anstalten, sich an der Krankenpflege zu beteiligen. Stattdessen hatte sie beinahe unmerklich die Befehlsgewalt in Penderroc übernommen. Bosgards Unfall und seine Bewusstlosigkeit kamen ihr dabei zugute. So erfuhr niemand, wie unwillig er auf des Königs Befehl reagiert hatte, und Constance spielte die um Bosgard äußerst besorgte Verlobte und künftige Herrin der Burg und kommandierte die Bediensteten nach Lust und Laune herum.

Hayla wusste, jetzt, da Bosgard krank war, wäre der richtige Zeitpunkt gekommen, um Penderroc zu verlassen, denn niemand würde sie aufhalten, aber sie brachte es nicht übers Herz, den geliebten Mann alleinzulassen. Auch wenn seine Gefühle nur gespielt gewesen waren, würde Hayla vor Sorge um ihn vergehen. Wenn er wieder genesen war, würde sie gehen – dazu war Hayla fest entschlossen. So wachte sie weiterhin an Bosgards Bett, wechselte die Verbände und kühlte seine fieberheiße Stirn. Jeden Abend kam Bruder Pierre in Bosgards Kammer, und gemeinsam sprachen sie Gebete und baten Gott, Bosgard wieder aufwachen zu lassen. Hayla wusste nur zu gut, dass eine solch schwere Kopfverletzung bleibende Schäden zurücklassen konnte, aber sie weigerte sich, die Möglichkeit, Bosgard würde vielleicht niemals wieder der sein, der er gewesen war, in Betracht zu ziehen. Ihre Augen brannten von den ungeweinten Tränen, und einzig in Walines Gegenwart ließ sie manchmal ein wenig Schwäche zu. Die alte Magd war über den Gesundheitszustand Bosgards zwar ebenfalls besorgt und tat das Ihre, sein Leid zu lindern, aber sie ließ Hayla gegenüber auch durchblicken, dass einige ihrer Probleme gelöst wären, sollte Bosgard sterben.

Eine Woche nach Bosgards Unfall schlich Constance gegen Mitternacht aus dem Haus. Sie hatte sich in einen derben Umhang gehüllt und ihr Gesicht verschleiert. Die Gänge und Treppenhäuser waren stockdunkel, fast alle in Penderroc lagen in tiefem Schlaf. Lediglich in Bosgards Kammer brannte ein Talglicht, und in der Wach- und Waffenkammer neben dem Haupttor vertrieben sich die Männer die Zeit mit einem Würfelspiel. Constance begegnete auf ihrem Weg aus dem Haupthaus niemandem. Das Haupttor war natürlich fest verschlossen, aber sie hatte hinter dem Haus eine kleine Pforte in der Mauer entdeckt und den dazugehörigen Schlüssel in einer von Bosgards Truhen gefunden. Hayla hatte hilflos mit ansehen müssen, wie Constance Bosgards Sachen durchwühlte und den Schlüssel an sich nahm. Sie hatte kein Recht, sich einzumischen, denn sie zweifelte nicht an der Rechtmäßigkeit von Bosgards Verlobung mit der Lady.

Constance beeilte sich, das Anwesen hinter sich zu lassen. Obwohl sie nicht glaubte, dass ihr jemand folgte, schaute sie immer wieder über ihre Schulter zurück. Vor zwei Tagen hatte Constance ihre Kammerfrau mit einer Botschaft fortgeschickt und hoffte nun, dass diese ihren Empfänger erreicht hatte. Constance hatte keine Angst, durch den dunklen Wald zu gehen. Vor zwei Tagen war Vollmond gewesen, und da heute Nacht der Himmel wolkenlos war, wies ihr das Mondlicht den Weg. Bei dem übermannshohen, keltischen Kreuz auf einer Waldlichtung angekommen, blickte sie sich suchend um.

»Seid Ihr hier?«, flüsterte sie, obwohl es unwahrscheinlich war, dass jemand anderer als der, den sie erwartete, sich in der Nähe befand.

Es raschelte im Gebüsch, und ein Schatten löste sich aus der Dunkelheit.

»Lady Constance, ich habe Eure Botschaft erhalten.«

Constance trat einen Schritt auf ihn zu und rief: »Ralph Clemency, seid froh, dass ich eine Dame bin, denn sonst würde ich Euch jetzt schlagen!«

»Ich … verstehe nicht …«, stammelte Ralph. »Ich habe nur getan, was Ihr von mir verlangt habt, Mylady.«

»Ihr solltet Bosgard einen Denkzettel verpassen, ihn aber nicht halb totschlagen!« Constance funkelte Ralph wütend an. »Er ist immer noch bewusstlos, und niemand weiß, ob er überlebt und wann er wieder aufwachen wird. Ein Mann, der mehr tot als lebendig darniederliegt, ist für meine Zwecke wenig sinnvoll.«

Ralph schnaubte verächtlich.

»Mag sein, dass meine Männer etwas grob zu ihm waren, aber er hat es verdient. Ihr selbst habt mich angewiesen, dafür zu sorgen, dass Bosgard verletzt wird und damit Eure Hilfe benötigt. Welch ein Glück, dass er gleich am ersten Abend nach Eurer Ankunft allein ausritt. Ich hatte befürchtet, wir würden einige Tage auf eine solche Gelegenheit warten müssen.« Ralph war nun ebenfalls lauter geworden, denn er wollte die Vorwürfe nicht auf sich sitzenlassen. »Ich war allerdings von Anfang an der Meinung, dass ich ihn gleich töten sollte.«

»Ach, und wie wollt Ihr dann Penderroc in Euren Besitz bringen? Wolltet Ihr mit Bosgards Leichnam in die Burg kommen und die Herrschaft übernehmen?« Constance lachte spöttisch. »Nach all dem, was geschehen ist, gibt es in der ganzen Umgebung keinen Menschen, der noch auf Eurer Seite steht.« Als sie seinen ungläubigen Blick sah, fuhr sie zynisch fort: » Glaubt Ihr etwa, ich wüsste nicht, was Euch und Bosgard entzweit hat? Auf Penderroc wird ausführlich über Euer Mordkomplott geredet. Wir hatten vereinbart, dass ich erst Bosgards Frau werden sollte und er einige Zeit nach der Hochzeit einen unglücklichen Unfall erleidet. Dann bin ich frei, einen neuen Herrn für Penderroc zu bestimmen, der es in meinem Sinne verwaltet, da ich nach Hause in die Normandie zurückkehren werde. Ihr hättet also bekommen, was Ihr wolltet, wenn Ihr noch ein wenig gewartet hättet … Mit Eurer Brutalität habt Ihr beinahe alles zerstört. Wenn er stirbt, bevor ich seine Frau bin, haben wir beide keinen Nutzen von seinem Tod. Ihr seid so unglaublich dumm, Ralph Clemency.«

Er knirschte mit den Zähnen und ballte die Hände zu Fäusten. Wäre sie ein Mann, hätte er sie für diese Beleidigung zum Kampf gefordert. Doch wenn er wollte, dass sie an ihrem Plan festhielt, blieb ihm nichts anderes übrig, als sich zu fügen. Außerdem waren die Münzen, die Constance ihm gegeben hatte, längst aufgebraucht.

»Es tut mir leid, Mylady, aber Ihr dürft die Hoffnung nicht aufgeben. Bosgard ist ein zäher Bursche, er wird sicher bald wieder ganz gesund.«

»Das hoffe ich.« Constance verschwieg aus gutem Grund, warum ihr die Zeit davonlief. Sie hatte gehofft, diese Woche bereits Bosgards Frau zu sein, denn dann hätte niemand daran gezweifelt, dass sie sein Kind unter dem Herzen trug, wenn ihre Schwangerschaft sichtbar werden würde. Das war aber etwas, was Ralph nicht zu wissen brauchte, denn es war ihr eigener Plan. Ihrer und der des Königs …

»Nun gut, es bleibt uns keine andere Möglichkeit, als zu warten«, sagte sie etwas freundlicher. »Wir treffen uns heute in einer Woche wieder hier.«

Ralph nickte. »Wenn Ihr mir bis dahin vielleicht noch etwas … aushelfen könntet. Die Männer wollten ihren Lohn, und ich …«

Constance verstand. Sie hatte so etwas bereits geahnt und einen Beutel mit Münzen in die Rocktasche gesteckt. Diesen warf sie Ralph zu, und er fing ihn geschickt auf.

»Übrigens, was diese Magd … diese Hayla … angeht … Ich finde nicht, dass sie eine ernsthafte Gefahr ist. Zugegeben, sie ist recht hübsch, aber doch nur eine einfache Magd, zudem Angelsächsin. Ich glaube, Sir Ralph, Ihr habt Euch da etwas eingebildet, was Bosgard und dieses Mädchen angeht. Ich kenne Bosgard schließlich als einen Mann, der weiß, was er seiner Herkunft schuldig ist. Wenn Ihr Herr auf Penderroc seid, könnt Ihr sie gerne haben.«

»Diese Aussicht verkürzt mir die Wartezeit, Lady Constance«, bemerkte Ralph lüstern, wollte das Thema Hayla aber nicht weiterverfolgen. Er wusste nicht, dass es Hayla gewesen war, die das Komplott um Bosgards Ermordung aufgedeckt hatte, und noch weniger wusste er von Haylas Abstammung. Für ihn war sie ein einfaches Mädchen, das sich Bosgard als Gespielin in sein Bett geholt hatte, und er freute sich auf den Tag, wenn er das Mädchen unter seinen Körper zwingen konnte.

Constance drehte sich um und ging zur Burg zurück, die sie ungesehen auf demselben Weg, auf dem sie sie verlassen hatte, wieder betrat. Sie ging zu Bosgards Gemach. Durch den Türspalt sah sie Licht schimmern. Ohne anzuklopfen, trat sie leise ein. Bosgard lag auf dem Rücken, die Augen geschlossen, aber seine Brust hob und senkte sich in regelmäßigen Atemzügen. Constance wunderte sich nicht, die Magd an seiner Seite vorzufinden, aber Hayla war auf dem Stuhl eingenickt. Eine Flut schwarzen Haares fiel ihr ins Gesicht, und ihre Wangen schimmerten trotz der Anstrengungen der letzten Tage rosig. Grimmig betrachtete Constance das Mädchen. Sie verspürte kein Gefühl von Eifersucht auf ihre Schönheit, denn für Constance waren alle Angelsachsen unkultivierte Menschen und somit keine Gefahr. Außerdem liebte Constance Bosgard nicht. Gut, sie fand ihn attraktiv und interessant, es gab weitaus schlechtere Partien im Königreich, und wenn sie schon jemanden heiraten musste, warum nicht einen gutaussehenden und einflussreichen Mann? Ihr Herz gehörte ohnehin nur einem einzigen Mann, dessen Kind sie unter ihrem Herzen trug. Aber für ihn war sie nur ein vorübergehender Zeitvertreib gewesen wie so viele vor ihr, und weitere würden folgen. Zumindest besaß er so viel Anstand, ihr zu einer Ehe und damit zu einem Vater für ihr Kind zu verhelfen. Das hatte sie von Anfang an gewusst, sich aber trotzdem auf die Liaison eingelassen, weil ihr Herz nicht anders handeln konnte. Constance versuchte, diese Erinnerung zur Seite zu drängen. Es hatte keinen Sinn, um Vergangenes, das nicht zu ändern war, zu trauern. Vorrangig war es am dringendsten, dass Bosgard endlich aufwachte. Natürlich würde er wissen, dass er nicht der Vater des Kindes war, aber das spielte keine Rolle. Kein Mensch – auch nicht Bosgard de Briscaut – würde es wagen, sich gegen den König von England aufzulehnen, und dieser hatte Bosgard schließlich befohlen, sie zu heiraten. Sie würde Bosgard auch hier am Krankenbett heiraten, Hauptsache, es geschah bald, denn ihr blieb nicht mehr viel Zeit, bis jeder ihre fortschreitende Schwangerschaft erkennen konnte.

Das Erste, was Bosgard wahrnahm, war ein pochender Schmerz in seinem Kopf, der wie ein glühendes Eisen seine Schädeldecke zu durchbohren schien. Es kam jedoch kein Laut über seine Lippen, als er langsam ein Augenlid öffnete – und es gleich wieder schloss, denn er erkannte das Gesicht von Constance Aubrey, und diese Frau war die Letzte, die er jetzt sehen wollte. Deshalb verhielt er sich ruhig und tat so, als wäre er noch immer bewusstlos. Nach und nach spürte Bosgard weitere Schmerzen in seinem Körper. Sein Brustkorb tat ihm so weh, als würde ein schweres Wagenrad auf ihm liegen, und irgendetwas war auch mit seiner linken Schulter nicht in Ordnung. Trotz der Schmerzen versuchte er, sich zu erinnern, was eigentlich geschehen war. Das Letzte, das ihm in den Sinn kam, war, dass sein Hengst gestrauchelt und er kurz darauf einen Schatten an seiner Seite gesehen hatte. Danach wusste er nichts mehr. Als er die Tür knarren hörte, wagte Bosgard, beide Augen zu öffnen. Es schien Nacht zu sein, aber ein Talglicht spendete ein wenig Helligkeit. Er lag in seinem Bett, und als er seinen Blick schweifen ließ, erkannte er zu seiner Freude Hayla, die auf einem Stuhl saß und schlief. Unwillkürlich verzogen sich seine Lippen zu einem Lächeln, was ihm aber sogleich einen weiteren schmerzhaften Stich im Kopf bescherte. Trotzdem wandte er den Blick nicht ab und betrachtete die geliebte Frau. Wie schön sie war, wenn sie schlief und das Licht flackernde Schatten auf ihr Gesicht warf. Dann jedoch erinnerte er sich, dass Constance Aubrey gerade an seinem Bett gewesen war, und seine Stirn umwölkte sich. Bosgard erinnerte sich, dass er nach ihrem Streit, bei dem er Constance aufgefordert hatte, Penderroc am nächsten Morgen zu verlassen, zuerst versucht hatte, mit Hayla zu sprechen, und dann ausgeritten war. Offenbar war er unmittelbar nach dem Angriff gefunden und nach Hause gebracht worden, deshalb war Constance auch noch hier. Bosgard hatte keine Ahnung, dass die Ereignisse bereits sieben Tage zurücklagen. Langsam hob er eine Hand, aber es gelang ihm nicht, Hayla zu berühren, darum flüsterte er ihren Namen. Nach dem dritten Mal öffnete sie endlich die Augen und sah sich verwirrt um.

»Bosgard!« Sein Name aus ihrem Mund klang wie eine süße Melodie in seinen Ohren. »Oh, Gott sei es gedankt, Mylord, Ihr seid wach!«

Der freudige Ausdruck in ihren Augen stand im Gegensatz zu der förmlichen Anrede, aber darüber machte Bosgard sich keine Gedanken.

»Ich habe Durst«, presste er hervor und merkte, wie rauh und belegt seine Stimme klang. Einen Augenblick später stützte Hayla ihn, damit er sich ein Stück weit aufrichten konnte, und hielt ihm einen Becher an die Lippen. Kühl und frisch rann das Bier seine Kehle hinab, doch dann erfasste ihn ein so heftiges Schwindelgefühl, dass er sich stöhnend wieder zurücksinken ließ.

»Ihr müsst Euch schonen, Mylord. Es wird noch einige Zeit dauern, bis Ihr wieder völlig gesund seid.«

»Was ist geschehen, mein Herz?« Bosgard sah, wie Hayla bei der Anrede zusammenzuckte. »Gestern Abend, nachdem wir im Stall miteinander gesprochen hatten, bin ich ausgeritten und dann …«

»Es war nicht gestern Abend«, unterbrach Hayla und sah ihn besorgt an. »Es ist über eine Woche her, Mylord.«

»Eine Woche?«

Sie nickte. »Männer haben Euch am folgenden Tag gefunden und nach Hause gebracht. Seitdem lagt Ihr in Bewusstlosigkeit. Ihr habt eine große und tiefe Wunde am Kopf, Eure Rippen sind gebrochen und das Schlüsselbein wahrscheinlich ebenfalls.«

Bosgard stöhnte erneut. Dieses Mal aber nicht vor Schmerz, sondern aus Fassungslosigkeit über Haylas Worte.

»Wollt Ihr mir sagen, Sir, was im Wald geschehen ist?«

»Wenn ich das nur wüsste.« In knappen Worten schilderte Bosgard, woran er sich erinnerte.

Als er geendet hatte, nickte Hayla grimmig.

»Ich vermute, dass Ralph Clemency hinter dem feigen Anschlag steckt, Sir. Ihr hättet ihn nicht einfach so gehen lassen sollen. Er sinnt nach Rache und wird nicht ruhen, bis er Euch getötet hat.«

Zu der Erkenntnis war Bosgard inzwischen ebenfalls gekommen, denn auch er zweifelte nicht daran, wer für den Überfall auf ihn verantwortlich zu machen war. Dann jedoch fiel ihm etwas anderes ein.

»Hayla, wenn ich eine Woche hier bewusstlos lag – warum ist dann Lady Constance Aubrey noch auf Penderroc?«

Sofort fiel ein Schatten über Haylas Gesicht, und sie wandte den Blick von ihm ab.

»Als Eure Verlobte hat sie jedes Recht, bei Euch zu sein.« Hayla versuchte, ruhig und fest zu sprechen, aber Bosgard bemerkte, wie ihre Stimme zitterte. »Sie war um Euer Wohlergehen sehr besorgt.«

Hayla wollte ihm nicht sagen, dass Constance sich kaum um ihn gekümmert und ihr die ganze Arbeit und Sorge überlassen hatte. Sie würde nicht erzählen, wie Constance sich beim Anblick der offenen Wunde angeekelt abgewandt und sich geweigert hatte, den blutigen Verband zu wechseln.

Aber Bosgards Bemerkung machte sie stutzig.

»Was meint Ihr damit: Warum Lady Constance noch hier ist?«, fragte sie und hätte sich wegen ihrer Neugier am liebsten die Zunge abgebissen.

Bosgard versuchte, den Kopf ein wenig zu heben, und knirschte vor Schmerz mit den Zähnen, aber er unterdrückte ein Stöhnen und sagte: »Constance Aubrey und ich sind nicht verlobt. Wir waren es nie, und wir werden es niemals sein. Ich habe keine Ahnung, wie der König auf die Idee kommt, ich würde sie heiraten.« Er schilderte Hayla in knappen Worten den Inhalt des königlichen Briefes. »Auf jeden Fall habe ich Constance angewiesen, Penderroc am nächsten Tag zu verlassen, denn die Konsequenzen sind mir gleichgültig. Eine Anweisung, der sie sich offenbar widersetzt hat. Mein Unfall kam ihr dabei gerade recht.«

Hayla konnte nicht verhindern, dass ihr Gesicht zu strahlen begann, trotzdem blieb sie skeptisch.

»Es fällt mir schwer, Euch Eure Worte zu glauben, Sir.«

Bosgard streckte seine Hand aus, und Hayla konnte nicht anders, als diese zu ergreifen und fest zu drücken. Wie gut seine Berührung tat! Wie schön war der Blick aus seinen Augen, der voller Zärtlichkeit auf ihr lag. Obwohl ihr Herz Bosgard nur zu gerne glauben wollte, blieben Zweifel.

»Ich liebe dich, Hayla«, sagte Bosgard schlicht. »Es gibt nur eine einzige Frau, die ich zu heiraten gedenke, und diese Frau bist du. Es ist schade, dass der Bischof von Exeter noch nicht eingetroffen ist, denn dann wirst du vielleicht bereit sein, mir endlich zu glauben, wie ernst es mir ist.«

»Ihr habt ... du hast wirklich nach dem Bischof geschickt?«

»Zweifelst du etwa daran?«

Hayla zögerte, dann nickte sie. »Ich dachte, es wäre eine Finte, um mich in Sicherheit zu wiegen. Und ich dachte ... dass du das alles tust, damit ich« – sie errötete verlegen – »damit ich mit dir ins Bett gehe. Und dann willst du nichts mehr von mir wissen ...«

Bosgard lachte laut auf, woraufhin sich sofort heftige Kopfschmerzen einstellten, trotzdem zog er Hayla näher an sich heran.

»Ich weiß schon lange, dass ihr Angelsachsen Sturköpfe seid, aber du kannst jetzt wirklich damit anfangen, mir zu vertrauen. Sobald ich dieses verd... äh, verzeih, ich meine, dieses schreckliche Krankenlager verlassen kann, werden wir rechtmäßig getraut.«

Obwohl Hayla vor Glück durchs Zimmer hätte tanzen können, fragte sie leise: »Was ist mit Lady Constance?«

Grimmig zogen sich Bosgards Mundwinkel nach unten. »Die überlass nur mir, mein Herz. Mit Constance Aubrey werde ich ein ernstes Wort reden, und dem König werde ich eine passende Antwort auf seine unverschämte Forderung schreiben.«

Hayla erschrak. »Du kannst dich doch nicht gegen deinen König stellen! Was, wenn er seine Drohung wahr macht und du Penderroc verlierst?«

»Ich habe nicht vor, gegenüber William unloyal zu sein.« Bosgard lächelte gequält. »Ich bin allerdings der Überzeugung, dass hier ein großes Missverständnis vorliegt, das der Klärung bedarf. Ich kenne Constance Aubrey und weiß, dass sie irgendetwas eingefädelt hat, um den König zu diesem Befehl zu veranlassen. Mein Herz, mach dir darüber keine Sorgen, es wird alles in Ordnung kommen.«

Und was war mit Ralph Clemency? Was, wenn er einen erneuten Mordanschlag auf Bosgard versuchte? Die Fragen brannten Hayla auf der Zunge, aber für den Moment hatte Bosgard genügend Aufregung gehabt, darum sagte sie sanft: »Du musst jetzt schlafen, damit du bald wieder ganz gesund bist.«

Sie versuchte, ihre Hand aus seinem Griff zu lösen, aber er ließ sie nicht los. Grinsend meinte er: »Hast du nicht noch etwas vergessen?«

»Was meinst du?«

Mit den Fingern der freien Hand deutete er auf seine Lippen.

»Soviel ich weiß, habe ich eine Wunde am Kopf, aber mein Mund ist unversehrt. Und dieser sehnt sich nach einem Kuss, nach einem sehr langen Kuss von dir.«

»Ach, du bist unmöglich!«, rief Hayla, kam dann aber seinem Wunsch nur zu gerne nach. Sanft, um ihm keinen unnötigen Schmerz zu bereiten, legte sie ihre Lippen auf seinen

Mund. Bosgard stöhnte, aber nicht vor Schmerz, sondern vor Lust. Die Leidenschaft fuhr in seine Lenden, und mit einem Lächeln bemerkte er, dass die vielfältigen Verletzungen keine Auswirkungen auf seine Männlichkeit hatten. Mit dem unverletzten Arm umschlang er Hayla und küsste sie leidenschaftlich.

»Deine Rippen …«, flüsterte Hayla, als sie merkte, dass sie auf seiner Brust lag.

»Was kümmern mich ein paar Brüche.« Seine Stimme war heiser vor Erregung. »Nach unserem letzten Gespräch dachte ich, ich hätte dich verloren.«

Vorsichtig schmiegte sie sich an ihn. Mit einer Hand streichelte sie seine Wangen und lachte.

»Ich glaube, ich sollte dich rasieren.«

»Später, mein Liebes, erst möchte ich noch einen Kuss.« Bosgard spürte durch sein dünnes Hemd, wie Haylas Brustwarzen hart wurden, und er hoffte, der Bischof von Exeter würde endlich eintreffen, damit er Hayla zu seiner rechtmäßigen Frau machen konnte.

14. Kapitel

Hayla konnte Bosgard davon überzeugen, sich vorerst auf keine Auseinandersetzung mit Lady Constance einzulassen.

»Die Aufregung könnte für deine Genesung schlecht sein.«

»Aber dieses Weib benimmt sich, als würde ihr Penderroc gehören!«, brauste Bosgard auf, was ihm sofort wieder einen schmerzhaften Stich im Kopf bescherte.

Hayla lächelte verschmitzt. »Keine Sorge, Liebster, ich weiß ja jetzt, wie du zu ihr stehst. Ich werde mir ihr gegenüber aber nichts anmerken lassen. Außerdem bin ich gespannt zu erfahren, was sie plant. Vielleicht gelingt es mir herauszufinden, wie sie den König dazu gebracht hat, dir diesen unseligen Befehl zu erteilen.«

Bosgard lehnte sich seufzend in sein Kissen zurück.

»Du bist stärker als jede andere Frau, die ich bisher kannte, Hayla. Dafür bewundere und liebe ich dich.« Das zärtliche Funkeln in seinen Augen unterstrich seine Worte, und Hayla lief ein wohliger Schauer über den Rücken.

Sie küsste ihn auf die Stirn, dann sagte sie: »Schlaf jetzt wieder, damit du zu Kräften kommst. Der Morgen dämmert bereits, und es wartet viel Arbeit auf mich.«

Dichter Nebel lag über der Landschaft, als Hayla die Burg verließ, aber in der Luft lag der Geruch nach Frühling. Sie hoffte, dass der starke Regen der letzten Wochen bald nachließ, denn die Aussaat auf den Feldern brauchte Sonne und Wärme, damit sie im Herbst eine gute Ernte einbringen konnten. Still lächelte Hayla in sich hinein. Seit über einem Jahr lebte und arbeitete sie nun schon auf Penderroc, und sie fühlte sich mit dem Besitz verbunden. Das war aber nicht erst so, seit Bosgard ihr den Antrag gemacht hatte und sie damit zur Herrin erkor. Nein, bereits vorher hatte Hayla eine tiefe Verbundenheit mit der Burg und der umliegenden Landschaft empfunden. Auch wenn sie in Wessex wie auch in London immer gern gelebt hatte – das Gefühl, eine richtige Heimat gefunden zu haben, hatte sich erst hier auf Penderroc eingestellt.

Da es noch kühl war, zog Hayla fröstelnd den Umhang fester um ihren Körper. Obwohl sie in der vergangenen Nacht kaum geschlafen hatte, war sie nicht müde, sondern beschwingt und glücklich. Bosgard war nicht nur aufgewacht und auf dem Weg der Besserung, sondern er hielt nach wie vor zu ihr. Ihre Zweifel an seiner aufrichtigen Liebe waren beseitigt. Zwar würde Bosgard, wenn er Lady Constance zurückwies, vielleicht Penderroc Castle verlieren, aber Hayla war fest entschlossen, es nicht so weit kommen zu lassen. Sie glaubte wie er an ein Missverständnis, und Bosgard zweifelte nicht an der Sympathie des Königs für ihn. Noch heute wollte Bosgard ein Schreiben an den König aufsetzen und ihn um Aufklärung seines seltsamen Befehls bitten. Wenn das nicht half, dann war Hayla fest entschlossen, persönlich nach London zu reisen, um mit König William zu sprechen.

Während sie über all das nachdachte, erwachte die Burg zum Leben. Zwei Wachsoldaten öffneten das große Tor, um die bereits wartenden Mädchen einzulassen, die von den umliegenden Bauernhöfen in großen Krügen frische Milch brachten. Im Osten lichtete sich der Nebel, und ein Streifen Sonne blitzte am Horizont, als Hayla das Haupttor passierte. Seit langem hatte sie sich nicht so befreit und so glücklich gefühlt, und für den Augenblick fielen alle sorgenvollen Gedanken über Constance Aubrey und Ralph Clemency von ihr ab.

Hayla hörte die Pferde, bevor sie im Nebel die Ankömmlinge erkannte. Der Hufschlag von mehreren Tieren war zu vernehmen, dazu das Klirren von Rüstungen. Da Hayla keine Ahnung hatte, ob die Reiter in freundlicher oder feindlicher Mission kamen, lief sie schnell in die Sicherheit der Burgmauern zurück und wies die Wachen an, das Tor zu schließen. Der normannische Wachmann starrte sie nur verständnislos an und war nicht gewillt, dem Befehl einer Magd zu folgen. Hayla konnte gerade noch in die Halle schlüpfen, als die Reiter ungehindert in den Burghof galoppierten. Durch den Türspalt beobachtete sie das Geschehen im Hof. Es waren acht Reiter in normannischen Rüstungen und Helmen, die ihre Gesichter weitgehend verbargen. Einer von ihnen rief der Wache zu: »He, du da, melde uns dem Burgherrn. Mein Name ist Sir Roger de Longchamps. Meine Männer und ich sind die ganze Nacht geritten und bitten um ein Mahl und ein Lager, um uns zu stärken und auszuruhen.«

Hayla, die vor Anspannung die Luft angehalten hatte, atmete erleichtert auf. Offenbar kamen die Ritter in friedlicher Absicht und waren nur auf der Durchreise.

Der Wachsoldat verbeugte sich.

»Unser Herr, Mylord Bosgard de Briscaut, befindet sich derzeit auf dem Krankenlager, aber Ihr und Eure Männer seid auf Penderroc Castle willkommen.«

»Ich hoffe, der Lord ist nicht ernsthaft erkrankt.« Die Stimme des Sprechers klang besorgt und freundlich. »Man kann aber mit ihm sprechen, nicht wahr?«

Der Wachmann zuckte nur mit den Schultern und gab zwei Knechten einen Wink, sich um die Pferde zu kümmern.

»Hier geht es ja zu wie in einem Taubenschlag.« Waline trat neben Hayla und schüttelte missbilligend den Kopf. »Erst diese schreckliche Lady Constance, jetzt schon wieder ein paar Esser mehr, die uns Arbeit machen.«

In den letzten Monaten hatte Waline so viel Französisch gelernt, dass sie einfachen Gesprächen folgen konnte.

»Bosgard hält viel von Gastfreundschaft«, sagte Hayla. »Ich werde ihm sagen, dass Reisende angekommen sind.« Auf Walines erstaunten Blick hin lächelte Hayla und nickte. »Ja, Waline, er ist letzte Nacht aufgewacht. Zwar brummt ihm noch heftig der Schädel, aber er wird bald wieder ganz gesund sein.«

Ein leichtes Lächeln huschte über Walines Gesicht, das Hayla froh stimmte. Vielleicht würde die alte Magd ihre Abneigung gegen Bosgard endlich aufgeben.

Auf der Treppe zu Bosgards Gemach begegnete ihr Constance Aubrey.

»Was sind das für Leute?«, herrschte sie Hayla unfreundlich an, aber diese blieb ganz ruhig.

»Reisende, die um Nahrung und ein Lager bitten, Mylady. Offenbar Normannen.«

Constance seufzte. »Dann werde ich sie wohl begrüßen und in die Halle bitten müssen. Mädchen, sorg dafür, dass Essen und Bier aufgetragen werden.«

»Selbstverständlich, Mylady, Waline kümmert sich bereits darum. Ich muss erst noch etwas anderes erledigen.«

Sie ließ die verblüffte Constance stehen und lief die Wendeltreppe nach oben. Hayla hörte, wie Constance ihr die Worte »Unverschämtes Ding!« nachrief, aber es kümmerte sie nicht. Sollte sie sich ruhig noch ein bisschen als Hausherrin aufspielen – das würde bald vorbei sein.

Bosgard hatte in seiner Kammer bereits die Ankunft der Reiter mitbekommen. Als Hayla eintrat, saß er auf der Bettkante und versuchte, sein Hemd anzuziehen.

»Was tust du da?«, fragte Hayla.

»Ich muss wissen, wer gekommen ist. Hilf mir, mich anzukleiden.«

Hayla nahm ihm das Hemd aus der Hand.

»Das kommt gar nicht in Frage, Bosgard, und du brauchst dir keine Sorgen zu machen. Es sind Ritter auf der Durchreise, der Anführer nennt sich Roger de Longchamps.«

»Roger?« Bosgards Gesichtszüge entspannten sich, und er lächelte. »Du meine Güte, wie kommt der denn nach Cornwall? Wir haben Seite an Seite bei Hastings gekämpft, aber dann hat de Longchamps ein Gut im Osten des Landes übernommen.« Erneut griff er nach dem Hemd und sah Hayla eindringlich an. »Bitte, gib mir meine Sachen, ich muss Roger begrüßen. Keine Sorge, Hayla, ich schaff das schon.«

Seufzend gab Hayla nach und half Bosgard beim Ankleiden. Sie war beruhigt zu hören, dass Roger de Longchamps ein aufrechter Ritter und Freund von Bosgard war, von dem keine Gefahr drohte.

Ein Raunen ging durch die Halle, als Bosgard langsam, aber aufrecht die Treppe herunterkam. Hayla, die sich im Hintergrund hielt, sah, wie Constance erbleichte und Halt suchend nach einer Stuhllehne griff.

»Bosgard … was … wie kann es sein, dass du wach bist?«, stammelte sie. »Ich hatte keine Ahnung …«

Bosgard bedachte sie nicht mal mit einem Blick. Vor den Gästen wollte er keine Szene machen, die würde er sich für später aufheben, denn die Worte, die er Constance zu sagen gedachte, würden alles andere als freundlich sein. Stattdessen wandte er sich dem Ritter zu, der sich erhob und Bosgard entgegeneilte.

»Bosgard, alter Freund! Ich habe gehofft, dich hier anzutreffen!« Roger umarmte Bosgard, aber als er ihm auf den Rücken klopfte, stöhnte Bosgard verhalten auf.

»Vorsicht, Roger, ich hatte einen kleinen Unfall. Aber jetzt sag, was führt dich in diese Gegend?«

Roger lachte, bot Bosgard den Arm als Stütze, und sie setzten sich an den Tisch. Waline hatte bereits begonnen, kaltes Fleisch, Käse und Brot aufzutragen, und Hayla half ihr, Krüge mit Bier zu bringen. Aus den Augenwinkeln sah sie, wie sich Constance aus der Halle schlich. Hayla grinste in sich hinein. Vielleicht würde Constance jetzt, nachdem Bosgard wieder bei Sinnen war, ihre Sachen packen und heimlich die Burg verlassen. Das wäre für alle Beteiligten das Beste, denn Constance konnte an einem Skandal – noch dazu vor den Augen und Ohren der Gäste – wohl kaum gelegen sein. Während sie den Rittern Bier in die Becher schenkte, hörte sie plötzlich neben sich jemanden rufen:

»Hayla? Mein Gott, Hayla!«

Sie erschrak so sehr, dass ihr der Becher aus den Fingern glitt und sich das Bier über den Tisch ergoss. Fassungslos sah sie den Sprecher an, und ihre Augen weiteten sich erstaunt.

»Mandric …«

Der kleine Zwischenfall war von Bosgard und Sir Roger

nicht unbemerkt geblieben. Bosgard runzelte die Stirn. Sein Blick ging zwischen dem jungen Mann und der Frau, die er liebte, hin und her. Auch Roger Longchamps stand auf und sagte: »Kennt Ihr dieses Mädchen, Ritter Mandric?«

Hayla warf Mandric einen flehenden Blick zu, wollte ihm zu verstehen geben, dass er nichts über ihre Bekanntschaft sagen sollte, aber der junge Mann straffte die Schultern, atmete tief durch und sagte so laut und bestimmt, dass es jeder in der Halle hören konnte: »Sir Roger … Mylord de Briscaut … verzeiht, aber dieses Mädchen hier ist meine Verlobte. Sie verschwand nach der Schlacht von Hastings, und ich wähnte sie tot. Was für ein unglaublicher Zufall, Hayla nun wiedergefunden zu haben.«

Schlagartig verstummten die Gespräche, und aller Augen richteten sich auf Mandric und Hayla. Besitzergreifend legte Mandric den Arm um Haylas Schultern. Sie sah, wie Bosgards Blick sich verdunkelte und er die Zähne aufeinanderpresste.

Sir Roger brach als Erster das Schweigen.

»Das ist ja eine Überraschung, Ritter Mandric!« Lächelnd trat er auf seinen Begleiter zu und schlug ihm auf die Schulter. »Ihr habt Euch eine äußerst gutaussehende Braut gewählt, aber bitte erzählt mir mehr davon.«

»Das würde mich auch sehr interessieren«, sagte Bosgard kalt und scharf. Seine Finger krampften sich um die Stuhllehne. Noch immer mied er Haylas Blick.

»Es ist Jahre her …«, rief Hayla verzweifelt. »Es war, bevor der König unser Land erobert hat …«

»Umso glücklicher bin ich, dich nach all diesen Wirren wiedergefunden zu haben.« Mandric unterbrach Hayla, sein Griff um ihre Schultern verstärkte sich, und er wandte sich an Sir Roger. »Der König selbst, ich meine den ehemaligen König Harold, hat unsere Eheschließung bestimmt, doch dann musste ich meine Braut verlassen, um in den Kampf zu ziehen. Als ich zurückkehrte, war sie verschwunden, und niemand konnte mir einen Hinweis auf ihren Aufenthaltsort geben. Ich ging davon aus, dass Hayla nicht mehr lebt, dabei ist ihre Schönheit in dieser Zeit noch mehr erblüht.«

Hayla wusste nicht, was sie sagen oder tun sollte. Seit ihrer Flucht nach der normannischen Eroberung hatte sie kaum einen Gedanken an Mandric verschwendet und angenommen, er wäre bei Hastings gefallen. Oder fristete im besten Fall, falls er die Schlacht überlebt hatte, als Gefangener sein Dasein oder lebte als unfreier Angelsachse, so wie tausend andere aus ihrem Volk.

»Wie kommt es, dass Harold Eure Vermählung bestimmt hat?« Bosgards Frage durchschnitt den Raum wie ein scharfes Schwert. »Standet Ihr, Ritter Mandric, dem früheren Herrscher so nahe, dass er über Eure Heiratspläne entschied? Wie ich sehe, seid Ihr jetzt Normanne geworden.«

Hayla zog scharf die Luft ein und raunte Mandric zu: »Schweig bitte! Ich flehe dich an, sag kein Wort!«

Ihre Worte waren jedoch von Bosgard verstanden worden. Heftig schlug er mit der Faust auf den Tisch, seine Augen blitzten vor verhaltener Wut.

»Nein, ich will die Wahrheit wissen.« Für einen Moment streifte sein zorniger Blick Hayla, und sie bemerkte das gefährliche Funkeln in seinen Augen. »Ritter Mandric, ich befehle Euch zu berichten, wie Ihr einst zu diesem Harold standet und warum Ihr heute in den Gewändern eines Normannen an meiner Tafel sitzt.«

Mandric sah sich verwirrt um. Mit einer so heftigen Reaktion hatte er nicht gerechnet.

»Mylord, verzeiht, ich wollte nicht Euren Zorn erregen. Nach der Schlacht bei Hastings wurde ich gefangen genommen und saß einige Monate in einem Kerker. Dann stand ich vor der Wahl, entweder dem neuen König zu dienen oder mein Leben zu verlieren.« Er lachte kurz auf. »Nun, die Entscheidung fiel mir leicht, und ich merkte bald, welch guten Einfluss König William auf unser Land hat. Da ich ein leidlicher Kämpfer bin, trat ich in das Heer des Königs ein.«

»Ich nahm Mandric nach einigen Monaten in mein Gefolge auf, da er gut das Schwert führt und auch im Bogenschießen geschickt ist«, führte Roger Longchamps Mandrics Ausführungen fort. »Vor vier Monaten bewies er seine Loyalität bei einem Aufstand im Osten, und auf meinen Wunsch hin wurde Mandric vom König zum Ritter geschlagen. Bosgard, vielleicht bekommst du es hier im Westen nicht so mit, aber immer mehr frühere Angelsachsen nehmen unsere Lebensart an und sind aufrechte Engländer, die ihrem König treu ergeben sind.«

»Das ist mir bekannt.« Bosgards Stimme war nicht mehr als ein Knurren. »Es beantwortet aber nicht meine Frage, warum eine Vermählung dieses Mannes mit diesem Mädchen, das als Magd in meinem Haus lebt, vom König höchstpersönlich bestimmt worden ist.«

Hayla wand sich wie ein Fisch aus Mandrics Umarmung. Sie eilte zu Bosgard und kniete vor ihm nieder.

»Das hat nichts zu bedeuten, Mylord.« Instinktiv entschied sie sich für die offizielle Anrede. »Es war reiner Zufall …«

»Hayla, meine Liebe, es gibt keinen Grund, die Wahrheit zu verschweigen«, unterbrach Mandric sie. Er sah Bosgard offen ins Gesicht. »Ich weiß nicht, unter welchen Umständen Hayla hierhergekommen ist und warum sie hier ein Dasein als Magd fristen muss, aber ich kann Euch sagen, dass Hayla einst das Mündel des Königs war und unter seiner ganz persönlichen Obhut stand.«

Verzweifelt schloss Hayla die Augen und schlug die Hände vors Gesicht. Jetzt war alles aus! Das Verschweigen dieser Wahrheit würde Bosgard ihr nie verzeihen. Würde er ihr glauben, dass sie sie nur deshalb verschwiegen hatte, weil sie um ihr Leben fürchtete, da König William gegenüber den Anhängern Harolds wenig Gnade gezeigt hatte?

»Ha, ich wusste gleich, dass dieses Weib ein falsches Spiel treibt!« Höhnisch lachend trat Constance Aubrey vor. Niemand, auch nicht Hayla, hatte bemerkt, dass Constance die ganze Zeit hinter der Tür gestanden und das Gespräch belauscht hatte. »Bosgard, mein Lieber, siehst du nun, warum sie um dich herumgeschlichen ist? Sie hat nur ein sicheres Plätzchen gesucht, um sich zu verstecken und hinter deinem Rücken gegen dich zu intrigieren.«

»Das ist nicht wahr!« Haylas Worte waren ein einziger Aufschrei, und sie sprang auf die Füße. »Ja, es stimmt, ich war gezwungen, aus dem Osten zu fliehen, und man brachte mich nach Penderroc, wo ich mich als Magd ausgeben musste. Aber niemals habe ich irgendwelche Ziele verfolgt, die dir schaden könnten …«

»Schweig!« Donnernd durchschnitt Bosgards Stimme ihren Redefluss. »Du hast mich belogen, hast mir etwas von einem einfachen Adligen als Vater erzählt. Wenn dem so war, hätte der ehemalige König dich wohl kaum als sein Mündel aufgenommen.«

Entschlossen und mutig trat Mandric einen Schritt vor.

»Verzeiht, Mylord, aber zürnt nicht mit Hayla. Sie hatte wohl Angst, die Wahrheit zu gestehen, weil sie nicht wusste, ob Angehörige und Gefolgsleute von Harold verfolgt würden. Wenn sie Euch belogen hat, dann geschah das nur zu ihrem Schutz.«

Die Zornesfalte zwischen Bosgards Augenbrauen vertiefte sich.

»Dann ist es ja gut, dass Ihr sie heiratet und sie künftig unter Eurem Schutz steht. Tut mir bitte den Gefallen und erledigt die Sache so rasch wie möglich. Dann könnt Ihr und Eure Frau ziehen, wohin Ihr wollt.«

Ein glückliches Lächeln erhellte Mandrics Gesicht, während Hayla immer verzweifelter wurde.

»Das ist nicht dein Ernst, Bosgard«, flüsterte sie, alle Vorsicht außer Acht lassend.

Mandric hörte jedoch nicht auf ihre Worte und sagte freundlich: »Ich danke Euch, Mylord. Sir Roger, Ihr gestattet, dass meine Braut mich begleitet? Am Ziel angekommen, werden wir uns dann sofort vermählen.«

Roger Longchamps, der der Unterhaltung interessiert gefolgt war, nickte bedächtig.

»Selbstverständlich, Ritter Mandric, ich werde Eurem Glück nicht im Weg stehen. Besonders weil Ihr Eure Braut so lange vermissen musstet. Wir reiten morgen bei Sonnenaufgang weiter.«

»Mandric, ich muss mit dir sprechen!« Hayla bemerkte, dass ihre Stimme schrill klang, aber sie konnte ihre Gefühle nicht mehr länger unter Kontrolle halten. Aus den Augenwinkeln sah sie Constance Aubreys hämisches Lächeln und Bosgards wütenden Gesichtsausdruck. »Ich muss dich allein sprechen. Sofort«, wiederholte sie mit Nachdruck.

»Ihr habt die Erlaubnis, Euch zu entfernen«, sagte Bosgard, ohne Hayla anzusehen. »Roger, du entschuldigst mich bitte? Wie du weißt, hatte ich einen kleinen Unfall, und ich werde mich für einige Zeit in mein Gemach zurückziehen.«

»Bosgard …« Hayla streckte eine Hand nach ihm aus, aber er verließ die Halle, ohne sie zu beachten. Mandric, der die Geste erstaunt beobachtet hatte, runzelte die Stirn. Ein Verdacht beschlich ihn, der ihm jedoch so ungeheuerlich erschien, dass er es nicht glauben wollte.

Hayla und Mandric verließen die Burg und gingen ein paar Schritte auf den Wald zu.

»Mandric, ich kann dich nicht heiraten«, platzte Hayla heraus, sobald sie außer Hörweite anderer Menschen waren.

»Wir sind verlobt, und eine Verlobung ist bindend, denn sie ist ein Eheversprechen, das nicht gebrochen werden darf.« Nüchtern und sachlich stellte Mandric die Tatsache dar.

»Unsere Verlobung liegt lange zurück. Seitdem ist unser Land von einer fremden Macht erobert worden, und es gelten neue Gesetze.«

»Gottes Gesetze haben sich nicht geändert«, unterbrach Mandric ungeduldig. »Hayla, du dienst hier als Magd. Als meine Frau erhältst du einen anderen Status. Gut, wir werden nicht sehr reich sein, aber unser Auskommen haben. Roger Longchamps schätzt meine Dienste, und wenn ich ihm weiter treu diene, könnte ich es durchaus in Bälde zu einem eigenen kleinen Besitz bringen …«

»Mandric, sei still!« Hayla presste die Hände auf die Ohren und schüttelte den Kopf. »Du scheinst nicht zu verstehen! Ich kann dich nicht heiraten, weil ich dich nicht liebe, und darum bitte ich dich, das Verlöbnis zu lösen.«

Mandric schnaubte. »Der König hat uns einst zusammengeführt, weil es eine passende Verbindung zwischen unseren beiden Familien gewesen war und immer noch ist. Dein Vater wäre damit auch einverstanden gewesen. Du hast sicher recht, dass seitdem viel geschehen ist, aber ich brauche eine Frau, die mir Kinder schenkt, und du bist nicht nur jung und gesund, sondern auch sehr schön. Was kann ich mehr verlangen? Mit der Zeit wirst du mich lieben lernen.«

Hayla blieb stehen und sah Mandric eindringlich an. Entschlossen sagte sie: »Ich kann und werde dich nicht heiraten, Mandric. Ich bitte dich, meine Entscheidung zu respektieren und unser einstiges Eheversprechen zu lösen.«

Mandrics Augen verengten sich, teils aus Überraschung über Haylas Weigerung, teils vor Zorn.

»Es gibt einen anderen Mann, nicht wahr? Wer ist es?« Hayla senkte zwar rasch den Kopf, aber Mandric hatte die Röte, die ihr in die Wangen schoss, bemerkt. »Ha, ich wusste es! Wem hast du deine Gunst geschenkt, obwohl du mir versprochen warst? Na, los, sag schon, zu wem bist du ins Bett gekrochen? Ich vermute, es ist der Burgherr höchstpersönlich.«

Von Mandrics bisheriger Freundlichkeit war nun nichts mehr zu spüren. Seine schmalen Lippen bildeten eine harte Linie in seinem Gesicht, und plötzlich bekam Hayla Angst vor ihm. Selbstbewusster, als ihr zumute war, straffte sie die Schultern und rief: »Wie kannst du es wagen, solche Worte zu mir zu sprechen? Wäre ich ein Mann, würde ich dich für diese Beleidigung zum Kampf fordern.«

Mandric verschränkte die Arme vor der Brust und lachte hämisch.

»Glaubst du, ich habe nicht gesehen, mit welchen Blicken du diesen Bosgard de Briscaut beobachtet hast, und seine Reaktion über die Nachricht unserer Verlobung ist mir ebenfalls nicht entgangen. Sag, ist er wenigstens gut im Bett, und gibt er dir, was du brauchst? Du könntest schon ein wenig dankbarer sein, dass ich dich zur Frau nehmen will, obwohl du die Hure dieses Mannes bist.«

Mandric konnte nicht so schnell ausweichen, wie Hayla ihm mit der flachen Hand auf die Wange schlug. Vor Zorn funkelten ihre Augen wie ein blauer tiefer Waldsee, und Tränen der Wut rannen über ihre Wangen.

»Selbst wenn du der letzte Mann auf der Welt wärst, Mandric, würde ich niemals deine Frau werden.«

»Gut gesprochen, Hayla!«

Sie fuhr herum, als sie Bosgards Stimme hörte. Weder Hayla noch Mandric hatten bemerkt, dass Bosgard ihnen gefolgt war und, hinter einem Baum verborgen, ihr Gespräch belauscht hatte.

»Bosgard! Gott sei Dank!«

Hatte Mandric vorhin Haylas Beziehung zu dem Burgherrn nur vermutet, so ließ das Strahlen auf ihrem Gesicht nun keinen Zweifel offen.

»Ich hatte also recht«, zischte er. »Ihr, Mylord, habt dieses Mädchen entehrt, so wie viele Normannen sich einfach die angelsächsischen Frauen genommen haben.« Ein verächtlicher Blick streifte Hayla. »Offenbar hast du daran Gefallen gefunden.«

Schützend legte Bosgard einen Arm um Haylas Schultern.

»Ihr seid Gast in meinem Haus, Ritter, und die Gastfreundschaft ist heilig. Nie zuvor habe ich diese gebrochen, aber nun fordere ich Euch auf, mein Haus unverzüglich zu verlassen. Eine solche Beleidigung einer Dame kann ich nicht dulden.«

Ein Gefühl ungeahnten Glücks durchflutete Hayla.

»Es tut mir leid, dir nicht gesagt zu haben, dass ich einst das Mündel des Königs war. Es erschien mir nicht wichtig«, flüsterte sie ihm zu.

Bosgard antwortete nicht, seine Finger drückten aber beruhigend ihre Schulter.

Mandric warf den Kopf in den Nacken und lachte laut los.

»Jetzt sagt nur noch, Mylord, Ihr tragt Euch mit dem Gedanken, dieses Mädchen zu Eurer Frau zu machen.« An Haylas erschrockenem Gesichtsausdruck und dem Funkeln in Bosgards Augen erkannte Mandric, dass er ins Schwarze getroffen hatte. »Das ist der beste Scherz, den ich seit langem gehört habe. Darüber wird König William sehr erfreut sein, wirklich sehr erfreut.« Er schien sich über diese Vorstellung köstlich zu amüsieren.

»Es ist mir gleichgültig, was Ihr davon haltet«, entgegnete Bosgard scharf und fragte sich, ob der junge Mann dabei war, seinen Verstand zu verlieren. »Aus Rücksicht auf meine Freundschaft zu Roger Longchamps werde ich Eurem Herrn nicht sagen, warum Ihr unbedingt sofort aufbrechen müsst. Wenn Ihr Euch jemals wieder in die Nähe meines Landes wagen solltet, dann werde ich Euch zum Kampf fordern.«

Hayla war erstaunt, wie wenig beeindruckt sich Mandric über diese Worte zeigte.

Ein triumphierendes Lächeln verzog seine schmalen Lippen und ließ ihn hinterlistig und verschlagen aussehen.

»Mylord Bosgard, bei allem Respekt, aber Euch ist sicher das Salische Gesetz geläufig, nicht wahr?«

Bosgard runzelte über diesen plötzlichen Themenwechsel die Stirn.

»Ich wüsste nicht, warum Ihr dieses Gesetz ansprecht. Es hat mit dieser Sache hier nichts zu tun.«

»Nun, Ihr werdet es gleich erfahren. Das Salische Gesetz besagt, dass Frauen von der Thronfolge ausgeschlossen sind. Ihr wisst aber sicher auch, dass dieses Gesetz in England keine Gültigkeit hat und nicht zur Anwendung kommt, auch wenn es bisher nie nötig war, einem Weib die Krone aufs Haupt zu setzen.«

Bosgard versuchte nicht, seine Ungeduld zu verbergen.

»Kommt endlich zum Punkt, Ritter, damit wir dieses unangenehme Gespräch beenden können.«

Mandric ließ sich jedoch nicht aus der Ruhe bringen. Er schien sich seiner Sache sehr sicher zu sein.

»Angenommen, Mylord, nur mal angenommen, es gäbe eine Frau, die einen Anspruch auf den Thron Englands hätte, ich meine als Verwandte des toten Königs Harold – was würde König William dann tun?«

»Da es so jemanden nicht gibt, ist es müßig, darüber nachzudenken.« Bosgard zog Hayla dichter an sich, gemeinsam wandten sie sich ab. »Ich wünsche, Euch niemals wiederzusehen, Ritter Mandric.«

»Wartet, Mylord, Ihr werdet gleich verstehen. Nun, ich sage Euch, es gibt eine lebende Tochter des angelsächsischen Königs. Sie wurde zwar unehelich geboren, aber sie entsprang seinen Lenden und ist aus seinem Fleisch und Blut. Das würde unserem guten König William doch wenig gefallen, oder?«

Bosgard verharrte, und Hayla merkte, wie sich sein Körper versteifte.

»Ihr wisst ebenso wie ich, Ritter, dass alle Personen, die in verwandtschaftlicher Beziehung zu Harold standen, entweder tot oder gefangen sind. König William kann das Risiko eines neuen Aufstandes nicht eingehen …«

»Und zu einem solchen Aufstand würde es unweigerlich kommen, wenn bekannt würde, dass eine Person existiert, die mehr Rechte auf Englands Krone hat als der normannische Herzog! Folglich müsste die Person eliminiert werden, am besten, man tötet sie und verwischt alle Spuren.«

Bosgard ließ Hayla los und trat vor Mandric, packte ihn am Kragen und schüttelte den kleineren Mann mühelos.

»Sagt endlich, was Ihr zu sagen habt, und dann verschwindet von hier, bevor ich mich vergesse!«

Mandric schien von Bosgards Wut unbeeindruckt. Ein siegessicheres Lächeln begleitete seine Worte, als er sagte: »Nun, Mylord Bosgard, die Frau, die Englands Krone für sich beanspruchen könnte, steht direkt neben uns, und Ihr plant, sie zu heiraten. Das würde dem König doch wenig gefallen, oder? Ich glaube, er würde in diesem Fall nicht nur sie, sondern Euch gleich mit töten.«

»Ha! So einen Unsinn habe ich ja noch nie gehört!« Bosgard schnaubte und ließ Mandric los. »Nur weil Hayla Harolds Mündel war, macht sie dies noch lange nicht zu seiner Erbin.«

»Als Mündel allein nicht, aber als seine leibliche Tochter schon.«

»Was?« Nun konnte auch Hayla, die das Gespräch bisher ungläubig verfolgt hatte, nicht mehr schweigen. »König Harold hat mich unter seinen Schutz genommen, als mein Vater starb, das weißt du ganz genau, Mandric.«

»Nun, ganz so war es nicht, meine Liebe. Harold war dein

Vater. Er hatte eine kurze … Beziehung zu deiner Mutter, als diese noch unverheiratet war. Als sie dann Harolds Kind unter ihrem Herzen trug, sorgten seine Eltern dafür, dass die Frau mit einem passenden Mann verheiratet wurde, der dieses Kind als sein eigenes akzeptierte. Die Frau war zwar schön – das hat Hayla übrigens von ihrer Mutter geerbt –, aber von zu niedriger Geburt, als dass sie für Harold als Ehefrau in Frage gekommen wäre. Man kann über den toten König sagen, was man will, aber er war stets um das Wohlergehen seiner Tochter besorgt, und so war es selbstverständlich, dass er sie als Mündel aufnahm, nachdem ihre beiden Eltern gestorben waren. Da Harold eheliche Kinder versagt blieben, ist Hayla also die rechtmäßige Erbin der Krone Englands.«

Hayla fühlte sich wie in einem Alptraum gefangen. Alles in ihr war wie zu Eis erstarrt, und die Frage, die ihr auf der Zunge brannte, sprach Bosgard aus.

»Woher wollt ausgerechnet Ihr das wissen, Ritter Mandric?«

Mandric zuckte lapidar mit den Schultern.

»Harold hat es mir gesagt, als er mir nahelegte, Hayla zu heiraten. Allerdings nahm er mir den Schwur ab, nicht darüber zu sprechen, doch heute fühle ich mich an diesen Eid nicht mehr gebunden. Es waren übrigens noch mehr Menschen in die Sache eingeweiht.« Mandrics Blick suchte den Haylas, die mit wachsbleichem Gesicht an einem Baumstamm lehnte. »Lady Elfgiva wusste Bescheid, ebenso Sir Leofric und ein paar andere mehr, von denen einige sogar noch am Leben sind. Warum, glaubst du, hat man dich nach der Eroberung so schnell und heimlich nach Cornwall gebracht und dich hier versteckt gehalten? Man wollte nur auf die Gelegenheit warten, König William zu stürzen und dich an seiner statt auf den Thron zu setzen.«

»Ihr habt keine Beweise.« Bosgards Stimme klang sicherer, als ihm zumute war.

»So, habe ich nicht?« Mandric kicherte. »Ihr werdet sehen, was ich für Beweise habe, wenn ich dem König von der Tochter Harolds Bericht erstatte.«

»Das werdet Ihr nicht wagen!« Bosgards Hand fuhr zu seiner Hüfte, doch da er seine Gäste gewöhnlich nicht bewaffnet empfing, hatte er kein Schwert umgegürtet.

Mandric interpretierte seine Bewegung richtig.

»Glaubt nicht, dass die Sache aus der Welt ist, wenn Ihr mich tötet, Sir Bosgard. Wie gesagt, es wissen noch mehrere Personen Bescheid, und diese haben den Auftrag, dem König die Wahrheit zu sagen, sollte mir etwas geschehen.«

»Was wollt Ihr damit erreichen?« Bosgards Augen verengten sich zu Schlitzen. »Welchen Nutzen wollt Ihr aus Eurem Wissen ziehen?«

Mandric sah zu Hayla. Sein Blick glitt über ihre schlanke Gestalt, und er leckte sich die Lippen.

»Ich will, dass das Eheversprechen eingehalten wird und dass Ihr mich mit meiner Braut unbehelligt ziehen lasst. Dann bin ich bereit zu vergessen, was ich weiß.«

»Niemals!«, rief Bosgard erregt. »Eher friert die Hölle ein!«

»Dann, Mylord, wird mir nichts anderes übrigbleiben, als König William mitzuteilen, dass der Mann, den er bisher für seinen Freund hielt, beabsichtigt, die Tochter Harolds zu heiraten und den König zu stürzen. Ich denke, Ihr wisst, was das für Euch und Hayla bedeutet?« Er drehte sich um und ließ Bosgard und die vor Schreck starre Hayla stehen. Dann rief er noch über die Schulter zurück: »Ihr erlaubt, dass ich mich jetzt zur Ruhe lege? Die letzten Stunden waren doch sehr aufregend und anstrengend.«

Bosgard hinderte Mandric nicht daran, ins Haus zurückzugehen. Er drehte sich zu Hayla um, die bleich wie der Tod war.

»Ich hatte keine Ahnung!« Das war das Einzige, was sie sagen konnte, dann sank sie ohnmächtig zu Boden.

15. Kapitel

Was für ein entsetzlicher Alptraum, war Haylas erster Gedanke, als sie wieder zu sich kam. Sie lag in ihrem Bett, in der Kammer war es gemütlich warm, und beinahe hätte sie über den Traum, in dem ihr einstiger Verlobter behauptete, sie wäre die leibliche Tochter von König Harold, gelacht. Hayla hörte ein Geräusch, öffnete die Augen und sah Waline, die aus einem über dem Feuer hängenden Kessel einen wohlriechenden Sud in einen Zinnbecher goss.

»Was ist geschehen?« Hayla erschrak, als sie ihre belegte Stimme hörte.

Waline fuhr zu ihr herum, dabei verschüttete sie etwas von dem kochend heißen Trank, der ihr über die Finger lief.

»Aua, verflixt.« Sie stellte Kessel und Becher ab, schüttelte ihre Hand und eilte zu Hayla. Besorgt legte sie eine Hand auf deren Stirn. »Wie geht es dir, mein Kind?«

»Gut, ich bin nur etwas müde. Warum liege ich am helllichten Tag in meinem Bett?« Hayla deutete auf das Fenster, durch das Sonnenstrahlen fielen und bunte Kringel auf die Binsen malten. »Ich hatte einen recht seltsamen Traum …« Hayla verstummte, denn ein Blick in Walines Gesicht brachte sie schlagartig in die Realität zurück. Sie umklammerte fest Walines Handgelenk. »Es war kein Traum, nicht wahr?«

Die alte Magd senkte den Kopf und atmete tief ein und aus.

»Hayla, Mädchen, du musst wissen, dass …«

Waline brach ab, und plötzlich begann Hayla zu verstehen.

»Du hast es gewusst!« Sie richtete sich auf und schüttelte fassungslos den Kopf. »Du hast es von Anfang an gewusst! Deswegen hast du mich von den anderen Bewohnern der Burg abgeschirmt und warst so voller Ablehnung gegen die Normannen. Auch gegen Bosgard, obwohl er uns immer ein guter Herr war, aber du wolltest nicht, dass er und ich …«

Haylas Stimme brach.

Schnell holte Waline den Becher und gab ihn Hayla.

»Bitte, trink. Es ist Melisse mit etwas Honig. Der Trank wird dich beruhigen. Ja, ich gebe es zu, ich habe von dem Tag an, als sie dich nach Penderroc Castle brachten, gewusst, dass unser guter König Harold dein leiblicher Vater war, aber ich habe es Sir Leofric auf dem Sterbebett schwören müssen, dass die Wahrheit niemals über meine Lippen kommt.«

Hayla schob den Becher zur Seite und umklammerte Walines Arm.

»Warum, Waline? Sag mir, warum hat man mir das alles verschwiegen? Es kann doch nicht sein, dass irgendjemand in diesem Land wirklich glauben kann, dass ich, ausgerechnet ich, gegen die Normannen antreten werde!« Hayla lachte, aber es war ein bitteres Lachen. »Jahrelang habe ich den König … ich meine, meinen … Vater … als aufrechten Mann geschätzt und ihn geliebt, wie eine Tochter ihren Vater liebt. Aber er ist tot, so lange schon, und England hat einen neuen König.« Hayla machte eine raumgreifende Handbewegung. »Waline, das ganze Land wird von den Normannen beherrscht, und viele Angelsachsen sind längst zu den neuen Herrschern übergelaufen. Keiner wird es jemals wagen, einen neuen Krieg anzufangen, nur um ein schwaches Mädchen auf den Thron zu bringen.«

Die Rede hatte Hayla erschöpft, und mit einem Stöhnen ließ sie sich zurücksinken. Als Waline ihr erneut den Becher reichte, nahm Hayla einen langen Schluck. Der Trank war warm und süß, und Hayla versuchte, ihre wirren Gedanken zu ordnen.

»Du bist ohnmächtig geworden, als du die Wahrheit erfahren hast«, sagte Waline und strich ihr eine Locke aus der Stirn. »Versuch, noch ein wenig zu schlafen.«

»Wie soll ich mit diesem Wissen schlafen können?« Energisch richtete Hayla sich wieder auf und schwang die Beine aus dem Bett. »Ich muss sofort mit Bosgard sprechen. Bitte hilf mir, mich anzuziehen.«

»Er ist fort.«

»Was sagst du da?« Mit weit aufgerissenen Augen starrte Hayla die Magd an. »Ist er zur Jagd? Wann kommt er wieder?«

Waline streichelte beruhigend Haylas Hand. Obwohl sie dem Normannen nie sonderlich viel Sympathie entgegengebracht hatte, empfand sie Mitleid mit ihrem Schützling.

»Hayla, mein Kind, es sieht so aus, als wäre Sir Bosgard für längere Zeit fortgeritten. Er hat ein paar Sachen gepackt und mitgenommen.«

»Ohne mit mir zu sprechen?« Hayla konnte es nicht glauben. Plötzlich erinnerte sie sich wieder an den Auslöser des ganzen Übels. »Und Mandric? Ist er noch in der Burg.«

Waline nickte. »Die ganze Sache konnte natürlich nicht vor den anderen, auch nicht vor Sir Roger, verheimlicht werden. Sie planen, morgen früh aufzubrechen, und Ritter Mandric möchte, dass du ihn begleitest.«

»Niemals!«, brauste Hayla auf, aber Waline drückte sie an der Schulter sanft aufs Bett zurück.

»Sir Bosgard hat dir einen Brief hinterlassen.«

»Einen Brief?«, rief Hayla aufgeregt.

Waline griff in ihre Rocktasche und holte ein Stück Pergament hervor. Hastig riss Hayla ihr das Schreiben aus den Fingern und begann zu lesen.

Hayla, es gibt wohl keinen Grund, an den Ausführungen des Ritters Mandric zu zweifeln. Er hat recht – Du gehörst zu Deinem Volk und damit auch zu ihm. Unsere beiden Welten sind zu unterschiedlich. Es war vermessen zu glauben, dass sie sich vereinen lassen. Wenn Du Penderroc mit Mandric verlässt, um seine Frau zu werden, werde ich nicht hier sein. Zu gegebener Zeit werde ich dann Constance Aubrey ehelichen. König William hat die richtige Entscheidung getroffen, und wer bin ich, diese anzuzweifeln. Du kannst jedoch unbesorgt sein – aus meinem Mund wird niemand von Deinem Geheimnis erfahren, und ich glaube, wenn Du Ritter Mandric eine gute Frau bist, dann wird auch er schweigen. Weder er noch ich möchten, dass Dir jemals ein Leid geschieht.

Bosgard de Briscaut,
Lord von Penderroc

Fassungslos las Hayla immer und immer wieder Bosgards Worte, doch ihr Verstand weigerte sich, deren Sinn zu begreifen. Sie bemerkte nicht, wie Tränen über ihre Wangen liefen. Erst als diese auf das Blatt tropften, wischte sie sich mit dem Handrücken über das Gesicht. Stumm reichte sie Waline den Brief, doch die Magd schüttelte den Kopf.

»Du weißt, ich kann nicht lesen.«

Langsam, als würde sie, wenn sie Bosgards Worte laut aussprach, diese begreifen, las sie Waline den Brief vor. Als sie geendet hatte, frage Hayla hoffungsvoll: »Hat er noch etwas gesagt, bevor er ging? Irgendetwas? Bitte, Waline, du musst mir alles sagen und darfst mir nichts verschweigen.«

Walines Mitleid mit dem Mädchen wurde immer größer. Sie hatte Hayla wie eine eigene Tochter liebgewonnen und wollte nicht, dass sie litt, aber leider konnte sie keine guten Nachrichten vermelden.

»Sir Bosgard sagte nur, er würde erst zurückkehren, wenn Sir Roger, Ritter Mandric und sein Gefolge Penderroc verlassen haben. Und wenn du nicht mehr hier bist …«

Verzweifelt schlug Hayla die Hände vors Gesicht. Nun war alles aus! Eine kurze, eine viel zu kurze Zeit war sie glücklich gewesen und hatte geglaubt, den Rest ihres Lebens an der Seite des Mannes, den sie von ganzem Herzen liebte, verbringen zu können. Angelsächsin und Normanne – dieser Unterschied schien keine Bedeutung mehr zu haben, denn ihrer beider Herzen waren ebenso wie ihre Seelen eins, und niemand würde sie jemals wieder trennen können.

»Es ist alles meine Schuld. Wie dumm ich war zu glauben, er würde mich lieben!« Hayla stöhnte und blickte verzweifelt Waline an. »Wie unsäglich dumm und naiv, und ich habe alles verdorben, weil ich Bosgard nicht von Anfang an die Wahrheit gesagt habe. Zumindest die Wahrheit, dass ich ein Mündel Harolds war. Ich kann ihn sogar verstehen, wenn er mir nicht glaubt, dass ich nicht gewusst habe, wer mein richtiger Vater ist. Ich an seiner Stelle würde wahrscheinlich nicht anders handeln …« Die letzten Worten gingen in verzweifeltem Schluchzen unter.

»Du musst Mandric nicht heiraten.« Waline sah sie beschwörend an. »Niemand kann dich dazu zwingen, und es ist fraglich, ob Mandric seine Drohung, den König gegen dich aufzuhetzen, wahr macht. Wenn du diesen … Normannen … wirklich liebst, dann steh zu ihm!« Hayla sah die alte Magd verwundert an, und Waline fuhr nachdenklich lächelnd fort: »Du wunderst dich sicher, dass ich dir rate, auf dein Herz zu hören, weil ich seit Monaten gegen eine Verbindung zwischen euch beiden war. Aber ich möchte dich nicht leiden sehen, und wenn dein Glück an der Seite Bosgard de Briscauts ist, dann soll es eben so sein. Hayla, lass Mandric ziehen und gehe nicht mit ihm. Bosgard wird zurückkommen und dann …«

»Du verstehst nicht, Waline!«, unterbrach Hayla. »Er will mich nicht! Er hat mich verlassen und ist nicht bereit, den Kampf gegen die anderen aufzunehmen. Nein, er kneift und wird diese Constance heiraten. Das kann ich sogar verstehen, denn immerhin steht sein ganzer Besitz auf dem Spiel, wenn er es nicht tut. Von dem Ärger, den er sich mit König William einhandelt, mal ganz abgesehen. Nein, Bosgard de Briscaut hat den für ihn einfachen Weg gewählt, und ich werde ihn nicht daran hindern.«

»Ach, Hayla.« Waline schenkte einen neuen Becher ein und trank selbst einen Schluck. »Es ist deine Entscheidung, aber eines sollst du wissen: Gleichgültig, was du nun tun wirst, ich werde dich begleiten. Das heißt, wenn du mich weiter an deiner Seite haben willst.«

Gerührt schloss Hayla die alte Frau in ihre Arme.

»Was ist das für eine Frage, Waline? Ich glaube, auf der ganzen Welt bist du der einzige Mensch, dem ich vertrauen kann. Bitte, lass mich nie allein.«

Bosgard ritt bis zum Einbruch der Dunkelheit. Er gönnte seinem Hengst keine Schonung und trieb das edle Tier so lange an, bis am Horizont das blaue Band des Meeres schimmerte. Nie zuvor war er an der Südküste Cornwalls gewesen, und obwohl um ihn herum eine faszinierende Landschaft mit hohen, steilen Klippen lag, hatte Bosgard keinen Blick für die Schönheit der Gegend. Auf einer Klippe zügelte er sein Pferd. So weit sein Auge reichte, sah er keine Ansiedlungen oder sonstige menschliche Behausungen. Das war ihm gerade recht, denn er wollte allein sein. Bosgard setzte sich auf einen Felsen und blickte auf die rauhe See, die sogar an einem milden und beinahe windstillen Tag wie heute unablässig gegen die Klippen brandete. Schreiende Möwen kreisten über seinem Kopf, und in Bosgards Ohren klang es wie ein Klagelied. Während des Ritts hatte er seine Kopfwunde und die gebrochenen Rippen vergessen, doch jetzt spürte er die Schmerzen wieder deutlich. Sofort dachte Bosgard, dass Haylas zarte Hand mit den schlanken, langen Fingern ihn niemals wieder berühren und die Verbände wechseln würde, und ein Klumpen bildete sich in seinem Magen. Wie hatte sie ihn nur so hintergehen und belügen können? Bosgard war hin- und hergerissen, zu glauben, dass Hayla tatsächlich nicht gewusst hatte, wer ihr leiblicher Vater war. Aber sie hatte ihm verschwiegen, dass sie das Mündel von Harold gewesen war. Hatte sie so wenig Vertrauen zu ihm gehabt? Oder ihn, wie Mandric andeutete, in Wahrheit nicht geliebt, da er für sie nur ein Mittel zum Zweck gewesen war? Waren ihre zärtlichen Küsse und ihre Hingabe, wenn er sie in den Armen hielt, nur gespielt und berechnend gewesen?

»Nur sie kann dir die Fragen beantworten«, rief Bosgard gegen das Tosen der Brandung an. »Du bist ein erbärmlicher

Feigling, Bosgard de Briscaut! Du läufst einfach weg, anstatt dich der Situation zu stellen und die Wahrheit zu erfahren.« Er stand auf, trat zu seinem Pferd und tätschelte den Hals des Tieres. »Es tut mir leid, mein Lieber, aber die Ruhepause ist vorbei. Wir müssen so schnell wie möglich nach Penderroc Castle zurück. Wenn wir wieder zu Hause sind, darfst du dich ausruhen.«

Mit vor Zorn blitzenden Augen, die Hände in die Hüften gestemmt, stand Hayla vor Mandric. Ihre anfängliche Verwirrung über ihre Abstammung und die Enttäuschung, von Bosgard verlassen worden zu sein, waren einer grenzenlosen Wut gewichen.

»Niemals werde ich mit dir gehen, Mandric!«, rief sie aufgeregt. »Du kannst mich nicht zwingen, deine Frau zu werden, selbst wenn du mich gefesselt und geknebelt aus der Burg schleppst.«

Es war Hayla gleichgültig, dass so gut wie alle Bewohner von Penderroc Castle sich in der Halle versammelt hatten und dem Streit lauschten. Die Nachricht, Hayla, die uneheliche Tochter des toten angelsächsischen Königs, wäre mit dem Ritter Mandric verlobt, und dieser forderte nun sein Recht ein, hatte sich wie ein Lauffeuer verbreitet, und so mancher war begierig zu erfahren, wieso die junge Magd sich dagegen sträubte, einen ehrlichen und aufrichtigen Ritter wie Mandric zu heiraten. Niemand wusste jedoch, was wirklich hinter Haylas offensichtlicher Verzweiflung steckte, und Mandric würde seinen Trumpf jetzt noch nicht ausspielen. Er wollte Hayla heiraten, weil sie die schönste Frau war, die er jemals gesehen hatte. Seit er ihr vor vielen Jahren zum ersten Mal begegnet war, hatte ihn der Gedanke an ihre veilchenblauen Augen nie losgelassen. Auch nicht, als er davon ausgehen musste, sie wäre tot. Einige wenige waren der Meinung, das Mädchen solle so schnell wie möglich verschwinden, aber der Großteil empfand Mitleid mit Hayla, deren Leben völlig aus dem Fugen geraten war. Mit einem so großen Widerstand Haylas hatte Mandric jedoch nicht gerechnet, als er sie plötzlich wiedergefunden hatte.

»Hayla, siehst du denn nicht ein, dass du nicht hierbleiben kannst?« Mandric bemühte sich, ruhig zu sprechen, obwohl er innerlich vor Wut kochte. »Bosgard de Briscaut hat dich im Stich gelassen, was soll das für eine Liebe sein? Er ist geflohen, um seinen Kopf zu retten, was ich sogar verstehen kann. Wenn König William davon erfährt, droht Bosgard ein weit schlimmeres Schicksal als nur der Verlust dieser Burg hier. Von dem Schicksal, das dich erwartet, möchte ich erst gar nicht sprechen.« Bei seinen letzten Worten hatte er die Stimme gedämpft, damit die Umstehenden ihn nicht hören konnten, und beinahe flüsternd fuhr er fort: »Es ist offensichtlich, dass du für diesen Normannen Gefühle hegst, die mich zwar verletzen, aber ich bin bereit, dir zu verzeihen. Wenn du Bosgard tatsächlich liebst, dann wirst du nichts tun, was ihm schaden könnte. Nicht wahr, Hayla?«

In den letzten Stunden fühlte sich Hayla innerlich wie zerrissen. Sie sah durchaus ein, in welch gefährliche Situation sie Bosgard brachte, denn der König würde sie nicht unbehelligt lassen. Obwohl das ganze Land fest in normannischer Hand war, konnte William nicht riskieren, einen Spross des angelsächsischen Herrschers am Leben zu lassen. Trotzdem war sie nicht bereit, ihr Leben in die Hände eines Mannes zu geben, den sie nicht liebte und inzwischen sogar regelrecht verabscheute. Sie würde gehen, irgendwohin, wo niemand sie finden konnte, aber sie würde Mandric nicht heiraten und sich als Unterpfand verkaufen.

»Wie kannst du nur so dumm sein und hoffen, Bosgard würde zu dir stehen?« Constance Aubrey drängte sich zwischen den Leuten hindurch und sah Hayla triumphierend an. »Er hat dir deutlich zu verstehen gegeben, dass er dich nicht länger will, Mädchen. Er und ich – wir werden heiraten, sobald du verschwunden bist.«

Hayla zögerte mit ihrer Antwort. Noch letzte Nacht hatte Bosgard ihr glaubhaft versichert, nicht den kleinsten Funken eines Gefühls für die normannische Lady zu empfinden, dennoch schrieb er in seinem Brief, dass er sie zur Frau nehmen würde.

»Bosgard liebt Euch aber nicht.« Haylas Stimme klang etwas zaghaft, und Constance wischte den Einwand mit einem spöttischen Lächeln zur Seite.

»Das hat er dir nur gesagt, um dich in Sicherheit zu wiegen, damit du weiterhin sein Bett teilst. Nun, immerhin begehrt er mich, wie ein Mann eine Frau begehrt.« Der Triumph in Constances Augen war deutlich zu sehen, als sie beide Hände auf ihren Bauch legte. »Ich trage nämlich Bosgards Kind unter meinem Herzen.«

Alle in der Halle hielten die Luft an, und Hayla war es, als hätte ihr jemand in den Magen geboxt.

»Das … kann nicht … sein«, stammelte sie. »Ihr seid viel zu kurz hier, um … ich meine … wann soll Bosgard Euch geschwängert haben?«

Da Constance wusste, dass Hayla Bosgards Vaterschaft in Frage stellen würde, hatte sie sich die Antwort auf die Frage gut überlegt.

»Du bist ein so naives, dummes Ding zu glauben, Bosgard

und ich hätten uns erst wiedergesehen, als ich nach Penderroc kam. Nein, Mädchen, ich hielt mich schon länger in Cornwall auf. Nicht weit von hier hat Bosgard mir ein Haus eingerichtet und mich dort regelmäßig besucht.« Constance lachte in gespielter Verlegenheit. »Natürlich war es nicht recht, mich ihm hinzugeben, solange wir nicht getraut sind, aber welche Frau kann Bosgard widerstehen? Er hat mir auch von dir erzählt. Hat gesagt, dass eine dumme Magd ihm hinterherläuft und dass er mit dieser Mitleid hat.« Constance trat so nah an Hayla heran, dass sich beinahe ihre Nasenspitzen berührten. »Verstehst du, Mädchen? Aus Mitleid war er zu dir freundlich. Mehr war es nicht …«

»Hör endlich mit deinen Lügen auf!« erklang kalt Bosgards Stimme in der Halle.

Hayla fuhr wie unter einem Peitschenhieb zusammen und starrte den geliebten Mann an. Bosgard erschien ihr wie ein Trugbild, ihrer Phantasie entsprungen, weil sie hoffte, er würde zurückkehren. Niemand hatte bemerkt, dass Bosgard hereingekommen war und das Gespräch belauscht hatte. Sein Haar war schweißnass von dem schnellen Ritt, und sein Wams nicht ganz sauber, aber das störte Hayla nicht. Er war gekommen!

»Bosgard … äh …« Zögernd lächelnd wich Constance ein paar Schritte zurück, als er auf sie zukam. Sein Gesichtsausdruck verhieß nichts Gutes. »Es ist des Königs Wunsch … du hast seinen Brief gelesen … Wenn du mich nicht heiratest, wirst du alles, was du besitzt, verlieren.«

Drohend baute Bosgard sich vor Constance auf.

»Sei dankbar, eine Frau zu sein, denn sonst würde ich dich jetzt windelweich prügeln. Auf der Stelle verlässt du mein Haus, und Ihr« – er drehte sich zu Mandric um – »folgt dieser

Dame. Ich meine, mich zu erinnern, dass ich Euch bereits gestern aufforderte, Penderroc zu verlassen. Mir scheint, ich muss ein wenig nachhelfen.« Bosgard legte seine Hand auf den Knauf seines Schwertes, als Roger Longchamps vortrat.

»Bosgard, mein Freund, ich verstehe deinen Zorn, aber bitte, lass uns kein Blut vergießen.« Roger berührte Bosgard leicht am Arm. »Glaube mir, ich hatte von alldem keine Ahnung, als ich zu dir kam, und mein Entsetzen ist ebenso groß wie das deine. Selbstverständlich werden wir sofort aufbrechen, und ich werde dafür sorgen, dass Ritter Mandric niemals wieder in die Nähe deines Besitzes kommt.«

»Ihr haltet zu diesem Bastard?« Mandrics Stimme überschlug sich beinahe vor Zorn, als er auf Bosgard deutete. »Dann verratet Ihr Euren König ebenso wie Bosgard de Briscaut, wenn Ihr Euch auf seine Seite stellt. In diesem Haus wird einer Verräterin Obdach geboten, die es darauf anlegt, König William zu stürzen …«

»Haltet den Mund!« Nun wurde auch Roger Longchamps wütend. »Es steht Euch frei, Mandric, mein Gefolge zu verlassen. Nein, ich drücke mich anders aus: Ihr tut mir einen großen Gefallen, wenn Ihr verschwindet. Hiermit erkenne ich Euch die Ritterwürde ab.«

»Das kann nur der König!«, rief Mandric. Er drehte sich um und stapfte zur Tür. »Das werdet Ihr bereuen, Bosgard de Briscaut. Was nun geschieht, habt Ihr Euch selbst zuzuschreiben.«

»Man sollte ihn vielleicht besser in Gewahrsam nehmen«, flüsterte Roger Bosgard zu, aber dieser schüttelte den Kopf.

»Wie du richtig sagtest, ich möchte kein Blutvergießen. Lass ihn gehen.«

Wenig später galoppierte Mandric aus dem Burghof, und

Hayla fühlte sich an den Tag, als Ralph Clemency von Bosgard fortgejagt wurde, erinnert. Nun gab es bereits zwei Männer, die Grund hatten, Bosgard zu hassen. Instinktiv spürte sie, dass die Sache noch lange nicht erledigt war und dass sie beide wiedersehen würde.

Sie redeten die ganze Nacht. Bosgard schämte sich nicht, zuzugeben, den Brief aus verletztem Stolz geschrieben zu haben.

»Ich war verletzt, Hayla«, sagte er und sah sie um Verzeihung bittend an. »Für einen Moment dachte ich, du hättest mich wirklich nur benutzt, um andere hochtrabende Pläne zu verfolgen. Du würdest ein Komplott planen, um den König zu stürzen.«

»Ich schwöre bei allem, was mir heilig ist, dass ich nicht gewusst habe, wer mein wirklicher Vater ist.« Hayla sah Bosgard mit aufrichtiger Liebe an. »Allerdings war es nicht recht, dir zu verschweigen, dass ich Harolds Mündel war und dementsprechend erzogen wurde.«

Bosgard nahm eine ihrer Haarsträhnen und spielte mit der Locke, als er leise sagte: »Ich hätte es merken müssen, dass du von höherer Geburt bist, als du mich glauben machen wolltest.«

Hayla nickte.

»Es tut mir sehr leid, unaufrichtig zu dir gewesen zu sein, aber ich dachte, es spielt bei unseren Gefühlen füreinander keine Rolle, dass König Harold einst mein Vormund war, denn die Zeit der angelsächsischen Herrschaft ist vorbei. Damals, als ich nach Penderroc gebracht wurde, hatte ich Angst um mein Leben, wenn die Wahrheit ans Licht kommt, denn König William ließ alle Anhänger Harolds gnadenlos verfolgen. Es war nicht so, dass ich dir nicht vertraute, Bosgard, aber irgendwann dachte ich, es bringt keinem von uns einen Nutzen, wenn ich dir von meinem früheren Leben erzählte. Mir selbst schien meine Kindheit und Jugend so weit entfernt, als wäre es ein anders Leben gewesen. Diese Zeiten sind ein für alle Mal vorbei. Ich habe mit der Vergangenheit abgeschlossen und will nur noch in die Zukunft schauen.« Sie sah Bosgard eindringlich an. »Glaubst du mir, wenn ich sage, dass ich keine Ahnung hatte, dass Harold mein leiblicher Vater war?«

Bosgard zögerte nicht mit der Antwort, die sich in einem zärtlichen, intensiven Kuss ausdrückte.

»Und glaubst du mir, dass es zwischen mir und Constance Aubrey nie etwas gegeben hat? Als ich noch am Hof lebte, habe ich diese Frau ein paar Mal getroffen, aber niemals etwas getan, was sie dazu veranlassen konnte zu hoffen, meine Frau zu werden, geschweige denn, dass ich jemals auch nur einen Körperteil von ihr berührt habe. Wenn sie tatsächlich guter Hoffnung ist, dann mag irgendein Mann der Vater sein. Ich jedenfalls bin es nicht.«

»Pst!« Sanft legte Hayla einen Finger auf Bosgards Lippen. »Constance ist fort, lass uns nicht mehr davon sprechen. Allerdings bereitet mir Mandrics Drohung, den König über meine Existenz zu informieren, Sorge. Ich glaube nicht, dass William dies so einfach hinnehmen wird.«

Mit diesen Worten hatte Hayla Bosgards Bedenken ausgesprochen, mit denen er die geliebte Frau jedoch nicht belasten wollte. Darum sagte er leichthin: »Darüber brauchen wir uns nicht zu sorgen, Mandric ist nur ein einfacher Ritter, dem der König nicht ohne weiteres Gehör schenken wird. Er sprach zwar von Beweisen, aber ich denke, das war nur eine leere Drohung.« Er bog Haylas Kopf ein wenig nach hinten, so dass er die Linie zwischen ihrem Ohr und ihrer Schulter liebkosen konnte. Hayla reagierte sofort auf die zärtliche Berührung und stöhnte leise. »Lass uns an uns denken, mein Herz.«

Hayla ließ es zu, dass Bosgard das Kleid von ihren Schultern streifte und ihre weiße Haut mit Küssen bedeckte. Ihre Hände glitten unter sein Wams und fühlten die Muskelstränge seines Rückens, doch dann ertastete sie den Verband um seinen Brustkorb.

»Du solltest dich ausruhen«, flüsterte sie. »Deine Verletzungen …«

»Brauchen eine liebevolle Hand, die sie streicheln«, gab Bosgard zur Antwort und lachte leise. »Bitte, bleib den Rest der Nacht bei mir.«

Hayla zögerte keinen Augenblick. Es war ihr gleichgültig, was die anderen dachten. Sie wollte bei Bosgard sein. Wollte in seinem Arm einschlafen und im ersten Morgenlicht sein Gesicht betrachten. Was zählten da die paar Worte eines Bischofs? Sie und Bosgard waren durch ihre Liebe doch schon längst Mann und Frau. Statt einer Antwort löste sie sich sanft aus seinen Armen, aber nur um sich ihr Kleid und das wollene Untergewand vom Körper zu streifen. In der Kühle der Nacht versteiften sich ihre Brustwarzen, und Bosgards Kehle entrang sich ein Stöhnen. Schnell zog auch er sich aus, und Hayla starrte auf die dunkelblonden Haare, die sich unterhalb seines Verbandes in kleinen Locken über den Bauch kringelten und sich weiter unten in einem dunklen Dreieck vereinigten. Sie war längst nicht mehr so naiv, um nicht zu wissen, was zwischen Mann und Frau vor sich ging. Dazu waren sie und Bosgard sich in den letzten Wochen zu nahe gekommen, und sie hatte durch die Kleider hindurch mehrmals sein heftiges Begehren gespürt. Doch jetzt konnte sie ein Erschrecken, als ihr Blick auf sein steil aufgerichtetes Glied fiel, nicht verbergen.

»Hab keine Angst, Liebes, ich werde dir nicht weh tun.« Bosgard streichelte sanft ihre Wange, dann bettete er sie auf den Rücken. »Schließ die Augen und lass dich fallen. Du bist so wunderschön.« Seine Lippen schlossen sich um eine Brustknospe, und das Spiel seiner Zunge löste heiße Wellen der Lust in Haylas Körper aus. Sie bäumte sich auf und reckte ihm die prallen Brüste entgegen, die unter seinen Berührungen zu bersten schienen. Ihr ganzer Körper schmerzte vor Sehnsucht.

»Ruhig, mein Liebes, ganz ruhig.« Bosgard löste seine Lippen von ihrer Brust, um gleich darauf ihren Mund zu küssen. Mit einer Hand streichelte er ihren flachen Bauch, wanderte dann tiefer und berührte ihre Scham. Ein Glücksgefühl durchströmte ihn, als seine Finger die Feuchtigkeit in ihrem Schoß fühlten, und langsam ließ er einen Finger an ihre intimste Stelle gleiten. Hayla stöhnte und wand sich unter seinen Händen.

»Mehr! Hör nicht auf!« Ihre Stimme war ein heiseres Keuchen, und Bosgard konnte seinen Blick nicht von ihr wenden. Nie zuvor hatte eine Frau mit so ungezügelter Leidenschaft auf ihn reagiert. Ihre rosigen Lippen waren leicht geöffnet, und sie warf wimmernd den Kopf von einer Seite auf die andere, als seine Finger begannen, ihre empfindlichste Stelle zu reiben und zu liebkosen. Sein eigenes Begehren steigerte sich ins Unermessliche, aber erst wollte er Hayla zum höchsten Glück führen, bevor er an sich denken durfte.

Hayla klammerte sich so fest an ihn, dass ihre Nägel kleine Abdrücke auf seiner Haut hinterließen. Tausende kleine Sterne funkelten vor ihren Augen, und irgendetwas in ihr schien immer größer und stärker zu werden, bis es sie schließlich in einer heißen Woge überrollte und sie in eine andere Welt zu tragen schien. In diesem Moment spürte sie, wie Bosgard ihr Gesäß mit beiden Händen umfasste, anhob und langsam in sie eindrang. Der kurze, kaum merkliche Schmerz verflog rasch und machte einer neuen, unbekannten Empfindung Platz. Sie schmiegte sich an seine Brust und biss ihn sanft in den Hals. Nun konnte Bosgard sich nicht länger beherrschen und stieß kräftiger zu. Er spürte, wie sie bei jedem Stoß erbebte. Seine Erlösung würde schneller als beabsichtigt kommen, aber er hatte auch sehr lange auf diesen Augenblick gewartet.

Hayla fühlte eine warme Flüssigkeit in ihrem Schoß und gab sich schweigend dem herrlichen Gefühl vollkommener Befriedigung hin. Als Bosgard sich aus ihr zurückzog, kuschelte sie sich fest in seinen Arm. Er spürte Feuchtigkeit an seinem Hals. Verwirrt legte er einen Finger unter das Kinn und hob ihr Gesicht an.

»Du weinst?« Für einen Moment schämte sich Bosgard. Er fürchtete, er war zu grob und rücksichtslos vorgegangen. »Es tut mir leid, ich wollte dir nicht weh tun.«

»Das hast du nicht, im Gegenteil.« Hayla lachte und weinte gleichzeitig. »Es war so unbeschreiblich schön.«

»Aber warum weinst du dann?«

»Weil es manchmal traurig ist, wenn Träume in Erfüllung gehen. Ich liebe dich so sehr, und doch habe ich Angst vor der Zukunft. Angst, dich zu verlieren, Angst, dass deine Liebe eines Tages erkalten wird und du mich nicht mehr begehrst.«

»Schscht!« Bosgard küsste die Tränen von Haylas Wangen. »Kein Mensch kann sagen, was die Zukunft bringt, aber ich kann dir versichern, dass meine Liebe zu dir bis ans Ende unserer Tage bestehen bleibt.«

Und ich habe Angst, dass der König dich bestrafen wird, weil du mich liebst, schrie sie innerlich. Nun hatten sie sich bereits drei Menschen zu erbitterten Feinden gemacht – Ralph Clemency, Lady Constance und Mandric. Keiner von den dreien würde die Sache auf sich beruhen lassen, dessen war sie sich sicher. Hayla wusste nicht, ob es richtig gewesen war, was sie eben getan hatten, aber sie hätte nicht einen Augenblick davon missen mögen. Vielleicht brachte sie durch ihre Liebe Bosgard in Gefahr – in eine tödliche Gefahr –, und dennoch konnte sie nicht anders handeln.

»Küss mich, Liebster. Du machst mich so glücklich.«

Dieser Aufforderung kam Bosgard nur zu gerne nach. Während sich ihrer beider Lust neu entfachte, vergaß Hayla ihre Angst und lebte nur für den Augenblick.

16. Kapitel

Cornwall, Juli 1068

Es war ein seltsames Paar, das mitten in der Nacht um Einlass bat. Wenig erfreut über die Ruhestörung war der Wirt zur Tür geschlurft und hatte die beiden erst eingelassen, nachdem die Dame ihm eine Goldmünze in die Hand gedrückt hatte. Die Münze glättete ein wenig sein mürrisches Gesicht.

»Gibt jetzt aber nichts mehr zu essen.« Brummig winkte er die beiden durch die leere Gaststube. »Um die Pferde müsst Ihr Euch selbst kümmern, Eure Begleitung kann im Stall schlafen, und Eure Kammern sind oben.«

»Was für ein freundlicher Mann«, flüsterte Constance Aubrey ihrem Begleiter zu. »Aber wenigstens haben wir ein Dach über dem Kopf.«

»Er denkt bestimmt, wir wären ein Liebespärchen auf der Suche nach einem geheimen Schlupfwinkel«, sagte Mandric und kicherte hinter vorgehaltener Hand.

»Das ist völlig lächerlich!« Scharf wies Constance ihn zurecht. »Das Einzige, was einen Mann wie Euch mit einer Dame wie mich verbindet, ist unser gemeinsames Ziel. An mehr mögt Ihr nicht einmal denken.«

Mandric zog den Kopf ein und schwieg. Bereitwillig hatte er sich nach dem Eklat auf Penderroc von Lady Constance anwerben lassen, ihr zu helfen, Bosgard de Briscaut zur Strecke zu bringen. Er hatte auch keine andere Wahl gehabt, denn er besaß weder Geld, um sich durchzuschlagen, noch die Beziehungen, zu König William vorzudringen, um ihm von Hayla zu berichten. Constance Aubrey schien jedoch einen engen Kontakt mit dem König zu pflegen, zudem hatte sie ihm berichtet, es gäbe noch einen Mann, dem daran gelegen wäre, Bosgard lieber heute als morgen tot zu sehen.

Constance Aubrey wurde von ihrer Kammerfrau Luchia und den vier Reitern begleitet, die sie gut bezahlte und die vom König den Befehl hatten, sie zu eskortieren. Auf dem Gesicht des Ritters Jean hatte Constance zwar eine gewisse Missbilligung gesehen, als sie befahl, nicht nach London zurückzukehren, aber der Mann wusste, wem er verpflichtet war und welche Konsequenzen ihm drohten, wenn er ihren Wünschen nicht nachkam. Vorerst konnte Constance die Gegend jedoch nicht verlassen und an den Hof zurückkehren, denn sie musste unbedingt mit Ralph Clemency sprechen. Da sie allerdings nicht wusste, wo er sich aufhielt, musste sie darauf warten, dass er zu dem ausgemachten Treffpunkt kam. Sie hatten vereinbart, sich ein Mal in der Woche bei dem keltischen Kreuz zu treffen. Ihre nächste Zusammenkunft war jedoch erst in zwei Tagen, und so lange würden sie sich eben hier verbergen müssen. Das Gasthaus lag einsam und abseits des Weges in Richtung der Südküste, kaum vier Meilen von Penderroc entfernt, und es schien einigermaßen sauber zu sein. Auch wenn der Wirt unfreundlich war – Constance legte keinen Wert auf Freundlichkeit, Hauptsache, sie hatte einen Platz gefunden, wo sie ihre Pläne schmieden konnte.

Nach einer unruhigen Nacht bat sie den Wirt um ein

Stück Pergament und Tinte, woraufhin er sie mit offenem Mund anstarrte, als hätte sie um etwas völlig Unmögliches gebeten. Da der Wirt weder lesen noch schreiben konnte, waren diese Utensilien in der Herberge nicht vorrätig. Erst als ein paar weitere Münzen aus Constances Börse in die Hand des Wirtes wanderten, versicherte er, das Benötigte in der Nachbarschaft aufzutreiben. Gegen Abend schrieb Constance ein paar Zeilen und befahl zweien ihrer Begleiter, unverzüglich nach London aufzubrechen und das Schreiben niemand anderem als dem König zu übergeben.

»Wenn Ihr es verliert oder sonst jemandem übergebt, dann sorge ich eigenhändig dafür, dass Ihr hingerichtet werdet.« Der harte Blick aus Constances Augen unterstrich ihre Drohung, und die beiden Reiter versicherten, ihren Befehl schnell auszuführen. Danach bestellte Constance für sich, Luchia und Mandric Essen und Krüge mit Bier. Jetzt blieb ihr nichts anderes zu tun, als zu warten.

Drei Tage später gesellte sich Ralph Clemency zu der Gruppe. Er hatte mit Hilfe von Constances Goldmünzen drei Dutzend Männer an seiner Seite, und als er den Gastraum betrat, in dem Constance ihm erwartungsvoll entgegensah, nickte er mit einem verschlagenen Lächeln.

»Es ist alles zu Eurer Zufriedenheit geschehen, Mylady. Bosgard de Briscaut wird bis in alle Ewigkeit auf den Bischof von Exeter warten, der niemals in Penderroc eintreffen wird.«

»Was habt Ihr mit ihm gemacht?«

Ralph zuckte mit den Schultern und ließ sich auf einen Stuhl fallen. Er befahl dem Wirt, einen Krug Bier zu bringen. Die beiden hatten keine Sorge, vor dem Wirt offen zu sprechen, denn dieser war der französischen Sprache nicht mächtig. Ralph ließ Constance im Ungewissen und leerte erst genüsslich zwei Becher Bier, dann wischte er sich den Schaum von den Lippen und sagte: »Er und seine Begleiter liegen mausetot im Straßengraben.«

»Tot?« Nun war Constance doch etwas erschrocken. »War es unbedingt nötig, einen geistlichen Mann zu … ermorden? Ihr könnt dafür in der Hölle schmoren.«

Ralph lachte zufrieden. »Leider wurde der Bischof von einer Eskorte bewaffneter Männer begleitet, die sofort ihre Waffen zogen, als wir den Wagen anhielten. Es blieb mir keine andere Wahl, wollte ich nicht mein eigenes Leben verlieren.«

Constance nickte. Eigentlich war geplant gewesen, dass Ralph den Bischof überfallen, ihn ausrauben – was in diesen unruhigen Zeiten durchaus nicht unüblich war, reisten doch gerade die kirchlichen Würdenträger stets mit großem Prunk und viel Geld in der Tasche – und ihn als Geisel nehmen sollte, bis Bosgard erledigt war. Nun gut, jetzt weilte der Bischof eben nicht mehr unter den Lebenden, trotzdem beschäftigte noch eine andere Frage Constance.

»Was machen wir, wenn Bosgard nicht mehr warten will und sich von jemand anderem trauen lässt?«

Ralph schüttelte den Kopf. »Ihr wisst, Mylady, ein Normanne kann seiner Abstammung nach eine gültige Ehe nur mit dem Segen eines Bischofs schließen. In ganz Devon und Cornwall gibt es jedoch keinen solch hohen Würdenträger. Dazu müsste Bosgard einen Boten nach Salisbury oder Winchester schicken, und bis von dort jemand nach Penderroc kommt, wird viel Zeit vergehen. Zeit, die wir für unsere Pläne nutzen können.«

Constance war etwas beruhigt. Allerdings lief ihr selbst

die Zeit davon. Ihr Bauch rundete sich bereits, auch wenn man es in ihren Gewändern noch nicht erkennen konnte. Sie hoffte, dass der König ihre Nachricht inzwischen erhalten hatte und bald handeln würde. Auch wenn sie Bosgard de Briscaut als potenziellen Ehemann abgeschrieben hatte – die Rache, von ihm so schändlich verschmäht worden zu sein, musste bald vollzogen werden.

Zur selben Zeit auf Penderroc Castle

Der Morgen kroch langsam, aber unaufhaltsam durch das Fenster. Hayla erwachte, als ein Sonnenstrahl sie an der Nase kitzelte und sie niesen musste. Das Geräusch weckte Bosgard nicht, und so stemmte sie sich auf die Ellbogen und betrachtete das Gesicht des geliebten Mannes. Scharf stach seine Nase hervor, und auf seinen Wangen und dem Kinn zeigten sich Bartstoppeln. Sein kurzes, blondes Haar war zerzaust, und Hayla konnte der Versuchung, es glatt zu streichen, nicht widerstehen. Durch diese Berührung erwachte Bosgard und schlug die Lider auf. Als er Hayla sah, leuchteten seine grauen Augen auf.

»Ich wollte dich nicht wecken«, sagte sie und küsste ihn sanft auf den leicht geöffneten Mund.

»Für den Rest meines Lebens möchte ich so geweckt werden.« Bosgard streckte sich und gähnte ausgiebig. »Wenn ein Tag so schön beginnt, dann kann er doch nur Freude bringen.«

Hayla wusste, worauf Bosgard anspielte. Der Bischof von Exeter, der sie trauen sollte, war immer noch nicht eingetroffen, obwohl das trockene Wetter in den letzten Tagen eine

Reise durchaus zugelassen hätte. Der von Bosgard ausgesandte Bote war längst wieder zurück und hatte glaubhaft versichert, Bosgards Nachricht dem Bischof übergeben zu haben. Vielleicht war der geistliche Mann erkrankt? Bosgard war von Natur aus ein ungeduldiger Mensch, und diese Warterei machte ihn nervös. Zwar lebten er und Hayla wie Mann und Frau zusammen, aber er wollte ihre Beziehung endlich legitimieren und vor Gott bestätigen.

Interessiert sah Hayla zu, wie Bosgard aufstand und sich anzog. Nach den letzten gemeinsam verbrachten Nächten kannten ihre Hände jeden Teil seines Körpers, und sie genoss es, das Spiel seiner Muskeln zu beobachten. Seine Schultern waren breit, seine Gesäßbacken dagegen klein und rund und von erstaunlicher Festigkeit. Alles an Bosgard war wohlproportioniert, und seine Haut schimmerte in einem leichten Bronzeton. Als er sich mit dem kalten Wasser, das in einer Schale auf dem Tisch stand, wusch und die Tropfen über seine leicht behaarte Brust rannen, erwachte in Hayla die Leidenschaft. Sie beherrschte sich jedoch, denn die Arbeit wartete auf sie. Obwohl sie von Bosgard wie eine Lady behandelt wurde und jeder in der Burg wusste, dass sie und der Herr bald heiraten würden, vernachlässigte Hayla nicht ihre täglichen Pflichten. Sie ließ sich von Bosgard, nachdem dieser angekleidet war, ihr Kleid im Rücken schnüren und schlüpfte in die Holzpantinen.

»Warum trägst du nicht die weichen Lederschuhe, die der Schuster dir gefertigt hat?«, fragte Bosgard erstaunt.

»Weil sie für die Küchenarbeit ungeeignet sind.« Hayla lächelte ihm zu. »Zudem werde ich gleich die Eier im Hühnerstall einsammeln, und ich möchte das Leder nicht beschmutzen.«

»Das ist mal wieder typisch meine Hayla, die immer ihren Kopf durchsetzt, aber genau deswegen liebe ich dich. Du weißt, ich möchte nicht, dass du hier weiter wie eine Magd arbeitetest, aber was habe ich schon zu sagen?« Er zog sie an sich und küsste den Scheitel ihres unbedeckten Haares. »Wenn wir jedoch verheiratet sind, ist Schluss mit Hühnerställen und Ähnlichem, ja?«

Verschmitzt lächelnd verdrehte Hayla die Augen.

»Ja, mein Herr und Gebieter, allerdings muss man den Leuten auf die Finger sehen, damit sie ihre Arbeit ordentlich machen. Außerdem macht es mir Spaß.«

Bosgard seufzte und gab ihr einen Nasenstüber, bevor er das Gemach verließ.

»Dann möchte ich dich nicht länger von deiner Arbeit abhalten. Für mich gibt es auch viel zu tun.«

Als Hayla mit dem mit Eiern gefüllten Korb die Küche betrat, brannte im Herd bereits ein Feuer, und es war mollig warm. Waline rührte den Haferbrei im Kessel und sah nicht auf, als Hayla neben sie trat und den Korb abstellte.

»Die Hühner haben gut gelegt. Das gibt heute für jeden ein frisches Ei. Haben wir noch geräucherten Speck in der Vorratskammer?«

Waline brummte ein paar unverständliche Worte. Hayla trat neben sie und legte eine Hand auf den gebeugten Rücken der alten Frau.

»Waline, ich habe dir längst verziehen, dass du mich über meine Herkunft im Unklaren gelassen hast. Warum bist du mir denn noch böse? Ich dachte, du empfindest für Bosgard inzwischen auch eine gewisse Zuneigung und hast ihn als Herrn anerkannt.«

Waline fuhr wie von einer Nadel gestochen herum.

»Das ist noch lange kein Grund, dass du die Nächte in seinem Bett verbringst. Noch seid ihr nicht Mann und Frau.«

Hayla seufzte. »In unseren Herzen sind wir es, und es kann nicht mehr lange dauern, bis der Bischof eintrifft. Bosgard und ich haben so viel durchmachen müssen, wir möchten uns einfach nicht mehr trennen. Bitte, Waline, gönn mir mein Glück.«

»Darum geht es nicht.« Waline seufzte. »Du weißt, dass ich dich wie eine eigene Tochter liebe. Gerade deshalb sorge ich mich um dich. Was, wenn dieser schreckliche Mandric seine Drohung, König William zu informieren, wahr macht und dieser deine Auslieferung fordert? Du kannst nicht hierbleiben und warten, bis der König ein Heer schickt, du solltest fortgehen. Vielleicht in den Norden zu den Schotten, die den Normannen erbitterten Widerstand leisten. Oder du verlässt das Land …«

»Waline, hör auf!« Eindringlich sah Hayla die Magd an. »Niemals werde ich Bosgard verlassen. Mit ihm an meiner Seite werde ich allen Gefahren mutig entgegensehen und ihnen trotzen.«

»Und wenn du ein Kind bekommst?«

Hayla zuckte kaum merklich zusammen. Bosgard hatte ihr gesagt, wie die Kinder in den Bauch einer Frau kamen und dass man dazu keinesfalls verheiratet sein musste, wie Hayla bisher angenommen hatte. Waline wusste nicht, dass der Herr von Penderroc ihre Bedenken teilte und darum einen zweiten Boten zum Bischof nach Exeter schicken wollte.

»Bis es so weit ist, bin ich längst Bosgards Frau«, antwortete Hayla unbesorgter, als ihr zumute war. Sie vertraute einfach darauf, dass ihr nach all dem Leid der vergangenen Zeit nun etwas Glück beschieden war.

Nach dem regnerischen Frühjahr waren die ersten Juniwochen ungewöhnlich heiß und trocken. Um die Aussaat, die dem Regen nicht zum Opfer gefallen war, zu retten, mussten die Menschen Eimer für Eimer Wasser aus dem nahe gelegenen Fluss herbeischleppen und die Felder bewässern. Im inneren Bereich der Burg lebten jetzt ständig an die hundert Leute. Das Dorf Penderroc vor den Burgmauern schien täglich zu wachsen. Es bot inzwischen etwa tausend Personen Unterkunft und hatte sich zur größten Ansiedlung der Gegend entwickelt. Schnell hatte sich herumgesprochen, dass Lord de Briscaut die Arbeiter nicht nur anständig behandelte, sondern auch gute Löhne zahlte. Unter der Aufsicht von Bruder Pierre war mit dem Bau einer steinernen Kapelle begonnen worden, und Bosgard war dazu entschlossen, beim König einen eigenen Kirchensitz zu beantragen. Damit wollte er allerdings noch einige Monate warten, im Augenblick wollte er sich bei König William lieber nicht in Erinnerung bringen. Er hatte eindeutig einen Befehl seines Souveräns missachtet, indem er Constance Aubrey fortgeschickt hatte, und er hatte keine Ahnung, wohin die Frau gegangen war und wie der König darauf reagieren würde. Die letzten drei Wochen waren die glücklichsten in Bosgards Leben gewesen, und er wollte sich dieses Glück durch nichts und niemanden zerstören lassen.

Ein Späher auf dem Söller sah die Staubwolke als Erster.

»Reiter halten auf die Burg zu!«, schallte es vom Turm herab.

Bosgard eilte, zwei Stufen auf einmal nehmend, nach oben. Er musste in der grellen Sonne mehrmals blinzeln, doch dann erkannte er einen größeren Trupp Reiter, die sich von Südosten Penderroc Castle näherten. Ein ungutes Gefühl bemächtigte sich seiner, und er befahl: »Schließt sofort die Tore! Und verstärkt die Wachen.«

Seine Männer kamen dem Befehl unverzüglich nach, und hektische Betriebsamkeit machte sich in der Burg breit.

Hayla eilte an Bosgards Seite. In ihren Augen stand Angst.

»Was hat das zu bedeuten?«

Sanft legte er einen Arm um ihre zitternden Schultern.

»Eine reine Vorsichtsmaßnahme, Hayla. Es können auch nur harmlose Besucher sein, aber ich möchte kein Wagnis eingehen.«

Hayla blieb bei Bosgard auf dem Söller, und gemeinsam beobachteten sie das Herannahen der Reiter. Bald schon war zu erkennen, dass es an die hundert Ritter waren – allesamt in Rüstungen und mit Waffen.

»Die kommen keinesfalls in friedlicher Absicht«, murmelte Bosgard besorgt. »Aber ich werde ihnen zeigen, wer der Herr hier ist.«

»Was ist mit den Leuten im Dorf?«, fragte Hayla bang, denn die Tore der Burg waren geschlossen, und die meisten Dorfbewohner standen auf der Straße und sahen den Ankömmlingen misstrauisch entgegen.

»Hab keine Angst, Hayla.« Mit diesen Worten versuchte Bosgard nicht nur die geliebte Frau, sondern auch sich selbst zu beruhigen. »Ich bin sicher, es lässt sich alles durch Gespräche klären.«

Hayla wünschte, sie könnte Bosgards Zuversicht teilen,

aber das beklemmende Gefühl in ihrer Brust wurde immer stärker.

Sie warteten, bis sich von dem Trupp eine Handvoll Reiter löste und direkt vor das Tor ritt. Bosgard kannte den Mann nicht, der seine Stimme erhob.

»Bosgard de Briscaut, öffnet das Tor!«

Bosgard lehnte sich über die Brüstung und rief: »Wer seid Ihr, und warum stört Ihr und Eure bewaffneten Ritter den Frieden dieses Ortes?«

»Mein Name lautet Yven de Mantes, und ich komme auf Befehl des Königs.«

»Von König William?« Bosgards schlimmste Befürchtungen schienen sich zu bewahrheiten. »Was wünscht der König von mir, dass er ein solches Aufgebot schickt?«

Ein Reiter löste sich aus der Gruppe und trieb sein Pferd neben das von de Mantes. Erst als der Ritter den Helm abnahm, erkannte Bosgard den Mann, und Hayla presste vor Entsetzen die Hände auf den Mund.

»Bosgard, ich freue mich, dich wiederzusehen.« Ralph Clemency lachte höhnisch. »Im ganzen Land spricht man von dir und deiner kleinen Hure. Wir sind gekommen, dieses Weib nach London zu bringen. Der König würde gerne ihre Bekanntschaft machen.«

»Sir Ralph, ich habe Euch nicht erlaubt, das Wort zu ergreifen.« Yven de Mantes wandte sich verärgert um. »Mylord de Briscaut, der Mann hat allerdings recht. Ich überbringe Euch ein königliches Schreiben, in dem die Auslieferung einer gewissen Angelsächsin mit Namen Hayla gefordert wird, die sich in dieser Burg hier befinden soll.«

Instinktiv hatte Hayla sich hinter die Zinnen geduckt, so

dass sie von unten nicht zu sehen war. Sie zitterte am ganzen Körper. Bosgard raunte ihr leise zu: »Geh in deine Kammer, schnell, und verriegle die Tür.«

»Bosgard …« Ihr Blick war ein einziges Flehen, und er nickte ihr beruhigend zu.

»Ich werde das regeln, Hayla, aber jetzt geh. Schnell!«

Hayla huschte die Wendeltreppe hinunter, und Bosgard beugte sich wieder über die Brüstung.

»Ich sehe keine Notwendigkeit, ein unschuldiges Mädchen in Eure Hände zu geben, Sir de Mantes.«

»Es wird dir nichts anderes übrigbleiben, als den Befehl des Königs zu befolgen, wenn wir deine schöne Burg nicht in Schutt und Asche legen sollen«, rief Ralph Clemency, was ihm einen erneuten Tadel von de Mantes einbrachte.

»Clemency, haltet Euch zurück. Muss ich Euch daran erinnern, wer hier der Oberbefehlshaber ist?« De Mantes sah Ralph scharf an. »Der König hat Euch an meine Seite gestellt, weiß der Himmel, warum, aber noch bestimme ich, was geschehen wird. Habt Ihr das verstanden?«

Ralph blieb nichts anderes übrig, als zu nicken. Er wendete sein Pferd und trabte zu den anderen zurück.

Yven de Mantes wandte sich wieder an Bosgard.

»Mylord, ich bitte Euch, öffnet das Tor, damit wir von Angesicht zu Angesicht sprechen können. Ich möchte kein unnötiges Blutvergießen, wenn Ihr Euch jedoch weigert, das Mädchen herauszugeben, haben wir den Befehl, die Burg zu stürmen.«

In hilflosem Zorn ballte Bosgard die Hände zu Fäusten und knirschte mit den Zähnen. Für den Augenblick musste er wohl nachgeben.

»Nun gut, Sir de Mantes, aber ich erlaube nur Euch, meinen Besitz zu betreten. Legt Eure Waffen ab.«

Bosgard gab den Befehl, die kleine Pforte im Tor zu öffnen, und Yven de Mantes trat durch den schmalen Durchgang. Bosgard erwartete ihn mit vor der Brust verschränkten Armen. De Mantes blickte sich rasch im Burghof um. Auf den Wehrgängen waren mit Pfeil und Bogen bewaffnete Ritter postiert, die ihn nicht aus den Augen ließen.

»Mylord de Briscaut, es ist Euch bewusst, dass meine Männer da draußen sofort das Dorf und Eure Burg dem Erdboden gleichmachen, sollte mir etwas geschehen.«

Bosgards Blick folgte dem von de Mantes. Er hob die Hand und rief seinen Männern zu: »Senkt die Waffen, aber behaltet die Männer draußen im Blick.« Dann wandte er sich wieder an de Mantes. »Zeigt mir den Befehl des Königs!«

De Mantes zog ein Dokument aus seinem Wams und überreichte es Bosgard. Nachdem dieser das königliche Siegel geprüft hatte, erbrach er es und überflog die wenigen Zeilen. Wie bereits in dem Schreiben, das Constance de Aubrey ihm übergeben hatte, war von der einstigen Freundlichkeit des Königs Bosgard gegenüber nichts mehr zu spüren. Unmissverständlich forderte William ihn auf, die Magd Hayla an Sir Yven de Mantes zu übergeben, damit das Mädchen nach London gebracht und ihr dort der Prozess gemacht werden konnte. Mandric hatte seine Drohung also wahr gemacht, und Bosgard war es völlig unverständlich, wie dieser Ritter Kontakt zu Ralph Clemency bekommen hatte. Es war ein Fehler gewesen, Ralph damals einfach gehen zu lassen. Obwohl er Gewalt verabscheute, hätte er ihn in einem fairen Kampf töten sollen.

»Nun, Mylord, übergebt Ihr mir das Mädchen?« Bosgard wurde von de Mantes aus seinen Gedanken gerissen. »Dann werden wir noch heute Euren Grund und Boden verlassen.«

»Auf keinen Fall, Sir. Das Mädchen ist unschuldig und hat nichts getan, was eine solche Maßnahme rechtfertigt.«

»Wenn das Weib unschuldig ist, dann wird sie vor Gericht Gelegenheit haben, dies zu beweisen, Sir de Briscaut. Es gehen Gerüchte um, diese Hayla wäre die leibliche Tochter des einstigen Königs Harold. Ihr versteht, dass unser guter König William ein solches Gerede nicht einfach missachten kann.« Er hob mit einer bedauernden Geste die Hände. »Mylord, ich kenne Euch nicht, und ich wünsche Euch nichts Böses, aber ich bin dem König verpflichtet. Wenn Ihr das Mädchen nicht auf der Stelle herausgebt, dann sehe ich mich gezwungen, meinen Männern den Befehl zu geben, die Burg zu stürmen.«

Mit einem schnellen Blick erfasste Bosgard die steinernen Mauern seines Besitzes. Sie waren hoch, und sie waren massiv. Ein Glück, dass er Penderroc im letzten Jahr zu einer Wehrburg ausbauen ließ. Rasch schätzte er seine Möglichkeiten ein. Es standen sich in etwa gleich viele Männer gegenüber, es gab also eine reelle Aussicht auf Erfolg. Innerlich schüttelte er sich bei dem Gedanken an einen Kampf, aber es schien keine andere Möglichkeit zu geben, Haylas Leben zu retten, denn in London würde alles Mögliche, aber ganz sicher kein gerechter Prozess Hayla erwarten.

»Ich fürchte, ich werde Euch nicht daran hindern können, Sir de Mantes.« Bosgards Blick wurde hart wie Stein, und er wies mit einer Hand auf das Tor. »Ein letztes Mal fordere ich Euch im Guten auf, Eure Truppen abzuziehen und mich und meine Braut in Frieden leben zu lassen.«

»Mit Verlaub, Mylord, das kann ich nicht.« Beinahe bedauernd zuckte de Mantes mit den Schultern. »Ich sehe, Ihr seid ein mutiger und tapferer Mann, von dem ich am Hof schon viel gehört habe, aber Ihr scheint auch ein dummer Mann zu sein. Wollt Ihr wirklich wegen eines Mädchens, das Euch den Kopf verdreht hat, Euer Leben und das Leben Eurer Untertanen gefährden? Hübsche Weiber gibt es viele in diesem Land, Ihr könntet doch eine andere …«

»Haltet den Mund, sonst vergesse ich mich!« Bosgard hob seine zur Faust geballte Hand, und Mantes wich zurück.

»Wie Ihr wollt, Mylord. Es wird einen Kampf auf Leben und Tod geben.«

Die Pforte fiel krachend hinter dem Gesandten des Königs zu, und Bosgard stand einen Moment wie erstarrt da. Dann sah er aus dem Augenwinkel Hayla in den Hof eilen. Sie hatte sich, entgegen seinem Wunsch, nicht in ihre Kammer begeben, sondern die Vorräte inspiziert und das Gespräch mit angehört.

»Bosgard, lass mich gehen!« Atemlos und mit geröteten Wangen klammerte sie sich an seinen Arm. »Ich bin es nicht wert, dass Unschuldige sterben.«

»Niemand wird sterben«, gab Bosgard zurück. »Sie können die Burg nicht stürmen, dazu sind unsere Mauern zu dick und zu hoch, außerdem verfüge ich über hervorragende Bogenschützen. Sie werden uns allenfalls belagern, aber das werden wir durchstehen.«

»Ich fürchte, nicht lange«, entgegnete Hayla besorgt.

»Was willst du damit sagen?«

Hayla seufzte, und Hoffnungslosigkeit lag in ihrem Blick, als sie sagte: »Da wir mit einer Belagerung nicht gerechnet haben, gibt es kaum Lebensmittel in den Vorratshäusern der Burg. Wir haben nur noch wenig Korn vom Vorjahr, Milch ist gar keine vorhanden, da diese jeden Morgen aus dem Dorf in die Burg gebracht wird, und der Brunnen ist so gut wie ausgetrocknet. Wenn es nicht bald regnet, so werden wir nur noch für drei, maximal vier Tage Wasser für alle Burgbewohner haben.«

Nun war Bosgard ernsthaft erschrocken, und er zweifelte keinen Moment an Haylas Worten.

»So schlimm steht es?«

Sie nickte und schluckte den Kloß, der sich in ihrer Kehle bildete, hinunter.

»Meiner Einschätzung nach kann Penderroc Castle höchstens eine Woche einer Belagerung standhalten. Dann werden die ersten Todesopfer zu beklagen sein. Und diese Menschen werden nicht in einem Kampf fallen, sondern ganz einfach verhungern oder verdursten.« Sie krallte ihre Finger in seinen Ärmel und sagte beschwörend: »Bosgard, ich flehe dich an – du musst mich gehen lassen, um das Leben Hunderter zu retten. Ich würde es nie mit meinem Gewissen vereinbaren können, schuld am Tod vieler Menschen zu sein.«

»Bitte, Hayla, ich möchte solche Worte nicht hören!« Bosgard umschlang sie mit beiden Armen und drückte ihren Kopf fest an seine Brust. »Wir werden es gemeinsam durchstehen.«

»Nein, Liebster.« Resolut machte Hayla sich aus seinen Armen frei, trat einen Schritt zurück und sah ihn mit einem so ernsten und entschlossenen Blick an, wie Bosgard ihn nie zuvor in ihren Augen gesehen hatte. »Ich gehe jetzt da raus und begebe mich in die Hände des Gesandten. Du hast … wir haben keine andere Wahl!«

17. Kapitel

Wie eine glühende Scheibe stand die Sonne am Himmel, und die unerträgliche Hitze ließ jede Tätigkeit zu einer großen Anstrengung werden. Selbst die Nächte – sonst in Cornwall eher kühl und feucht – brachten keine Erfrischung.

»Mein ganzes Leben habe ich hier verbracht.« Mit einem Stöhnen fuhr sich Waline über die schweißnasse Stirn. »Einen so heißen und trockenen Sommer habe ich jedoch noch nie erlebt.«

Hayla legte einen Arm um die Schultern der alten Magd und erschrak. Wie mager sie in den letzten sechs Tagen geworden war! Waline war zwar nie dick gewesen, aber jetzt wirkte ihr Körper regelrecht hager, die Wangen waren eingefallen, das Gesicht ausgezehrt, und ihre Augen lagen in dunklen Höhlen.

»Du musst etwas essen, Waline.« Mahnend sah Hayla die Magd an. »Glaubst du, ich sehe nicht, wie du das meiste von deinem Anteil anderen abgibst?«

»Ebenso wie du. Heute Morgen hast du auch nichts gegessen, sondern deine Schale Gerstenbrei Erics kleiner Schwester hingeschoben.« Walines müder Blick streifte Hayla. »Wenn wir doch nur die Kinder aus der Burg schaffen könnten …«

Seit sechs Tagen belagerte die Truppe von Yven de Mantes Penderroc Castle. Bisher hatten die Feinde die Burg nicht angegriffen, denn die Zeit arbeitete für die Belagerer. Warum sollten sie kämpfen, wenn die Bewohner Penderroc Castle ohnehin bald aufgeben mussten, weil Hunger und Durst übermächtig wurden? De Mantes hatte das Dorf räumen lassen, und die Menschen waren in die umliegenden Wälder geflohen. Wenigstens mussten sie dort keinen Hunger leiden, denn trotz der anhaltenden Hitze waren die Wälder voll mit Beeren, Wurzeln und Tieren, die sie jagen konnten. Bosgard musste hilflos mit ansehen, wie die Männer, Frauen und Kinder, denen er eine Heimat, Lohn und Brot gegeben hatte, nur mit dem Notwendigsten bepackt das Dorf verließen. Ein Mann, ein großer und kräftiger Schmied, hatte es gewagt, seinen Hammer gegen Yven de Mantes zu erheben, um gegen diese Behandlung zu protestieren, ohne de Mantes jedoch ernsthaft angreifen zu wollen. Der Schmied wurde überwältigt und noch am selben Tag gehängt. Ohnmächtig stand Bosgard auf dem Söller und ballte in grenzenloser Wut die Hände zu Fäusten.

»Lass mich gehen, bevor noch mehr Unschuldige sterben.«

Bosgard hatte Hayla nicht kommen hören. Er drehte sich zu ihr um, packte sie an den Schultern und schob sie sanft von der Brüstung fort.

»Sieh nicht hin, Hayla, und geh wieder nach unten. Es ist zu grausam. Der arme Mann hat niemandem etwas getan …«

So leicht ließ sich Hayla jedoch nicht fortschicken. Sie klammerte sich an Bosgards Wams und rief mit tränenerstickter Stimme: »Der König will *mich*, Bosgard! Verstehst du, niemand anderes hat mit der Sache zu tun. Weder Waline noch Eric und seine Schwester und auch nicht du. Wenn du mich gehen lässt, wird dir und allen in Penderroc kein Leid geschehen. De Mantes wird seine Truppe abziehen, und die Leute können ins Dorf zurückkehren.«

Wie aus Stein gemeißelt war Bosgards Gesicht, als er in die Ferne schaute und leise sagte: »Wir stehen es gemeinsam durch. Niemals werde ich dich diesen Aasgeiern da draußen zum Fraß vorwerfen.«

Hayla seufzte. Weitere Worte waren zwecklos. Zu oft schon hatte sie Bosgard in den letzten Tagen angefleht, sie an de Mantes auszuliefern, bevor noch mehr Unschuldige starben, aber er blieb unnachgiebig. In der Nacht verschloss er sogar ihre Kammertür und barg den Schlüssel in seinem Hosenbund, da er fürchtete, sie könnte heimlich die Burg verlassen und sich stellen. Deswegen schlief er kaum noch, und wenn er kurz einnickte, so wurde er durch das kleinste Geräusch geweckt.

»Wir werden verhungern, Bosgard.« Haylas Stimme war nicht mehr als ein Flüstern. »Wenn es nicht bald regnet, werden wir allerdings eher verdursten. Der Brunnen ist so gut wie trocken, und das bisschen Milch, das die beiden Ziegen geben, reicht nicht, den Durst aller zu stillen. Waline und ich müssen aufpassen, dass die Tiere nicht geschlachtet werden, weil die Leute Hunger haben, aber dann hätten wir keine Milch mehr. Auch die Hühner legen schlecht, da sie nicht genügend Futter und Wasser bekommen.« Flehend richtete sich ihr Blick auf sein regungsloses Gesicht, das er immer noch von ihr abgewandt hatte. »Bosgard de Briscaut, du hast eine Verantwortung für die Menschen in der Burg! Und auch für dich, denn du hast seit Tagen ebenfalls nichts gegessen, dabei bist du verletzt und brauchst Nahrung, um wieder gesund zu werden.«

»Mir geht es gut.« Blitzschnell drehte er sich zu Hayla um, schloss sie in seine Arme und vergrub sein Gesicht in ihrem Haar. »Wie kannst du von mir verlangen, dass ich dich opfere? In dir habe ich die Liebe meines Lebens gefunden, und beinahe wäre es Constance gelungen, diese zu zerstören. Jetzt bin ich nicht bereit, dich einfach wieder aufzugeben.«

Auch wenn es unser beider Tod bedeutet, dachte Hayla und erwiderte den Kuss seiner trockenen Lippen. Es rührte sie, wie standhaft Bosgard sich weigerte, sie auszuliefern, und sie hatte furchtbare Angst vor dem Kommenden. Tag und Nacht nagte das Schuldbewusstsein darüber, dass Dutzende von Männern, Frauen und Kindern wegen ihr leiden mussten, an Hayla, und ließ sie keinen Schlaf finden. Lediglich die Momente in Bosgards Armen halfen ihr, nicht zu verzweifeln, und lenkten sie von den Gedanken an die vielen Unschuldigen, die unter der Belagerung zu leiden hatten, ab.

Als Hayla später in die Halle ging und in die hungrigen Augen der Menschen sah, zog sich ihr Herz schmerzhaft zusammen. Den Jungen und Kräftigen wie sie selbst war der Nahrungs- und Wassermangel noch nicht anzusehen, aber die Älteren würden nicht mehr lange durchhalten. Als Waline plötzlich schwankte und Hayla sie gerade noch auffangen konnte, bevor sie zu Boden stürzte, schossen Hayla Tränen in die Augen. Sie brachte Waline in ihre Kammer, legte sie ins Bett und deckte die alte Frau sorgsam zu. Trotz der Hitze zitterte Waline am ganzen Körper und rang keuchend nach Atem.

»Du bist krank«, sagte Hayla. »Ich werde sehen, welche Kräuter wir noch haben, und dir einen Trank bereiten.«

Waline hob schwach die Hand. »Lass es gut sein, mein Kind, du wirst die Kräuter für die anderen brauchen. Ich habe ein erfülltes Leben gehabt und bin nicht traurig, gehen zu müssen.«

»So darfst du nicht sprechen!« Mit einem Aufschrei sank Hayla an Walines Seite. »Ich werde mich Yven de Mantes stellen. Bosgard darf mich nicht länger daran hindern, denn ich kann und werde nicht mit ansehen, wie ihr alle leidet.«

Ein flüchtiges Lächeln erhellte Walines Gesicht. »Er liebt dich wirklich sehr. Ich gebe zu, ich habe mich in Bosgard geirrt. Auch wenn er ein Normanne ist, steckt ein guter Kern in ihm. Werde glücklich mit ihm, mein Kind.«

Als Waline plötzlich verstummte und die Augen schloss, tastete Hayla rasch nach ihrer Brust, denn der Atem der alten Frau schien für einen Moment auszusetzen. Zu ihrer Erleichterung jedoch hob und senkte sich Walines Brustkorb in unregelmäßigen Abständen. Doch die alte Magd war völlig erschöpft, lange würde sie die Entbehrungen nicht mehr aushalten können.

Am Abend kniete Hayla ins Gebet versunken in der kleinen Kapelle. Seit Beginn der Belagerung las Bruder Pierre fünf Mal am Tag die Messe und erflehte Gottes Hilfe. Obwohl Hayla eine der wenigen war, die die lateinischen Worte des Mönches verstand, rauschte die Litanei wie ein Wasserfall an ihren Ohren vorüber. Sie war eine gute und gläubige Christin, bezweifelte jedoch, dass Gott mit ein paar Gebeten zu bewegen war, Regen zu schicken oder gar die Belagerer zu veranlassen abzuziehen. Bei solchen Gedanken bekreuzigte sich Hayla hastig, konnte sie aber nicht aus ihrem Kopf verbannen. Sie konzentrierte sich wieder auf die Messe und sprach umso inbrünstiger das nächste Gebet mit. Plötzlich entstand ein Tumult auf dem Burghof, und lautes Geschrei ließ Bruder Pierre das Gebet beenden. Einen Augenblick später wurde die Kapellentür aufgestoßen, und Eric stürmte mit hochrotem Kopf herein. »Bruder Pierre, Ihr müsst sofort kommen …«

»Wie kannst du es wagen, die heilige Zeremonie zu stören!« Der Mönch sah den Jungen derart empört an, dass Hayla überrascht die Augenbrauen hochzog. Nur selten erhob Bruder Pierre seine Stimme, aber auch seine Nerven waren bis zum Zerreißen gespannt, und damit erklärte sich Hayla sein barsches Verhalten. »Wenn du schon an der Messe nicht teilnimmst, dann kann ich verlangen, dass du das Bedürfnis der Menschen, die Hilfe im Gebet suchen, respektierst und nicht wie …«

»Ach, haltet den Mund und hört zu!«

Hayla schnappte überrascht nach Luft. Was war in Eric gefahren, dass er einem heiligen Mann gegenüber einen derart respektlosen Ton anschlug? Sie sollte es gleich erfahren, denn bei Erics nächsten Worten erbleichte Bruder Pierre. »Ich dachte, es interessiert Euch, dass sie Euren Esel schlachten und essen wollen. Die Männer sind bereits im Stall.«

Bruder Pierre fiel das kostbare Gebetbuch aus den Händen, und er rannte, als wäre der Teufel höchstpersönlich hinter ihm her, aus der Kapelle. Hayla und die anderen beeilten sich, dem Mönch zu folgen. Zu Eric gewandt, rief Hayla: »Wo ist Bosgard? Geh und hol sofort den Herrn!«

Eric nickte und rannte davon. Vor dem Stall hatte sich etwa ein Dutzend von Bosgards Männern versammelt, die meisten hielten Messer in den Händen. Zwei Männer – ein Zimmermann und einer der Maurer – standen mit ausgebreiteten Armen an der Stalltür. In ihren Augen lag der Ausdruck von Angst, aber auch von Wut und Zorn.

»Gebt die Tür frei, oder wir verschaffen uns mit Gewalt

Einlass«, rief Ritter Henri, bisher ein eher stiller und zurückhaltender Mann, der Hayla kaum aufgefallen war. Jetzt jedoch trat er einen Schritt vor und bedrohte mit gezücktem Messer die beiden Männer, die die Stalltür verteidigten. Bruder Pierre fiel ihm in den Arm.

»Was ist hier los? Was wollt ihr mit Jesaja machen?«

Der große und kräftige Ritter schob den kleineren Mönch mit einer Handbewegung zur Seite.

»In diesem Stall gibt es Fleisch, und wir haben Hunger. Dass wir die Ziegen nicht schlachten dürfen, weil sie uns Milch geben, sehen wir ein, auch die Pferde können wir nicht antasten, aber dieser Esel steht nur dumm herum und ist völlig nutzlos. Es wird ein feiner Braten werden. Vielleicht etwas zäh, aber das soll uns nicht kümmern …«

Die Augen des Normannen glänzten bei dem Gedanken an ein fettes Stück Fleisch, und seine Kumpane nickten ihm zustimmend zu.

Entschlossen trat Hayla vor die Männer. »Ihr legt sofort die Waffen weg und geht zurück in die Halle. Dieser Esel wird nicht angerührt, habt Ihr verstanden? Von Euch, Ritter Henri, bin ich enttäuscht. Bisher dachte ich, Ihr seid Sir Bosgard treu ergeben, und jetzt stellt Ihr Euch gegen seine Befehle.«

Die Männer tauschten einen verwunderten Blick, aber sie zögerten. Henri erhob die Stimme. »Noch seid Ihr nicht die Herrin der Burg, Lady Hayla, und wir nehmen keine Befehle von Euch entgegen. Wir stehen unserem Herrn ergeben zur Seite, aber wir haben Hunger, und dieser Esel nützt uns am Bratspieß mehr als im Stall. Zudem ist mir von Bosgard keine Anweisung bekannt, dass wir dieses Tier *nicht* schlachten dürfen.«

»Ihr dürft meinem Jesaja nichts tun!« Bruder Pierre war den Tränen nach. »Er ist wie ein Kind für mich … Ich habe ihn selbst aufgezogen …«

»Das wissen wir, Bruder, und wir versprechen Euch, dieses Mahl ganz besonders zu würdigen. Ihr bekommt auch ein besonders großes Stück ab.« Henri gab seinen Kumpanen einen Wink. »Na, los, worauf warten wir noch? Holen wir uns das Tier.«

Verflixt, wo bleibt Bosgard nur, dachte Hayla und sah sich suchend um. Gerade als die Ritter die beiden Männer von der Stalltür fortzogen, stapfte Bosgard mit großen Schritten über den Burghof.

»Sofort aufhören!«, rief er laut in strengem Befehlston. »Der Esel wird nicht angerührt, habt ihr verstanden? Jeder, der dem Tier auch nur ein Haar seiner borstigen Mähne krümmt, wird sich persönlich vor mir verantworten müssen.«

Bruder Pierre fiel vor Bosgard in den Staub. In seinen Augen standen Tränen. »Ich danke Euch, Herr, ich danke Euch so sehr.«

»Steht auf! Für einen Mann Eurer Stellung schickt es sich nicht, vor mir zu knien. Geht jetzt zu Eurem Esel. Am besten, Ihr lasst ihn von nun an nicht mehr aus den Augen.« Bosgard sah sich in der Runde um und fuhr ernst und bestimmt fort: »Der Vorfall zwingt mich, einen Entschluss zu fassen. Sagt allen Bescheid, dass sie sich in der Halle versammeln sollen, denn das, was ich zu sagen habe, geht jeden in Penderroc Castle etwas an.« Er trat vor Henri und streckte die Hand aus. »Euer Messer, Ritter. Ich bin sehr enttäuscht von Euch.«

Zögernd übergab Henri ihm die Waffe. Für einen Moment sah es aus, als wolle er Bosgard etwas sagen, dann jedoch drehte Henri sich um und ging auf den Wohnturm zu. Es dauerte nicht lange, bis sich alle in der Halle versammelt hatten. Lediglich Waline war zu schwach, ihre Kammer zu verlassen, und Bruder Pierre blieb im Stall bei seinem Esel. Bosgard trat auf das Podest vor dem Kamin an der Stirnseite. Er stemmte die Hände in die Hüften und ließ seinen Blick über die Menschen schweifen, die Hunger und Durst litten und von ihm erwarteten, dass er die Probleme löste. Das stand zwar nicht in seiner Macht, aber er hatte einen Entschluss gefasst, um die Leben der Menschen, die ihm untertan waren, zu retten.

»Männer und Frauen von Penderroc, bitte, hört mir gut zu.« Bosgard brauchte nicht laut zu sprechen, denn ein jeder lauschte erwartungsvoll seinen Worten. »Ich weiß, wie hungrig ihr seid, ich bin es nicht minder. Der heutige Vorfall hat mir gezeigt, wohin uns die Verzweiflung treiben kann. Zumindest einige von euch. Letzte Woche dachten wir, Yven de Mantes würde die Burg angreifen und wir könnten einen ehrenvollen Kampf führen, den ich nicht gescheut hätte, denn Penderroc ist gut befestigt, und unter euch sind hervorragende Kämpfer und Bogenschützen. Keinem Unbefugten wäre es gelungen, nur einen Fuß über die Mauern zu setzen. Nun jedoch muss ich erkennen, dass er eine andere Taktik verfolgt. Wir sollen ausgehungert werden, bis sich unsere Anzahl dezimiert hat und der Rest zu schwach ist, um zu kämpfen. Wie es scheint, wird de Mantes damit Erfolg haben. Darum habe ich mich entschlossen, mich zu stellen und euch gehen zu lassen.«

Ein erstauntes Gemurmel erhob sich unter den Leuten, und sie sahen sich verwundert an.

»Was meint Ihr damit, Sir?«, fragte einer der Männer.

Bosgard schluckte trocken, bevor er fortfuhr: »De Mantes will Lady Hayla haben. Dies werde ich niemals zulassen, aber ihr alle hier seid unschuldig an den Geschehnissen. Ich bin überzeugt, Yven de Mantes ist ein ehrenwerter Mann, der nur dem Befehl des Königs folgt, und auch er wird nicht daran interessiert sein, Dutzende von Menschen auf dem Gewissen zu haben. Er wird es sicher gestatten, dass ihr die Burg verlasst, wenn ich mich in seine Hände begebe. Durch dieses Ablenkungsmanöver wird es uns gelingen, Lady Hayla unbemerkt aus der Burg zu bringen. Sie wird sich als alte Frau verkleiden und mit euch gehen. Ich werde de Mantes so lange hinhalten, bis ihr außer Gefahr seid.«

»Ihr wollt Euch doch nicht etwa ausliefern?«

Ein Aufschrei ging durch die Menge, und Hayla, die in der Nähe von Bosgard stand, sprang zu ihm und klammerte sich an seinen Ärmel. »Das werde ich niemals zulassen! De Mantes will mich haben, und du vergisst Ralph Clemency. Er wird dich auf der Stelle töten!«

Voller Liebe und Zärtlichkeit blickte Bosgard in Haylas angstgeweitete Augen. »Es ist die einzige Möglichkeit, die wir haben. Ich werde zu de Mantes gehen und ihm anbieten, dich ihm auszuliefern, wenn er meine Leute unbehelligt abziehen lässt. Es ist nur eine kleine Chance, dass es dir gelingt, dich unbemerkt mit dem Pulk fortzuschleichen, aber die einzige, die wir haben.«

»Lady Hayla hat recht, Sir.« Henri trat vor und sah Bosgard entschlossen an. »Wenn de Mantes merkt, dass die Dame verschwunden ist, wird er seine Wut an Euch auslassen. Euer Tod ist damit so gut wie beschlossen. Ihr seid sehr tapfer und mutig, Sir, wenn Ihr Euch für uns opfern wollt, aber, bei allem Respekt, das werden wir nicht zulassen.« Mit einem Satz sprang Henri auf das Podium und sah in die Runde. »Es tut mir leid, dass ich versucht habe, Bruder Pierre den Esel zu nehmen, und ich schäme mich dafür. Auch wenn wir Hunger und Durst leiden müssen, wir müssen zu unserem Herrn stehen. Zumindest was mich betrifft, so schwöre ich, bis zum bitteren Ende an seiner Seite auszuharren.«

Seine Rede hatte die Menschen beeindruckt, und einige klatschten Beifall.

»Wir stehen das gemeinsam durch.«

»Der Herr wird sich nicht für uns opfern.«

»Vielleicht sollten wir einen Ausfall wagen und die Belagerer angreifen, solange wir noch kräftig genug sind. Dann sterben wir wenigstens in einem ehrenvollen Kampf und nehmen ein paar von den Halunken mit.«

Nur Hayla, die dicht neben Bosgard stand, bemerkte, wie ergriffen er von der Reaktion seiner Leute war. Beruhigend drückte sie seine Hand. Bosgard winkte den letzten Sprecher zu sich. »Wie ist dein Name, Mann?«

Er beugte das Knie vor Bosgard. »David, Sir, ich bin Zimmermann. Zwar kann ich weder mit dem Schwert noch mit Pfeil und Bogen umgehen, aber meine Hand kann einen schweren Hammer führen. Es wäre eine Freude, die Schädel Eurer Feinde einzuschlagen.«

Grübelnd zog Bosgard die Unterlippe zwischen die Zähne. Der Vorschlag des Zimmermanns war vielleicht gar nicht so schlecht. Er blickte zu Hayla und fragte: »Wie lange noch?«

Hayla wusste, was Bosgard meinte, und antwortete ruhig: »Drei, höchstens vier Tage. Wenn es dann nicht regnet, werden wir kein Trinkwasser mehr haben, und heute Morgen haben wir das letzte Fass Bier geöffnet.«

Bosgard hob die Hand, und schlagartig erstarb das Stimmengemurmel. »Ich danke euch für eure Treue, ihr guten Leute. Der Vorschlag von dem Zimmermann David scheint mir sinnvoll und durchführbar zu sein. Darum bitte ich euch – schärft eure Schwerter, spitzt eure Pfeile und sucht in der Burg alles zusammen, was man zum Kämpfen verwenden kann. Yven de Mantes rechnet ganz bestimmt nicht mit einem Angriff, darum werden wir morgen früh bei Sonnenaufgang den Ausfall wagen.« Zu Hayla gewandt, fuhr er fort: »Bitte, lass alles, was an Essen und Trinken noch vorrätig ist, auftragen. Die Leute sollen sich heute noch einmal stärken, um morgen Kraft zu haben.« Für die meisten wird es die letzte Mahlzeit ihres Lebens sein, fügte er in Gedanken hinzu, aber Hayla hatte die Worte bereits in seinen Augen gelesen.

Sie beugte sich zu Bosgard und flüsterte: »Der Plan ist Wahnsinn, und das weißt du. Die Belagerer sind in der Überzahl, und sie werden deine Männer töten …«

»Den anderen kann jedoch während des Kampfes die Flucht in die Wälder gelingen«, unterbrach Bosgard und sah Hayla ernst an. »Meine Männer sind Kämpfer, sie sterben lieber in einer Schlacht, als langsam, aber sicher zu verhungern oder zu verdursten. Ich weiß, dass wir nur eine kleine Chance haben werden, wenn es uns jedoch gelingt, dich und die Frauen und Kinder von Penderroc in Sicherheit zu bringen, dann müssen wir diese nutzen.«

»Aber …«

»Nein, sag nichts mehr.« Bosgard zog Hayla an seine Brust und murmelte: »Wir müssen beten und auf Gott vertrauen. Er und das Glück werden auf unserer Seite sein.«

Hayla spürte, jedes weitere Wort war sinnlos. Bosgard hatte sich zum Kampf entschlossen, und niemand – auch nicht sie – würde ihn davon abhalten können.

Plötzlich wusste sie, was sie zu tun hatte.

Waline war bei Bewusstsein, als Hayla ihre Kammer betrat und der Magd von dem geplanten Ausfall berichtete.

»Wir beide wissen, Mädchen, dass Sir Bosgard keine Chance gegen die Übermacht hat.« Ihre Stimme war leise, und die Worte wurden von einem heftigen Hustenanfall unterbrochen. Hayla stützte Walines mageren, von Krämpfen geschüttelten Oberkörper und spürte jeden ihrer Knochen durch das dünne Kleid.

»Bosgard ist ein Kämpfer, die Untätigkeit der letzten Tage hat ihn beinahe verrückt gemacht«, sagte Hayla, als Waline wieder zu Atem gekommen war und in die Kissen zurücksank. »Nur so ist sein irrwitziger Plan, sich selbst auszuliefern, zu erklären. De Mantes wäre niemals darauf reingefallen, denn er will mich in seine Gewalt bringen. Ich bin es, die der König will, nicht Bosgard.«

»Vergiss Ralph Clemency nicht«, mahnte Waline. »Der Unhold wird nichts unversucht lassen, Sir Bosgard zu töten.«

Verzweifelt schlug Hayla die Hände vors Gesicht. Selbst wenn ihr Plan, den sie soeben gefasst hatte, gelang, gab es keine Garantie, dass Bosgards Leben nicht in Gefahr war, solange Ralph Clemency dort draußen wartete. Auch Constance Aubrey hatte mit Bosgard noch eine Rechnung offen, und wo Mandric war und was dieser plante, wagte Hayla sich erst gar nicht vorzustellen. Seit Tagen fragte sie sich, welche Beweise Mandric dafür besaß, dass sie tatsächlich

Königs Harolds uneheliche Tochter war. Gab es in dem Land wirklich Bestrebungen, König William abzusetzen und sie an seiner Stelle auf den Thron zu bringen? Diese Vorstellung war so absurd, dass Hayla darüber am liebsten gelacht hätte, wäre die Situation nicht so lebensgefährlich ernst gewesen.

Hayla reichte Waline einen Becher, der zu einem Viertel mit Bier gefüllt war.

»Bitte trink, es ist die Ration, die dir zusteht«, forderte sie die Magd auf, als Waline den Becher zur Seite schieben wollte. »Ich habe einige beruhigende Kräuter untergemischt. Sie werden dir helfen, besser zu schlafen, damit du dich erholen kannst.«

»Bald werde ich für immer schlafen, mein Kind.« Waline sprach die Worte ohne Wehmut. »Ich bin alt und habe mein Leben gelebt. Bevor ich in die Hände der Belagerer falle, ist es besser, ich gehe von selbst. Trink du das Bier, du solltest diese Nacht gut schlafen, damit du morgen für den Kampf ausgeruht bist.«

Seufzend stellte Hayla den Becher zur Seite. Sie nahm eine Decke und legte sie über Waline, die vor Kälte zitterte, obwohl es in der Kammer drückend warm war. Hayla küsste die alte Magd, die seit Jahren wie eine Mutter zu ihr gewesen war, auf die Stirn, bevor sie die Kammer verließ.

An der Tür drehte Hayla sich noch einmal um und warf einen letzten Blick auf Waline.

»Leb wohl, Waline«, flüsterte sie. »Ich werde dich niemals vergessen.«

Hayla wagte nicht, Bosgard den morgigen Angriff auszureden, denn er war zu dem Ausfall wild entschlossen. Die letzten Nächte hatte sie in seinem Gemach verbracht, wobei er die Tür immer gut verschloss und den Schlüssel innen an seinem Hosenbund trug. An diesem Abend glänzten Bosgards Augen vor gespannter Erwartung auf den nächsten Morgen.

»Wir können es schaffen, Hayla«, rief er, kaum dass sie den Raum betreten hatte. »Meine Männer sind zwar geschwächt, aber ausgezeichnete Kämpfer. Unser Verbündeter ist die Überraschung. De Mantes rechnet niemals damit, dass wir einen Ausfall wagen. Vom Söller aus habe ich in den letzten Nächten beobachtet, dass er nur wenige Wachen aufgestellt hat. Wir werden sie überfallen, wenn sie noch schlafen, und in einem ehrenvollen Kampf von meinem Grund und Boden vertreiben, und morgen Abend wird dieser furchtbare Alptraum endlich vorüber sein.«

Bosgard versuchte, überzeugend zu klingen, Hayla hörte jedoch den Unterton des Zweifels in seinen Worten. Sie konnte seine Zuversicht nicht teilen, aber sie ließ sich dies nicht anmerken. Selbst wenn es Bosgard gelänge, alle Belagerer zu töten – der König würde erneut Männer nach Cornwall schicken, denn er wollte Hayla in seiner Gewalt haben. So würde es immer weitergehen, und es würde immer mehr Blut vergossen werden. Das konnte und durfte sie nicht zulassen. Sie schmiegte sich an Bosgards Brust, streichelte seinen Nacken und strich mit einem Finger über die Linie hinter seinem Ohr. Sie wusste, dass diese Berührung die Leidenschaft in ihm weckte.

»Bitte, liebe mich«, flüsterte sie heiser und drängte ihren Körper an den seinen. »Liebe mich, als wäre es das letzte Mal.«

Bosgard stöhnte vor Lust, dennoch schob er Hayla sanft

von sich. »So darfst du nicht reden. Morgen Abend wird dieser Spuk vorbei sein, und nichts und niemand wird uns jemals wieder trennen. Glaubst du etwa nicht daran, dass wir siegen werden? Hast du so wenig Vertrauen?«

»Es wird dir nichts geschehen, mein Liebster, da bin ich sicher«, antwortete Hayla zweideutig.

Bosgard bemerkte die Tränen auf ihren Wangen. Zärtlich küsste er jede einzelne fort. Ihre Hände glitten unter sein Wams, und er nestelte die Schnürung an ihrem Kleid auf. Sie nahmen sich nicht die Zeit, ins Bett zu gehen, sondern entkleideten sich an Ort und Stelle. Hayla konnte nicht abwarten, seine nackte Brust zu spüren, und sie drückte ihre Nase an sein Brustbein, um ihn mit allen Sinnen zu schmecken und zu riechen. Ihr Kleid fiel zu Boden, dann streifte er die Träger ihres Unterkleides über ihre Schultern, während er ihren Hals küsste. Vor Lust stöhnend, beugte sie den Kopf zurück, schloss die Augen und überließ sich ganz seinen Liebkosungen. Als sie seine Erregung spürte, presste sie ihren Unterleib fest gegen seinen. Mit einem Handgriff entledigte Bosgard sich seines störenden Beinkleides, dann schob er Hayla rücklings zum Bett, ohne dabei die Wanderung seines Mundes, der inzwischen das Tal zwischen ihren Brüsten erreicht hatte, zu unterbrechen. Hayla umklammerte seine festen Pobacken und massierte diese leicht. Ein Stöhnen entrang sich Bosgards Kehle, als Haylas Finger von hinten seine Hoden streichelten. »Und du verlangst, ich solle auf dies verzichten. Niemals! So lange ich lebe, werde ich dich nie wieder loslassen …«

»Halte mich«, keuchte Hayla, als seine Zungenspitze ihre Brustwarze umkreiste und er begann, vorsichtig daran zu saugen. »Halt mich ganz fest.«

Sie hätte weinen können – einerseits vor Glück, aber auch weil sie wusste, dass sie nie wieder Bosgards Liebkosungen kosten würde. Die eigentliche Vereinigung kam schnell, und hart drang er in ihren weichen und bereiten Schoß ein. So intensiv wie nie zuvor spürte sie, wie Bosgard sie völlig ausfüllte, und jeder seiner glückseligen Seufzer brannte sich wie ein heißes Eisen in ihr Herz. Vielleicht musste sie bald sterben, aber bis zu ihrem letzten Atemzug würde sie sich an jede Einzelheit dieses Augenblicks erinnern. Unmittelbar nach Bosgard fand Hayla ihre Erfüllung, und die heißen Wogen, die ihren Körper zum Zucken brachten, schienen sie in eine Welt zu tragen, in der es keinen Hader, Zwist oder gar Krieg gab. Für den Bruchteil eines Moments dachte Hayla, dass vielleicht doch alles gut werden könnte. Dann jedoch arbeitete ihr Verstand wieder, und schnell barg sie ihr Gesicht in seiner Armbeuge, damit er die Tränen in ihren Augen nicht bemerkte.

Die Sonne war bereits untergegangen, und durch das geöffnete Fenster drang die laue Nachtluft herein, als Hayla sich aus Bosgards Armen löste und nach dem Becher Bier griff, den sie mit in Bosgards Gemach gebracht hatte.

»Das Bier wird inzwischen abgestanden und warm sein, aber du musst dich stärken.«

Bosgard nahm den Becher und leerte ihn mit einem Schluck. Angewidert verzog er das Gesicht. »Pfui Teufel, das ist das schlechteste Bier, das ich jemals getrunken habe. Schon allein deswegen müssen wir die Belagerung beenden. Es ist dringend notwendig, frisches Bier zu brauen.«

Er grinste schelmisch, und Hayla zerriss es beinahe das Herz, aber es gelang ihr, in sein unbekümmertes Lachen einzustimmen. Das mit Kräutern vermischte Bier zeigte rasch

Wirkung. Bosgard gähnte und murmelte: »Ich bin doch müder, als ich gedacht habe. Lass uns schlafen, mein Herz, morgen liegt ein anstrengender Tag vor uns.«

Bevor Hayla etwas erwidern konnte, war er bereits eingeschlafen. Schnell schlüpfte sie in ihr Kleid, dann durchsuchte sie Bosgards Sachen, die er während ihres Liebesspiels achtlos zur Seite geworfen hatte. Sie fand den Schlüsselbund an der Innenseite seiner Hose befestigt und nahm ihn an sich. Bevor sie ging, beugte sie sich über ihn und küsste seine im Schlaf leicht geöffneten Lippen.

»Leb wohl, mein Liebster. Irgendwann wirst du verstehen, dass ich nicht anders handeln konnte.«

Als sie das Gemach verlassen hatte, schloss sie die Tür hinter sich sorgsam zu. Sie glaubte zwar nicht, dass Bosgard vor dem Morgen erwachte, dennoch wollte sie das Wagnis, er könne ihr folgen, nicht eingehen. Hayla brauchte kein Licht, um den Weg zu finden. Penderroc Castle war zu ihrer Heimat geworden, so dass sie auch im Dunkeln jede Stufe kannte. Unbemerkt gelangte sie in den Burghof. Vor einem Feuer saßen vier Wachen, aber Hayla gelang es, sich im Schatten der Wand an ihnen vorbei zur Rückseite der Burg zu schleichen. Die dortige kleine Pforte war nicht nur verriegelt, sondern zusätzlich mit Holzlatten von innen verstärkt. Bereits am Nachmittag hatte Hayla unter einem Busch in der Nähe Werkzeug deponiert, mit dem sie nun die Holzlatten abbrach. Obwohl die Wachen weit genug weg waren, bemühte sie sich, so leise wie möglich zu sein. Einmal rutschte sie ab, und das Stemmeisen hinterließ eine blutige Schramme auf ihrem Unterarm. Hayla war froh über den Schmerz, lenkte er sie doch von dem größeren Schmerz, der ihr Herz zu zerreißen drohte, ab. Endlich war es geschafft, und mit einem von Bosgards Schlüsseln öffnete sie die Pforte. Bevor sie hinausschlüpfte, schaute sie ein letztes Mal zu dem Wohnturm hinauf. Dort oben, im zweiten Stock hinter den Fenstern, schlief Bosgard tief und fest. Wahrscheinlich würde er niemals erfahren, dass sie sein Bier mit Schlafkräutern vermischt hatte.

»Ich liebe dich«, flüsterte sie in die Stille der Nacht, dann ging sie mit hocherhobenem Kopf die wenigen Schritte auf die Wachposten der Belagerer zu, die einen engen Ring um die Burgmauer gezogen hatten.

»Wer da?«, rief eine Wache, als sich Haylas Schatten aus der Dunkelheit löste. »Bleib sofort stehen.«

Hayla trat in das Licht des Feuers und streckte die Hände der Wache entgegen.

»Mein Name ist Hayla, und ich bin unbewaffnet. Ich bin die Frau, die Sir Yven de Mantes nach London bringen soll. Ich bin gekommen, mich Eurem Herrn zu stellen. Bitte, bringt mich zu ihm.«

18. Kapitel

Wer seid Ihr?« Fassungslos starrte Yven de Mantes auf die junge Frau in dem schlichten Kleid und mit den auffallend veilchenblauen Augen. Zuerst war de Mantes verärgert gewesen, als man ihn mitten in der Nacht aus dem Schlaf gerissen hatte, aber jetzt konnte er nur verwundert den Kopf schütteln. »Warum sollte ich Euch glauben und nicht denken, Ihr wollt mich in eine Falle locken?«

Hayla lächelte mit einem Anflug von Bitterkeit. »Wie sollte es mir gelingen, Euch zu täuschen, Sir? Ich komme ohne Waffe, nicht einmal das kleinste Messer halte ich irgendwo verborgen. Eure Wache hat mich bereits durchsucht. Einer von Euren Männern, Ralph Clemency, kann bezeugen, dass ich die Gesuchte bin. Ich gebe mich also völlig in Eure Hände.«

»Warum tut Ihr das? Und was wollt Ihr von mir?« De Mantes konnte es immer noch nicht glauben, dass die Frau, die er nach London bringen sollte und der dort der sichere Tod bevorstand, sich ihm ohne Hintergedanken auslieferte.

»Was ich will?« Hayla zuckte mit den Schultern, dann fiel ihr Blick auf den Tisch, auf dem ein Krug Wein stand. »Ein Becher Wein wäre sehr freundlich. Wie Ihr Euch denken könnt, habe ich großen Durst.«

De Mantes winkte einem seiner Männer, der jungen Frau

das Gewünschte zu reichen, dann richtete er wieder das Wort an sie. »Ihr seid also die Tochter von Harold Godwinson und damit die Verräterin, die versucht, König William die Krone streitig zu machen.«

»Es hat wohl wenig Sinn, Euch gegenüber meine Unschuld zu beteuern«, entgegnete Hayla und sah de Mantes offen an. »Ihr folgt Euren Befehlen und tut Eure Pflicht. Allerdings habe ich eine Bedingung, bevor ich mit Euch komme.«

»Ah, ich wusste es! Was soll das für eine Bedingung sein?«, brauste de Mantes auf. »Ihr seid wohl kaum in der Lage, Forderungen zu stellen.«

Hayla, die mit einer solchen Reaktion gerechnet hatte, blieb äußerlich ganz ruhig. »Man sagte mir, Ihr seid ein Ehrenmann, Sir. Darum plädiere ich an Eure Ehre und bitte Euch, die Bewohner von Penderroc Castle zu verschonen. Sie haben mit der Sache nichts zu tun. Im Gegenteil, die meisten hielten mich für eine Magd und wussten nichts von meiner Verbindung zu dem verstorbenen Harold, bevor Ihr gekommen seid. Sir de Mantes, Ihr habt mich in Eurer Gewalt, ganz so, wie der König es Euch befahl, darum hebt die Belagerung auf und zieht ab.«

Yven de Mantes griff nun seinerseits zu dem Wein und leerte den Becher mit einem Schluck. Die junge Frau verwirrte ihn. Es waren nicht nur ihre Augen, die von ungewöhnlicher Farbe und Schönheit waren, sondern ihr ganzes Auftreten. Dazu beherrschte sie die französische Sprache mit einer Geschliffenheit, wie sie mancher Dame am Hof fehlte.

»Ihr vergesst Bosgard de Briscaut«, sagte er schließlich und musterte Hayla von oben bis unten. »Es heißt, er wäre

Euer Bräutigam und einer der Anführer der Verschwörung.«

»Das ist eine infame Lüge!« Hayla lachte bitter. »Es stimmt, dass es zwischen mir und Sir de Briscaut ein Eheversprechen gab, aber er hat nichts von meiner Abstammung gewusst. Das schwöre ich bei meinem Leben und den Gräbern meiner Eltern. Wenn Ihr wollt, auch auf die Bibel.«

Hayla fiel auf die Knie und hob bittend die Hände. De Mantes schwankte immer noch zwischen Ungläubigkeit und zunehmender Bewunderung für die junge Frau.

»Ich bitte Euch, steht auf. Wenn Ihr wirklich die seid, für die Ihr Euch ausgebt, dann habt Ihr nicht vor mir zu knien, denn Ihr seid eine Dame. Aber sagt mir, Lady Hayla, warum ich Eurer Bitte, Penderroc Castle zu verschonen, nachkommen soll. Meine Männer und ich haben Zeit, wir können warten, bis sich die Tore der Burg freiwillig öffnen oder alle, die in den Mauern Schutz suchten, verdurstet oder verhungert sind.«

»Ich schätze Euch nicht als Mann ein, der Freude daran hat, Menschen zu quälen, Sir de Mantes.« Haylas offener Blick machte ihn fast ein wenig verlegen. »Ich bitte Euch, bringt mich nach London, damit ich die Möglichkeit habe, vor Eurem König meine Unschuld und mein Unwissen über meine Herkunft zu beteuern, aber lasst die Leute von Penderroc unbehelligt.« Hayla zögerte, schlug die Augen nieder und fuhr dann leise fort: »Bei Sonnenaufgang ist ein Ausfall geplant. Die Männer de Briscauts sind immer noch kräftig genug, gegen Eure Männer zu kämpfen. Sie wollen Euer Lager überfallen. Sir, gleichgültig, wer aus dem Kampf als Sieger hervorgeht, es wird Tote geben und noch mehr unschuldiges Blut vergossen werden. Das kann unmöglich in Eurem Interesse sein.«

Yven de Mantes zögerte. Auf der einen Seite hatte er keine Lust, noch länger die Burg zu belagern, denn jeder Tag, den er und seine Männer hier verbrachten, kostete die Krone Geld, und bei einem Kampf würden bestimmt einige seiner Männer sterben. Andererseits konnte er ein gewisses Misstrauen nicht völlig zur Seite schieben.

»Wer sagt mir, dass Bosgard de Briscaut nicht sofort einen Trupp hinterherschickt, wenn wir abziehen, und versuchen wird, Euch zu befreien, und dass es doch zu einem Kampf kommt?«

Hayla hatte mit einer solchen Frage gerechnet und sagte schnell: »Wenn wir sofort aufbrechen, dann können wir einige Meilen hinter uns gebracht haben, bevor mein Fehlen bemerkt wird. Ihr habt sicherlich Bier- und Weinvorräte und auch reichhaltig Nahrung, nicht wahr? Lasst dies alles hier, wenn wir abziehen.«

Hayla musste ihren Plan nicht erklären, de Mantes ahnte, was sie vorhatte. Er grinste und musterte Hayla anerkennend.

»Ihr seid nicht nur hübsch, sondern auch klug. Die Männer der Burg werden sich auf die Weinfässer stürzen, sobald sie merken, dass wir fort sind, und dann wird wohl kaum einer am nächsten Tag in der Lage sein, die Verfolgung aufzunehmen. Es gute Idee, Lady Hayla, und für meine Männer werde ich in der nächsten Stadt neues Bier und Wein besorgen. Zur Sicherheit werde ich allerdings, wenn die Leute die Burg verlassen, um sich auf die Köstlichkeiten zu stürzen, von ein paar meiner Männer alle ihre Pferde mitnehmen lassen, um uns einen weiteren Vorsprung zu verschaffen. Die

Burgbewohner werden schnell betrunken sein und nicht daran denken, eine Wache am Stall zu belassen. Eine Verfolgung zu Fuß wird sich Bosgard de Briscaut wohl zweimal überlegen.«

»Mylord, eine Bitte hätte ich noch …« De Mantes sah Hayla erwartungsvoll und nicht unfreundlich an, und sie fuhr fort: »Wenn Ihr die Pferde holt, lasst den Esel stehen. Dieser kann Euch nicht gefährlich werden, er hat jedoch eine große Bedeutung für den Burgpriester.«

»Ein Esel?« De Mantes war ehrlich erstaunt.

»Ja, Mylord, dieser Esel ist sein Ein und Alles. Ich habe mich Euch ausgeliefert, um Blutvergießen zu vermeiden, und selbst Ihr könnt nicht wollen, dass das Herz eines Gottesmannes blutet, wenn seinem Tier etwas geschieht, nicht wahr?«

Lachend schlug sich de Mantes auf den Schenkel und rief: »Ihr seid wirklich ein kluger Kopf, Lady Hayla. Schade, dass Ihr diesen wohl bald verlieren werdet.«

Er sprach mit leichtem Spott in der Stimme, und Hayla senkte betroffen den Kopf. Obwohl sie sich freiwillig in die Hände der Feinde begeben hatte, war sie bestürzt, als de Mantes ihr Schicksal so offen ansprach. Sie durfte seine Freundlichkeit nicht überschätzen. Zwar behandelte er sie wie eine Dame, aber dies könnte sich schnell ändern, wenn sie einen Fluchtversuch wagen würde.

Yven de Mantes rief seine Wachen und gab den Befehl, das Lager sofort abzubrechen und noch heute Nacht loszureiten. Wenn die Männer über diese Anweisung erstaunt waren, ließen sie es sich nicht anmerken. Ein Wachmann fesselte Hayla an Händen und Füßen, und de Mantes sagte beinahe bedrückt: »Verzeiht, Lady Hayla, aber das ist reine Vorsicht. Das versteht Ihr doch, nicht wahr?«

»Sicher, Sir. Ich habe mich in mein Schicksal gefügt.«

Während sich die Männer für den Aufbruch bereit machten, versuchte Hayla, gegen die in ihr aufsteigende Angst anzukämpfen. Sie hatte ihre Entscheidung gefällt – nun gab es kein Zurück mehr.

»Das gibt es doch gar nicht!« Der Wachmann rieb sich die Augen, weil er dachte, einem Trugbild zu erliegen, aber was er sah, war Wirklichkeit: Die Belagerer packten ihre Sachen zusammen und waren dabei abzuziehen. »He, kommt mal her!« Er rief nach seinen Kumpanen, die auf der östlichen und nördlichen Burgmauer Wache standen. Auch diese Männer starrten ungläubig auf das Lager von de Mantes. Das Geschehen war auch von anderen nicht unbemerkt geblieben, und ein Mann nach dem anderen kam auf die Mauer.

»Wir müssen Sir Bosgard davon unterrichten«, rief Ritter Henri. Einige der Männer folgten ihm zu Bosgards Gemach, aber er fand die Tür verschlossen vor. »Sir Bosgard, öffnet! Die Belagerer ziehen ab.« Mit beiden Fäusten hämmerte er an die Tür, aber in dem Raum regte sich nichts.

»Es kann doch nicht sein, dass er einen so tiefen Schlaf hat und von dem Geschehen draußen nichts bemerkt«, sagte ein anderer Mann. »Hoffentlich ist ihm nichts geschehen.«

»Die Sorge habe ich auch.« Henri runzelte die Stirn. »Vielleicht sollten wir die Tür aufbrechen?«

Der junge Eric schob sich zwischen den Männern hindurch. Er blickte Sir Henri an und grinste schelmisch. »Das würde ich bleiben lassen, Sir, denn Sir Bosgard wird über Eure Störung wohl wenig erfreut sein.«

»Was meinst du damit, Junge?«

Eric verschränkte die Arme vor der Brust und sah von einem zum anderen. »Na, ich denke, dass der Herr nicht allein in seinem Gemach ist. Lady Hayla ist nirgends zu finden, darum vermute ich, die beiden haben das Abziehen der Belagerer längst mitbekommen und feiern diesen Sieg nun auf ihre Art.«

Henri zögerte, dann begann er zu verstehen. Er grinste und schlug Eric auf die Schulter. »Damit könntest du recht haben, Junge, und in diesem Fall möchte ich mir wirklich nicht den Unwillen Bosgards zuziehen.« Henri beugte sich vor und rief, so laut er konnte: »Keine Sorge, Sir Bosgard, wir werden Euch nicht länger stören. Habt noch eine angenehme Nacht.«

Die Männer prusteten los, dann jedoch hielt es sie nicht länger in der Burg. Kaum waren die letzten Reiter der Belagerer im Wald verschwunden, wurde das Tor von Penderroc geöffnet. Trotz aller Freude waren die Männer aber auch vorsichtig. Sie zückten die Schwerter, und die Bogenschützen hielten ihre Waffen abschussbereit. Die Frauen blieben zuerst im Hintergrund und spähten aufmerksam in alle Richtungen. Vorsichtig näherten sich die Männer den Häusern des Dorfes, das jetzt totenstill in der Nacht lag. Der Halbmond spendete ein wenig Licht, und vereinzelt brannten noch Lagerfeuer. Auf Henris Befehl hin schwärmten die Männer aus, um die Häuser zu durchsuchen.

»Kein Mensch mehr hier«, wurde Henri bald berichtet. »De Mantes und seine Männer scheinen tatsächlich aufgegeben zu haben.«

Ein Mann trat mit glänzenden Augen vor und sagte: »Sie waren jedoch so freundlich, uns etwas hierzulassen. In dem

Haus hinten rechts lagern Dutzende von Bier- und Weinfässern.«

Bei dieser Nachricht waren die Männer nicht mehr zu halten und stürmten auf das besagte Lagerhaus zu. Auch die Frauen hatten es vernommen, und binnen weniger Augenblicke glich das Dorf einem Hexenkessel, und die Fässer wurden angezapft.

»Vorsicht, das Bier könnte vergiftet sein!«, rief Henri, aber niemand hörte auf seine Warnung. Die Menschen waren hungrig und durstig und kippten einen Krug nach dem anderen in sich hinein. Als auch nach einiger Zeit nichts geschah, nahm Henri ebenfalls einen Krug und trank gierig wie alle anderen.

Schweine wurden geschlachtet, Hühnern der Hals umgedreht und Feuer angefacht. Bald schon lag der köstliche Geruch nach gebratenem Fleisch in der Luft, und die Stimmung der Leute wurde immer ausgelassener. Die ersten Dorfbewohner kamen aus dem Wald zurück, nachdem sie den Lärm gehört hatten, und stürzten sich ebenfalls auf die lang entbehrten Köstlichkeiten. Einige begannen zu singen und zu tanzen, und auch Bruder Pierre gesellte sich zu den Feiernden.

»Wir sollten Gott danken, dass er uns von der Gefahr befreit hat.« Sein Ruf ging in dem Lärm unter, aber er kniete sich hin und faltete die Hände. Inbrünstig betete er und dankte seinem Schöpfer nicht nur für die Befreiung, sondern auch dafür, dass Jesaja verschont geblieben war.

Ein heller Lichtstreifen im Osten kündigte den Morgen an, als sich eine der Frauen an die Magd Waline erinnerte. Die alte Frau war nicht unter den Feiernden. Die Frau war nüchtern genug, einen Krug Bier und ein Stück saftiges Schweinefleisch zu holen. Als sie zu Walines Kammer ging, schauderte sie ein wenig. Penderroc Castle schien wie ausgestorben zu sein. Irgendwie konnte sie nicht glauben, dass Sir Bosgard und Lady Hayla nicht auch Verlangen nach Fleisch und Wein oder Bier hatten, aber das ging sie nichts an. Sie fand Waline wach und aufrecht im Bett sitzend vor.

»Ich habe dir etwas zu essen und trinken gebracht.« Sie stellte die Sachen auf dem Tisch ab. »Es ist unglaublich, aber die Feinde haben tatsächlich aufgegeben.«

Waline seufzte und bat die junge Frau, ihr aufzuhelfen. Das Bier rann ihr köstlich durch die Kehle, und das warme Fleisch stärkte sie. Als sie alles aufgegessen hatte, fragte sie: »Wo ist Hayla?«

Die Frau zuckte mit den Schultern. »Man sagt, sie und der Herr würden die Befreiung auf ihre eigene Art feiern.« Ein verlegenes Lächeln huschte über ihr Gesicht. »Die beiden haben Sir Bosgards Gemach bis jetzt nicht verlassen.«

Waline wusste sofort, hier stimmte etwas nicht, aber sie ließ sich nichts anmerken. Sie dankte der Frau für das Essen, dann schickte sie diese fort. Mühsam stand sie auf, hüllte sich in ihren Umhang und verließ die Kammer. Das Gehen fiel Waline zwar schwer, denn sie war immer noch geschwächt, aber sie tastete sich an den Wänden entlang zu Bosgards Gemach. Ebenso wie die Männer zuvor fand sie dieses verschlossen vor.

»Sir Bosgard … Hayla … bitte öffnet!« Eindringlich klopfte Waline an die Tür. »Bitte, Hayla, wenn du da drinnen bist, dann mach auf.«

Nichts geschah, kein Geräusch drang durch die dicke Holztür an Walines Ohr. Sie versuchte, durch das Schlüsselloch etwas zu erkennen, aber der Raum lag in völliger Dunkelheit. Waline zitterte am ganzen Körper. Es war jedoch nicht die Kälte oder Schwäche, die sie erbeben ließ, sondern die Erkenntnis, dass etwas Schreckliches geschehen sein musste.

»Hayla, was hast du getan!« Waline ahnte, zu was sich das Mädchen hatte hinreißen lassen, um sie alle zu retten, und sie erinnerte sich an den Becher mit dem Schlaftrunk. Für einen großen Mann wie Bosgard de Briscaut hatte Hayla sicher noch ein paar Kräuter hinzumischen müssen, um ihn für lange Zeit in tiefen Schlaf zu versetzen, aber Hayla kannte sich mit solchen Dingen ebenso gut aus wie sie selbst. Waline glitt zu Boden. Sie schlug die Hände vors Gesicht und murmelte: »Gott sei deiner armen Seele gnädig, Hayla.«

Wie von Hayla vorausgesagt, waren die Männer zu betrunken, um Waline Glauben zu schenken, als sie versuchte, Sir Henri oder jemand anderen davon zu überzeugen, Bosgards Gemach aufzubrechen. Die Sonne stand bereits hoch am Himmel, als die Ersten aus ihrem Rausch aufwachten und in die Burg zurückkehrten. Erst jetzt kam jemand auf die Idee, einen Blick in die Stallungen zu werfen.

»Die Pferde sind fort!« Der Aufschrei hallte durch die ganze Burg. »Während wir im Dorf gefeiert haben, muss sich jemand in die Ställe geschlichen und die Pferde mitgenommen haben.«

»War keine Wache dort?«, fuhr Henri den Sprecher an. »Wie konnte das passieren?«

»Wir dachten, alle Belagerer wären fort, darum war das Tor unbewacht … nun ja, und wir haben getrunken … Ihr eingeschlossen, Sir Henri.«

Nun wurde allen Leuten bewusst, dass Bosgard de Briscaut sich immer noch nicht hatte blicken lassen. Hier stimmte etwas nicht! Ritter Henris Kopf fühlte sich zwar an, als wäre er mit einem Holzhammer bearbeitet worden, aber nach und nach lichtete sich der Nebel um ihn herum, und Angst ergriff ihn. Er holte eine Axt, und mit zwei Männern stieg er zu Bosgards Gemach hinauf. Als sich auf ein erneutes Klopfen und Rufen hin immer noch nichts regte, hieb Henri wie von Sinnen auf die Tür ein. Bald barst das Schloss, und die Männer stolperten in den Raum, der in helles Sonnenlicht getaucht war. Bosgard lag bewegungslos im Bett, von Hayla war weit und breit nichts zu sehen. Henri eilte zu Bosgard und schüttelte ihn kräftig an den Schultern.

»Er lebt, aber er scheint bewusstlos zu sein«, rief er. »Holt sofort jemanden, der sich mit Krankheiten auskennt. Da gibt es doch diese alte Magd …«

Waline, durch eine zweite Mahlzeit am Morgen noch mehr zu Kräften gekommen, untersuchte Bosgard mit kundigen Handgriffen, dann wandte sie sich an Henri. »Sir, der Herr wird noch einige Zeit schlafen, aber er ist gesund.«

»Wie kann das sein?« Henri schüttelte fassungslos den Kopf. »Und wo ist Lady Hayla?«

Waline sah dem Ritter fest in die Augen. Sie würde Haylas Entscheidung respektieren, aber es hatte keinen Sinn mehr, länger zu schweigen.

»Sir, ich glaube, Hayla hat sich in die Hände der Feinde begeben, um unser aller Leben zu retten. Das erklärt den hastigen Aufbruch der Belagerer. Bevor sie die Burg verließ, hat sie Sir Bosgard einen Schlaftrunk verabreicht, denn sie wusste, er hätte sie sonst niemals gehen lassen.«

Inzwischen war auch die aufgebrochene Pforte in der Westmauer entdeckt worden. Wenn Henri eins und eins zusammenzählte, dann kam er nur zu einem möglichen Ergebnis: Hayla befand sich in den Händen der Feinde auf dem Weg nach London und damit auf dem Weg in ihren sicheren Tod.

»Wir müssen sofort die Verfolgung aufnehmen«, brüllte er. »Na, los, worauf wartet ihr noch?«

Ein Ritter trat vor und blickte Henri bedauernd an. »Wie sollen wir ohne Pferde die Männer verfolgen? Sie sind um Mitternacht herum aufgebrochen, jetzt steht die Mittagssonne am Himmel. Zu Fuß werden wir sie niemals einholen.«

»Dann besorgt neue Pferde! Sofort! Kämmt alle Höfe und Dörfer durch. In der Umgebung wird es doch Pferde geben.«

Ein anderer Mann schüttelte bedauernd den Kopf. »Sir Henri, die Menschen hier pflügen ihre Felder mit Ochsengespannen, allenfalls hat der eine oder andere einen Esel im Stall stehen. Der nächste Besitz, auf dem wir Pferde finden können, ist der von Sir Geoffrey Rampard. Seine Burg ist einen halben Tagesritt entfernt … zu Pferd …«

Er brauchte nicht weiterzusprechen. Henri ballte die Hände zu Fäusten und knirschte mit den Zähnen. Sie saßen hier fest und konnten nichts tun.

»Wir warten, bis Sir Bosgard aufgewacht ist. Er wird wissen, was zu tun ist.«

Das Getöse der Schlacht bei Hastings war nichts gegen Bosgards Wutanfall, als er aufwachte und nach und nach erfasste, was geschehen war. Er schlug Henri den Becher Wein, den dieser ihm zur Stärkung reichte, aus der Hand, und der Wein ergoss sich blutrot auf den Fußboden. Als Nächstes folgte ein Stuhl, den Bosgard an der Wand zerschlug, und schließlich packte er Henri am Kragen und schüttelte ihn.

»Wie habt ihr alle nur so dumm sein können? Tappt wie kleine Kinder in die Falle und habt nichts anderes im Kopf, als euch zu betrinken?« Bosgard knirschte mit den Zähnen und stieß Henri von sich. »Und Ihr, Henri, kennt Ihr mich wirklich so wenig, um nicht zu wissen, dass ich diesen plötzlichen Abzug skeptisch beäugt hätte? Wie habt Ihr auch nur einen Augenblick glauben können, ich würde dies verschlafen?«

Henri zuckte in Erwartung eines Schlages zusammen. Bosgard de Briscaut neigte nicht zur Gewalttätigkeit, aber derart zornig hatte er seinen Herrn nie zuvor erlebt.

»Bei allem Respekt, Sir, aber wir alle dachten, Ihr und Lady Hayla … Wir wollten Euch nicht stören …«

Mit hochrotem Kopf griff Bosgard nun doch nach dem Krug Wein und nahm einen kräftigen Schluck. Er zitterte am ganzen Körper – aber nicht nur vor Zorn, derart überlistet worden zu sein, sondern auch vor Angst um Hayla. Nach einiger Zeit beruhigte er sich. Es war unrecht, Henri oder den anderen Männern die Schuld zuzuschieben. Er selbst hätte erkennen müssen, was in Haylas Kopf vor sich ging, schließlich kannte er sie gut genug. Hayla war eine Frau, die stets an das Wohl der anderen dachte, somit hätte er ahnen müssen, dass sie nicht tatenlos zusehen würde, wie die Menschen um sie herum verdursteten und verhungerten. Wie verzweifelt musste sie gewesen sein, sich zu opfern, um die anderen zu retten.

Etwas ruhiger sagte er zu Henri: »Ich muss wohl zugeben, dass mein Verhalten in der letzten Zeit Anlass gegeben hat, Euch glauben zu lassen, ich würde meine Gefühle über das Wohlergehen meiner Leute stellen. Wäre ich an Eurer Stelle gewesen, so hätte ich wohl ähnliche Schlussfolgerungen gezogen. Dass sich die Männer nach den entbehrungsreichen Tagen auf Wein und Bier gestürzt haben, darf ich ebenfalls nicht verurteilen. Aber jetzt müssen wir überlegen, was wir tun können, um Lady Hayla zu befreien.«

Henri atmete erleichtert auf. Er fürchtete sich nicht vor dem Zorn Bosgards, dieser führte jedoch zu keinem Ziel. Ruhig und, soweit es möglich war, gelassen mussten sie jetzt gemeinsam überlegen, was zu tun war. Wie konnten sie ohne Pferde so schnell wie möglich nach London gelangen, um Lady Hayla vor dem Schlimmsten zu bewahren?

»Lasst mich allein, Henri, und ruft alle Männer in der Halle zusammen.« Bosgards Stimme war leise und beherrscht. »Wir werden eine Lösung finden.«

Nachdem Henri gegangen war, trat Bosgard ans Fenster und starrte auf die Landschaft, die immer noch in gleißendem Sonnenlicht lag. In seinem Herzen herrschten jedoch tiefste Finsternis und Verzweiflung. Zuerst war er auf Hayla wütend gewesen, dass sie ihn derart hereingelegt und ihn betäubt hatte, doch er konnte ihr nicht ernsthaft böse sein. Ihre selbstlose Tat hatte ihrer aller Leben gerettet. Bosgard erging sich jedoch nicht in Illusionen – Hayla würde von König William keine Gnade zu erwarten haben, sofern sie überhaupt lebend bis nach London kam. Er fürchtete, Ralph

Clemency, der zu den Männern von de Mantes gehörte, könnte Hayla während der Reise etwas antun. Allein aus dem Grund, um sich an ihm, Bosgard, zu rächen. Auch war er realistisch genug zu wissen, dass auch Constance Aubrey und dieser angelsächsische Ritter Mandric Hayla nicht ungeschoren davonkommen lassen würden. Yven de Mantes mochte vielleicht ein aufrechter Mann sein, gegen einen feigen Anschlag auf Hayla war selbst er machtlos. Ohne Pferde waren Bosgard und seinen Männern allerdings die Hände gebunden. Sogar wenn er sofort mit einem Trupp aufbrach – den Vorsprung von de Mantes würde er niemals einholen. Bosgard schätzte, sie waren jetzt ungefähr dreißig Meilen entfernt – ein Mann zu Fuß konnte jedoch, selbst wenn er gesund und kräftig war, höchstens zehn Meilen am Tag zurücklegen. Seine Männer waren dazu von dem langen Hungern geschwächt und einer solchen Strapaze noch nicht gewachsen.

Bosgard schlug die Hände vors Gesicht. In seinem Leben hatte er bereits viel erlebt, auch hatte er mehrmals gedacht, die Liebe Haylas verloren zu haben, doch jetzt war er verzweifelt. Zwar lebte er dank Haylas selbstlosem Plan, aber was war das Leben ohne sie? Ohne die Weichheit ihrer Haut und den Duft ihres Haares? Die Vorstellung, nie wieder ihre glockenhelle Stimme zu hören und niemals wieder in ihre veilchenblauen Augen zu schauen, verursachte ihm körperliche Pein.

»Reiß dich zusammen, Bosgard de Briscaut«, rief er sich laut zur Ordnung. Selbstmitleid brachte ihn jetzt nicht weiter. Was waren seine Leiden schon gegen die, die Hayla bevorstanden? Wenn sie die Reise nach London überlebte, dann erwartete sie spätestens dort der sichere Tod. Vielleicht war der König gnädig und gewährte ihr eine schnelle, schmerzlose Hinrichtung. Bosgard kannte jedoch die Gesetze, die auf Verrat standen – und Verräter fanden vor des Königs Augen keine Gnade. Die einzige Möglichkeit, die er hatte, war, darauf zu vertrauen, dass die Beweise des Ritters Mandric sich als haltlos herausstellen würden. Vielleicht hatte der Mann alle irregeführt? Der König würde niemanden zum Tod verurteilen, wenn er von dessen Schuld nicht überzeugt war.

»Was wir brauchen, ist Zeit«, sagte Bosgard später in der Halle, in der sich nicht nur seine Männer, sondern alle Bewohner von Penderroc Castle versammelt hatten und ihn erwartungsvoll anblickten. Bosgard rührte das Vertrauen der Menschen in ihn, und er wollte alles tun, sie nicht zu enttäuschen. »Im Juli geht der König gerne auf die Jagd, es könnte also sein, dass es einige Zeit dauert, bis es zu der Verhandlung kommt.« Seine Sorge, Hayla könne während der Reise von Ralph Clemency ermordet werden, schob er zur Seite und sprach nicht darüber. Er wollte die Leute nicht unnötig in Angst und Schrecken versetzen. »Das heißt für mich, ich werde mich noch heute auf den Weg nach London machen.«

»Zu Fuß, Sir?« David, der Zimmermann, erhob die Stimme. »Wenn es Euer fester Entschluss ist, werden wir Euch selbstverständlich folgen.« Er blickte in die Runde, und Bosgard sah gerührt, wie alle zustimmend nickten.

»Bruder Pierre, fürs Erste werde ich mir Euren Esel ausleihen.« Der Mönch trat vor und beugte sein Knie vor Bosgard. »Keine Sorge, ihm wird nichts geschehen, ich werde ihn hüten wie meinen Augapfel und Jesaja unversehrt zu Euch zurückbringen.«

Trotz der angespannten Situation lachten die Männer. Henri rief: »Wenn Ihr, Sir, auf einem Esel reitet, dann werden wir uns dafür auch nicht zu schade sein. Ein paar Eurer Männer sind bereits ausgeschwärmt, um von den umliegenden Gehöften alle Tiere, die als Reittiere dienen können, zusammenzutreiben.«

Bosgard nickte wohlwollend. »Wir müssen lediglich bis nach Exeter gelangen. Dort werde ich neue Pferde erwerben können.« Er blickte in die Runde und musste Tränen der Rührung unterdrücken, als er in die Augen der Menschen blickte, die selbstlos an seiner Seite standen, um seine große, seine einzige Liebe zu retten.

Es war ein seltsamer Zug, der einen Tag später Penderroc Castle verließ. Allen voran ritt Bosgard de Briscaut in leichter Rüstung. Auf den schweren Brustpanzer und die Beinschienen musste er verzichten, denn Jesaja hätte das Gewicht nicht getragen. Weitere Ritter auf Eseln, drei sogar auf einem Ochsen, folgten, während zwei Dutzend sich zu Fuß auf den langen Weg machten – darunter Ritter Henri und der junge Eric, der vehement auf einer Begleitung Bosgards bestanden hatte.

»Lady Hayla hat mein Leben und das meiner Schwester gerettet, da lasse ich sie nicht im Stich, wenn sie Hilfe braucht«, hatte er lautstark protestiert, als Bosgard ihn in Penderroc Castle zurücklassen wollte. Bosgard schmunzelte über den Eifer des Jungen und erlaubte ihm, sie zu begleiten. Er war ebenfalls in Erics Alter gewesen, als es ihn von zu Hause forttrieb, um eines Tages ein guter und tapferer Ritter zu werden.

Waline stand am Fenster ihrer Kammer und sah Bosgard

nach. Sie bekreuzigte sich und murmelte ein Gebet. Obwohl alles dagegen sprach, Hayla befreien zu können – wenn es einem gelang, dann Bosgard de Briscaut. Waline hatte ihre Meinung über ihn gründlich geändert. Der große und stolze Normanne war jetzt die einzige Hoffnung darauf, Hayla jemals wiederzusehen.

19. Kapitel

Nachdem sie aufgebrochen waren, hatte Hayla nicht nach Penderroc Castle zurückgeblickt. Sie wusste, sie würde die Burg, in der sie die glücklichste Zeit ihres Lebens verbracht hatte, niemals wiedersehen. An Händen und Füßen gefesselt, zerrte man sie in einen kleinen Wagen. Yven de Mantes bestimmte zwei Männer zu ihrer Bewachung, und Hayla war entsetzt, als sie sah, dass einer von ihnen Ralph Clemency war. Mit einem schmierigen Lächeln setzte er sich Hayla gegenüber und legte demonstrativ eine Hand auf den Griff seines Schwertes.

»Welch freudige Überraschung, Hayla. Ich hätte nie zu hoffen gewagt, dich eines Tages doch noch in meine Gewalt zu bekommen.«

Hayla wandte den Blick ab, als sie antwortete: »Ihr unterliegt einem Irrtum, Sir Ralph. Ich bin jetzt zwar eine Gefangene, aber ich unterstehe der Aufsicht von Sir Yven de Mantes, Eurem Herrn, dem Ihr verpflichtet seid.«

Ralph Clemency lachte gackernd, und der zweite Begleiter blickte die beiden erstaunt an. »Du hältst dich hier raus, Hugo, sonst kannst du deine Zähne einzeln auflesen, klar?«, herrschte Ralph ihn an und fuhr dann, zu Hayla gewandt, fort: »De Mantes kann seine Augen nicht überall haben. Ich bin sicher, wir beide werden während der Reise viel Spaß miteinander haben.«

Ralph legte eine Hand auf Haylas Knie und tätschelte es vertraulich. Hayla wurde es bei seiner Berührung übel, und sie versuchte, so weit wie möglich von ihm fortzurücken. Das Innere des Wagens war jedoch sehr beengt, und die Fesseln hinderten sie daran, Ralphs Hand fortzustoßen. So blieb ihr nichts anderes übrig, als ihn mit einem hasserfüllten Blick anzusehen. »Im Augenblick mögt Ihr Euch mächtig fühlen, Ralph Clemency, aber der Tag wird kommen, an dem Ihr für alle Eure Taten büßen werdet.«

Ralph ließ Haylas Knie los und hieb sich auf seinen Schenkel. »Ha, wenn du meinst, dass ich irgendwann mal in der Hölle schmoren werde – davor habe ich keine Angst. Ich lebe jetzt und möchte ein wenig Spaß haben. Ich kann unsere erste Rast kaum erwarten. Vielleicht teilt de Mantes uns beiden ein gemeinsames Zelt zu. Das wäre doch schön, oder?«

»Ihr seid das verabscheuungswürdigste Geschöpf auf Erden, und ich hasse Euch, Ralph Clemency.« Der zweite Begleiter, der das Gespräch mit zunehmender Fassungslosigkeit verfolgte, wich vor Haylas kalter und harter Stimme zurück. »Bevor Gott Euch strafen wird, werde ich es selbst tun«, fuhr Hayla fort. »Bei der ersten sich mir bietenden Gelegenheit werde ich Euch töten.«

»Oh, jetzt bekomme ich aber Angst!« Ralphs Stimme troff vor Hohn. »Nun, schöne Hayla, wenn du meinen Tod willst, dann musst du wahrscheinlich wirklich selbst die Waffe führen, denn Bosgard wird keinen Finger rühren, dich zu retten oder sich mir gar entgegenzustellen. Wo ist er denn jetzt, dein geliebter Bosgard? Nach ein paar Tagen Belagerung hat er dich gehen lassen, als er merkte, dass es ihm sonst an den Kragen geht. Zuerst große Töne spucken, er würde dich beschützen und so, doch dann feige den Schwanz einziehen.«

»Haltet den Mund und sprecht nicht so über Bosgard. Ihr seid es nicht wert, ihm auch nur die Stiefel zu lecken.«

Hayla hatte mit Yven de Mantes vereinbart, niemandem von ihrem Abkommen zu erzählen. Die Männer sollten glauben, Bosgard de Briscaut hätte sich besonnen und Hayla gemäß dem Befehl des Königs ausgeliefert. Sie hätte Ralph die Wahrheit am liebsten ins Gesicht geschleudert, aber Hayla beherrschte sich. Sollte er sich nur in Sicherheit wiegen – eines Tages würde Bosgard ihn für all das, was er ihr und ihm angetan hat, zur Rechenschaft ziehen.

Ralph Clemency zeigte sich von Haylas Worten unbeeindruckt. Sein schmieriges Grinsen wurde noch breiter, als er leise sagte: »Du hast einen großen Fehler gemacht, Mädchen, indem du Bosgard mir vorgezogen hast. Du bist auf sein freundliches Getue reingefallen, auf seine Worte, die von Gleichheit zwischen Normannen und Angelsachsen sprachen, dabei ist Bosgard ein Mann wie alle anderen auch. Er wollte seinen Spaß mit dir, und als er davon genug hatte und erkannte, wer du in Wahrheit bist, konnte er dich nicht schnell genug loswerden. Er scheint zu hoffen, dass er damit die Gunst des Königs zurückerlangt, was ihm vielleicht auch gelingen mag, besonders wenn er Constance Aubrey heiratet. Das wirst du jedoch nicht mehr erleben.«

Hayla zeigte keine Regung bei seinen deutlichen Worten, denn diese Genugtuung wollte sie Ralph nicht geben. Sie hatte darüber nachgedacht, ob es möglich wäre, den König von ihrer Unschuld zu überzeugen. Sie hatte nichts davon gewusst, die Tochter Harolds zu sein, und niemals hatte sie auch nur den kleinsten Gedanken gehegt, selbst nach der

Krone Englands zu greifen. Hayla kannte William nicht, aber er trug nicht umsonst den Beinamen *Der Eroberer*, oder auch *Der Schlächter*, denn er war dafür bekannt, dass Mitleid und Gnade Fremdwörter für ihn waren. Darum hegte Hayla wenig Hoffnung, von ihm vielleicht nur mit einer Kerkerhaft oder einer Verbannung bestraft zu werden. König William konnte es sich nicht leisten, ihr Leben zu verschonen, wenn sie wirklich einen Anspruch auf den Thron Englands hatte. Dennoch würde sie nicht verzweifeln, sondern bis zu ihrem letzten Atemzug um ihr Leben kämpfen.

Hugo, der zweite Begleiter, wand sich unbehaglich. Er war nur ein unbedeutender Knappe ohne einen Penny in der Tasche und auf das Wohlwollen Ralph Clemencys angewiesen. Während der Belagerung war er von de Mantes seinem neuen Herrn zugeteilt worden. In den wenigen Tagen hatte er bereits festgestellt, dass sein neuer Herr kein guter Mensch war. Wie er jetzt mit dem Mädchen sprach, erschreckte Hugo so sehr, dass er Mitleid mit ihr bekam. Er zählte zwar noch keine fünfzehn Jahre, war aber schon alt genug, um von Haylas Schönheit beeindruckt zu sein. Natürlich wusste Hugo, dass man der jungen Frau vorwarf, gegen den König zu intrigieren, aber er konnte nicht glauben, dass sie wirklich eine Verräterin war. Offenbar kannten Ralph Clemency und sie sich schon länger, und sein Herr war auf Hayla nicht gut zu sprechen. Nun, er würde schweigen und so tun, als ginge ihn das alles nichts an. Er war auf das Wohlwollen von Sir Ralph angewiesen, denn was sollte er machen, wenn dieser ihn gegenüber de Mantes in Misskredit brachte oder ihn sogar fortschickte.

Hayla bemerkte die Unsicherheit des Jungen, der sie immer wieder verstohlen von der Seite musterte. Sie erkannte jedoch, dass von seiner Seite keine Hilfe zu erwarten war, dafür hatte Hugo viel zu viel Angst vor Ralph. Sie selbst spürte seltsamerweise keine Furcht. In den Blicken, mit denen Ralph sie bedachte, sah sie seine Gier, und sie zweifelte keinen Moment, dass er bei der ersten sich bietenden Gelegenheit versuchen würde, sich ihr wieder zu nähern. Hayla wusste, dass sie ihm dann hilflos ausgeliefert sein würde, dennoch berührte diese Vorstellung nicht ihr Herz. Es gab nichts, was Ralph ihr antun konnte, denn seit sie Bosgard verlassen hatte, hatte sich ein Panzer aus Eis um ihr Herz gelegt. Würde Ralph vielleicht ihren Körper besitzen – ihre Seele und ihr Herz würde er niemals erreichen. Kein Schicksal konnte schlimmer sein als der Schmerz, Bosgard niemals wiederzusehen. Haylas einziger Trost war – und Ralph hatte dies sogar bestätigt – die Möglichkeit, dass Bosgard nichts geschah. Wenn es bedeutete, dass er Constance Aubrey heiraten musste, um die Gunst des Königs wiederzuerlangen, dann würde Hayla ihm dafür alles Gute wünschen. Sie wusste zwar, dass Constance Bosgard niemals glücklich machen konnte, aber das Leben des Geliebten war dieses Opfer wert. Früher oder später würde auch Bosgard einsehen, dass es die einzige Möglichkeit gewesen war. Haylas Kopf sank zur Seite, sie schloss die Augen und tat so, als würde sie schlafen. Sie hoffte, Ralph würde sie nicht mehr ansprechen. Es war schon schlimm genug, mit diesem Mann eingesperrt zu sein, zusätzlich musste sie sich nicht noch seine Beleidigungen und Drohungen anhören. Nach einiger Zeit forderte die durchwachte Nacht ihren Tribut, und Hayla schlief tatsächlich ein. Sie träumte, sie säße in einem Wagen und machte eine Reise. Allerdings spürte sie im Traum keine Angst, sondern war glücklich, denn ihr Begleiter war Bosgard. Sie sah ihn von der Seite an, und er drehte den Kopf und erwiderte ihr Lächeln. Deutlich sah Hayla seine kräftigen Hände mit den langen, schlanken Fingern und erinnerte sich, wie diese ihren Körper liebkosten. Doch als Bosgard sich vorbeugte, und seine Lippen sich Hayla näherten, ertönte ein lauter Ruf, und der Wagen blieb ruckartig stehen. Hayla schlug sich den Kopf am Rahmen an und wachte auf.

»Wir rasten, die Pferde brauchen Wasser und wir etwas zu essen«, hörte Hayla jemanden sagen. Soweit es ihre Fesseln zuließen, streckte Hayla ihre Arme und Beine aus. Sie fühlte sich wie erschlagen, dabei waren sie noch keinen Tag unterwegs, und es lag noch eine weite Reise vor ihnen.

Ralph Clemency öffnete die Tür und zerrte Hayla aus dem Wagen. Sie standen vor einem zweistöckigen, mit Stroh gedeckten und aus groben Steinen erbauten Wirtshaus. In der Luft lag der Geruch nach gebratenem Fleisch, und Haylas Magen knurrte vernehmlich. Über die Aufregung der letzten Nacht hatte sie vergessen, wie hungrig sie war, und sie hoffte, de Mantes würde ihr etwas zu essen geben. Zuerst musste sie Ralph jedoch in den Gastraum folgen, in dem sie bereits erwartet wurden.

»Constance Aubrey!«, rief Hayla überrascht, und ihre Augen weiteten sich, als hinter der Frau ein Mann vortrat. »Und du, Mandric. Ich hätte mir denken können, dass ihr gemeinsame Sache macht.«

Constance lachte höhnisch. »Als gegen Mittag ein Reiter ankam und meldete, du bist in der Gewalt von Sir Yven und eure Ankunft sei im Laufe des Tages zu erwarten, hielt ich es zuerst für einen Scherz. Ich hätte nie gedacht, dass Bosgard so leicht aufgibt. Sag, Mädchen, wurde Penderroc Castle gestürmt? Ist Bosgard verwundet oder gar tot?«

Hayla entging nicht das erwartungsvolle Flackern in Constances kalten Augen. Sollte de Mantes der Frau erklären, warum sie sich in seiner Gewalt befand, sie jedenfalls würde es nicht tun. Hayla straffte die Schultern und hob das Kinn. »Welche Umstände zu meiner Verhaftung führten, geht Euch, Lady Constance, nichts an. Ich bin sicher, Euer Kompagnon Ralph Clemency wird Euch Bericht erstatten.« Constance schnappte empört nach Luft, aber Hayla beachtete sie nicht weiter. Ihr Blick ging zu Mandric. Ihre Stimme klang traurig, als sie sagte: »Du hast deine Drohung also in die Tat umgesetzt, Mandric. Sag, was hast du davon, wenn man mich vor Gericht zerrt, in den Kerker wirft oder gar tötet? Ist das deine Art von Rache dafür, dass ich dich nicht heiraten wollte? Dabei liebst du mich nicht einmal.«

Mandric besaß wenigstens so viel Anstand zu erröten, aber er ging auf Haylas Fragen nicht ein, als er antwortete: »Wir hätten ein ruhiges und gutes Leben führen können, wenn du nicht so stur wärst. Bosgard de Briscaut und du, ihr habt mich und Lady Constance unsäglich beleidigt, da mussten wir etwas tun.«

Hayla zuckte mit den Schultern. Noch nie hatte sie verstanden, warum Menschen aus verletzter Eitelkeit andere Menschen ins Verderben stürzten oder gar töteten. Ihr waren solche Gedanken fremd. Natürlich sann sie danach, sich an Ralph Clemency zu rächen, aber dieser Mann hatte nicht nur versucht, sie zu vergewaltigen, sondern auch, Bosgard zu töten. Hayla sah die drei Menschen an, die zu ihren erbitterten Feinden geworden waren, und sagte sich, dass ihr Schicksal in London nicht schlimmer sein konnte als die Gesellschaft dieser drei. Haylas Blick wanderte zu Constances Leibesmitte, und ein spöttisches Lächeln begleitete ihre

Worte, als sie sagte: »Langsam wird es Zeit, einen Vater für Euer Kind zu finden. Man kann nämlich schon etwas erkennen …«

»Du unverschämtes Ding, dir werde ich es zeigen!« Constance hob die Hand und hätte Hayla wohl geschlagen, wenn Mandric sich nicht dazwischengestellt hätte.

»Nicht hier und nicht jetzt, Lady Constance«, flüsterte er, denn in diesem Moment trug der Wirt das Essen auf.

Constance trat einen Schritt zurück, sah Hayla jedoch hasserfüllt an. »Wir beide sind noch nicht miteinander fertig«, zischte sie ihr ins Ohr, als sie dicht an ihr vorbeiging.

Nach und nach füllte sich der Gastraum, und die Männer langten kräftig zu. Zwei Schankmädchen brachten Krüge mit Bier, de Mantes, Ralph und Constance erhielten dunkelroten Wein. Hayla wurde auf einen Platz neben Mandric geschubst. Sie sah ihn fragend an.

»Machst du bitte meine Fesseln los? Wie soll ich sonst essen und trinken?«

Mandric zögerte. Erst als er die Erlaubnis von de Mantes, der am anderen Ende des Gastraums Platz genommen hatte, eingeholt hatte, sagte er zu Ralph: »Ich glaube kaum, dass die Gefangene versucht zu fliehen. Mylord de Mantes wünscht jedoch, dass Ihr, Sir Ralph, Euch auf ihre andere Seite setzt und sie im Auge behaltet.«

Ralph Clemency kam dieser Aufforderung nur zu gerne nach. Mit einem vielsagenden Lächeln setzte er sich dichter als nötig neben Hayla und drückte seinen Oberschenkel gegen den ihren. Obwohl Hayla großen Hunger verspürt hatte, war ihr Magen plötzlich wie zugeschnürt. Mandric wie auch Ralph rochen unangenehm, beide mussten wohl seit Tagen nicht mehr gebadet haben. Sie beobachtete, wie der Speichel von Ralphs Lippen tropfte, wenn er in die Fleischstücke biss. Bevor ihr übel werden konnte, nahm sie schnell einen Schluck Bier. Es war lauwarm und schmeckte widerlich, beruhigte Haylas Magen jedoch ein wenig. Für einen Augenblick schoss ihr der Gedanke durch den Kopf, einfach zu hungern. Wenn sie nichts mehr aß, würde sie auf der Reise nach London sterben und so all dem, was sie dort erwartete, aus dem Weg gehen. Das ist feige, schalt sie sich selbst. Sie hatte diesen Weg gewählt und würde ihn auch bis zum Ende gehen. Darum griff Hayla nach einem Stück Entenbrust und aß langsam, um ihren Magen nicht zu überlasten.

Nachdem Ralph seinen Hunger gestillt und mehrere Becher Wein geleert hatte, legte er vertraulich einen Arm um Haylas Schultern.

»Na, meine Schöne, sollen wir jetzt hochgehen und zum gemütlichen Teil des Abends kommen?« Dabei drückte er sie so fest, dass Hayla empört aufschrie.

»Nehmt sofort Eure Finger von mir!«

Mandric hatte die Annäherung bemerkt und funkelte Ralph wütend an. »Es scheint Euch entgangen zu sein, dass die Lady meine Braut ist, Sir Ralph.«

Ralph verharrte in der Bewegung und starrte Mandric fassungslos an. »Was erlaubst du dir, so mit mir zu sprechen? Du weißt wohl nicht, mit wem du es zu tun hast, Knappe.«

Mandric straffte die Schultern und sagte kalt: »Ich bin ebenso ein Ritter wie Ihr, Sir, und Hayla ist meine Braut.«

Ralph ließ Hayla los und schlug sich laut lachend auf die Schenkel. »Braut! Das ist der beste Witz, den ich seit langem gehört habe. Soviel ich weiß, teilte diese Hure bis vor wenigen Tagen das Bett von Bosgard de Briscaut, und davor von was weiß ich wie vielen anderen Männern.«

Constance Aubrey hatte das Gespräch verfolgt und trat neben Ralph. Sie legte eine Hand auf seine Schulter, zeigte mit der anderen auf Mandric und sagte leise: »Ihr müsst wissen, Sir Ralph, das ist der Mann, der beweisen kann, dass Hayla die uneheliche Tochter König Harolds ist. Ihr solltet mit ihm also keinen Streit anfangen.«

Ralph kniff die Augen zusammen und musterte Mandric von oben bis unten. »Ach, du bist das?« Er war nicht bereit, Mandric gebührend anzusprechen, dazu stand dieser viel zu weit unter ihm. Schließlich war er Angelsachse. »Es wundert mich, dass du Hayla immer noch als deine Braut ansiehst. Schlag dir das aus dem Kopf, oder soll ich dir erzählen, wie bereitwillig sie schon einmal in meine Arme gesunken ist?«

»Das ist eine infame Lüge!« Hayla sprang auf und schüttete den Rest ihres Bieres Ralph mitten ins Gesicht. »Ihr wisst, wie sehr ich Euch verabscheue, außerdem seid Ihr ein gemeiner Meuchelmörder.«

Der Vorfall war von Yven de Mantes, der am anderen Ende des Gastraumes saß, nicht unbemerkt geblieben. Nun kam er herüber und fragte verärgert: »Was ist hier los?«

»Die Gefangene hat mich grundlos angegriffen, Sir.« Ralph wischte sich mit dem Ärmel das Bier aus dem Gesicht. »Man sollte sie in Ketten legen, diese kleine Bestie.«

De Mantes' Blick ging zwischen Ralph, Mandric und Hayla, die stumm den Kopf gesenkt hielt, hin und her. Er kannte Ralph Clemency noch nicht lange. Der Mann hatte sich ihm angeschlossen, als er mit dem Befehl, das Mädchen Hayla nach London zu bringen, nach Cornwall gekommen war. Clemency behauptete, sich in Penderroc Castle auszukennen, und de Mantes hatte ihn mitgenommen, weil der Mann ihm bei einer Erstürmung der Burg hätte behilflich sein können. Während der Belagerung hatte de Mantes jedoch festgestellt, welch unangenehmer Zeitgenosse dieser Clemency war. Er war rechthaberisch, zornig und aufbrausend und sprach dem Alkohol mehr zu, als es gut für ihn war. Sein Blick ging zu Lady Constance Aubrey. Deutlich klangen ihm die Worte des Königs, auf die Lady achtzugeben und sie mit nach London zu bringen, in den Ohren. De Mantes hatte davon gehört, dass Lady Constance dem König nahestand. Obwohl sie zweifellos von einer aparten Schönheit war, fröstelte er in ihrer Gegenwart, denn sie hatte etwas an sich, was ihn abstieß. Im Augenblick waren sie und ihre Kammerfrau jedoch die einzigen Frauen in seiner Umgebung, darum sagte er streng: »Lady Constance, ich bitte Euch, kümmert Euch um Lady Hayla. Ich stelle sie unter Eure Obhut, denn meinen Männern kann ich diesbezüglich nicht vertrauen. Ihr versteht, was ich meine?«

Constance unterdrückte einen wenig damenhaften Fluch. Hinter ihrem Rücken ballte sie die Hände zu Fäusten, aber äußerlich blieb sie ganz ruhig. »Wie Ihr wünscht, Sir de Mantes. Aber sagt mir bitte, warum nennt Ihr dieses Geschöpf *Lady* Hayla? Sie mag wohl von hoher Geburt sein, sie hat jedoch durch ihr Verhalten und unsittliches Benehmen jeglichen Anspruch auf eine solche Anrede verwirkt. Zudem ist sie nichts weiter als eine dumme Angelsächsin und unsereins nicht ebenbürtig.«

»Bei allem Respekt, Mylady, aber eine solche Beurteilung steht Euch nicht zu. Das von König William in England eingeführte Rechtssystem gilt für jeden – gleichgültig, ob Normanne oder Angelsache.« In de Mantes' Stimme klang Tadel, und Constance knirschte mit den Zähnen über diese Zurechtweisung. »In London wird Lady Hayla vor ein ordentliches Gericht gestellt, da wird sich ihre Schuld oder Unschuld erweisen. Bis dahin trage ich für sie die Verantwortung, und ich möchte nicht, dass ihr ein Leid geschieht. Ich hoffe, ich habe mich klar und deutlich ausgedrückt?« Er sah in die Runde, und Ralph und Mandric blieb nichts anderes übrig, als zögernd zu nicken.

In dieser Nacht fand Hayla keinen Schlaf. Sie musste die Kammer mit Constance Aubrey und ihrer Kammerfrau Luchia teilen, doch während die beiden Frauen schnell einschliefen, lag Hayla wach und starrte in die Dunkelheit. Man hatte ihre Füße mit dicken Seilen an einen in der Wand eingelassenen Eisenring gefesselt und als Unterlage dienten ihr lediglich etwas Stroh und eine schmutzige Wolldecke. Durch die scheibenlose Fensteröffnung, die wegen der Hitze unverschlossen war, konnte sie den Halbmond sehen, und sie fragte sich, was Bosgard im Moment wohl tat. Sicher zürnte er ihr, da er nicht verstand, dass sie nicht anders hatte handeln können. Ob er wohl Pläne schmiedete, sie zu befreien? Hayla lachte leise und wehmütig. Bestimmt würde er dies tun, wie sollte ihm eine Verfolgung jedoch ohne Pferde möglich sein? De Mantes trieb seine Männer zur Eile an, er wollte sie so schnell wie möglich nach London bringen. Selbst wenn es Bosgard gelingen würde, sie einzuholen – der Übermacht und den Waffen von de Mantes' Leuten wäre er nicht gewachsen. Lautlos betete Hayla, dass Bosgard von einer Verfolgung absehen würde. Sie hatte sich ausgeliefert, um neues Blutvergießen zu verhindern und um Bosgards Leben zu retten.

Eine Wolke schob sich vor den Mond und tauchte die Kammer in völlige Dunkelheit. Hayla hörte das regelmäßige

Atmen von Constance Aubrey und fragte sich, welchen Plan die Adlige wohl verfolgte. Sie war eindeutig guter Hoffnung. Das ließ sich nicht verleugnen, denn in dem engen Kleid zeichnete sich deutlich ein runder Bauch ab. Hayla schätzte, dass Constance im vierten oder fünften Monat war. Sie hatte Constance nie geglaubt, dass diese bereits seit Monaten in Cornwall weilte und sich heimlich mit Bosgard getroffen hatte. Das war so absurd, dass es beinahe schon lächerlich war. Wer jedoch war der Vater ihres Kindes? Vielleicht Ralph Clemency, der sich offenbar mit Constance bestens zu verstehen schien? Trotz allem glaubte Hayla nicht an eine solche Verbindung. Niemand, der klaren Verstandes war, würde sich freiwillig mit diesem Mann einlassen. Nein, die *Freundschaft* zwischen Constance und Ralph musste einen anderen Grund haben. Als Bosgard damals verwundet aufgefunden wurde, hatte Hayla sofort Ralph in Verdacht gehabt. Nun jedoch zog sie auch Constance in Betracht, etwas mit dem Überfall zu tun gehabt zu haben. Ihre Gedanken schweiften zu Waline. Ob sie wohl noch lebte, jetzt, da sie wieder genug zu essen und zu trinken hatte? Obwohl die alte Magd mit Hayla oft uneins gewesen war, besonders was ihre Liebe zu Bosgard anging, vermisste Hayla sie. Sie seufzte leise. Da waren so viele Fragen in ihrem Kopf, auf die sie nie eine Antwort erhalten würde. Sie konnte nur hoffen, Bosgard wäre so vernünftig, in Cornwall zu bleiben, damit er eines Tages ein ruhiges und beschauliches Leben führen konnte.

Sie brachen bei Sonnenaufgang auf. Ein wolkenloser Himmel versprach einen weiteren heißen Tag, und Hayla war erleichtert, als zu ihrer Bewachung nicht mehr Ralph, sondern Constance Aubrey, ihre Kammerfrau Luchia und der junge Hugo bestellt wurden. Sie mussten sich zwar zu viert in den engen Wagen drängen, und Hayla mochte Constance nicht, aber deren Anwesenheit war leichter zu ertragen als die Ralphs, denn Constance würde sie wenigstens nicht andauernd belästigen. Bevor Hayla einstieg, lenkte Ralph sein Pferd an ihre Seite, beugte sich herab und raunte ihr leise zu: »Glaub ja nicht, du kannst mir entkommen, auch wenn de Mantes schützend seine Hand über dich hält. Ich werde schon noch bekommen, was mir seit langem zusteht.«

Trotz der Wärme rann ein kalter Schauer durch Haylas Körper. Sie fürchtete sich mehr vor Ralph Clemency als vor dem Urteil des Königs. Wie lange würden sie noch nach London brauchen? Fünf Tage, und wenn das Wetter gut blieb, vielleicht auch nur vier. Das waren vier Tage und vier Nächte, in denen viel geschehen konnte, und Yven de Mantes konnte seine Augen nicht überall zugleich haben.

Constance Aubrey versuchte nicht, ihren Unwillen, mit Hayla in einem Wagen zusammengepfercht zu sein, zu verbergen. Constance empfand es als Zumutung, mit Hayla die Kammer zu teilen und auf die Gefangene achtgeben zu müssen. Darum ließ sie keine Gelegenheit aus, Hayla zu verspotten und Lügen über Bosgard zu erzählen.

»Schon damals, als wir beide noch am Hof lebten, konnte Bosgard nie seine Finger von mir lassen.« Constance kicherte wie ein junges Mädchen. »Jede dunkle Ecke, jede verschwiegene Kammer war ihm recht, um einen heimlichen Kuss von mir zu stehlen. Manchmal auch mehr …« Sie kicherte und schlug sich die Hand vor den Mund. »Aber das kennst du ja alles selbst, nicht wahr, Hayla? Bosgard kann sehr charmant sein, wenn er eine Frau leidenschaftlich begehrt.«

Hayla presste die Kiefer zusammen, starrte durchs Fenster nach draußen und tat so, als erreichten Constances Worte sie nicht. Dabei stach jedes einzelne wie ein Dorn in ihr Herz, doch Hayla wollte Constance nicht die Genugtuung geben, dass sie sich durch ihre Worte provoziert fühlte. Es war zwar eindeutig, dass Constance log, wenn sie nur den Mund aufmachte, und diese Farce, sie und Bosgard wären ein Paar gewesen, immer noch aufrechtzuerhalten, war lächerlich, aber Hayla fühlte sich einem Streit mit ihr nicht gewachsen. Zudem tat es weh, Constance Bosgards Namen aussprechen zu hören. Manchmal fing sie einen Blick von Luchia auf und erkannte Mitleid darin, aber die Kammerfrau würde sich hüten, auch nur ein Wort gegen ihre Herrin zu sagen. So blieb Hayla nichts anderes übrig, als Constances Sticheleien zu ertragen und zu hoffen, dass sie den Hof des Königs bald erreichten.

20. Kapitel

London, August 1068

In ihrer Jugend war Hayla zweimal in London gewesen, da sich die Residenzen der angelsächsischen Könige südlich von London befunden hatten und ihre Eltern stets in der Nähe des Hofes lebten. Als Mündel des Königs hielt sich Hayla ständig in Fendenwic auf, das zwei Tagesreisen von London entfernt lag, und da König Harold die Stadt zu eng, zu laut und zu schmutzig gewesen war, hatte kein Grund bestanden, London zu besuchen. Ihre Erinnerung an London war die an eine Ansammlung einfacher, strohgedeckter Holzhütten, die sich an der Stelle der alten römischen Siedlung um den Fluss Themse gruppierten. Das größte und prächtigste Gebäude aus Haylas Jugend war die westlich gelegene, unter König Edward, dem Bekenner, auf den Grundmauern einer alten Abtei erbaute Kirche. Hayla wusste, dass sich der normannische Eroberer William in dieser Abtei zum König von England hatte krönen lassen und – anders als die angelsächsischen Herrscher – London zu seinem Hauptsitz bestimmt hatte. In den wenigen Jahren war die Stadt stark gewachsen. Der Reitertrupp mit dem Wagen, in dem Hayla saß, tauchte in ein Gewirr von engen Gassen ein, in denen sich Schmutz und Unrat türmten. Die Menschen, fast alle mit ausgemergelten Gesichtern und in Lumpen gewickelt, die man kaum als Kleidung bezeichnen konnte, reckten neugierig die Hälse, um die Ankömmlinge zu begaffen. Überall sah Hayla bewaffnete Männer mit eisernen Brustpanzern und Helmen, vor denen die Leute ängstlich zurückwichen. Der Gestank, der bei der anhaltenden Hitze aus den Straßen aufstieg, war beinahe unerträglich. Unwillkürlich rümpfte Hayla die Nase. Sie wünschte, sie hätte eine Hand frei, um sich vor dem Geruch zu schützen. Constance Aubrey lachte spöttisch, als sie Haylas Abscheu bemerkte. Demonstrativ nahm sie ein weißes Spitzentaschentuch aus ihrem Gürtel, hielt sich dieses vor die Nase und nuschelte: »Das hier ist etwas anderes als das Landleben, nicht wahr? In den letzten zwei Jahren hat sich die Einwohnerzahl der Stadt vervierfacht, denn der König lässt überall Festungen errichten, um London zu schützen, und dafür braucht er jede Menge Arbeitskräfte.«

»Angelsächsische Zwangsarbeiter solltet Ihr besser sagen«, gab Hayla scharf zurück. »Die normannischen Steinmetze erhalten Lohn und Brot, während die Angelsachsen wie Sklaven schuften. Warum auch sollen sie geschont werden? Wenn sie zugrunde gehen, werden eben neue Arbeiter besorgt. Es gibt diese ja zuhauf, nachdem die Angelsachsen von ihren Ländereien vertrieben worden sind.«

Constance hob eine Augenbraue. »Sprich nur so weiter, Mädchen, das sind genau die Worte, die der König von einer Verräterin hören möchte.«

Hayla ärgerte sich über ihre unbedachten Äußerungen, aber sie hatte nicht länger schweigen können. Vier Tage lang war sie den Anfeindungen und dem Spott von Constance Aubrey ausgesetzt gewesen. Wenn sie rasteten, ließ Ralph Clemency keine Gelegenheit aus, sich ihr zu nähern, und

Mandric schlich die ganze Zeit mit einem waidwunden Blick um sie herum. Gestern hatte Hayla Mandric gefragt, warum er ihre Herkunft dem König überhaupt offenbart hatte, wenn er jetzt so tat, als bereue er sein Verhalten. Mandric hatte nur die Schultern gezuckt und gesagt: »Lady Constance und Sir Ralph sind einflussreiche Leute, mit denen ich es mir nicht verscherzen möchte. Als sie erfuhren, was ich über dich weiß, blieb mir keine andere Wahl.«

Seitdem war Hayla klar, dass nicht Mandric, sondern die beiden Menschen, die Bosgard aus tiefster Seele hassten, für ihre Lage verantwortlich waren. Sie fragte sich zwar, wie es Ralph geschafft hatte, derart in der Gunst des Königs zu steigen, während er zuvor nur als Vasall Bosgards gedient hatte. Es musste etwas mit Constance Aubrey zu tun haben, doch immer wenn Hayla versuchte, das Gespräch auf Ralph zu bringen, verschloss sich Constances Gesicht, und sie gab keine Antwort. Wenigstens erhielt Hayla während der Reise genügend zu essen und zu trinken, denn de Mantes wollte seine Gefangene dem König wohlbehalten übergeben.

Der Wagen rumpelte auf einer Holzbrücke über die Themse. Die *London Bridge* war von hier bis zur Mündung die einzige Möglichkeit, den Fluss zu überqueren. Auf dem im Sonnenlicht glitzernden Wasser tummelten sich zahlreiche Fischer- und Frachtboote. Auf der anderen Seite des Flusses erhob sich auf einem mit Palisaden geschmückten Erdwall ein mächtiger Bau aus massiven Quadersteinen, und Hayla wusste sofort, dass sie sich dem Tower von London näherten. Reisende, die Penderroc Castle hin und wieder aufgesucht hatten, hatten von dem Gebäude, das größer als alles andere in London werden sollte, berichtet. Königlicher Palast, Festung, Waffenlager, königliche Münzstätte, Schatzkammer, Gefängnis und Hinrichtungsstätte – nie zuvor war in England all dies in einem einzigen Gebäudekomplex vereint gewesen. Man erzählte sich, dass jemand, der einmal als Gefangener in den Tower gebracht wurde, diesen niemals wieder lebend verließ. Obwohl Hayla Angst hatte, konnte sie sich einer gewissen Faszination für das imposante Bauwerk nicht entziehen, das längst noch nicht fertiggestellt war. Hunderte von Arbeitern eilten geschäftig hin und her. An zwei Seiten des Turms waren Gerüste aufgebaut, auf denen die Männer in schwindelerregender Höhe balancierten. Die Anlage war mit einer hohen Mauer umgeben, deren Tor von einem Fallgitter verschlossen wurde. De Mantes zeigte den vier bewaffneten Wachen den Befehl des Königs und rief: »Lasst uns ein, wir bringen eine Gefangene.«

Der Ruf brachte Hayla in aller Deutlichkeit zu Bewusstsein, weshalb sie nach London gebracht worden war. Für ein paar Augenblicke war sie von der Entwicklung der Stadt und dem Bau des Towers beeindruckt gewesen, jetzt jedoch schloss sich das Fallgitter hinter ihr und würde sich niemals wieder öffnen.

Constance Aubrey streckte ihre Beine aus und traf dabei Haylas Schienbein mit ihrer Schuhspitze.

»Endlich sind wir am Ziel! Ich wünsche mir jetzt ein Bad und möchte am liebsten drei Tage und Nächte durchschlafen.« Constance wandte sich an Luchia. »Du sorgst dafür, dass ich wieder die Kammer bekomme, die ich letztes Mal bewohnte, ja? Und besorge mir heißes Wasser zum Baden.«

»Ja, Mylady, selbstverständlich, Mylady«, murmelte Luchia unterwürfig.

Der Wagen hielt, und nachdem Constance, Luchia und Hugo ausgestiegen waren, trat Yven de Mantes zu Hayla.

»Wenn Ihr mir bitte folgen mögt, Mylady. Ich habe Anweisung, Euch in Eure Unterkunft zu bringen.«

Er sprach, als wäre Hayla ein freudig erwarteter Gast in diesen Mauern und nicht eine Gefangene, aber sie verzichtete auf eine Erwiderung. Begleitet von zwei Wachen, führte de Mantes Hayla über eine Treppe hinauf in den Turm. Von dort ging es durch die größte Halle, die Hayla je in ihrem Leben gesehen hatte, zu einer Wendeltreppe, die sich hinauf- wie auch hinunterwand. Ihr Weg führte natürlich nach unten, und je tiefer sie kamen, desto kälter wurde es. Hayla begann in ihrem dünnen Kleid zu frösteln. Obwohl mit dem Bau des Towers erst vor eineinhalb Jahren begonnen worden war, waren die Wände bereits feucht und mit grünen Flechten überzogen. Einer der Wachhabenden entzündete eine Fackel, als es keine Fensteröffnungen mehr gab, und der Lichtschein warf bizarre Schatten auf die Wände. Die Treppe endete in einem niedrigen, schmalen Gang mit mehreren Eisentüren.

»Ihr bringt mich also in den Kerker«, stellte Hayla fest und war überrascht, wie ruhig ihre Stimme klang.

De Mantes sah sie beinahe entschuldigend an. »Es wurde mir die Anweisung erteilt, Euch bis auf weiteres hier unterzubringen, Lady Hayla. Ihr müsst wissen, der König weilt derzeit nicht in London, sondern auf einem Feldzug im Norden Englands. Dort kam es zu mehreren kleinen Aufständen rund um die Stadt York …«

»Wie lange?«, unterbrach Hayla und sah de Mantes ernst an. »Wann wird der König zurückerwartet, und wie lange werde ich auf meine Verhandlung warten müssen?«

Es war Yven de Mantes anzusehen, dass ihm die Antwort unangenehm war. »Es tut mir leid, Lady Hayla, aber man vermutet, dass der König nicht vor Einbruch des Winters nach London zurückkehren wird.« Er gab der Wache einen Wink, und der Mann schloss eine der Türen auf. »Ich werde jedoch dem König schreiben und ihn bitten, die Verhandlung gegen Euch auch in seiner Abwesenheit durchzuführen.«

»Das möchte ich auf keinen Fall.« Hayla trat in die kleine Zelle, die weit unter der Erdoberfläche lag und darum nicht nur dunkel, sondern auch feucht war. Im Schein der Fackel sah sie sich um und meinte leichthin: »Es ist zwar nicht die beste Unterkunft, aber ich bestehe darauf, meinen Fall dem König persönlich vorzutragen. Wenn die Anschuldigungen gegen mich stimmen und ich tatsächlich eine Tochter Harolds bin, so habe ich das Recht, als Königstochter behandelt zu werden. Findet Ihr das nicht auch, Sir?«

»Äh ... ja, sicher ...« Er blickte zu den Wachen. »Ich werde Anweisung geben, dass man Euch gut behandelt und Euch das beste Essen bringt.« Dann steckte er eine Fackel in die dafür vorgesehene Wandhalterung, und Hayla war froh, wenigstens etwas Licht zu haben. »Ich werde Euch von Zeit zu Zeit aufsuchen, Lady Hayla.«

Sie antwortete nicht. Mit zunehmender Beklemmung sah sie, wie die Tür geschlossen wurde, und hörte, wie sich der Schlüssel im Schloss drehte. Sie war allein. Hayla presste beide Hände auf ihr laut klopfendes Herz und versuchte, den Anflug von Panik, der sie überfallen wollte, zu unterdrücken. Sowenig angenehm ihre Zelle auch war – hier im Kerker des Towers von London war sie wenigstens vor den Übergriffen Ralph Clemencys sicher. Es blieb ihr nichts anderes übrig, als zu warten.

Auch Bosgard war von den Veränderungen in der Stadt beeindruckt. Fünf Tage nach Eintreffen von de Mantes' Trupp erreichten er und seine Männer London. Während die meisten seiner Männer in einer Herberge an der Stadtmauer abstiegen, wollte Bosgard sechs Männer und Bruder Pierre in seiner Nähe behalten und ritt weiter in die Stadt hinein. Den anderen würde er Bescheid geben und sie zu Hilfe holen, wenn er wusste, wohin man Hayla gebracht, und er einen Plan zu ihrer Befreiung geschmiedet hatte.

Bruder Pierre, auf dessen Esel Bosgard reiten durfte, hatte seinerseits darauf bestanden, ihn zu begleiten. »Gerade jetzt braucht Ihr den Beistand Gottes am dringendsten. Bis wir Pferde haben, werde ich zu Fuß gehen.«

Obwohl Bosgard die christlichen Beweggründe des Mönches nicht in Frage stellte, wusste er doch, dass Bruder Pierre vor allem Jesaja nicht allein lassen wollte und deshalb die Beschwerlichkeiten einer solch langen Reise auf sich nahm.

Die Magd Waline hätte sich Bosgard ebenfalls gerne angeschlossen, aber die alte Frau sah ein, dass sie für eine solche Reise zu geschwächt war. Auch wenn sie jetzt wieder gutes und reichhaltiges Essen zu sich nahm, konnte sie ihr Alter nicht leugnen, wenngleich sie sich in Gedanken um etliche Jahre jünger fühlte.

»Gott segne Euch, Sir Bosgard«, hatte sie bei seinem Aufbruch gesagt und das Kreuz über seinem Kopf geschlagen. »Bringt Hayla in Sicherheit und weicht niemals wieder von ihrer Seite.«

Bosgard sah sie überrascht an. »Ich dachte, du verabscheust mich, Waline. Mich, den schrecklichen Eroberer, der ….«

»Pst!« Waline unterbrach Bosgard und legte ihm eine

Hand auf den Mund. »Auch eine alte Frau wie ich kann ihre Meinung ändern. Ich weiß, wie sehr Ihr Hayla liebt und sie Euch, darum werde ich jeden Tag für das Gelingen Eures Planes beten.«

In Exeter war es Bosgard gelungen, mehrere kräftige Reitpferde zu erwerben, und Bruder Pierre hatte sich voller Freude wieder auf seinen Esel geschwungen.

»Keine Sorge, wenn Jesaja zu langsam sein sollte, dann lasst mich zurück, Sir, aber Ihr wisst ja, wie empfindsam er ist. Ich werde Euch selbstverständlich nach London folgen und Euch sicher dort finden.«

Dies war jedoch nicht nötig, denn als ob der Esel spürte, worum es ging, stockte er kein einziges Mal und hielt mit den Pferden Schritt. Bei einer Rast trat Ritter Henri zu dem Mönch und blickte ihn verlegen an.

»Die Sache mit Eurem Esel … also … es tut mir leid«, druckste Henri herum. »Ich weiß nicht, was in mich gefahren war …«

»Ihr hattet Hunger«, unterbrach ihn der Mönch und legte eine Hand auf Henris Arm. »Ich wäre nicht ein Mann Gottes, wenn ich ein solch menschliches Verlangen nicht verzeihen könnte. Lasst uns nie wieder davon sprechen, ja?«

Bosgard hatte die kleine Szene schmunzelnd beobachtet. Obwohl seine Nerven vor Sorge um Hayla zum Zerreißen gespannt waren, rührte ihn das Verhalten seiner Männer. Er wusste nicht, ob es ihnen gelingen würde, Hayla zu befreien, und, wenn ja, wie es dann weiterging, doch er wusste, dass er sich stets auf seine Freunde verlassen konnte. Das erschien ihm während dieser sorgenvollen Tage wie ein Lichtstreifen am Horizont.

Nachdem sie London erreicht hatten, bezog Bosgard

Quartier in einem Gasthaus am südlichen Themse-Ufer direkt gegenüber dem Tower. Das *Red Ox Heart* war so anrüchig, wie sein Name verlauten ließ, und der Besitzerin Ilvy verschlug es vor Überraschung die Sprache, als Bosgard an ihre Tür klopfte.

»Guten Tag, Ilvy, ich freue mich, dich bei guter Gesundheit anzutreffen«, begrüßte Bosgard die blonde, nicht mehr junge Frau. »Offenbar floriert dein Geschäft, wenn ich mich hier so umsehe. Du hast sogar Fensterscheiben einbauen lassen.«

Ilvy schüttelte erst fassungslos den Kopf, dann ergriff sie Bosgards Hand und drückte sie. »Bosgard de Briscaut! Nachdem du dich aufs Land zurückgezogen hast, hätte ich nie gedacht, dich jemals wiederzusehen. Ja, wie du schon erkannt hast, die Geschäfte laufen gut, ich kann nicht klagen. Seit es die Bauarbeiten am anderen Ufer gibt« – sie deutete auf die Anlage des Towers –, »hat sich meine Kundschaft verzehnfacht. Allein in diesem Jahr musste ich sechs neue Mädchen einstellen, um allen Wünschen gerecht zu werden.«

Bei ihren Worten lächelte Bosgard wissend. Er hatte das *Red Ox Heart* gewählt, weil er von dort aus den Tower im Blick hatte, und die Nachricht, dass Leute, die dort arbeiteten, hier ein und aus gingen, versetzte Bosgard in eine gewisse Hochstimmung. Noch jedoch wollte er Ilvy nicht sagen, was ihn nach London geführt hatte. Sie hatten sich lange nicht gesehen, und er musste erst sicher sein, dass sie so verschwiegen war wie früher. Obwohl ein paar Jahre älter als Bosgard, war Ilvy noch immer eine schöne Frau. Kurz nachdem er damals mit William nach England gekommen war, hatte Bosgard sie kennengelernt, da viele der Männer des Königs in ihrem *Gasthaus* im wahrsten Sinne des Wortes verkehrten. Bosgard hatte einmal das Lager mit ihr geteilt, nicht gegen Geld, sondern weil Ilvy ihm eindeutige Avancen gemacht und er zu viel getrunken hatte. Beide hatten jedoch gleich gemerkt, dass sie sich zwar gut verstanden, körperlich aber nicht harmonierten. Zwischen ihnen war keine Liebe, nicht einmal ein Funken Leidenschaft. So war Ilvy, die mit dem Tross des Königs aus der Normandie gekommen und somit Normannin war, zu einer Freundin Bosgards geworden, und er hatte, bevor er nach Penderroc Castle gegangen war, gerne und regelmäßig seine freien Abende hier beim Würfelspiel und süßem Wein verbracht. An den Mädchen, die ihm deutlich zu verstehen gegeben hatten, dass sie nicht abgeneigt wären, sich *näher* um ihn zu kümmern, hatte Bosgard jedoch kein Interesse gezeigt. Obwohl er und Ilvy keine Liebesbeziehung führten, hatte er mit ihr gerne seine freie Zeit geteilt, denn Ilvy war nicht nur geschäftstüchtig, sondern auch gescheit und hatte das Herz auf dem rechten Fleck. Natürlich hatten ihn seine Kumpane hin und wieder verspottet, dass Bosgard nicht den Avancen der Mädchen erlag, aber dies hatte ihn nicht gekümmert. Bosgard hatte sich noch nie etwas aus körperlichen Begierden, die sein Herz nicht berührten, gemacht, wenngleich er mit dieser Einstellung ziemlich allein unter seinen Männern war.

Bosgard lachte bei diesen Erinnerungen und kniff der Frau freundschaftlich in die Wange. »Geschäftstüchtig bist du ja schon immer gewesen, und es soll dein Schaden nicht sein, wenn du uns für ein Weilchen zwei oder drei deiner Räume überlässt. Ich werde dir die Unkosten ersetzen.«

Ilvy reckte sich und sah auf die kleine Gruppe, die abwartend auf der Straße stand. Als ihr Blick auf Bruder Pierre fiel, lachte sie schallend los. »Ich glaube nicht, dass dieser Mönch in meinem Haus nächtigen möchte. Obwohl« – sie zwinkerte Bosgard vertraulich zu – »oft sind die geistlichen Herren die schlimmsten und die mit den ausgefallensten Wünschen, wenn du verstehst, was ich meine.«

Bosgard verstand und versicherte Ilvy, Bruder Pierre habe an solchen Dingen kein Interesse. »Er braucht allerdings einen trockenen und warmen Platz für seinen Esel, meine Liebe. Manchmal glaube ich, sein Herz gehört mehr dem Tier als Gott. Nein, sag es lieber nicht!« Schnell legte Bosgard eine Hand auf ihren Mund, als er in ihrem Blick las, was Ilvy, der keine sexuelle Spielart fremd war, über Bruder Pierres Beziehung zu Jesaja dachte.

Ilvy lachte laut, öffnete die Tür und rief: »Dann mal herein, meine Herren. Ich werde sofort anweisen, reichlich Essen und Bier aufzutragen. Ihr werdet sicher alle hungrig sein.«

Bosgard erhielt eine kleine Kammer im ersten Stock, während sich die anderen zwei Räume teilen mussten. Kaum allein, trat er ans Fenster und stieß es auf. Sein Blick fiel auf das riesige Bauwerk am anderen Ufer, an dem noch gearbeitet wurde, obwohl die Sonne bereits tief im Westen stand.

»Hayla, bist du dort drüben?«, flüsterte er. »Ich bin hier, ganz nah bei dir, und ich werde dich da rausholen. Das schwöre ich bei allem, was mir heilig ist.«

Nach dem Essen und einigen Krügen Bier wusste Bosgard, dass zur Kundschaft des *Red Ox Heart* nicht nur Steinmetze und sonstige Arbeiter des Towers, sondern auch Wachmänner gehörten. Sein Herz schlug schneller, als Ilvy ihm das erzählte, doch sogleich versetzte sie ihm einen empfindlichen Dämpfer, als sie berichtete, der König befinde sich auf einem Feldzug im Norden.

»Willst du dich ihm nicht anschließen?«, fragte sie Bosgard. »Es wundert mich, dass er dich nicht an seine Seite gerufen hat, als die Aufstände im Norden erneut ausbrachen. Ich habe von heftigen Kämpfen gehört, bei denen viele getötet wurden.«

Bosgard sah sich schnell nach allen Seiten um, aber es war niemand in der Nähe, der sie hätte belauschen können, nur Henri und ein zweiter seiner Männer saßen am Nebentisch. Jeder hatte ein hübsches Mädchen auf dem Schoß, und Bosgard gönnte ihnen den Spaß.

»Der König und ich stehen uns derzeit nicht sehr nahe«, sagte er leise. »Das ist auch der Grund, warum ich hierher zu dir gekommen und nicht an den Hof gegangen bin.«

Ilvy setzte sich aufrecht hin. Ihre ungeteilte Aufmerksamkeit galt nun Bosgard. »Was ist geschehen?«

Bosgard wusste, er musste sie ins Vertrauen ziehen, wenn er mehr über Hayla erfahren wollte. Er selbst konnte schlecht zu den Wachen im Tower gehen und nach der jungen Frau fragen. Wie es schien, hatte Ilvy sich in den letzten Monaten, seit er London verlassen hatte, nicht verändert, also konnte sie ihm vielleicht behilflich sein.

Mit wenigen Worten erzählte Bosgard von Hayla und dem Verdacht, in den sie geraten war. Er schilderte die Belagerung und Haylas Entschluss, sich auszuliefern, um ihn und die anderen zu retten. »Hayla müsste schon einige Tage in London sein, und ich vermute, man hat sie in den Tower gebracht, allerdings bin ich mir nicht sicher. Man könnte sie auch in eine andere Festung gesperrt haben.«

»Ich soll jetzt also über meine Kundschaft herausfinden,

ob ein junges, hübsches Mädchen mit veilchenblauen Augen die Gastfreundschaft des Towers genießt?« Ilvy war nicht dumm und verstand sofort, was auf dem Spiel stand.

Bosgard nickte. »Ich möchte aber nicht zu viel von dir verlangen. Auf keinen Fall sollst du dich in Gefahr bringen, aber als ich hörte, hier verkehren Wachmänner …«

»Ich verstehe dich.« Ilvy drückte Bosgards Hand. »Selbstverständlich werde ich mich umhören, gleich morgen früh. Ich kenne hier in der Umgebung eine Menge Leute, da hat sicher jemand mitbekommen, wenn eine neue Gefangene gebracht worden ist.« Sie sah Bosgard fest in die Augen und fuhr fort: »Du liebst das Mädchen sehr, nicht wahr?«

Bosgard nickte und versuchte zu lächeln. »Mehr als mein eigenes Leben, Ilvy. Das, was Hayla getan hat, hätte ich ebenso für sie getan.«

»Ist sie wirklich eine uneheliche Tochter König Harolds?«

»Das mag durchaus stimmen, aber auf keinen Fall ist sie eine Verräterin. Ich glaube ihr, wenn sie sagt, sie habe nicht gewusst, wer ihr richtiger Vater war. Außerdem würde Hayla niemals zu einem Aufstand aufrufen. Sie hasst Blutvergießen und möchte nichts weiter als in Ruhe und Frieden leben.« Bosgard brach ab und senkte schnell den Blick, aber da hatte Ilvy bereits den feuchten Schimmer in seinen Augen gesehen.

»Du brauchst dich für deine Gefühle nicht zu schämen«, sagte sie leise. »Es wäre schön, wenn mehr Männer zeigten, was die geliebte Frau für sie bedeutet, anstatt sich immer nur stark und tapfer zu geben. Was in meiner Macht steht, werde ich tun, um dir zu helfen. Jetzt sollten wir schlafen gehen, es ist spät geworden.«

Bosgard erhob sich, doch bevor er die Schankstube verließ, nahm er Ilvy in den Arm und drückte sie fest.

»Wenn du dich jemals dazu entschließen solltest, das Gasthaus aufzugeben und ein ehrbares Leben zu führen, dann komm zu mir. Du wirst von mir jede Unterstützung erhalten, die du brauchst.«

Sie lachte hell auf. »Ich und ehrbar? Ach, Bosgard, das passt irgendwie nicht zusammen, oder? Aber danke für das Angebot, man weiß ja nie, wohin das Leben einen treibt.«

Zwei Tage später erfuhr Bosgard, was er wissen wollte. Es war mitten in der Nacht, als Ilvy leise an seine Kammertür klopfte.

»Der letzte Kunde ist fort, und meine Mädchen schlafen inzwischen alle«, sagte sie und stellte den mitgebrachten Krug Wein auf den Tisch. »Ich habe Neuigkeiten, aber leider keine, die dich freuen werden.« Ilvy war eine Frau, die gleich zur Sache kam.

Bosgard trank einen Schluck des roten, süßen Weins, bevor er zögernd fragte: »Hast du etwas über Hayla erfahren? Geht es ihr … ich meine, ist sie am Leben?«

Schnell legte Ilvy eine Hand auf Bosgards Arm. Sie spürte, wie er zitterte, und beeilte sich zu versichern: »Keine Angst, Bosgard, sie lebt, und es geht ihr gut. Nun ja, soweit man nach über einer Woche Gefangenschaft im Tower davon sprechen kann, dass es einem gutgeht. Heute Abend war eine der Wachen in meinem Haus. Hoffentlich hat er sich nicht gewundert, als ich ihm einen zweiten Krug Wein spendierte, aber er wurde schnell gesprächig. Du musst wissen, Bosgard, den Wachen des Towers ist es untersagt, während der Arbeit alkoholische Getränke zu sich zu nehmen, und ihr Lohn reicht allenfalls für dünnes Sauerbier.« Ilvy sah Bosgard mitfühlend an. »Auf jeden Fall habe ich erfahren, dass man eine junge Frau mit auffallend blauen Augen in das unterste Kellergeschoss gebracht hat. Ihre Zelle ist ohne Tageslicht und feucht.«

Bosgard atmete schnell ein und aus. Vor seinen Augen entstand das Bild einer frierenden Hayla, die auf schmutzigem Stroh kauerte und deren alabasterweiße Haut bald mit Ausschlägen und Geschwüren übersät sein würde. Bosgard kannte die Zustände in den Kerkern leider nur zu gut.

»Ich muss sie da rausholen.« Er sprang auf und hätte am liebsten auf der Stelle den Tower gestürmt.

»Ich habe eine weitere, leider schlechte Nachricht für dich, mein Freund. Der Kerker wird ohne Unterbrechung von zwölf Männern bewacht – vier am oberen Eingang, sechs am Anfang des Ganges zu den Gewölben, und zwei Wachen sind stets vor Haylas Tür postiert.«

»Wir sind zu siebt«, rief Bosgard, schränkte aber gleich ein: »Nun ja, Bruder Pierre ist kein Mann des Kampfes, also sind wir nur sechs, aber es sind sechs tapfere Männer, die mit dem Schwert umzugehen wissen. Auf jeden von uns kommen zwei der Wachen … mit etwas Glück …«

»Bosgard, halt!«, fiel Ilvy ihm ins Wort. »Ich habe nur von den Wachen im Hauptturm gesprochen. Du musst wissen, auf dem gesamten Gelände befinden sich um die zweihundert Männer. Alle sind ausgezeichnet ausgebildet und bewaffnet. Du weißt selbst, dass König William sich nur mit den besten und stärksten Männern umgibt. Um überhaupt zum Tower zu gelangen, müsste man zwei Tore überwinden, die stets mit Fallgittern geschlossen werden und bewacht sind. Die Tower-Anlage ist wie eine eigene Stadt, deren Betreten nur den vom König bestimmten Leuten gestattet ist.«

Grübelnd zog Bosgard die Stirn in Falten und legte einen Finger auf seine Nasenspitze. »Vielleicht wenn ich mich verkleide … als Mönch eventuell. Ja, ich könnte zusammen mit Bruder Pierre die Gefangene aufsuchen, um ihr geistlichen Beistand zu leisten. Dann kleidet sich Hayla in meine Kutte, und ich bleibe an ihrer statt im Kerker …«

»Vergiss es.« Scharf unterbrach Ilvy seine Worte. »Niemand darf zu Hayla. Ich habe zusätzlich erfahren, dass in den letzten Tagen ein Ritter zweimal versucht hat, sie zu besuchen, aber er wurde abgewiesen.«

»Was für ein Ritter?«

Ilvy zuckte mit den Schultern. »Das wusste der Wachmann nicht, aber der Ritter hat offenbar angegeben, zu des Königs Gefolge zu gehören.«

»Ralph Clemency.« Bosgard stand auf und trat ans Fenster. Dunkel wand sich das breite Band des Flusses durch die Nacht, aber auf den Palisaden des Towers brannten in regelmäßigen Abständen Fackeln, in deren Schein Bosgard die Schatten der Wachen erkennen konnte. Er wandte sich wieder Ilvy zu und sagte: »Ich habe dir von Ralph, meinem einstigen Freund und Schwager, erzählt. Er wird alles daransetzen, Hayla zu töten, nur um sich an mir zu rächen. Ich muss ihn aufhalten.«

Ilvy stand auf, trat neben Bosgard und lehnte ihren Kopf an seine Brust. Es war eine freundschaftliche Geste, die nichts mit Leidenschaft oder gar Liebe zu tun hatte.

»Wenn wir uns die Sache von allen Seiten betrachten, so sehe ich nur eine Möglichkeit, Haylas Leben vielleicht retten zu können.«

Bosgard sah sie gespannt an. »Ich werde alles für sie tun!«

»Der Prozess gegen Hayla wird erst beginnen, wenn der König wieder in London ist. Dazu ist der Fall zu brisant, immerhin soll es sich bei Hayla um eine Verräterin, die den König stürzen wollte, handeln. Da es bis zur Rückkehr des Königs noch Wochen, wenn nicht sogar Monate dauert, könnte Hayla den Strapazen der Gefangenschaft nicht gewachsen sein. Sie könnte ernsthaft erkranken, oder die Wachen könnten sich …« Sie stockte und sah Bosgard ängstlich an. »Du weißt schon, was ich meine. Es wäre nicht das erste Mal.«

»Ich weiß!«, knurrte Bosgard und ballte die Hände zu Fäusten. Er selbst hatte bereits an die Gefahr einer Schändung der Geliebten gedacht, und dieser Gedanke ließ ihn beinahe wahnsinnig werden. »Nicht alle Normannen sind Ehrenmänner, besonders nicht, wenn eine so schöne Frau wie Hayla sich in ihrer Gewalt befindet. Oder Ralph Clemency gelingt es irgendwie, zu ihr zu kommen. Dieser Mann ist zu allem fähig. Er wird nicht abwarten, bis Hayla eine ordentliche Gerichtsverhandlung erhält, um seine Rache zu vollziehen.«

»Nun, dann gibt es nur eine einzige Möglichkeit, Bosgard.« Er sah sie erwartungsvoll an, doch bei ihren nächsten Worten stockte ihm der Atem. »Du musst zu König William in den Norden reiten und ihn bitten, sofort nach London zu kommen. Schildere ihm euren Fall und versichere William, dass weder du noch Hayla etwas von ihrer wahren Herkunft ahnten. Nein, unterbrich mich jetzt nicht. Du und der König – einst wart ihr fast wie Freunde, und er hat deine Meinung immer geschätzt. Ich bin sicher, er wird dich anhören und dich verstehen.«

»Du vergisst, dass William meine Auslieferung gefordert hat«, erinnerte Bosgard. »Zudem ist er wegen meiner Weigerung, Constance Aubrey zu heiraten, nicht gut auf mich zu sprechen.«

Ilvy blickte Bosgard fest an. »Es ist die einzige Chance, die du hast. Der König muss die Verhandlung gegen Hayla so bald wie möglich eröffnen, denn nur so hat sie die Möglichkeit, ihre Unschuld zu beweisen und vom König von allen Vorwürfen freigesprochen zu werden. Selbst wenn es dir gelingen sollte, Hayla zu befreien – wenn ihr gemeinsam flieht, dann werdet ihr für den Rest eures Lebens Geächtete sein, und dies wird stets wie ein Schatten über eurem Glück liegen. Reite allein, damit der König sieht, dass du in friedlicher Absicht zu ihm kommst.« Ilvy wandte sich zur Tür. Bosgards verblüffter Gesichtsausdruck ließ sie leise auflachen. »Ich richte dir etwas zu essen und zu trinken, denn am besten reitest du noch heute bei Sonnenaufgang.«

21. Kapitel

Es war eine verrückte Idee, aber vielleicht wirklich die einzige Möglichkeit, Hayla zu einem gerechten Prozess zu verhelfen. Obwohl es in diesen Zeiten nicht ohne Gefahr war, ritt Bosgard allein. Straßenräuber und Wegelagerer trieben ihr Unwesen und ließen sich trotz der drohenden Todesstrafe nicht von ihrem schändlichen Treiben abhalten. Dabei handelte es sich meistens um Angelsachsen, die aufgrund von Armut und Hunger gezwungen waren, sich und ihre Familien mit Raubüberfällen durchzubringen. Bosgard konnte es den armen Menschen nicht verübeln, denn nicht jeder normannische Herr behandelte seine Leute so gut und gerecht, wie er es in Penderroc Castle getan hatte. Bosgard hoffte dennoch, die Stadt York unbehelligt zu erreichen, denn er hatte weder Zeit noch Lust auf einen Kampf. Je weiter er nach Norden vordrang, desto mehr erfuhr er über die angelsächsischen Aufstände. Vor einigen Wochen hatte König William einen normannischen Gesandten in den Norden geschickt, der die dortigen immer wieder aufflackernden Widerstände niederschlagen und die Ordnung herstellen sollte. Dieser Gesandte wurde in der Stadt Durham in eine Falle gelockt, im Haus des Bischofs ermordet und seine Leiche öffentlich verbrannt. Diese Nachricht gelangte nach York, wo ortsansässige Aufständische sofort die normannische Besatzung angriffen, in der Hoffnung, sich so von der normannischen Knechtschaft befreien zu können. Da dieser Aufstand der größte und blutigste seit der Eroberung war, sah sich König William gezwungen, selbst mit seinem Heer nach York zu ziehen und den Kämpfen ein Ende zu machen. Rund zwanzig Meilen vor seinem Ziel erfuhr Bosgard, dass der König die Stadt nicht nur zurückerobert, sondern sie auch dem Erdboden gleichgemacht und alle Angelsachsen – gleichgültig, ob am Aufstand beteiligt oder nicht, und auch Frauen und Kinder – hatte hinrichten lassen. Wenn Bosgard auf einen Angelsachsen traf, schlug ihm purer Hass entgegen, aber niemand griff ihn an. Die Leute respektierten jedoch weniger seine Autorität, sondern vielmehr seine Größe, seine kräftige Statur und das scharfe Breitschwert an seiner Seite.

Bosgard war froh, als York, beziehungsweise das, was von der Stadt noch übrig war, am Horizont erschien. William hatte bereits damit begonnen, im Osten der Stadt einen Erdhügel aufzuschütten und eine hölzerne Burg zu erbauen, um seine Macht zu demonstrieren.

Ungehindert konnte Bosgard nach York einreiten, denn jeder, der seine normannische Rüstung erkannte, drückte sich ängstlich zur Seite. Bosgards Augen bot sich ein Bild der Verwüstung. Zum Teil glimmten noch die Reste dessen, was einmal Häuser gewesen waren, und zahlreiche Tote waren noch nicht beerdigt worden und lagen auf der Straße. In der anhaltenden Sommerhitze hing der Geruch nach Tod und Verwesung über allem.

»Oh, William, was hast du getan.« Bosgard sprach leise zu sich selbst. Obwohl dem König treu ergeben, verabscheute Bosgard solch grundlose Gewalt, die sich nicht auf die Anführer eines Aufstandes bezog, sondern die Bevölkerung umbarmherzig traf. Es würde Jahre dauern, die Stadt wiederaufzubauen, und die meisten der Leute würden im kommenden Winter, der hier im Norden lang und hart war, kein Dach über dem Kopf haben und nicht wissen, wovon sie sich ernähren sollten. Bosgard seufzte und wischte sich den Schweiß von der Stirn. Er musste versuchen, sich seinen Unwillen über das grausame Wüten nicht anmerken zu lassen, denn sonst würde der König ihn sofort als Verräter verhaften lassen und vielleicht an Ort und Stelle töten.

Des Königs Lager befand sich eine Meile östlich in direkter Nähe der Baustelle der Burg. Bosgard zügelte sein Pferd und nannte einer Wache seinen Namen.

»Bitte meldet mich dem König. Ich habe eine wichtige Nachricht für ihn.«

Die Wache musterte Bosgard von Kopf bis Fuß und sagte: »Ihr wartet hier und legt Eure Waffen ab.«

Bosgard tat wie geheißen, dann verschwand der Mann in einem der Zelte. Sogleich hörte Bosgard einen Aufschrei.

»*Wer* will mich sprechen, Mann?« Es war eindeutig die Stimme des Königs. »Wenn es sich tatsächlich um Bosgard de Briscaut handelt, dann hat der Mann großen Mut, mich hier aufzusuchen, oder er ist verrückt geworden.«

Der Eingang des Zeltes wurde zurückgeschlagen, und König William trat heraus. Bosgard beugte das Knie, senkte den Kopf und hob beide Hände mit den Flächen nach oben zum Zeichen, dass er unbewaffnet war.

»Mein König … Sire …«

»Er ist es tatsächlich!« Schnaubend trat der König vor Bosgard. »Steht auf und sagt mir, was Ihr hier zu suchen habt, Sir de Briscaut.«

Bosgard nahm die förmliche Anrede zur Kenntnis, aber er hatte es nicht anders erwartet. Da war nichts mehr mit

»Bosgard« oder gar »mein Freund«, so wie früher. Er erhob sich langsam und sah dem König fest in die Augen. Dazu musste er den Kopf senken, denn William war kein besonders großer Mann mit schmal geschnittenen Gesichtszügen, einer vorspringenden, schmalen Nase und einem spitzen Kinn.

»Ich bin gekommen, um Eure Vergebung zu erbitten, Sire.« Es widerstrebte Bosgard, derart unterwürfig zu klingen. »Zugleich appelliere ich an Euren Edelmut und Eure Großzügigkeit, die es erlauben, ein unschuldiges Leben zu retten.«

Ärgerlich kniff König William die Augen zusammen, eine steile Falte bildete sich über seiner Nasenwurzel, als er in scharfem Tonfall erwiderte: »Offenbar hat mein Ritter Yven de Mantes meinen Befehl, Euch zu verhaften und nach London zu bringen, nicht befolgt, denn sonst stündet Ihr jetzt nicht hier in York vor mir. Wie ich sehe, seid Ihr allerdings allein gekommen, was mich etwas wundert. Wisst Ihr denn nicht, dass ich Euch im Verdacht habe, ein Verräter zu sein? Dass Ihr gemeinsam mit einer Frau und anderen zweifelhaften Gestalten plant, mir die Krone Englands streitig zu machen? Und das, obwohl ich für Euch so viel getan habe, de Briscaut.«

Bosgard begriff, wie zornig der König war, und antwortete schnell: »Mein König … Sire … es sind nichts weiter als üble Verleumdungen, die gegen mich und gegen die Frau, die ich liebe und die ich heiraten möchte, ausgesprochen werden. Aus diesem Grund bin ich persönlich zu Euch geeilt, denn ich weiß, Ihr seid nicht nur gerecht, sondern auch weise.« Unmerklich knirschte Bosgard mit den Zähnen über seine unterwürfigen Worte, aber er hatte keine andere Wahl, als sich beim König einzuschmeicheln. »Bitte, gewährt mir Eure Zeit, damit ich Euch die Zusammenhänge erklären kann. Ihr werdet sehen, dass ich Euch niemals untreu geworden bin und es auch niemals werde.«

König William zögerte. Mit gerunzelter Stirn musterte er skeptisch Bosgard, dann wandte er sich an die Wachen. »Lasst uns allein.«

»Aber Sire … der Mann steht im Verdacht, ein Verräter zu sein«, wandte einer der Männer ein, doch William hob die Hand.

»Ich sagte, ich möchte allein mit ihm sprechen. Ihr könnt vor dem Zelt warten, ich werde euch rufen, wenn es nötig ist, was ich jedoch nicht glaube. Mein alter Freund Bosgard wird mir nichts antun.« Den letzten Satz hatte der König mit einem Augenzwinkern gesagt, und Bosgard atmete erleichtert auf. Offenbar waren Williams freundschaftliche Gefühle für ihn noch nicht restlos erloschen.

Bis weit in die Nacht hinein berichtete Bosgard von den Ereignissen der letzten Monate. Er erzählte von Ralph Clemency, wie er versucht hatte, ihn mit einem gefälschten Dokument des Königs aus Penderroc Castle fortzulocken, um ihn zu töten, und er erzählte von Hayla – der Frau, die er als einfache Magd kennen- und lieben gelernt hatte und die ein Mündel von Harold Godwinson gewesen war.

»Ihr müsst mir glauben, Sire, Hayla wusste nicht, dass sie eine uneheliche Tochter des früheren Königs sein soll.« Bittend sah Bosgard den König an. »Ihre adlige Abstammung verschwieg sie einzig und allein deshalb, weil sie sich mit der normannischen Herrschaft arrangiert hatte. Für Hayla ist die Vergangenheit unwichtig, sie ist eine Frau, die stets nach vorn schaut.«

Nachdem Bosgard geendet hatte, starrte der König einige Zeit schweigend auf einen imaginären Punkt irgendwo hinter Bosgard.

»Schenkt mir Wein nach, Bosgard«, war das Erste, was er sagte, und er blickte Bosgard erst an, nachdem er den Becher geleert hatte. »Aus jedem Eurer Worte höre ich, dass Ihr dieser Frau regelrecht verfallen seid, was mich in Sorge versetzt. Nein, unterbrecht mich nicht, lasst mich ausreden. Mir wurde zugetragen, dass dieses Mädchen mit den dunklen Mächten im Bunde steht und Euch verhext hat. Sie hat Eure Nähe nur gesucht, um Euch als williges Werkzeug im Kampf gegen mich zu verwenden.«

»Das entspricht nicht der Wahrheit!« Erregt fuhr Bosgard hoch. »Wenn Ihr Hayla kennen würdet, dann würdet Ihr feststellen, dass es in diesem Land kaum einen ehrlicheren Menschen als sie gibt. Wer hat Euch solche Lügen erzählt? Ha, ich weiß schon – natürlich Ralph Clemency und wahrscheinlich auch Constance Aubrey.«

Als Bosgard Constance erwähnte, trat ein gefährliches Funkeln in Williams Augen. »Gut, dass Ihr Lady Aubrey erwähnt, Bosgard«, sagte der König mit gefährlich leiser und kalter Stimme. »Ich erinnere mich, Euch den Befehl erteilt zu haben, Lady Constance zu Eurer Frau zu machen. Wie ich sehe, habt Ihr meinen Wunsch missachtet, obwohl ich Euch entsprechende Folgen angedroht habe.«

Bosgard versuchte, ruhig zu atmen, denn mit einem Wutausbruch würde er die wohlwollende Stimmung, in der sich der König befand, zerstören. »Bei allem Respekt, Sire, aber ich verstehe nicht, warum Ihr ausgerechnet mich als Ehemann für Lady Constance erwählt habt. Wie Ihr wisst, habe ich der Dame nie mehr als freundliche Aufmerksamkeit gezollt. Es gibt am Hof wohl Dutzende von Männern, die über diese Ehre erfreut wären.«

»Aber Euer Besitz ist in Cornwall«, entfuhr es dem König ungewollt, und Bosgard begann zu verstehen. Plötzlich ergab alles einen Sinn.

»Und damit weit fort von London, so dass Constance Aubrey aus Eurer Sicht ist«, vollendete er die Gedanken Williams. Offen und ehrlich blickte er dem König in die Augen. »Ihr wisst, ich würde jederzeit alles für Euch und dieses Land tun, aber ich werde nicht eine Frau heiraten, für die ich nicht tiefe Gefühle empfinde und der ich keinerlei Zeichen meiner Zuneigung gegeben habe. Verzeiht mir meine Offenheit, mein König, aber Constance Aubrey ist mir zutiefst zuwider. Zudem muss ich annehmen, dass sie sich mit Ralph Clemency zusammengetan hat. Gemeinsam planten sie meine Ermordung. Dies alles sind gute Gründe, Constance nicht zu heiraten – von der *Kleinigkeit* abgesehen, dass sie das Kind eines anderen Mannes unter ihrem Herzen trägt, für das sie wohl händeringend einen ehrbaren Vater sucht. Bei allem Respekt und auch aller Freundschaft, die ich für Euch empfinde, Sire – das kann ich nicht tun.«

»Das sind ungeheuerliche Behauptungen, Sir.« König William stand auf, und Bosgard bemerkte, dass er ungewöhnlich unruhig war und seinem Blick auswich. Des Königs Verhalten bestätigte seine Vermutungen. »Ich werde über alles, was Ihr mir erzählt habt, schlafen und Euch morgen meine Entscheidung mitteilen.« Bosgard wandte sich zum Zeltausgang, da legte der König eine Hand auf seine Schulter. »Bosgard de Briscaut, ich hoffe nicht nur für Euch, sondern auch für mich, dass Ihr die Wahrheit sprecht. Wir leben in unruhigen und gefährlichen Zeiten, da wäre es mir arg, einen Mann, der einst mein Freund war, töten zu müssen. Wenn ich jedoch erfahre, dass Ihr mich in eine Falle locken wollt, dann wird meine Hand persönlich das Schwert führen, das Euch den Kopf abschlägt. Ihr versteht?«

Bosgard beugte das Knie und murmelte: »Ihr habt Euch deutlich genug ausgedrückt, Sire, und ich versichere Euch erneut meine absolute Treue und Ergebenheit. Mein Schicksal und das Schicksal der Frau, die ich liebe, liegen in Eurer Hand, mein König.«

Das Licht der aufgehenden Sonne tauchte die Wiesen und Felder in einen goldenen Schimmer. Der Tau der Nacht lag auf den Sträuchern, in denen Spinnen feine Netze gewebt hatten. Hayla roch den Duft der Blüten und von frisch gemähtem Gras, und sie war unendlich glücklich. Eben hatten sie und Bosgard sich im feuchten Gras geliebt, und es war so schön wie nie zuvor gewesen. Hayla wandte den Kopf und betrachtete den noch schlafenden Geliebten. Seine hohe Stirn, die vorspringende, wohlgeformte Nase und seine vollen Lippen, die sie unermüdlich liebkosen wollte. Als Hayla sich vorbeugte, um seinen Mund zu küssen, schlug er die Augen auf. Es waren jedoch nicht Bosgards hellgraue Augen, in die sie blickte, sondern die dunklen, bösen von Ralph Clemency. Seine Züge verwandelten sich in eine Fratze, und plötzlich fühlte Hayla sich wie von hundert Armen umklammert, unfähig, sich zu bewegen, und Ralphs heißer Atem streifte ihr Gesicht, als er zischte: »Ich krieg dich noch!«

Mit einem Schrei wachte Hayla auf. Sie zitterte, und die Tunika klebte an ihrem schweißnassen Körper. Hektisch fuhr sich Hayla über die Stirn. Es war nur ein Traum gewesen. Einer der unzähligen Träume, die sie Nacht für Nacht heimsuchten. Hayla dachte zumindest, dass es Nacht wäre, wenn sie schlief, denn in der fensterlosen Zelle hatte sie jegliches Zeitgefühl verloren. Obwohl ihre Träume immer andere waren, beinhalteten sie doch stets das Gleiche: Sie und Bosgard waren frei und glücklich, doch dann kam Ralph Clemency und versetzte sie in Angst und Schrecken. Hayla liefen Tränen über die Wangen, denn die Träume waren alles, was ihr von Bosgard und ihrer Liebe geblieben war. Wo er jetzt wohl war? Zürnte er ihr, oder hasste er sie sogar, weil sie ihn verlassen hatte? Sie würde es niemals erfahren und konnte nur für Bosgard beten, dass er nicht so dumm war zu versuchen, sie zu befreien. Wer einmal hier unten in den Verliesen des Towers saß, für den gab es kein Entkommen. Sie war so gut wie tot. Hayla war klug genug zu erkennen, dass sie in der kalten, feuchten und lichtlosen Zelle nicht so lange überleben würde, bis der König von seinem Feldzug zurückkehrte. Seit ein paar Tagen litt sie an Husten, und sie fühlte sich matt und müde. Zwar bekam sie regelmäßig zu essen, und die Speisen waren sogar recht genießbar, auch gab man ihr einen Krug Bier am Tag, dennoch war sie nicht kräftig genug, um noch Monate in dem Kerker zu überstehen. Die Wachen wechselten nur wenige Worte mit ihr. Vor zwei Tagen – oder waren es bereits drei? – hatte sie gefragt, wie lange sie nun schon hier war, und der Wärter hatte nur die Holzschüssel mit dem Hirsebrei hingestellt und ihr keine Antwort gegeben. Entmutigt kauerte Hayla sich in der Ecke zusammen und schlang die Arme um die angezogenen Knie. Die Einsamkeit war beinahe so schlimm wie die Gewissheit, sterben zu müssen. Obwohl es schmerzte, erinnerte sich Hayla an jeden einzelnen Moment mit Bosgard – von dem Tag an, als er sie vor dem Überfall durch Ralph Clemency gerettet hatte, bis zu ihrer letzten Liebesnacht, nach der sie ihn verlassen hatte. Im Geiste hörte sie Bosgards Stimme und roch seinen männlichen Duft. Was würde sie dafür geben, ihn noch einmal sehen zu dürfen! Nur noch ein einziges Mal sich in seine Arme zu schmiegen, ihn zu küssen und sagen zu können, wie sehr sie ihn liebte.

Das Rasseln des Schlüssels im Schloss riss Hayla aus ihren Gedanken. Die Tür schwang auf, und zwei Wachmänner traten in die Zelle. Der eine hielt eine Fackel, der andere ein starkes Seil in den Händen. Er deutete auf Hayla und sagte: »Aufstehen und mitkommen.«

»Wohin bringt ihr mich?« Zögernd stand Hayla auf, aber der Wärter gab keine Antwort. Stattdessen fesselte er Haylas Handgelenke auf ihrem Rücken. Dabei ging er so grob vor, dass der Strick scharf in ihr Fleisch schnitt und sie vor Schmerz stöhnte. Ein Ende des Seils schlang er um seinen Unterarm, aber auch ohne diese Vorsichtsmaßnahme hätte Hayla keinen Fluchtversuch gewagt. Gegen die großen und starken Männer war sie verloren. Vor der Tür wartete ein dritter Wachmann, und Hayla wurde durch die Gänge geführt und die Treppe hinaufgeschoben. Als sie die im hellen Tageslicht liegende Halle betraten, schloss Hayla stöhnend die Augen. Das Sonnenlicht schmerzte in ihren Augen, aber die frische Luft drang wohltuend in ihre Lungen. Nachdem sie die Augen wieder geöffnet und sich an die Helligkeit gewöhnt hatte, sah sie zu ihrer grenzenlosen Verblüffung eine ältere Frau im kostbaren Gewand einer hochgestellten normannischen Dame auf sich zukommen. Ihr graues Haar war zur Hälfte mit einem hellen Tuch bedeckt, und ihre Tunika hatte goldbestickte Säume.

»Lady Elfgiva!« Hayla glaubte, sich erneut in einem ihrer

Träume zu befinden, und blickte sich in der Erwartung, Ralph Clemency irgendwo auftauchen zu sehen, hastig um. Es war jedoch kein Traum, denn die Dame lächelte und sagte freundlich: »Hayla, ich freue mich zu sehen, dass es dir gutgeht. Nun ja, soweit es die Umstände zulassen. Ich denke, zuerst brauchst du ein Bad und etwas Anständiges zu essen.«

»Wie … und warum …?«, stammelte Hayla. »Ich wähnte Euch tot, Lady Elfgiva. Was ist geschehen?«

»Ich kann mir denken, dass du viele Fragen hast, Mädchen, aber ich bitte dich um Geduld. Komm jetzt, mein Wagen wartet draußen.«

»Wohin bringt Ihr mich?« Hayla sah zu den Wärtern, die das Gespräch mit unbeweglicher Miene verfolgten. »Könnt Ihr mich so einfach aus dem Tower fortbringen?«

Lady Elfgiva nickte freundlich. »Du wirst bald alles erfahren, doch leider muss ich dir sagen, dass du nicht frei sein wirst. Ich bin nur in der glücklichen Lage, dir für die Zeit bis zur Verhandlung eine etwas angenehmere Unterkunft bieten zu können als den Kerker im Tower. Du bist aber nach wie vor eine Gefangene, und ich bitte dich, Hayla, keinen Fluchtversuch zu unternehmen. Ich habe mich für dich verbürgt, dass du dich deiner Schuld stellen wirst.«

Nun verstand Hayla überhaupt nichts mehr. Lady Elfgiva war eine Verwandte Königs Harolds gewesen und hatte dazu beigetragen, dass ihr damals die Flucht nach Cornwall gelungen war. Seitdem war Hayla davon ausgegangen, Lady Elfgiva wäre getötet oder zumindest verhaftet worden, doch jetzt stand die einstige Vertraute in feinen Kleidern und mit Gold geschmückt vor ihr und schien über einen gewissen Einfluss zu verfügen.

Vor dem Tower wartete ein Wagen, der auf den Seiten ein Wappen trug, das Hayla bekannt vorkam, aber in ihrer Verwirrung konnte sie sich nicht erinnern, wo sie dieses Wappen schon einmal gesehen hatte. Hayla setzte sich auf die mit dunkelblauem Samt gepolsterte Bank, eine Wache nahm neben ihr Platz, während sich Lady Elfgiva ihnen gegenübersetzte.

»Wohin bringt Ihr mich, Mylady?«, wiederholte Hayla ihre Frage. »In ein anderes Gefängnis?«

Lady Elfgiva lächelt zwar, aber für einen Moment glaubte Hayla, in ihren Augen einen Schimmer von Angst zu erkennen. Seit sie sich das letzte Mal gesehen hatten, war Elfgiva kaum gealtert. Nur wenige Fältchen hatten sich um ihre Augen eingegraben. Offenbar führte sie ein sehr angenehmes Leben.

»Ich habe meinen Mann überzeugen können, dich in unserem Haus unterzubringen, und hoffe, dass du so vernünftig bist, unsere Gastfreundschaft nicht auszunutzen. Es tut mir leid, dass deine Fesseln nicht gelöst werden dürfen, auch werden Wachen vor deiner Kammertür postiert. Diese Auflagen müssen bestehen bleiben, bis der König in der Stadt eintrifft und wir dich seiner Gewalt überstellen.«

»Das wird noch lange dauern.« Hayla seufzte. »Man hat mir gesagt, er befände sich irgendwo im Norden …«

Lady Elfgiva hob die Hand. »Gestern Abend kam ein Bote mit der Nachricht, der König befinde sich auf der Heimreise. Wir erwarten ihn in vier oder fünf Tagen.«

Erleichtert atmete Hayla auf. Das Ende ihrer Gefangenschaft lag in greifbarer Nähe, auch wenn es ein Ende auf dem Schafott bedeutete, aber dies hatte sie von dem Augenblick an, als sie Penderroc Castle verlassen und sich in die Hände von Yven de Mantes begeben hatte, gewusst. Sie blickte Lady Elfgiva interessiert an.

»Erlaubt mir die Frage, wie es Euch ergangen ist, Mylady. Ich sehe, Ihr tragt kostbare Gewänder und fahrt in einem komfortablen Wagen. Wie kann es sein, dass Ihr mich aus dem Tower befreien durftet und mich nun in Euer Haus bringen könnt?«

Lady Elfgiva lehnte sich vor und strich kurz über Haylas Wange. »Ich verstehe, dass dir dies alles seltsam erscheinen mag, mein Kind. Nachdem Sir Leofric dich damals nach Cornwall in Sicherheit gebracht hatte, warteten wir in Fendenwic ängstlich darauf, was nun, nachdem die Normannen das Land erobert hatten, mit uns geschehen würde. Ich gebe zu, ich hatte bereits mit meinem Leben abgeschlossen. Das Schicksal wollte es jedoch, dass König William einen seiner besten Männer zu unserer Burg schickte – Sir de Mantes.«

»De Mantes?« Überrascht riss Hayla die Augen auf. »Yven de Mantes? Der Mann, der Penderroc Castle belagerte und mich nach London brachte?«

»Nein, mein Kind, Fendenwic fiel in die Hände seines Vaters Robert de Mantes. Er ist ein wirklich feiner Herr. Ein normannischer Edelmann durch und durch, der sich gegenüber Damen zu benehmen weiß.« Hayla entging nicht das Funkeln in Lady Elfgivas Augen. »Er ließ uns nicht nur am Leben, sondern behandelte uns auch unserem Stand entsprechend. So war es nur eine Frage der Zeit …«

Mit geröteten Wangen brach sie ab, und Hayla konnte sich den Rest zusammenreimen.

»Ihr habt de Mantes geheiratet«, stieß sie überrascht hervor.

»Ja, Mädchen, bereits zwei Monate nach der Eroberung

entdeckten wir unsere Liebe zueinander. Robert war Witwer, und so wurde ich Yvens Stiefmutter. Wir bewohnen ein kleines Haus am Rande der Stadt, und mein Mann wie mein Stiefsohn genießen die Freundschaft von König William, der oft zu Gast in unserem bescheidenen Heim ist.«

Dass Lady Elfgiva, einst eine aufrechte angelsächsische Dame, nun eine normannische Adlige war, überraschte Hayla nicht. Sie selbst hatte ihr Herz an einen Normannen verloren, und niemals, auch wenn sie noch Jahre leben sollte, was jedoch unwahrscheinlich war, würde sie einen Mann jemals wieder so lieben wie Bosgard de Briscaut.

Das Gespräch wurde unterbrochen, als sie Lady Elfgivas Haus erreichten. Die Bezeichnung *klein* war stark untertrieben, denn das Gebäude ragte vier Stockwerke in die Höhe, hatte links und rechts einen Turm und war zinnenbewehrt. Zwei steinerne Löwen, die Lefzen grimmig in die Höhe gezogen, flankierten das Tor. Das Haus wirkte wie eine kleine Festung, und auch hier patrouillierten bewaffnete Männer mit Brustpanzern und Helmen. Als sie vor dem Eingang hielten, stieg zuerst Lady Elfgiva aus, dann wurde Hayla von der Wache aus dem Wagen gezogen. Die Tür des Hauses öffnete sich, und Hayla stieß einen leisen Schrei aus. Am liebsten wäre sie sofort wieder in den Wagen gestiegen und zum Tower zurückgefahren. Bevor sie irgendetwas sagen konnte, begrüßte Lady Elfgiva den Mann, der nun langsam auf sie zukam.

»Sir Ralph, seht, ich habe das Mädchen hergebracht. Es gab keine Probleme, und Hayla hat versprochen, eine folgsame Gefangene zu sein.«

Aus den Augenwinkeln sah Hayla, wie in Elfgivas Wangen erneut eine leichte Röte schoss, doch diesmal meinte sie,

Unsicherheit in deren Augen zu erkennen. Ralph Clemency trat so dicht vor Hayla, dass sie seinen Atem in ihrem Gesicht spürte. Die dunklen Augen verengten sich zu Schlitzen, als er ihr zuflüsterte: »Ich wusste, wir sehen uns wieder, Hayla, und ich werde alles tun, um dir den Aufenthalt in diesem Haus so angenehm wie möglich zu machen. Gegen ein wenig Vergnügen, bevor der König dich zum Tod verurteilt, ist doch nichts einzuwenden, nicht wahr?«

Hayla wünschte sich, der Boden möge sich auftun und sie verschlingen. Liebend gerne wäre sie in die Zelle des Towers zurückgekehrt, als erneut mit Ralph Clemency ausgeliefert zu sein. Was hatte Lady Elfgiva mit diesem perfiden Spiel zu tun? Sie blickte sich um, aber die Lady war bereits im Haus verschwunden. Als einer der Wachmänner Hayla an der Schulter packte, um sie ebenfalls ins Haus zu führen, trat Ralph dazwischen.

»Danke, Mann, du kannst jetzt gehen. Ich werde der Gefangenen ihre Kammer zeigen. Ab sofort steht sie unter meiner persönlichen Bewachung.«

22. Kapitel

Hayla fühlte sich wie in einem ihrer Alpträume gefangen, nur wachte sie dieses Mal nicht auf, und Ralph Clemency blieb grausame Wirklichkeit. Wie war es Ralph bloß gelungen, das Vertrauen von Lady Elfgiva zu erringen und sich in ihr Haus einzuschleichen? Wusste Yven des Mantes davon? Während der Reise von Cornwall nach London hatte Hayla festgestellt, dass der ehrbare Normanne für Ralph keine große Sympathie und schon gar nicht Freundschaft hegte. Ganz bestimmt wusste de Mantes nichts über Ralphs schändliches Treiben und seinen verabscheuungswürdigen Charakter, sonst würde er niemals zustimmen, den Mann in seinem Elternhaus zu beherbergen.

Als sie die Halle betraten, erwartete Hayla die nächste unangenehme Überraschung. Aus einem Stuhl neben dem Kamin erhob sich Constance Aubrey, kam Hayla mit einem spöttischen Lächeln entgegen und sagte: »Ich will nicht sagen, dass ich mich freue, dich wiederzusehen, Hayla, aber es ist unseren Zwecken dienlich, dich hier bei uns zu haben.«

Hayla hielt Constances herausforderndem Blick stand. »In der trauten Runde fehlt nur noch Mandric«, stieß sie hervor und sah sich in der Halle um. »Wo ist er?«

Ralph lachte gackernd und zwinkerte Constance vertraulich zu. »Ich sagte Euch doch, Lady Constance, das Mädchen ist nicht dumm. Ja, Hayla, Mandric ist ebenfalls in diesem Haus. Derzeit schläft er allerdings seinen Rausch aus, wir feierten gestern ein kleines Fest. Keine Sorge, du wirst deinen *Verlobten* bald wiedersehen.«

Wie von einer Nadel gestochen, fuhr Hayla zu Lady Elfgiva herum und rief: »Was treibt Ihr hier für ein schändliches Spiel? Wisst Ihr denn nicht, dass Ihr eine Bande von Mördern und Verrätern unter Eurem Dach beherbergt? Warum verbündet Ihr Euch mit einem solchen Pack? Wissen Euer Mann und Euer Stiefsohn davon?«

Lady Elfgiva wich Haylas Blick aus und nestelte an den Enden ihres golddurchwirkten Gürtels. Von der Freundlichkeit, mit der sie Hayla im Tower empfangen hatte, war nichts mehr zu spüren. Lady Elfgiva wirkte jetzt eher verwirrt und suchte nach Worten. »Wir alle haben uns mit den Normannen arrangieren müssen, Hayla. William ist unser König, und wir dürfen es nicht zulassen, dass seine Herrschaft bedroht wird. Auch ich muss meinen Beitrag leisten, um den Thron Williams zu sichern.«

Hayla begann zu verstehen. Ungläubig weiteten sich ihre Augen, als sie fassungslos sagte: »Ihr habt die ganze Zeit gewusst, wessen Tochter ich bin, nicht wahr?« Lady Elfgiva musste nicht antworten, das nervöse Flackern in ihren Augen sagte Hayla genug. »Und Ihr seid eine der Zeuginnen, die Mandric als Beweis anführt. Warum habt Ihr damals geholfen, mich aus Fendenwic fortzubringen, um mein Leben zu retten, wenn Ihr mich jetzt verratet? Schämt Ihr Euch nicht, Mylady? Was würden Sir Alfred und Sir Leofric zu Eurem Verhalten sagen?«

»Genug jetzt.« Ralph versetzte Hayla einen unsanften Stoß gegen den Rücken. »Ich bringe das Weibsstück jetzt in ihre Kammer. Lady Constance, wenn Ihr uns begleiten möchtet?«

Als Constance Aubrey sich zur Seite wandte, um vor Hayla die Treppe hinaufzugehen, konnte Hayla deutlich ihren gerundeten Bauch erkennen. Hayla konnte der Vater des Kindes eigentlich gleichgültig sein, dennoch würde es sie interessieren, wer eine hochwohlgeborene Dame wie Constance in eine solch missliche Lage gebracht hatte. Hayla zweifelte allerdings daran, dass sie lange genug leben würde, um dieses Geheimnis zu erfahren.

Die Dachkammer, in die man sie brachte, war zwar wesentlich komfortabler als ihre bisherige Zelle, trotzdem wünschte sich Hayla in den Tower zurück. Das Dachfenster war unvergittert, aber viel zu schmal, um als Fluchtmöglichkeit in Betracht zu kommen. Sogar die abgemagerte Hayla würde nicht durch den Spalt passen, zudem befanden sie sich im vierten Stockwerk. Eine Bettstatt, ein Tisch und ein Stuhl waren die ganze Einrichtung, aber im Kamin brannte ein wärmendes Feuer.

Constance zog schnüffelnd die Nase hoch und blickte Hayla abschätzend an. »Man wird dir einen Zuber und heißes Wasser bringen. Du hast ein Bad dringend nötig.«

»Und wenn du damit fertig bist, werden wir zwei es uns gemütlich machen.« Ralph nahm eine von Haylas Haarsträhnen und ließ sie durch seine Finger gleiten. Sein Gesichtsausdruck ließ keinen Zweifel daran, was er mit Hayla vorhatte.

»Niemals werdet Ihr mich berühren, Ralph Clemency!«, rief Hayla und wich in eine Ecke zurück. »Wenn Ihr versucht, mich zu der Eurigen zu machen, werde ich Euch töten, und wenn ich mich dafür mit dem Teufel höchstpersönlich verbünden müsste.«

Constance Aubrey zog scharf die Luft ein, dann sagte sie leise: »Auch wenn du dem Tod näher bist als dem Leben, Mädchen, solltest du dir deine Worte überlegen. Oder willst du für immer im Fegefeuer brennen?«

»Ausgerechnet Ihr sprecht vom Fegefeuer?« Hayla lachte höhnisch. »Wenn hier jemand Angst vor ewiger Verdammnis oder gar vor der Hölle haben sollte, dann wohl Ihr, *Lady* Constance. Ihr habt gelogen und betrogen, und ich vermute, Ihr wart ebenfalls an dem feigen Mordanschlag auf Bosgard beteiligt. Und Ihr tragt den Bastard irgendeines hergelaufenen Mannes unter Eurem Herzen …«

Constance schlug Hayla mit der flachen Hand mitten ins Gesicht. Ihr schönes Antlitz war wutverzerrt, und sie holte aus, um erneut zuzuschlagen, doch Ralph fing ihren Arm ab. Mit einem süffisanten Lächeln sagte er: »Das Mädchen hat nicht unrecht, Constance, aber bitte, züchtigt sie jetzt nicht. Das könnt Ihr immer noch machen, wenn ich mit ihr fertig bin, zuvor möchte ich einen Körper ohne Blutergüsse unter mir spüren.«

Constance warf Hayla einen letzten hasserfüllten Blick zu, dann rauschte sie ohne ein weiteres Wort zur Tür hinaus. Hayla konnte nicht verhindern, dass Ralph ihr vertraulich in die Wange zwickte und sagte: »Bis bald, Hayla. Ich werde schon dafür sorgen, dass du Bosgard ganz schnell vergisst.«

Der Schlüssel drehte sich im Schloss, zusätzlich wurde noch ein Riegel vor die Tür geschoben. Am ganzen Körper zitternd, sank Hayla aufs Bett. Sie schlug die Hände vors Gesicht und seufzte. Die Gemeinheiten von Constance Aubrey und Ralph Clemency waren ihr nicht neu, aber der Verrat von Lady Elfgiva entsetzte sie zutiefst. Als Hayla noch ein Kind war und im Haushalt von Harold lebte, hatte

Elfgiva die Mutterstelle bei ihr vertreten. Nun war sie zwar mit einem Normannen verheiratet und lebte unter seinesgleichen – aber auch Hayla hatte ihr Herz an einen der Eroberer verloren und wäre dessen Frau geworden, dennoch hätte sie niemals jemanden von ihresgleichen verraten. Wenn Lady Elfgiva bestätigte, dass Harold ihr leiblicher Vater war, dann zweifelte Hayla auch nicht mehr daran, denn Elfgiva hatte dem angelsächsischen König immer sehr nahegestanden. Trotz der ausweglosen Situation, in der sie sich befand, bedauerte sie, nicht früher über ihre Abstammung Bescheid gewusst zu haben. Sie erinnerte sich an die edlen Gesichtszüge Harolds – an die hohe Stirn, die blauen Augen und an die sanft geschwungene Nase. Ein bitteres Lächeln umspielte Haylas Lippen. Erst jetzt wurde ihr bewusst, wie ähnlich sie Harold sah. Zwischen dem Mann, den sie für ihren Vater gehalten hatte, und ihr hatte es keine Ähnlichkeit gegeben, und Hayla hatte immer gedacht, sie schlüge ihrer Mutter nach, die so früh gestorben war, dass Hayla sich nicht mehr an sie erinnern konnte. Nun jedoch war alles verändert, und jeder, der Harold gekannt hatte, würde bestätigen können, dass sie seinen Lenden entsprungen war.

Haylas Gedanken eilten zu Bosgard. Würde er je erfahren, was man ihr angetan und welche Rolle Elfgiva de Mantes dabei gespielt hatte? Die Lady hatte zwar gesagt, König William wäre auf dem Weg nach London, aber Hayla hielt das für eine Lüge. Sie hatte sie nur in ihr Haus locken wollen, wo sie Ralph hilflos ausgeliefert war.

»Nein, ich will jetzt nicht an Ralph denken.« Laut sprach Hayla die Worte aus. Sie würde ertragen, was das Schicksal ihr auferlegte, aber sie würde sich Ralph nicht kampflos ergeben. Sie stand auf und nahm den Stuhl in die Hand. Er war einfach und wenig stabil, und Hayla gelang es binnen kurzer Zeit, eines der Beine aus der Verankerung zu lösen. Das Stück Holz war nicht viel, aber es war hart und die einzige Waffe, die Hayla zur Verfügung stand. Wahrscheinlich würde ein Schlag nicht ausreichen, um Ralph außer Gefecht zu setzen, aber als erste Abwehr mochte das Stück Holz ausreichen. Als sie Geräusche vor der Tür hörte, versteckte sie das Stuhlbein schnell unter der Bettdecke, aber es waren nur zwei Frauen, die einen Waschzuber und Eimer mit heißem Wasser brachten. Hayla seufzte. Wenn ihr Leben nun bald zu Ende sein würde, dann könnte sie ruhig vorher baden. Vielleicht würde es Gott gefallen, wenn sie sauber vor seine Augen trat.

»Na, auch schon wach?«, fragte Ralph spöttisch, als Mandric die Halle betrat. Sein helles Haar war zerzaust, und seine Augen waren gerötet. »Das Täubchen ist in unserer Gewalt. Wir waren nicht untätig, während du geschlafen hast.«

Mit einem Schlag war Mandric hellwach. »Hayla ist in diesem Haus?«

Constance nickte und deutete mit dem Finger an die Decke. »Sie ist in einer der Dachkammern. Es ging alles problemlos vonstatten. Die Wachen am Tower haben das Dokument mit dem königlichen Siegel nicht angezweifelt. Die dummen Tröpfe denken, der König wäre wirklich auf dem Weg nach London und wünschte, die Gefangene in diesem Haus zu haben.«

Mandric warf Ralph einen Blick zu. »Ihr versteht Euch offenbar auf das Fälschen von Dokumenten, Sir.«

Mandric wusste längst, was für Pläne die normannische Dame und der verschlagene Ralph Clemency verfolgten.

Beide hassten Bosgard de Briscaut von ganzem Herzen. Lady Constance deshalb, weil er sie verschmähte und nicht zur Frau haben wollte, Ralph, weil er stets in Bosgards Schatten gestanden hatte und seinem Schwager den Besitz und die daraus resultierenden Einnahmen neidete.

»Was habt Ihr mit Hayla vor?«, fragte Mandric leise und sah von einem zum anderen.

Ralph leckte sich genüsslich die Lippen, als hätte er gerade einen besonders süßen und reifen Wein gekostet. »Nun, das Mädchen ist mir noch etwas schuldig. Zwar ist sie keine Jungfrau mehr, sondern hat ihre Unschuld bereits diesem Bastard Bosgard geschenkt, dennoch werde ich mir mit Vergnügen holen, was mir zusteht. Schließlich war ich der erste Herr auf Penderroc Castle, bevor Bosgard kam und mir alles weggenommen hat.«

Mandric zuckte kaum merklich zusammen. Als er sich mit Ralph Clemency verbündete, hatte er gewusst, auf wen er sich einließ. Dieser Mann war durch und durch brutal und schlecht, aber ihm allein hätte weder der König noch sonst jemand in London Gehör geschenkt, als er Hayla verriet. Mandric war vor Wut rasend gewesen, als er erfuhr, dass Hayla Bosgard heiraten wollte, und er hatte auf Rache gesonnen. Das Schicksal hatte ihn zu den beiden Menschen geführt, die Bosgard ebenfalls Schaden zufügen wollten, und nun war es zu spät, einen Rückzieher zu machen. Er hatte sich einen gerechten Prozess vorgestellt, bei dem Hayla verurteilt würde, denn die Beweise für ihre Abstammung waren erdrückend. Längst hatte Mandric jedoch feststellen müssen, dass Ralph kein Interesse an einer fairen Verhandlung hatte. Er wollte Hayla tot sehen. Mandric hatte sich an Lady Elfgiva gewandt, die ebenso wie Sir Leofric und Sir Alfred über Haylas richtigen Vater Bescheid wussten. Damals hatte er nicht geahnt, dass Lady Elfgiva sich auf die Seite von Ralph stellen würde, und jetzt war es zu spät, etwas zu ändern. Der König weilte in York, einer Stadt hoch im Norden, und bis er von den Geschehnissen hier erfuhr, wäre Hayla längst tot.

»Was ist mit Bosgard de Briscaut?«, fragte Mandric schließlich. »Wird er nicht versuchen, Rache zu nehmen?«

Ralph schnippte lapidar mit den Fingern. »Von diesem feigen Hund haben wir nichts zu befürchten. Er hat Hayla gehen lassen, um seinen eigenen Kopf zu retten. Wahrscheinlich sitzt er immer noch in seiner Burg in Cornwall und verschwendet an das Mädchen keinen Gedanken mehr. So gerne ich sein dummes Gesicht sähe, wenn er erfährt, wer hinter alldem steckt, ich werde in die Normandie zurückkehren. Es könnte nämlich sein, dass der König ein wenig … verärgert über mich ist.« Ralph lachte und blinzelte vertraulich Constance zu. »Ihr, liebe Lady, könnt Euch immer noch überlegen, mich zu begleiten. Ich habe Euch bereits mehrmals gesagt, dass ich den Bastard, den Ihr unter Eurem Herzen tragt, als meinen Sohn anerkennen werde, sofern es ein Junge wird. Ein Mädchen ist sowieso gleichgültig, das werden wir so bald wie möglich gut verheiraten, auch wenn wir für eine Aussteuer sorgen müssen.«

Constance wich Ralphs Blick aus, als sie antwortete: »Wir werden sehen, Ralph. Solange König William fort ist, werde ich keine Entscheidung fällen.«

»Pah, wenn Ihr etwa hofft, der König wird Bosgard dazu zwingen, Euch zur Frau zu nehmen, so ist Euch nicht zu helfen. Ebenso wenig, wie Ihr offenbar keine Angst davor habt, eine ledige Mutter zu sein. Nun, mir soll es gleichgültig sein.« Ralph rieb sich die Hände, dann wandte er sich zur Tür. »Ich glaube, unser Täubchen wird ihr Bad jetzt beendet haben. Wenn Ihr Schreie hören solltet, so kümmert Euch nicht darum. Es werden nur die Schreie ungezügelter Lust sein, die ich Hayla bereiten werde.«

Mit schweren Schritten stampfte er aus der Halle. Constance folgte ihm und sagte: »Ich lege mich eine Weile hin, irgendwie ist mir den ganzen Tag schon unwohl.«

Während ihrer Worte presste sie eine Hand auf ihren Bauch und stöhnte leise. Mandric stieg ein saurer Geschmack in die Kehle. Er wandte sich zu Lady Elfgiva, die der Unterhaltung schweigend gelauscht hatte und bewegungslos in einem Stuhl neben dem Feuer saß.

»Lady Elfgiva, ist es auch in Eurem Sinn, dass Hayla so etwas Schreckliches geschieht? Ihr wart zwar bereit, gegenüber dem König die wahre Abstammung Haylas zu beschwören, aber wollt Ihr wirklich, dass Hayla stirbt, bevor es überhaupt zum Prozess kommt?«

Schwerfällig erhob sich Lady Elfgiva aus dem Stuhl. Von ihrer Frische war nichts mehr zu bemerken, sie wirkte unendlich müde und erschöpft, und ihr Blick war traurig, als sie Mandric anblickte. »Es gibt Situationen im Leben, in denen man Dinge tun muss, die man eigentlich nicht tun will. Ritter Mandric, ich kenne Euch, seit Ihr ein kleiner Junge wart und mit dem Holzschwert gespielt habt. Ich war eine der Befürworterinnen Eurer Vermählung mit Hayla, doch dann wurde unser Land von den Normannen erobert, und alles veränderte sich. Ob Ihr es glaubt oder nicht, ich liebe meinen Mann von ganzem Herzen und hätte nie gedacht, dass mir im Alter noch einmal ein solches Glück beschert wird.« Elfgiva deutete mit der Hand auf die kostbare Einrichtung der

Halle. »Seht Euch um. Mein Haus ist heute prächtiger, als der Hof von König Harold es jemals war. Dies alles haben mein Mann und ich der Güte König Williams zu verdanken, darum werde ich alles tun, ihm den Thron zu erhalten. Dass man dafür Opfer bringen muss, ist zwar bedauerlich, aber unvermeidbar. Als Ihr zu mir kamt und batet, gegen Hayla auszusagen, habe ich keinen Augenblick gezögert. Dann jedoch begann mir die Sache zu entgleiten. Ihr wisst es nicht, Ritter Mandric, aber mein Mann Robert befindet sich in der Gewalt von Ralph Clemencys Männern.«

»Was?« Mandric fuhr erschrocken auf. »Soll das heißen, er wurde entführt?«

Lady Elfgiva nickte unendlich traurig. »Ralph und Constance Aubrey ist es gelungen, einige Männer, die weder Tod noch Teufel scheuen, um sich zu versammeln. Sie überwältigten meinen Mann, als er auf dem Weg nach Hause war, und halten ihn an einem verborgenen Ort gefangen. Dann zwangen sie mich, Hayla aus dem Tower zu holen und in dieses Haus zu bringen, sonst würde Robert sterben. Mir bleibt keine andere Wahl …«

Sie brach ab, und Mandric bemerkte die Tränen in ihren Augen. Zornig hieb er mit der Faust auf den Tisch.

»Die beiden sind ja ein feines Pärchen. Wie kann man einen anderen Menschen nur so sehr hassen, um solche Dinge zu tun?«

»Das fragt gerade Ihr, Ritter Mandric?« Elfgiva sah ihn, einen verächtlichen Zug um den Mund, an. »Ihr habt den Stein ins Rollen gebracht, indem Ihr mit Hilfe Lady Constances König William über Haylas Existenz informiert habt. Hättet Ihr damals Cornwall verlassen, wäre nichts über das Geheimnis an des Königs Ohren gedrungen, und Hayla wäre längst mit Bosgard de Briscaut verheiratet. Versucht also nicht, anderen die Schuld zuzuschieben. Lasst mich jetzt bitte allein, ich fühle mich erschöpft.«

Mandric verließ Lady Elfgiva mit einer Verbeugung und ging in den Garten hinaus. Er blickte hinauf zu den Fenstern der Dachkammern. Hinter einem davon war Hayla in diesem Moment Ralph Clemency hilflos ausgeliefert.

Hayla hörte die schweren Schritte auf der Treppe. Sie kauerte sich mit dem Rücken zur Wand aufs Bett und umklammerte mit einer Hand unter der Decke fest das Stuhlbein. Sollte er ruhig kommen! Sie würde sich wehren, solange noch ein Tropfen Blut durch ihre Adern floss.

Ralph machte sich nicht die Mühe, die Tür zu verriegeln, als er in die Kammer trat. Er war sich seiner Sache sicher, alle in dem Haus standen auf seiner Seite, zudem trug er griffbereit ein Messer in seinem Gürtel.

»Na, wartest du schon ungeduldig auf mich?«, sagte er mit einem süffisanten Lächeln. »Wie schön, dass du bereits im Bett bist, dann können wir es uns gleich so richtig gemütlich machen.«

Hayla richtete sich auf und sagte ruhiger, als ihr zumute war: »Wenn Ihr mich anrührt, töte ich Euch.«

»Ja, ja, das sagtest du bereits, es wird langsam langweilig.« Er grinste und setzte sich auf den Bettrand. »Wenn du dich nicht zierst, dann können wir beide Spaß an der Sache haben. Mit Bosgard hat es dir doch auch Freude bereitet, nicht wahr? Du kennst aber noch nicht meine Fähigkeiten, die werden dich Bosgard ganz schnell vergessen lassen. Andererseits mag ich Frauen, die sich zuerst etwas unwillig zeigen. Ich werde dich jedoch schnell zähmen.«

Er streckte eine Hand aus und griff Hayla an die Brust. Hayla schlug mit der freien Hand nach ihm, aber da hatte er schon ihren Arm gepackt und zwang sie rücklings auf das Bett. Hayla zog das Stuhlbein unter der Decke hervor und schlug damit, so fest sie konnte, Ralph auf den Kopf. Er zuckte zusammen, und für einen Moment lockerte sich sein Griff. Der Augenblick dauerte aber nicht lange genug, dass es Hayla gelang zu entkommen. Bevor sie aus dem Bett flüchten konnte, hatte er ihr das Stuhlbein bereits entwunden und sie erneut gepackt. Grob bohrten sich seine Finger in ihr Fleisch, und Hayla schrie vor Schmerzen laut auf.

»Du Miststück«, zischte er durch die zusammengepressten Zähne. »Das wirst du mir büßen.«

Mit einer Hand drückte er Haylas Oberkörper auf das Bett, mit der anderen tastete Ralph nach seinem Hinterkopf. Als er sah, dass an seinen Fingern ein wenig Blut klebte, stachelte dies seinen Zorn umso mehr an. Brutal schlug er Hayla ins Gesicht, und ihr schwanden beinahe die Sinne. Trotzdem wand sie sich unter seinem Griff und bäumte sich wild auf. Mit ihrem Knie versuchte sie, Ralph an seiner empfindlichsten Stelle zu treffen, aber er wich geschickt aus. Plötzlich spürte sie das kalte Metall eines Messers an ihrer Kehle.

»Wenn du jetzt nicht stillhältst, dann schlitze ich dir den Hals auf!« Ralph keuchte und drückte die Spitze der Klinge tief in ihr Fleisch. Der Schmerz war beinahe unerträglich, trotzdem stieß Hayla hervor: »Na, los, stecht zu. Worauf wartet Ihr noch? Es ist immer noch besser, tot zu sein, als dass Euer dreckiger Körper den meinen besudelt.«

»Oh, nein, Mädchen, du wirst jeden Augenblick miterleben. Erst danach wird es mir eine Freude sein, dich in die

Hölle zu schicken. Wenn ich mir dir fertig bin, rechne ich mit Bosgard ab. Nie zuvor hat mich ein Mensch derart gedemütigt wie er, und er wird in allen Einzelheiten erfahren, was ich mit dir gemacht habe, bevor ich ihn töten werde.«

Ralph war zwar nicht sehr groß, aber er war um ein Vielfaches stärker als Hayla. Als er seinen schweren Körper auf den ihren rollte, hatte sie keine Möglichkeit mehr, sich zu wehren. Hilflos musste sie ertragen, wie er die Tunika über ihre Schenkel schob. Ralph würde vielleicht ihren Körper besitzen, aber niemals ihre Seele. Sie hoffte nur, es würde bald vorbei sein. Danach würde sie irgendwie das Messer an sich bringen und es Ralph Clemency mitten ins Herz bohren – und wenn das das Letzte war, was sie auf dieser Welt tun würde.

Oh, Bosgard, hilf mir! Ihr Mund formte stumm den Hilferuf, und sie schloss die Augen.

23. Kapitel

Bosgard hätte seinem Pferd am liebsten die Absätze in die Seiten gedrückt, um den Hengst anzutreiben, aber er musste sich beherrschen. König William und sein Gefolge ließen sich auf dem Ritt nach London Zeit, während Bosgard die Strecke in einem einzigen wilden Galopp zurückgelegt hätte. Bosgard durfte sich seine Ungeduld jedoch nicht anmerken lassen, denn er hatte mehr erreicht, als er zu hoffen gewagt hatte. Der König war bereit, mit ihm in die Stadt zurückzukehren, um sich mit den Vorwürfen gegen Hayla auseinanderzusetzen. William blieb Bosgard gegenüber zwar skeptisch, da er die Stadt York jedoch seinen Männern überlassen konnte, wollte er der Sache mit der angeblichen Verräterin nachgehen. Wenn sich um Hayla wirklich Menschen scharten, die ihren Thronanspruch unterstützten, dann durfte William keine Zeit verlieren, diesen neuen Aufstand im Keim zu ersticken. Sie waren nur noch wenige Meilen von London entfernt, dennoch hatte der König gestern Abend befohlen, noch einmal ein Lager aufzuschlagen. Auch heute ging es Bosgard viel zu langsam voran. Eine unerklärliche Unruhe trieb ihn seit Tagen um, die sich seit dem Morgen noch gesteigert hatte. Es schien ihm, als befände sich Hayla in großer Not und würde seine Hilfe benötigen. Als die ersten Kirchtürme Londons am Horizont auftauchten, konnte Bosgard nicht länger an sich halten.

»Sire, da vorn ist die Stadt«, rief er, während er seinen Hengst an die Seite des Königs lenkte. »Wir sollten uns beeilen.«

Ein tadelnder Blick streifte Bosgard, und König William sagte: »Nur Ruhe, Bosgard, wir werden Westminster am Nachmittag erreichen, und gleich morgen lasse ich mir Eure Geliebte vorführen, um mir ein Bild von ihr zu machen.«

»Aber, Sire ...« Bosgard stockte. Er wusste, wie ungehörig sein Verhalten war, die Handlungsweise des Königs in Frage zu stellen. Ungehörig und auch gefährlich, aber er musste es riskieren. »Gestattet Ihr mir, dass ich vorausreite? Ich verspreche, mich morgen im Palast zu Westminster bei Euch einzufinden.«

William kniff seine Augen halb zusammen und musterte Bosgard mit einem scharfen Blick. Nach einer Weile, die Bosgard unendlich lang erschien, nickte er.

»Wenn Ihr hättet fliehen wollen, so hättet Ihr während der letzten Tage ausreichend Gelegenheit dazu gehabt, daher gestatte ich Euch vorauszureiten. Ich merke, dass Ihr es kaum mehr aushaltet, nichts über das Schicksal dieser Hayla zu wissen. Ich bin jedoch überzeugt, dass ihr nichts geschehen ist. Niemand würde es wagen, gegen meinen Befehl zu handeln, und der lautete, die Frau in Einzelhaft im Kerker zu halten. Allerdings kann ich Euch nicht gestatten, den Tower aufzusuchen. Um die Frau wiederzusehen, müsst Ihr bis morgen warten, bis ich sie von meinen Männern in den Palast bringen lasse.«

Bosgard senkte den Kopf und sagte leise: »Ich danke Euch, Sire. Für den Rest meines Lebens werde ich Euer ergebener Diener sein.«

Der König antwortete mit einem Schnauben, aber er hob die Hand zum Zeichen, dass Bosgard entlassen war.

Es war ein warmer, nicht zu heißer Tag, und trotzdem waren nach kurzer Zeit Bosgard und das Pferd mit Schweiß bedeckt, da er das Tier unbarmherzig antrieb. Je näher die Häuser kamen, desto unruhiger wurde Bosgard. Eine unerklärliche Stimme in ihm sagte, dass er sich beeilen müsste. Beeilen wobei? Es würde ihm nicht gelingen, zu Hayla in den Tower vorzudringen, und was sollte er sonst tun? Da er von Norden her in die Stadt ritt, passierte er den Tower. Hunderte von Arbeitern waren auf der größten Baustelle Londons beschäftigt, und Bosgard sah die bewaffneten Männer in Rüstungen, die die Tore bewachten. Ungeduldig reihte sich Bosgard in die Schlange derer ein, die über die schmale Brücke die Themse überqueren wollten, und gelangte endlich ans andere Ufer. Wenig später hatte er das *Red Ox Heart* erreicht. Bosgard war kaum abgesessen, als die Tür geöffnet wurde und eine aufgeregte Ilvy ihm entgegenkam und sich in seine Arme warf.

»Bosgard, endlich! Wir waren in großer Sorge um dich!«

Bosgard drückte Ilvy freundschaftlich an sich und sagte: »Der König ist auf dem Weg nach Westminster. Ich habe ihn einige Meilen vor der Stadt verlassen. Es ist mir gelungen, ihn von der Wichtigkeit der Angelegenheit zu überzeugen, und er wird morgen die Verhandlung gegen Hayla beginnen.«

Ilvy stieß einen Seufzer der Erleichterung aus. »Dann ist es also wahr, was ich gehört habe, dass der König auf dem Weg in die Stadt ist, und ich war unnötig in Sorge. Hayla wurde bereits aus dem Tower fortgebracht …«

Bosgard erstarrte. Er packte Ilvy an der Schulter und sah

sie fassungslos an. »Was ist mit Hayla? Sie ist nicht mehr im Tower? Und woher will jemand wissen, dass der König kommt? Soviel ich weiß, wurde kein Bote vorausgeschickt, um seine Ankunft zu melden.«

»Komm erst mal herein, Bosgard.« Ilvy löste sich aus seinem Griff und trat ins Haus. »Das ist kein Thema, das man auf der Straße besprechen sollte.« Vielsagend sah sie sich zu den Nachbarhäusern um.

In der kleinen Halle eilten Bosgard Henri, der junge Eric und Bruder Pierre entgegen.

»Was ist geschehen?«, fragte Bosgard.

Henri ergriff zuerst das Wort. »Es ist so, wie Ilvy sagte. Heute Morgen hat man Hayla aus dem Tower geholt und fortgebracht. Eine Dame hatte offenbar ein Dokument des Königs vorgezeigt, das Haylas Auslieferung verlangte, und diese Frau fuhr in einem kostbaren Wagen.«

»Constance!« Bosgard spie den Namen aus, als wäre er ein Klumpen Dreck, aber Ilvy schüttelte den Kopf und ergänzte: »Es war keine junge Frau wie Constance Aubrey, die Dame war schon älter. Ich weiß das alles von einem der Wachmänner, der jeden Mittag zu uns kommt. Dabei geht es ihm nicht um den Eintopf, der auf meinem Feuer kocht, sondern … nun, du weißt schon, was ich meine.« Ilvys letzte Worte wurden von einem Augenzwinkern begleitet und entlockten Bosgard trotz der Anspannung, unter der er stand, ein flüchtiges Lächeln.

»Du weißt nicht zufällig, wie die Frau heißt?«

Ilvy zuckte bedauernd die Schultern, doch da trat Eric vor.

»Sir, verzeiht, wenn ich mich einmische, aber ich meine, den Wagen gesehen zu haben.« Alle Aufmerksamkeit richtete sich nun auf den Jungen, als er fortfuhr: »Ich war gerade in der Nähe des Haupttors, als dieses geöffnet wurde und ein dunkler Wagen hindurchfuhr. Ich hatte ja keine Ahnung, dass Hayla darinsaß. Auf der Türseite konnte ich ein großes Wappen erkennen, das mir bekannt vorkam.«

»Wem gehört das Wappen?« Bosgard fiel es schwer, ruhig zu bleiben. Er zitterte vor Ungeduld.

Erics Stirn krauste sich, während er überlegte. »Ich bin mir nicht ganz sicher, Sir Bosgard, aber ich glaube, das Wappen auf den Fahnen des Belagerers von Penderroc Castle gesehen zu haben.«

»Yven de Mantes?« Bosgard und Henri riefen den Namen gleichzeitig aus und sahen sich erstaunt an. »Warum sollte de Mantes Hayla erst in den Tower und dann wieder mit einem gefälschten Dokument an einen anderen Ort bringen?«, fuhr Bosgard fort. »Das ergibt keinen Sinn.«

Ilvy trat zwischen die beiden und rief: »Doch, wenn man bedenkt, dass die Stiefmutter von Yven de Mantes eine ältere Dame ist. Man sagt, sie sei eine Angelsächsin, die den Vater von de Mantes geheiratet hat.«

»Eine Angelsächsin, sagst du?« Bosgard schöpfte Hoffnung. »Vielleicht ist sie jemand, den Hayla von früher kennt, und die Dame hat sie befreit.« Unruhig trat er von einem Fuß auf den anderen. »Liebe Ilvy, du weißt nicht zufällig, wo sich der Wohnsitz dieser Familie befindet?«

Ilvy lächelte verschmitzt. »Es gibt kaum etwas, was in dieser Stadt vor sich geht, das ich nicht weiß, mein lieber Bosgard. Das Haus befindet sich auf der Nordseite der Themse in westlicher Richtung, nur zwei Meilen von dem Palast des Königs entfernt. Du kannst es nicht verfehlen, denn das Eingangstor wird von zwei steinernen Löwen flankiert, und es ist das einzige Haus mit einem Turm in dieser Gegend.«

Spontan umarmte Bosgard Ilvy und drückte ihr einen Kuss auf die Stirn. »Du bist die Beste von allen! Wenn ich mein Herz nicht schon an Hayla verloren hätte, würde ich dich heiraten.«

Ilvy gab Bosgard einen spielerischen Klaps auf die Brust. »Ach, du dummer Kerl, lass solche Scherze und reite los. Ich bin gespannt, die Frau, die dein Herz dermaßen in Unruhe versetzt, kennenzulernen.«

»Ich begleite dich«, bot Henri an, aber Bosgard schüttelte den Kopf.

»Ich reite allein, es dauert zu lang, bis du ein Pferd gesattelt hast. Ich möchte keine Zeit verlieren.«

Bosgard stürmte in den Hof und schwang sich auf seinen Hengst. Als er davonritt, trat Henri neben Ilvy und legte leicht einen Arm um ihre Schultern. »Keine Angst, Ilvy, es wird ihm nichts geschehen. Wenn es dich beruhigt, werde ich ihm folgen.«

Ilvy hob den Kopf und sah den Ritter erstaunt an. »Du weißt es?«

Henri nickte und legte dann einen Finger auf seine Lippen. »Keine Sorge, von mir wird niemand etwas von deinen Gefühlen für Bosgard erfahren. Es ist sehr ehrenvoll, wie uneigennützig du ihm hilfst, obwohl es bedeutet, ihn an eine andere Frau zu verlieren. Du bist eine wirkliche Freundin.«

Ilvy seufzte, und ihr Mund lächelte, während ihre Augen traurig blickten. »Ich weiß, dass Bosgard in mir nur eine Freundin sieht und mich als Frau niemals lieben wird, darum tue ich so, als empfände ich auch nur Freundschaft, denn ich möchte, dass Bosgard glücklich ist. Eine Verbindung zwischen uns ist ohnehin unmöglich. Mein Leben ist hier in diesem Wirtshaus, und die Arbeit füllt mich aus. Im wahrsten Sinne des Wortes …«

Durch ihren letzten Satz brach Ilvy die traurige Stimmung, und Henri ging lachend in den Stall, um ein Pferd zu satteln und Bosgard zu folgen.

Bosgard galoppierte, als wäre der Teufel höchstpersönlich hinter ihm her. Die Nachricht, Hayla wäre eventuell von einer Landsmännin befreit worden, hatte ihn nur kurz beruhigt, denn das ungute Gefühl in seinem Magen blieb. Irgendetwas stimmte hier ganz und gar nicht! Er fand auf Anhieb das Anwesen von Robert de Mantes. Das Haus war wie eine kleine Burg gebaut, aber das Tor stand offen. Niemand hinderte ihn, bis vor die Tür zu reiten. Als er absaß, kam ein Mann um die Ecke, der Bosgard überrascht anstarrte. Bosgard seinerseits glaubte, seine schlimmsten Befürchtungen bestätigt zu sehen.

»Ritter Mandric!«, rief er, als er den Mann erkannte. »Ich wusste, an der Sache ist etwas faul.«

»Bosgard de Briscaut …« Mandric wich ängstlich zurück. »Wie kann das sein? Was macht Ihr in London?«

Mit zwei großen Schritten war Bosgard bei Mandric, packte ihn am Kragen und schüttelte ihn unsanft. »Wo ist Hayla? Wohin habt Ihr sie gebracht, und was habt Ihr mit ihr gemacht? Was wird hier gespielt?«

Mandric wand sich in Bosgards Griff wie ein Wurm. Er wusste, gegen den größeren und stärkeren Mann hatte er nicht die geringste Chance. Zusätzlich regte sich in Mandric das schlechte Gewissen, denn dies alles hatte er nicht gewollt.

»Sie ist oben … in einer der Dachkammern«, stammelte er. »Sir Ralph ist bei ihr …«

»Ralph Clemency?« Mit einem Schrei stieß Bosgard Mandric so heftig von sich, dass dieser rücklings in den Staub fiel. Ohne Mandric weiter zu beachten, stürmte er ins Haus, stieß zwei Knechte, die sich ihm in den Weg stellen wollten, grob zur Seite und sprang die Stufen in die oberen Stockwerke hinauf.

»Hayla!«, brüllte er, als er das obere Stockwerk erreichte. »Wo bist du?«

Hayla meinte, einer Einbildung zu erliegen, als sie Bosgards Stimme hörte, denn er konnte unmöglich in diesem Haus sein. Ralph hatte sie jedoch ebenfalls vernommen, denn er zuckte zusammen und verharrte in der Bewegung, seine Beinkleider zu öffnen. Hayla sammelte all ihre verfügbaren Kräfte. Es gelang ihr, Ralph zur Seite zu stoßen, und sie rief, so laut sie konnte: »Hier, Bosgard! Ich bin hier!«

Die Tür wurde krachend aufgestoßen, und im Rahmen stand Bosgard, der mit einem Blick die Situation erfasste. Hayla lag auf dem Bett, ihr Kleid bis zur Hüfte hochgeschoben, und Ralph kauerte auf ihr. Als Ralph Bosgard erblickte, erbleichte er. Mit einem Satz sprang er auf und stürmte mit dem Messer in der Hand auf Bosgard los. »Du elendiger Bastard!« Hass sprühte aus seinen Augen. Voller Genugtuung sah er, dass Bosgard keine Rüstung trug, so würde es ein Leichtes sein, den Widersacher hier und jetzt ein für alle Mal zu töten. Höhnisch grinsend griff Ralph an.

Bosgard sprang geschickt zur Seite und zog den kurzen Dolch, den er stets im Gürtel trug. Er bereute, sein Langschwert nicht mitgenommen zu haben, aber er würde auch so mit Ralph fertig werden.

»Hayla, verschwinde«, rief er ihr zu, aber Hayla schüttelte den Kopf. Sie griff nach dem Stuhlbein, bereit, Bosgards und ihr Leben bis auf den letzten Blutstropfen zu verteidigen. Ralph griff erneut an, und dieses Mal duckte sich Bosgard, abgelenkt durch Hayla, nicht schnell genug. Die scharfe Klinge traf seine Schulter, schlitzte das Wams auf und riss ihm eine blutende Wunde ins Fleisch. Der Schmerz versetzte Bosgard in namenlose Wut, und er griff nun ebenfalls an. Ralph war zwar kleiner, aber flinker. Geschickt wich er Bosgard aus, duckte sich, drehte sich einmal um die eigene Achse und schlüpfte dann zur Tür hinaus. Bosgard warf noch einen Blick auf Hayla, aber die Geliebte musste warten. Nun würde er nicht eher ruhen, bis das Blut von Ralph Clemency den Boden färbte. In der Halle holte Bosgard ihn ein, doch als er Ralph erreichte, griff dieser nach einem Schild und riss eine Kette mit einer eisenbesetzten Kugel von der Wand. Ralph schwang die Waffe hoch über seinem Kopf, grinste und rief: »Was willst du tun, Bosgard? Versuch, mich zu töten, aber meine Männer sind in diesem Haus. Wenn du mir auch nur ein Haar krümmst, werden sie dich in Stücke hacken.«

»Du machst mir keine Angst, Ralph Clemency«, entgegnete Bosgard gefährlich leise. Seine Wut war verflogen und machte der Ruhe Platz, die er stets verspürte, wenn es um einen Kampf auf Leben und Tod ging. Dies ermöglichte Bosgard, seinen Feind mit all seinen Sinnen zu erfassen. Bosgards Augen fixierten den Gegner, registrierten jede noch so kleine Bewegung, und war es nur das Zucken eines Augenlides. Es war immer Bosgards Vorteil gewesen, in einem Kampf sämtliche Gefühle und alles um sich herum ausblenden zu können, um sich vollständig auf den Feind zu konzentrieren. Die Eisenkugel kreiste immer noch über Ralphs Kopf, aber die Waffe war schwer, und Ralphs Kräfte begannen zu erlahmen. Langsam sank sein Arm herunter. Auf diesen Augenblick hatte Bosgard gewartet. Mit einem Schrei duckte er sich und tauchte unter der Kette durch. Es gelang ihm, Ralph mit beiden Armen zu umklammern und ihn zu Boden zu reißen. Der Schild und die Kugel fielen zur Seite, und die beiden Männer rollten ineinander verschlungen über den Boden. Bosgard schaffte es nicht, sein Messer Ralph in die Brust zu rammen, stattdessen trat Ralph ihm mit einer solchen Wucht zwischen die Beine, dass vor Bosgards Augen Sterne tanzten. Vor Schmerz keuchend, schnappte er nach Luft, und da war Ralph schon wieder auf den Beinen und hielt sein Schwert in den Händen, das er vorhin in der Halle auf einer Bank abgelegt hatte. Verflixt, wo kam das jetzt her?, schoss es Bosgard durch den Kopf, und er ärgerte sich, dass er die Waffe nicht bemerkt hatte. Das war ein Fehler gewesen, vielleicht sogar ein tödlicher Fehler. Schnell sah er sich nach einer Deckung um, aber der Schild lag für ihn in unerreichbarer Ferne.

»Mach deinen Frieden mit Gott«, schleuderte Ralph Bosgard entgegen. »Sofern du nicht in der Hölle landest.«

In dem Moment, als er das Schwert mit beiden Händen über den Kopf hob, erklang eine laute und herrische Frauenstimme: »Was ist hier los? Wer ist dieser Mann? Sir Ralph, was veranstaltet Ihr in meinem Haus? Legt sofort das Schwert weg.«

Ralph zögerte, und Bosgard blickte auf die ältere Dame, die mit hocherhobenem Kopf unter dem Türsturz stand. Er erkannte ihre angelsächsischen Züge und vermutete, dass es sich um die Hausherrin handelte. Ralph führte den Schlag zwar nicht aus, aber er hielt die Waffe weiterhin über Bosgards Kopf – bereit, jeden Moment zuzuschlagen.

»Haltet Euch hier raus, Mylady. Dieser Mann ist der Verräter, der mit Hayla gemeinsame Sache macht. Er wollte das Mädchen befreien und uns alle töten.«

»Das ist nicht wahr!« Auf dem ersten Treppenabsatz stand Hayla. »Lady Elfgiva, glaubt Ralph kein Wort. Wenn es einen Verräter gibt, dann ist er es. Bosgard hat mich vor dem Schlimmsten bewahrt, was einer Frau geschehen kann.«

»Ha, es ist völlig gleichgültig, wer hier wem glaubt«, entgegnete Ralph spöttisch und drang mit dem Schwert auf Bosgard ein. Ralph schien die Situation zu genießen, denn er zögerte den Moment des Zuschlagens hinaus. In seinem Hass weidete er sich an Bosgards Hilflosigkeit und war sich seiner Sache sicher. Er blickte weder Lady Elfgiva noch Hayla an, als er spöttisch rief: »Was wollt ihr zwei schwachen Frauen schon ausrichten?«

Bosgard wurde immer weiter in eine Ecke gedrängt, bis er die Wand in seinem Rücken spürte und es keine Möglichkeit zur Flucht mehr gab.

»Fahr zur Hölle!«, rief Ralph und zielte mit der Klinge des Schwertes auf Bosgards Hals. Plötzlich stockte er in der Bewegung. Ungläubig weiteten sich seine Augen. »Was …«, keuchte er und schwankte. Behende sprang Bosgard zur Seite und griff nach dem Schild, aber eine Verteidigung war nicht mehr nötig. Ein Dolch steckte in Ralphs Rücken, der ihn direkt ins Herz getroffen haben musste, und binnen eines Augenblicks brach er zusammen und blieb reglos liegen.

Lady Elfgiva trat neben Ralph und stupste seinen Körper mit der Schuhspitze an. »Ist er tot?«, fragte sie, und Bosgard bestätigte es, nachdem er in Ralphs starre Augen geschaut hatte. Ohne jede Rührung drehte Lady Elfgiva Ralphs Körper um und zog den Dolch aus dem Rücken. Sie wischte das Blut am Rock ihres kunstvoll bestickten Kleides ab und steckte den Dolch in die Lederhülle an ihrem Gürtel. »Früher übte ich mich im Messerwerfen. Ich war besser als so mancher Mann. Ich wusste, ich habe nicht alles verlernt«, sagte sie mit einem bitteren Lächeln.

Hayla stand immer noch wie erstarrt auf der Treppe. Bosgard hob den Kopf und sah sie an. Mit einem leisen Schrei stürzte Hayla auf ihn zu. Seine Arme schlossen sich um sie, und sie barg den Kopf an seiner Brust.

»Geht es dir gut?«, flüsterte Bosgard, und Hayla nickte.

»Er hat sein Werk nicht vollenden können, du bist rechtzeitig gekommen.«

Beide traten zu Lady Elfgiva, und Hayla ergriff die Hand der älteren Frau.

»Ich danke Euch. Ihr habt Bosgard das Leben gerettet.«

Elfgiva blickte Bosgard an, dann lächelte sie und nickte wohlwollend. »Das ist also der Mann, der dein Herz erobert hat, liebe Hayla. Ich muss zugeben, du hast eine gute Wahl getroffen. In Euren Augen, Sir Bosgard, lese ich Ehrlichkeit und Aufrichtigkeit. Es tut mir leid, dass ich an den Widrigkeiten, die Euch und Hayla widerfahren sind, nicht ganz unschuldig bin.«

Fragend hob Bosgard eine Augenbraue, und in knappen Worten erzählte Lady Elfgiva, welche Rolle sie in der Sache spielte. Als sie geendet hatte, sah Bosgard sich suchend um, aber bevor er etwas sagen konnte, stürmte Constance Aubrey in die Halle. Mit einem Blick erfasste sie die Situation, und ihre Augen weiteten sich ungläubig.

»Was habt Ihr getan?«, rief sie aufgeregt. »Ich habe alles gesehen, Ihr habt Ralph ermordet, dafür wird der König Euch töten.«

Rasch legte Hayla eine Hand auf Bosgards Arm, als dieser Constance packen wollte. »Bitte nicht«, flüsterte sie ihm zu. »Sie kann uns nicht mehr schaden.«

Constance hatte die leisen Worte gehört und lächelte verschlagen. »Warten wir den Prozess ab, dann werdet ihr beide sehen, wie groß meine Macht immer noch ist. Ralph war nur Mittel zum Zweck, um ihn ist es nicht schade, und Ihr, Lady Elfgiva, habt wohl vergessen, dass sich Euer Ehemann in unserer Gewalt befindet.« Ein Gedanke schoss durch Constances Kopf, und sie fuhr fort: »Ihr werdet also vor dem König aussagen, dass Hayla Ralph getötet hat.«

Lady Elfgiva ließ sich von Constance nicht einschüchtern. Selbstbewusst hob sie den Kopf und meinte: »Meinem König gegenüber werde ich stets die Wahrheit sagen. Ich musste ihn töten, ansonsten wäre noch mehr Blut vergossen worden. Ich denke, König William wird die Wahrheit über Eurer schändliches Treiben und Eure Intrigen ebenfalls interessieren, Lady Constance. Was mich betrifft – jetzt, da der König in London ist, habe ich keine Angst mehr vor Euch.«

Constance wich mit vor Schreck geweiteten Augen zurück. »Der König ist wirklich in London? Aber ... das haben wir doch nur gesagt, es war die Idee von Ralph ... Wie kann das sein?«

Bosgard lachte grimmig und warf Constance einen verächtlichen Blick zu. »Ja, so schnell wird aus einer Lüge bitterer Ernst, Constance. Bereits morgen werden wir ihn im Palast zu Westminster aufsuchen. Ich bin gespannt, was er dazu sagen wird, dass einer seiner besten Männer entführt worden ist.«

Unter Bosgards durchdringendem Blick lief ein Zittern durch Constances Körper. Hayla bemerkte, wie sie erbleichte und sich für einen Augenblick zusammenkrümmte, ganz so, als hätte sie starke Schmerzen. Dann jedoch hatte Constance sich wieder im Griff und sagte: »Ich habe vom König nichts zu befürchten, ganz im Gegenteil. Ihr werdet schon sehen …«

Mit dieser Andeutung verließ Constance die Halle. An der Tür traf sie mit Mandric zusammen, direkt hinter dem jungen Mann folgte Ritter Henri mit gezogenem Schwert. Als er den Toten sah, pfiff er anerkennend durch die Zähne.

»Ich dachte, ich komme zu spät, Bosgard, dabei seid Ihr mit diesem Abschaum allein fertig geworden. Dieses Bürschchen hier« – er gab Mandric einen Stoß in den Rücken, und Mandric taumelte vorwärts – »habe ich erwischt, als er sich aus dem Staub machen wollte. Ich dachte, es ist in Eurem Sinn, wenn er nicht entkommt.«

»Das habt Ihr gut gemacht, Henri.« Bosgard klopfte dem Ritter auf die Schulter. »Wo sind die anderen von Ralphs Männern? Es wundert mich, dass sie nicht schon längst hier aufgetaucht sind.«

Lady Elfgiva lächelte, während sie leise sagte: »Heute ist das Glück auf unserer Seite. Ralph hat ihnen freigegeben, damit sie sich in den Schenken der Stadt vergnügen können. Offenbar fühlte Ralph sich völlig in Sicherheit.«

»Wir müssen die Leiche hinausbringen und vergraben, damit nicht doch noch jemand über sie stolpert. Sonst bleibt uns nur, den morgigen Tag abzuwarten.« Bosgard sah Hayla liebevoll an. »Hab keine Angst, mein Liebes, der König scheint uns gewogen zu sein. Morgen Abend wirst du eine freie Frau sein.«

»Warum flieht Ihr nicht?«, fragte Lady Elfgiva. »Wenn Ihr sofort aufbrecht, könnt Ihr vor morgen früh am Kanal sein und ein Schiff besteigen, das Euch aufs Festland bringt. Ich bereue, dass ich bereit war, gegen dich auszusagen, Hayla. Du bist zwar wirklich die Tochter von Harold, aber das ist inzwischen völlig gleichgültig. Ich weiß, dass du niemals einen Anspruch auf Englands Krone erheben wirst. Darum flehe ich euch an – flieht, solange noch Zeit dafür ist.«

Hayla schüttelte den Kopf. »Wenn wir das tun, dann sind Bosgard und ich für immer Geächtete und dazu gezwungen, uns zu verstecken. Nein, Lady Elfgiva, ich werde mich meiner Verantwortung stellen und den Urteilsspruch des Königs annehmen, wie immer er auch lauten mag.«

»Es könnte dein Tod sein«, wandte Mandric ein. »Ich denke auch, ihr solltet machen, dass ihr von hier verschwindet.«

Hayla bedachte ihn mit einem verächtlichen Blick. »Du hast die ganze Sache ins Rollen gebracht. Jetzt tu nicht so, als würde es dir leidtun.«

Mandric senkte betroffen den Kopf und schwieg. Bosgard legte einen Arm um Hayla und sagte: »Du solltest dich hinlegen und ausruhen, mein Herz. Morgen steht uns ein anstrengender Tag bevor.«

Vertrauensvoll schmiegte Hayla sich in seinen Arm. »Gleichgültig, was geschehen mag – solange wir beisammen sind, fürchte ich mich nicht.«

24. Kapitel

Sie redeten die halbe Nacht. Bosgard verzieh Hayla, dass sie sich heimlich aus Penderroc Castle geschlichen hatte, und er bewunderte sie für den Mut, der sie zu diesem Schritt veranlasste. Als Hayla erfuhr, dass Waline sich erstaunlich rasch wieder erholt hatte, als diese ausreichend zu essen bekam, lächelte sie glücklich.

»Somit habe ich mindestens ein Menschenleben gerettet. Das allein zeigt, dass meine Entscheidung richtig war.«

Bosgard sah ein, dass der Plan, die Belagerer zu überfallen, von wenig Erfolg gekrönt gewesen wäre. Die Männer von de Mantes waren in der Überzahl, seine Männer geschwächt, und es wäre nur unnötig Blut vergossen worden. Der Versuch, mit dem Ausfall Hayla und die anderen Frauen mit deren Kindern aus Penderroc Castle zu bringen, wäre kläglich gescheitert und hätte nur noch mehr Leid über die Menschen gebracht. Damals war Bosgard in seiner Verzweiflung nichts anderes eingefallen, heute jedoch verstand er, dass Hayla mit ihrer selbstlosen Tat Dutzenden von Leuten das Leben gerettet hatte.

»Du hast nicht nur Waline geholfen.« Liebevoll sah Bosgard sie an. »Alle Bewohner von Penderroc haben sich erholt, und im Dorf geht das Leben wieder seinen gewohnten Gang.« Ausführlich erzählte er Hayla, wie er nach London gelangt und welche Hilfe er in der Bordellbesitzerin Ilvy gehabt hatte. Als der Name dieser fremden Frau fiel, verspürte

Hayla einen schwachen Stich der Eifersucht, aber Bosgard zeigte ihr sogleich auf seine Art und Weise, dass in seinem Herzen nur Platz für eine einzige Frau war. Sie liebten sich die ganze Nacht und lösten sich irgendwann atemlos und erschöpft voneinander. Hayla, die am Morgen noch gedacht hatte, niemals wieder in Bosgards Armen zu liegen, genoss jeden einzelnen Augenblick. Liebevoll streichelte sie sein dichtes, gelocktes Brusthaar. Vielleicht war diese Nacht dennoch die letzte, die sie gemeinsam verbringen durften. Alles hing nun davon ab, ob der König ihr glauben würde.

»Das ist nicht das Ende, sondern der Anfang.« Bosgard schien ihre Gedanken gelesen zu haben und strich Hayla beruhigend übers Haar.

Hayla tastete vorsichtig über den Verband an seiner Schulter. Die Wunde, die Ralphs Messer in sein Fleisch geschnitten hatte, war nicht tief und würde schnell und gut heilen, aber es würde eine Narbe bleiben. Ein weiteres Mal, das ihn für den Rest seines Lebens an die verhängnisvollen Ereignisse dieses Tages erinnern würde.

»Erzähl mir von deiner Heimat«, bat Hayla, um ihre Gedanken von dem kommenden Tag abzulenken. »Frankreich muss ein schönes Land sein.«

»Ja, die Landschaft ist wunderschön, und die Normandie ist England gar nicht so unähnlich. Ich wuchs in einem großen Gut auf, dessen Ländereien sich, so weit das Auge reicht, erstrecken. Unsere Familie ist nicht ausgesprochen reich, aber wir haben ein gutes Auskommen.« Bosgard seufzte und wickelte eine Haarsträhne Haylas um seinen Finger. »Mir tat es nicht leid, als mein Bruder den Besitz erbte und ich mich Herzog William anschloss. Manchmal jedoch wünsche ich mir, meine Heimat wiederzusehen.«

»Vielleicht lässt uns der König gehen, dann reisen wir in die Normandie, und du zeigst mir alles.«

»Ja, das würde ich sehr gerne tun.« Bosgard versuchte, überzeugender zu klingen, als ihm zumute war. Er kannte William zu gut, um zu wissen, dass dieser Hayla nicht ins Exil schicken würde, wenn sie Harolds Tochter war. Selbst wenn sie William davon überzeugen konnten, dass Hayla niemals einen Aufstand gegen den König plante, würde ihr das vielleicht das Schafott ersparen, nicht jedoch eine langjährige Inhaftierung. Vielleicht für den Rest ihres Lebens ... Ohne Hayla wollte er England nicht verlassen, und ihr Schicksal lag in den Händen des Königs. Eine gemeinsame Flucht war ausgeschlossen, denn es würde ihnen nie gelingen, unbemerkt die Insel zu verlassen. Alle Häfen waren in den letzten Jahren befestigt worden, und jeder Reisende und selbst jedes kleine Fischerboot wurden von Williams Truppen kontrolliert. Eine Hand unter ihrem Kinn, hob er Haylas Kopf und küsste ihre vollen Lippen. Als sich ihre Zungenspitzen umkreisten, erwachte in Hayla erneut die Leidenschaft, obwohl sie müde und erschöpft war. Sie wollte jedoch nicht schlafen, wollte keinen einzigen Moment dieser kostbaren, vielleicht letzten Nacht mit Bosgard verschwenden. Auffordernd presste sie ihren Schoß an seine Männlichkeit, die auf die Berührung sofort reagierte. Er küsste ihren Mund, dann ihren Hals bis hinunter zu ihren rosigen Brustwarzen, die sich seinen Liebkosungen erwartungsvoll entgegenstreckten. Als sich ihre Körper in einem gemeinsamen Rhythmus vereinten und Hayla erneut auf den Gipfel der höchsten Lust getragen wurde, vergaß sie für den Augenblick, dass sich ihr Schicksal am nächsten Tag entscheiden würde.

Später, an Bosgards nackte Schulter gekuschelt, flüsterte sie: »Ich liebe dich, mein Normanne. Ich liebe dich so sehr.«

Nie zuvor hatte Hayla etwas ehrlicher gemeint als diese Worte.

Die Nachricht, der König wäre in London und würde eine junge Frau mit Anspruch auf die englische Krone vernehmen, hatte sich wie ein Lauffeuer in der Stadt herumgesprochen. Hunderte von Menschen, Normannen wie auch Angelsachsen, drängten sich seit Sonnenaufgang vor dem Palast von Westminster. Auch an diesem Gebäude, das in unmittelbarer Nähe der Abtei, in der William zum König gekrönt worden war, am Ufer der Themse lag, wurde unermüdlich gearbeitet. Den Mittelpunkt bildete eine aus Holz errichtete Halle, es gab jedoch Pläne, diese größer und aus Stein zu erbauen. Wenn der König in der Stadt war, hielt er sich meistens in diesem Palast auf und war darauf bedacht, die Gebäude so komfortabel wie möglich zu gestalten. Die Halle diente als Speise- und Schlafraum für zahlreiche Männer des Königs, zugleich aber auch als Gerichtsort. Verhandlungen waren grundsätzlich öffentlich, so war an diesem Morgen die Halle bis auf den letzten Stehplatz gefüllt, und vor den Toren trieben Diebe und Beutelschneider in der Hoffnung auf reiche Beute ihr Unwesen.

Als sich Bosgard und Hayla auf den Weg machten, war weder von Lady Elfgiva, Constance Aubrey noch Mandric etwas zu sehen. Lediglich Ritter Henri begleitete sie. Vor dem Tor schoben sie sich durch die Menge. Glücklicherweise erkannte niemand Hayla, die sich in einen Umhang mit Kapuze von Lady Elfgiva gehüllt hatte. Durch eine Seitenpforte gelangten sie in den Palast. Als Bosgard ihre Namen sagte, wurde Hayla sofort von zwei Wachen in die Mitte genommen und fortgeführt.

»Ihr wartet hier, Sir de Briscaut«, bekam Bosgard zu hören. »Der König wird Euch rufen lassen, wenn er mit Euch sprechen will. Er hat den Befehl gegeben, Euch so lange von der Verhandlung fernzuhalten.«

Hayla warf einen letzten Blick auf den geliebten Mann. Vor Angst schimmerten ihre Augen in einem dunklen Violett, und Bosgard brauchte alle Kraft, ihr aufmunternd zuzunicken.

Hayla erschrak, als man sie in die Halle führte. Hunderte von Augenpaaren starrten ihr entgegen, aber sie sah nur den einen Mann an der Stirnseite des Saales, der auf einem Podest in einem kunstvoll geschnitzten Stuhl saß. Seine Gewänder waren nicht prachtvoller als Bosgards Kleidung, auch trug er keine Krone auf seinem blonden, dünnen Haar, dennoch wusste Hayla sofort, dass der Mann König William war. Ihn umgab eine Aura, wie Hayla sie nie zuvor bei einem anderen Menschen gespürt hatte. Sie fiel vor ihm auf die Knie und senkte den Blick. In diesem Moment wurde es in der Halle mucksmäuschenstill. Alle warteten gespannt auf die Reaktion des Königs.

»Erhebt Euch, Lady Hayla, damit ich Euch ins Gesicht sehen kann.« Langsam stand Hayla auf. Die Anrede Lady nahm ihr etwas von der Angst, und sie sah ihm offen in die Augen. Sein schmallippiger Mund verzog sich zur Andeutung eines Lächelns. »Ihr habt in der Tat eine ungewöhnliche Augenfarbe. Kein Wunder, dass einer meiner besten Ritter bei Eurem Anblick nicht nur sein Herz, sondern auch seinen Verstand verloren hat.«

In der Menge erklangen einzelne Lacher, und Haylas anfängliche Zuversicht sank.

»Sire …« Sie musste sich räuspern, denn ihre Stimme klang belegt, bevor sie sagen konnte: »Sire, ich danke Euch für die Gnade, die Ihr mir mit diesem Empfang bereitet. Wenn Ihr erlaubt, möchte ich Euch versichern, dass ich eine treue Untertanin Englands bin.«

Williams Augen verengten sich, sein Blick war ebenso kalt wie seine Stimme, als er scharf sagte: »Gut, Ihr kommt gleich zur Sache. Ich ziehe nicht in Zweifel, dass Ihr Eurem Land treu seid, aber ebendarin liegt das Problem. Ihr seid Angelsächsin, und mir ist zu Ohren gekommen, es wäre Euer Bestreben, England wieder den Angelsachsen zurückzugeben.«

»Diese Gerüchte entsprechen nicht der Wahrheit.« Hayla warf den Kopf in den Nacken und blickte den König herausfordernd an. »Ihr, Sire, seid seit fast zwei Jahren der rechtmäßig gekrönte König des Landes, und ich erweise Euch den nötigen Respekt und bedingungslose Treue.«

»Ach, dann leugnet Ihr also, als uneheliche Tochter von Harold Godwinson gegen mich intrigiert zu haben?«

»Mit allem, was mir heilig ist, weise ich diesen Vorwurf zurück!«, rief Hayla so laut, dass auch der Letzte in der Halle ihre klare Stimme hören konnte. »Ich gebe zu, ein Mündel Harolds gewesen zu sein. Das Gerücht, er soll mein leiblicher Vater sein, wurde mir selbst jedoch erst vor wenigen Wochen zugetragen.«

»Ob es wirklich nur ein Gerücht ist, gilt es zu klären.« Scharf unterbrach der König Haylas Worte. Er beugte sich vor, und seine Augen fixierten Hayla. Obwohl der König kein attraktiver Mann war, konnte Hayla sich einer gewissen

Faszination nicht entziehen. »Es gibt Beweise ... Zeugen, die Eure Abstammung bestätigen.«

Hayla riss ihren Blick los, faltete die Hände vor der Brust und sagte feierlich: »Ich schwöre bei allem, was mir heilig ist, wenn Ihr wollt auch auf die Bibel, dass ich selbst keine Kenntnis darüber hatte, auch wenn es der Wahrheit entspricht.«

König William hob die Hand und rief: »Man führe Lady de Mantes und den Ritter Mandric vor.«

Zuerst befragte er Lady Elfgiva, die mit leiser Stimme versicherte, von Harold persönlich erfahren zu haben, dass Hayla seine Tochter war. Lauter fuhr sie dann fort: »Ich kenne die junge Frau seit ihrer Geburt, Sire, und ich weiß, dass sie die Wahrheit spricht. Harold hat uns alle, die davon wussten, schwören lassen, dass Hayla niemals davon erfahren sollte. Danach handelte ich ebenso wie die inzwischen verstorbenen Männer Leofric und Alfred. Dass Hayla nach der Eroberung Englands in den Westen aufs Land gebracht wurde, diente einzig und allein ihrem Schutz.«

Der König ließ Elfgivas Ausführungen unkommentiert, dann forderte er Mandric zum Sprechen auf. Nun erlebte Hayla eine große Überraschung, denn Mandric gab zwar zu, über die wahren Umstände Bescheid gewusst zu haben, aber er fügte laut und deutlich hinzu: »Dass ich Euch, Sire, die Sache zutrug, entsprang allein einer unseligen Eifersucht. Einst war Hayla meine Braut, doch als sie ablehnte, meine Ehefrau zu werden, und ich sah, dass sie ihr Herz einem anderen Mann geschenkt hatte, sann mein verwirrter Geist auf Rache. Ich versichere, dass Hayla nie einen Aufstand oder etwas anderes, was Euch, Sire, Schaden zufügen würde, geplant hat. Ein solches Verhalten entspräche gar nicht ihrem Charakter, denn ihr Herz ist so rein und klar wie der Tau auf einer Wiese an einem Frühlingsmorgen.«

Bei diesen poetischen Worten ging ein Raunen durch die Menge, und der König runzelte erstaunt die Stirn. Bevor er jedoch Mandric fragte konnte, was diesen zu seinem plötzlichen Sinneswandel bewogen hatte, ertönte ein Schrei, und eine Frau stürzte in die Mitte der Halle.

»Das sind alles Lügen!«, kreischte Constance Aubrey. »Mit eigenen Augen habe ich gesehen, wie diese Frau« – sie deutete auf Hayla – »sich an Bosgard de Briscaut herangemacht hat, und mit meinen Ohren habe ich gehört, wie die beiden gemeinsam Eure Ermordung geplant haben, Sire.«

»Ihr seid ja krank im Kopf!« Hayla vergaß ihre Angst und trat zornig einen Schritt auf Constance zu, wurde aber sogleich von einem Wachmann zurückgehalten. »Ihr verbreitet diese Lügen, weil Bosgard Euch nicht wollte. Ihr seid ebenso eifersüchtig wie Mandric und wollt Euch an Bosgard und mir rächen.«

Constance zeigte sich von Haylas Worten unbeeindruckt. Sie warf dem König einen triumphierenden Blick zu und sagte: »Gestern hat Hayla einen von Euren Rittern, Sire, kaltblütig ermordet. Ralph Clemency wurde hinterrücks erdolcht.«

»Was sagt Ihr da?« König William fuhr aus dem Stuhl hoch und starrte Constance verwundert an. »Dann steht vor mir nicht nur eine Verräterin, sondern auch eine Mörderin. Setzt Euch zu mir, Lady Constance. In Eurem Zustand müsst Ihr Euch schonen und solltet Euch nicht so aufregen.«

Hayla schloss verzweifelt die Augen. Nun war alles aus! Selbst wenn Lady Elfgiva gestand, Ralph getötet zu haben –

der König würde weder Elfgiva und noch weniger ihr und Bosgard Glauben schenken. Welche Macht besaß Constance Aubrey nur über den König?

»Sire«, wagte Hayla dennoch das Wort zu ergreifen. »Ralph Clemency wollte mich … er wollte mir Gewalt antun, und er hat Bosgard angegriffen, um ihn zu töten. Wir hatten keine andere Wahl …«

»Als einen meiner Männer zu ermorden?«, unterbrach der König zornig. Seine hellen Augen funkelten, und eine Falte bildete sich über seiner Nasenwurzel. »Ihr wisst, welche Strafe auf Mord steht, Lady Hayla?«

Aus den Augenwinkeln sah Hayla, wie sich Lady Elfgiva durch die Menschenmenge zwängte und sprechen wollte, aber plötzlich wurde sie von einem Mann, den Hayla nie zuvor gesehen hatte, von hinten gepackt und grob aus der Halle gezerrt. Offenbar handelte es sich um einen Getreuen von Constance oder Ralph, der Elfgiva daran hindern wollte, die Wahrheit zu sagen. Diese Beobachtung blieb dem König jedoch verborgen, dessen Blick starr auf Hayla gerichtet war. Während Hayla überlegte, ob es Sinn machte, von ihrer Beobachtung zu berichten, verzog Constance plötzlich das Gesicht und stöhnte laut. Die Farbe wich aus ihren Wangen, und sie presse beide Hände auf ihren Bauch. Bevor jemand ihr zu Hilfe eilen konnte, sank Constance zu Boden. Es entstand Unruhe, und der König starrte beunruhigt auf Constance. Niemand hinderte Hayla daran, zu ihr zu eilen. Constance war nicht bewusstlos, denn sie stöhnte leise: »Mein Bauch … ich habe so starke Schmerzen … seit gestern Abend schon …«

Unwillkürlich legte Hayla ihre Hände auf Constances geschwollenen Leib, dann hob sie den Kopf und blickte in die Runde. »Das Kind droht zu früh zu kommen. Man muss sie von hier fortbringen, irgendwohin, wo sie Ruhe hat.«

»Bringt sie in meine Kammer«, erklang der Befehl des Königs. Während seine Männer die wimmernde Constance hochhoben, beobachtete Hayla den König – und sie begann zu verstehen. Sein asketisches Gesicht, auf dem sich bisher keine andere Gefühlsregung als Misstrauen und Zorn abgezeichnet hatte, war nun von Sorgenfalten durchzogen, und in seinen Augen schimmerte sogar ein Ausdruck von Angst. Hayla räusperte sich und trat mutig vor den König. »Sire, ich kenne mich mit solchen ... weiblichen Problemen aus. Gestattet mir, mich um Lady Constance zu kümmern.«

William hob die Augenbrauen. »Ausgerechnet Ihr, Lady Hayla? Ihr habt am meisten Grund zu hoffen, Constance Aubrey würde sterben.«

Hayla holte tief Luft und ballte für alle sichtbar die Hände zu Fäusten, dann antwortete sie scharf: »Bei allem Respekt, Sire, aber ich bin eine gute Christin, und anderen zu helfen ist selbstverständlich. Unabhängig von irgendwelchen persönlichen Zuneigungen oder Abneigungen werde ich einen Menschen, der Not leidet, nicht im Stich lassen. Wenn Ihr nicht wollt, dass Lady Constance ihr Kind verliert und vielleicht sogar ihr eigenes Leben, dann lasst mich zu ihr.«

Die Umstehenden warteten gespannt auf des Königs Antwort. Hayla sah, wie er angestrengt nachdachte, dann nickte er. »Also gut, man soll aber zusätzlich einen Bader holen. Wenn Ihr irgendetwas unternehmt, das Constance schadet, dann kostet Euch das Euren Kopf, Lady Hayla.«

Hayla sah sich, bevor sie den Männern folgte, rasch in der Halle um, konnte Bosgard jedoch nirgends ausmachen. Man brachte Constance in des Königs Gemach im ersten Stockwerk und legte sie aufs Bett, dann bat Hayla die Männer, die Kammer zu verlassen. Nur eine ältere Dienerin blieb im Raum, die Hayla skeptisch musterte. Abwartend blieb sie neben dem Bett stehen, als Hayla Constances Gürtel löste, das Kleid öffnete und vorsichtig ihren Leib abtastete. Hayla schätzte, dass Constance im vierten oder fünften Monat war, aber es hatten bereits leichte Wehen eingesetzt. Sollte das Kind jetzt geboren werden, so würde es unweigerlich sterben. Ebenso bestand Lebensgefahr für Constance. Hayla vergaß, dass vor ihr eine Frau lag, die ihr nach dem Leben trachtete und die zu hassen sie allen Grund hatte. Constance brauchte Hilfe, und sie würde alles tun, das Leben ihres ungeborenen Kindes zu erhalten. Routiniert gab sie der Dienerin Anweisung, einen Trank aus Gänsefingerkraut und Schafgarbe herzustellen. Diese Mischung hatte Waline immer eingesetzt, wenn bei den Frauen der Arbeiter sich die Geburt zu früh ankündigte.

»Ich hoffe, diese Kräuter sind hier vorrätig, und bringt feuchte, warme Tücher mit, um die Krämpfe zu lindern«, fügte Hayla hinzu, als sich die Dienerin anschickte, die Kammer zu verlassen. An der Tür traf diese auf den König und hinderte ihn nicht daran einzutreten.

»Wie geht es ihr?« Er warf einen Blick auf Constance, die sich immer noch in Krämpfen wand, vor Schmerzen wimmerte und nahe daran war, das Bewusstsein zu verlieren. Auf seinem Gesicht lag ein verzweifelter Zug, bei dem Hayla zu verstehen begann, was Constance Aubrey mit dem König verband. Plötzlich ergab alles einen Sinn.

Hayla musterte ihn und sagte dann kühl: »Wenn es mir gelingt, die Krämpfe zu lösen, gibt es eine Chance.« Sie zögerte und sagte dann mit fester Stimme: »Ich hoffe, es wird mir gelingen, Euer Kind zu retten.«

Wie von einer Nadel gestochen, fuhr der König zu ihr herum. »Ihr wisst Bescheid?« Zum ersten Mal erkannte Hayla eine leichte Unsicherheit in Williams Gesichtszügen.

Sie nickte. »Das erklärt, warum ihr unbedingt wolltet, dass Bosgard Constance heiratet, und auch Eure Drohungen, sollte er diesem Wunsch nicht nachkommen. Ihr wolltet für Eure Geliebte einen aufrechten und tapferen Mann und für Euer Kind einen Vater, der noch dazu weit weg vom Hof lebt.«

William trat so schnell vor Hayla und packte ihre Schultern, dass sie nicht zurückweichen konnte. Er schüttelte sie und sah ihr fest in die Augen. »Ihr werdet über alles schweigen und niemandem auch nur jemals ein Sterbenswort davon erzählen. Habt Ihr verstanden?«

In Haylas Kopf arbeitete es fieberhaft. Sie spürte keine Angst, denn sie erkannte einen Hoffnungsschimmer für sich und für Bosgard. Es war zwar nur eine kleine Chance, aber sie vermutete, der König würde alles daransetzen, damit seine Frau Mathilda nichts von der Geliebten erfuhr. Und noch weniger davon, dass diese des Königs Kind unter ihrem Herzen trug. Darum wagte sie zu fragen: »Wäre es für Euch nicht von Vorteil, wenn Constance das Kind verliert? Auf diese Weise würden sich einige Probleme für Euch lösen.«

Des Königs Fingers krallten sich so fest in ihre Schultern, dass Hayla seine Nägel durch den Stoff hindurch in ihrer Haut spürte, aber sie ließ sich den Schmerz nicht anmerken. Sie hatte nichts mehr zu verlieren, im Gegenteil, sie konnte nur gewinnen.

»Haltet Ihr mich für ein Monstrum, dass Ihr mir zutraut,

ich würde mich über ein totes Kind freuen?« Er lachte bitter und fuhr fort: »Ihr Angelsachsen meint, ich wäre ein Mann ohne Gewissen und mit einem Herzen aus Stein. Ich bin Euch zwar keine Rechenschaft schuldig, aber ich hege tiefe Gefühle für Lady Constance. Gefühle, die nicht sein dürfen, aber wenn es möglich wäre, würde ich sie zu meiner Königin machen.«

Vor Überraschung hielt Hayla dem Atem an. Des Königs Augen, die die ganze Zeit kalt wie Stein gewesen waren, zeigten nun einen Schimmer, den Hayla nur als Traurigkeit verstehen konnte. William war zwar ein Mann, der England mit Härte, die manchmal an Grausamkeit grenzte, sich untertan gemacht hatte, dennoch schien auch er Gefühle zu besitzen. Hayla war es unverständlich, wie man sich in Constance Aubrey verlieben konnte, aber offenbar verfügte die Frau über Qualitäten, von denen sie, Hayla, nichts ahnte.

»Lasst mich los, und ich werde alles tun, um Constance und das Kind zu retten«, sagte Hayla leise.

Seine Finger lösten sich just in dem Augenblick, als die Dienerin wieder eintrat.

»Ich hoffe es für Euch«, zischte er Hayla leise zu, dann verließ er die Kammer, und Hayla stieß einen Seufzer der Erleichterung aus. Sie würde alles in ihrer Macht Stehende tun, eine drohende Frühgeburt zu verhindern und Constances Kind zu retten.

Den ganzen Tag und die folgende Nacht wachte Hayla an Constances Bett. Der vom König gerufene Bader hatte nur einen hilflosen Blick auf die Schwangere geworfen und beim Hinausgehen gemurmelte: »Das ist Weiberkram, da mische ich mich nicht ein.«

Noch dreimal musste die Dienerin einen neuen Trank zubereiten, und Hayla massierte in regelmäßigen Abständen sanft Constances Bauch. Als die Krämpfe beim Morgengrauen nachließen und Constance sich zu entspannen begann, weinte Hayla vor Erschöpfung, aber auch vor Erleichterung.

»Warum tust du das?«, flüsterte Constance, in deren Wangen langsam eine leichte Röte zurückkehrte. »Du hättest mich sterben lassen sollen. Ich an deiner Stelle hätte es getan.«

Darum liebt Bosgard auch mich und nicht dich, dachte Hayla, sagte aber stattdessen: »Ihr solltet jetzt schlafen, Mylady. Ich denke, es droht keine unmittelbare Gefahr mehr. Ihr müsst Euch allerdings schonen, viel ruhen und jegliche Aufregung meiden.«

»Danke.« Constance streckte eine Hand aus. Als Hayla diese ergriff, flüsterte Constance kaum vernehmlich: »Es tut mir leid, und ich wünsche dir und Bosgard viel Glück.« Hayla verzichtete auf eine Antwort, sie erwiderte jedoch Constances Händedruck. »Schickst du ihn zu mir?«, fragte Constance, und Hayla wusste, wen sie meinte.

Während der König bei Constance war, wurde Hayla in einen kleinen Raum geführt. Als sie eintrat, schrie sie vor Freude auf. »Bosgard!« Hayla flog in seine Arme. Bosgard war ebenfalls übermüdet, seine Augen lagen in dunklen Höhlen, und auf den Wangen zeigten sich Bartstoppeln. Auf seine stumme Frage, die sie in seinen Augen las, nickte Hayla. »Sie und das Kind werden es überleben.«

»Es ist also das Kind des Königs«, stellte Bosgard fest und hielt Hayla fest umschlungen. »Nun ergibt alles einen Sinn, und ich zürne William nicht länger, dass er mich zu dieser Heirat zwingen wollte.«

Zwei Diener brachten frisches Bier und eine Platte mit Brot und Käse. Hayla merkte erst jetzt, wie hungrig sie war. Sie hatte seit zwei Tagen nichts mehr gegessen, und jetzt, da die Anspannung von ihr abfiel, griff sie herzhaft zu. Auch Bosgard ließ es sich schmecken. Sie hatten gerade das letzte Stück Käse von der Platte genommen, als der König, begleitet von drei bewaffneten Wachen, eintrat. Hayla erstarrte, als die Wachen auf sie zutraten. Bedeutete das nun das Ende?

»Bosgard … Lady Hayla …« Williams Blick ging von einem zum anderen. »Ich möchte mit Euch sprechen.« Beide beugten die Knie und senkten den Blick. Bosgards Hand tastete nach Haylas und drückte sie kräftig. »Erhebt Euch«, fuhr der König fort. »Lady Constance ist auf dem Weg der Besserung. Sie hat keine Beschwerden mehr. Das ist Euer Verdienst, Lady Hayla, und dafür möchte ich Euch danken.«

Hayla nahm ihren ganzen Mut zusammen. Sie hatte sich die Worte gut überlegt, die sie nun an den König richtete. »Sire, was ich tun konnte, war nur wenig, und es hat Gott gefallen, Lady Constance und das Kind zu retten. Obwohl ich Euch erst gestern kennengelernt habe, spüre ich, dass Ihr ein gerechter Herrscher seid, der stets an das Wohl seiner Untertanen denkt.« Hayla hörte Bosgard schnaufen, und sie hoffte, er würde ihre Rede nicht durch eine unpassende Bemerkung verderben. »Sir Bosgard und ich … wir lieben uns vielleicht auf ähnliche Art und Weise, wie Ihr Lady Constance zugetan seid. Ich bitte Euch, Sire …« Sie hob den Blick und sah dem König ins Gesicht. »Nein, ich flehe Euch an: Lasst uns gehen! Meine Abstammung hat keine Gültigkeit mehr. Ihr seid der Herrscher Englands, und ich bin nur eine junge Frau, die nichts anderes möchte, als still und zurückgezogen zu leben und meinem Ehemann viele Kinder zu schenken.«

William war zwar ein König und Kämpfer, der mit großer Härte seine Ziele erreichte, aber er war auch ein Mann. Ein Mann, den der Blick aus Haylas veilchenblauen Augen nicht ungerührt ließ. Er kratzte sich am Kinn und senkte die Lider. Lange Zeit sprach niemand, und Hayla meinte, der König müsse das laute Pochen ihres Herzens hören.

»Mit ähnlichen Gedanken habe ich dieses Gespräch gesucht«, begann William schließlich zu sprechen. »Ich bin Normanne, und wir Normannen sind Ehrenmänner, die niemals vergessen, wer unser Freund und wer unser Feind ist. Es ist jedoch unmöglich, dass ich Euch gestatte, in England zu bleiben. Es hat sich im Land herumgesprochen, wessen Tochter Ihr seid, Lady Hayla, darum kann ich nicht das Wagnis eingehen, dass sich doch noch Verschwörer um Euch sammeln. Ich sehe zwar die Gefahr, wenn ich Euch gestatte, ins Exil zu gehen, aber ich stehe nun in Eurer Schuld. Ich weiß, dass das Volk mich für einen grausamen Herrscher hält, der keine Gnade walten lässt, dennoch besitze auch ich ein Herz und vor allen Dingen ein Ehrgefühl. Aus diesem Grund werde ich Euch am Leben lassen, Ihr habt England jedoch umgehend zu verlassen und werdet es niemals wieder betreten.« Hayla hätte über diese Worte am liebsten laut gejubelt, aber sie beherrschte sich und wartete ab. »Ich verliere Euch, Bosgard, zwar nur ungern, wenn Ihr jedoch an der Seite dieser Frau bleiben wollt, dann kehrt in die Normandie zurück. Euer Besitz in Cornwall fällt dann allerdings wieder an die Krone. Seid Ihr zu diesem Opfer bereit?«

Bosgard sprang auf die Füße und rief: »Zu jedem, Sire, solange ich mit der Frau, die ich mehr liebe als alles andere auf der Welt, zusammen sein kann.«

Williams Mundwinkel zuckten ein wenig, als er sagte: »So geht und kehrt niemals zurück. Seid jedoch versichert, Bosgard de Briscaut, es wird mir stets berichtet, was in meinem Herzogtum jenseits des Kanals geschieht. Sollte ich jemals erfahren, dass Ihr von dort eine Intrige plant, so werde ich keine Gnade mehr walten lassen und Euch überall finden. Ihr wisst, was Euch dann erwartet?«

Hayla warf sich vor dem König zu Boden. »Ihr werdet niemals einen Grund haben, an unserer Treue zu Euch zu zweifeln, Sire. Wir danken Euch.«

Der König deutete mit der Hand auf die Tür. »Dann geht jetzt. Meine Wachen werden Euch zur Küste begleiten, damit sichergestellt ist, dass Ihr das nächste Schiff aufs Festland besteigt.«

Abrupt drehte William sich um und verließ die Kammer. Bosgard und Hayla standen eine Weile wie erstarrt da, dann riss Bosgard sie in die Arme und bedeckte ihr Gesicht mit unzähligen Küssen.

»Du gibst alles auf«, erinnerte Hayla ihn und drehte den Kopf zur Seite. »Bist du sicher, dass ich einen solchen Verzicht wert bin?«

»Davon will ich nie wieder etwas hören.« Fest presste Bosgard seinen Mund auf ihre Lippen und erstickte jeden weiteren Einwand.

Hayla erwiderte seinen Kuss und wusste, dass sie endlich einen Platz gefunden hatte, an dem sie zur Ruhe kommen konnte. Es war gleichgültig, in welchem Land dies war, denn dieser Platz lag in Bosgards Armen.

Ein Räuspern der Wachen brachte Bosgard dazu, Hayla aus seinen Armen freizugeben. Er hielt ihr die Hand hin.

»Komm, mein Herz, lass uns gehen.«

Haylas Finger ergriffen Bosgards, und gemeinsam folgten sie der Wache hinaus in ein neues Leben.

Epilog

In der Nähe von Saint-Clair-sur-Epte, Normandie, 1071

»Wie lange dauert es denn noch?« Unruhig schritt Bosgard in der Halle auf und ab. Immer wieder hob er lauschend den Kopf, aber kein Geräusch aus dem oberen Stockwerk drang zu ihm herunter.

»Da, trink noch etwas.« Rollo drückte ihm einen gefüllten Becher in die Hand. »Wein beruhigt die Nerven. Bei mir hat es jedenfalls immer geholfen, und ich habe es schon dreimal durchstehen müssen.«

Bosgard nahm einen Schluck und lachte. »Ja, und bei der letzten Niederkunft deiner Frau warst du derart betrunken, dass du nicht einmal mehr allein die Treppe hinaufgekommen bist. Das Erste, was dein Sohn gesehen hat, war ein torkelnder Vater.«

Freundschaftlich schlug Bosgard seinem älteren Bruder auf die Schulter, und dieser lachte. »Wenn du denkst, dass du dich daran gewöhnst, dann liegst du falsch. Obwohl Marie bereits drei Kinder ohne Schwierigkeiten geboren hat, bange ich jedes Mal um ihr Leben, aber ich will dir keine Angst machen. Deine Hayla ist gesund und kräftig, und sie ist in den besten Händen. Mutter hat schließlich viel Erfahrung mit Geburtshilfe.«

Bosgard wusste dies alles, dennoch blieb das nagende

Gefühl, das wie ein Klumpen in seinem Magen lag. Am vergangenen Abend hatten die Wehen eingesetzt, und jetzt war es heller Mittag das folgenden Tages. Er war froh, für die Geburt seines ersten Kindes in das Haus seiner Familie gekommen zu sein. Montsuvant hatte sich in den letzten Jahren von einem Herrenhaus zu einem dreiflügeligen Schloss entwickelt, das genügend Platz für die ganze Familie bot. Als er und Hayla vor über einem Jahr in die Normandie gekommen waren, war Bosgards Familie zwar überrascht gewesen, denn niemand hatte damit gerechnet, Bosgard wiederzusehen, aber sie waren herzlich willkommen geheißen worden. Bosgard schilderte offen und ehrlich seine und Haylas Geschichte und beschönigte nichts, auch nicht die Tatsache, dass Hayla Angelsächsin war. Bosgards Mutter, Adele de Briscaut, war zwar zuerst etwas zurückhaltend, aber schon bald eroberte Hayla mit ihrer offenen und unbekümmerten Art auch das Herz ihrer Schwiegermutter. Sie hatten sich noch in Dover, während sie auf das Schiff warteten, trauen lassen, und voller Stolz trug Hayla Bosgards Ring an ihrem Finger. Rollo, Bosgards Bruder, war seit einigen Jahren verheiratet, und seine Frau Marie erwartete damals ihr drittes Kind. Die ersten Monate blieben Hayla und Bosgard auf Schloss Montsuvant, dann baute Bosgard in der Nähe ein kleineres Anwesen. Hayla hatte jedoch darauf bestanden, Bosgards erstes Kind in dem Familienstammsitz zur Welt zu bringen.

»Warum kann ich nicht zu ihr?« Entgegen seinen vorherigen Worten füllte Bosgard sich erneut den Becher mit Wein. »Ich bin schließlich der Vater.«

Rollo lachte. »Glaube mir, Bruder, was bei einer Geburt vor sich geht, möchtest du gar nicht wissen. Von jeher ist das

Sache der Frauen. Wenn du möchtest, können wir jagen gehen. Das würde dich auf andere Gedanken bringen, denn bis der neue Erdenbürger das Licht der Welt erblickt, kann es durchaus noch etwas dauern, zumal es Haylas erstes Kind ist.«

Bosgard zögerte. Er wollte Hayla nicht allein lassen, andererseits konnte er ihr nicht helfen, indem er ruhelos wie ein gefangenes Tier auf und ab lief. Gerade als er seinem Bruder zustimmen wollte, klappte oberhalb der Treppe eine Tür, und ein lauter Schrei ertönte – der Schrei eines Säuglings!

Zwei Stufen auf einmal nehmend, stürmte Bosgard die steinerne Wendeltreppe hinauf. Auf dem Absatz stand seine Mutter. Sie sah müde und erschöpft aus, aber ihre Augen strahlten, und in ihren Armen lag ein Baby, das lautstark die Welt, in die es hineingeboren wurde, begrüßte.

»Du hast eine Tochter, Bosgard.« Über Adeles Wangen liefen Tränen, als sie das Bündel ihrem Sohn zeigte. »Eine wunderschöne und gesunde Tochter.«

Vorsichtig, als könne allein sein Blick dem zarten Wesen schaden, sah Bosgard in das kleine, rote Gesicht. »Was ist mit Hayla?«, fragte er bang.

»Es geht ihr gut, sie ist jedoch müde, aber sie möchte dich sehen.«

Zögernd trat Bosgard in die Kammer. Er erschrak, als er Hayla sah. Sie schien so klein und zart in dem großen Bett, in dem auch er zur Welt gekommen war, und ihr Gesicht war bleich. Hayla blickte ihm jedoch lebhaft entgegen, und sie hob den Kopf, als Bosgard an ihre Seite trat.

»Es ist nur ein Mädchen. Verzeih ...«

Schnell legte Bosgard eine Hand auf ihren Mund. »Ich

habe sie bereits gesehen. Sie ist wunderschön, beinahe so schön wie ihre Mutter. Ich bin sehr stolz auf dich.«

»Aber du wolltest doch einen Jungen«, wandte Hayla ein.

Bosgard schüttelte lachend den Kopf. »Ich wollte nur, dass es dir und dem Kind gutgeht, alles andere ist zweitrangig. Wir werden noch viele Kinder bekommen, mein Herz.«

Erschöpft schloss Hayla die Augen und sank in die Kissen zurück. Bosgard erschrak, aber da legte sich eine Hand von hinten auf seine Schulter.

»Ihr müsst sie jetzt ruhen lassen, Mylord. Ich kümmere mich um Hayla.« Das Französisch der Frau war fehlerhaft und von einem starken Akzent geprägt, aber sie sprach voller Freude. Bosgard drückte fest die faltige Hand der Alten, und Hayla öffnete wieder die Augen.

»Keine Sorge, Bosgard, bei Waline bin ich in den besten Händen.«

Als Waline, zusammen mit Eric und seiner Schwester Hilda, vor vier Monaten in die Normandie gekommen war, hatte Hayla geglaubt, ihren Augen nicht zu trauen. Nachdem König William Penderroc Castle einem seiner Ritter übereignet hatte, waren die Arbeiten an der Burg fortgeführt worden, und das Dorf war weiter gewachsen. Waline hatte sich allerdings immer um Hayla gesorgt und eines Tages beschlossen, ihren Schützling in Frankreich zu suchen. Eric und seine Schwester waren sofort bereit gewesen, sie zu begleiten, und der neue Herr hatte sie alle ziehen lassen. Nach einer langen Reise, die Waline erstaunlich gut überstanden hatte, waren sie in Montsuvant angekommen und dienten seitdem in Bosgards Haus. Durch Waline hatten sie erfahren, dass Constance Aubrey einen gesunden Jungen zur Welt gebracht hatte und unmittelbar nach der Geburt mit einem älteren Ritter aus dem Norden Englands vermählt worden war. Die Gefühle des Königs mussten hinter seiner Pflicht zurückstehen, und es war ihm keine andere Wahl geblieben, als seine einstige Geliebte weit fort vom Hof unterzubringen. Hayla verspürte ein wenig Mitleid mit Constance, auch wenn die Frau ihr so viel angetan hatte. Dies war nun jedoch vorbei, und sie hatte an Bosgards Seite das vollkommende Glück gefunden.

Niemand anderen als Waline hatte Hayla als Geburtshelferin an ihrer Seite haben wollen, als ihre Zeit gekommen war. Nun lehnte die alte Magd erschöpft, aber zufrieden an der Wand und betrachtete voller Stolz Mutter und Kind, nachdem Adele das Kind an Haylas Brust gelegt hatte. Adele schaute ihren Sohn streng an. »Du musst uns nun allein lassen, deine Tochter hat Hunger, und wir müssen sie wickeln.«

Zärtlich strich Bosgard über Haylas Wange, dann beugte er sich zu ihr hinab und küsste sie auf die Lippen.

»Ich danke dir, mein Herz, und ich liebe dich mehr, als Worte es beschreiben könnte. Ich möchte immer an deiner Seite sein.«

»Ich weiß, Bosgard. Nun sind wir eine richtige kleine Familie, und ich werde dich niemals wieder gehen lassen, aber im Moment fordert deine Tochter ihr Recht.«

Bosgard stand auf und wandte sich zur Tür. Bevor er die Kammer verließ, warf er einen Blick zurück. Adele schob Haylas Hemd nach oben und legte den Säugling an ihre prallen Brüste. Der kleine Mund fand sofort die richtige Stelle, und schmatzend stillte das Mädchen ihren ersten Hunger.

Ein Gefühl von tiefem Frieden erfüllte Bosgard, und er war restlos glücklich. Gleichgültig, was die Zukunft bringen würde – solange Hayla an seiner Seite war, würde es keine Schatten und kein Leid mehr geben.

Hayla, die bemerkte, wie er sie beobachtete, blickte ihn an, lächelte und sagte: »Lass uns jetzt allein, Liebster. Wir haben den Rest unseres Lebens für uns, aber jetzt braucht mich unsere Tochter. Du hast mich zu der glücklichsten Frau auf der Welt gemacht, mein geliebter Normanne.«

Er trug eine Maske – doch sie blickte in sein Herz

REBECCA MICHÉLE

Geliebter Freibeuter

Roman

»Du bist verrückt, mitten in der Nacht hier zu erscheinen!«, sagte Eloise, aber er legte seine Hände um ihre schmale Taille und zog sie dicht an sich heran. Er hauchte leichte Küsse auf ihren Scheitel, bis seine Lippen den Weg zu ihrem Mund fanden und er mit einem gierigen Kuss Eloises Einwände erstickte.

Cornwall, Mitte des 18. Jahrhunderts: Eloises Verlobter Ryan kehrt von einer Reise in die Kolonien nicht mehr zurück – der grausame Pirat Dark Flynn hat ihn auf dem Gewissen. Eloise kann Ryans Tod nicht verwinden, dennoch willigt sie einige Jahre später schweren Herzens in die arrangierte Ehe mit einem reichen Plantagenbesitzer ein, um das Vermögen der Familie zu retten. Aber dann wird das Schiff, das sie zur Vermählung bringen soll, von ebenjenem Dark Flynn überfallen. Eloise brennt auf Rache – doch der Pirat verwirrt sie zusehends …

KNAUR TASCHENBUCH VERLAG